핀치 오브 매직 3

펜들윅의 마녀들

A TANGLE OF SPELLS

A Pinch of Magic
Adventure

핀치 오브 매직 3
펜들윅의 마녀들

글 | 미셸 해리슨　옮김 | 김래경

ШB
위니더북

여는 글

호커스 포커스, 부글부글 보글보글.
마법은 언제나 문제를 일으키지.
용감한 세 자매가 새롭게 출발하는구나.
모든 것이 무너지기까지 얼마나 걸릴까.

음습한 안개가 소용돌이치는 까마귀바위섬을 뒤로하고
팔딱팔딱 뛰는 개구리 떼와 비밀의 방을 마주하는구나.
평화롭고 아름다운 마을,
하지만 눈에 보이지 않는 것이 그 아래 도사리고 있다네.

탁, 타라라라 탁. 이게 무슨 소리지?
사방에서 들린다.
어서! 마법 한 줌을 쓸 때야.
이곳 펜들윅은 위험한 곳이라네.

1장. 검은 새 오두막

아침 식사 뒤, 위더신즈 가족이 까마귀바위섬을 떠났다.

할머니는 해가 뜨자마자 자매들을 깨우려고 방으로 고개를 들이밀었다. 하지만 베티 위더신즈는 벌써 깨어 있었다. 너무 들떴는지 잠이 안 오는 바람에 이불 밑에서 갈라진 천장을 올려다보며 밤새 몸을 비비 꼬았다. 낡은 건물 구석구석에서 끼익 끼익 소리가 났다. 외풍은 윙윙 불고 배관은 늘 그렇듯이 앓는 소리를 냈다. 하지만 '밀렵꾼의 주머니'에서 보내는 마지막 밤이어서인지 익숙한 소리가 사뭇 다르게 들렸다. 작별 인사 같았다.

베티는 냉큼 옷을 갈아입고, 이미 불룩해진 채 찰리와 함께 쓰는 침대 발치에 놓인 트렁크에 잠옷을 쑤셔 넣었다. 동생은 가볍게 코를 골며 아직 자고 있었다. 베티가 주변을 둘러봤다. 어렴풋이 슬픔이 밀려오지 않을까 기대했지만 어림도 없었다. 십삼 년하고도 육 개월, 베티는 평생 이곳에서 살았다. 그런데 이제 모든 물건을 트렁크에 넣어 버렸더니 더는 베티 방 아니, 자매들 방 같은 느낌이 없었다. 옷장, 서랍장은 물론이고 사진 거는 고리까지 다 비었다. 늘 잡동사니로 뒤덮여 있던 바닥마저 깨끗했다. 베티 지도 꾸러미, 찰리 장난감, 플리스 연애 시와 장미 향수 그 무엇도 남겨두지 않았다.

6

방 맞은편 작은 침대에서 플리스가 뒤척이더니 이내 벌떡 일어나 앉았다. 예쁜 달걀형 얼굴을 감싼 윤기 흐르는 검은색 짧은 머리가 삐죽빼죽 뻗쳤다.

베티가 언니를 보며 활짝 웃었다.

"언니, 오늘이야. 우리 떠나. 우리가 진짜 떠난다고!"

베티가 속삭였다.

"그러게."

플리스도 속삭이면서 웃어 보였지만 어쩐지 베티처럼 들떠 보이는 기색은 없었다. 오히려 커다란 갈색 눈동자에 눈물이 그렁그렁 맺혔다.

이후 찰리도 눈물을 보탰다. 꾀죄죄한 검은 고양이를 잡겠다고 아침 내내 밀렵꾼의 주머니를 뛰어다니며 애원했지만 소용없었다.

"휘이, 착하지?"

고양이가 가게 안 등받이 없는 의자 위로 뛰어오르자, 고양이를 살살 달래던 찰리는 휘이를 들어 올릴 생각으로 용기를 내서 고양이를 붙잡았다. 작은 찰리 두 손이 엉겨 붙은 털북숭이 속으로 사라지나 싶었지만 휘이가 날카롭게 울며 발톱을 의자 깊숙이 박아 넣었다.

"너 자꾸 이러면 여기 남아야 한단 말이야!"

"아무렴 우리한테 그런 운이 있기도 하겠다. 내가 그놈의 거지 같은 고양이를 쫓아내려고 한 게 몇 년인데."

할머니가 위스키를 한 모금 벌컥 들이켜며 투덜거렸다.

"할머니! 지금 위스키를 아침이라고 드시는 거예요?"

플리스가 가게 카운터에서 맥주잔을 만지작거리며 못마땅하게 말했다. 플리스는 그날 늦게 도착할 새 집주인들을 위해 맥주잔에 물을 채워 꽃꽂이하고 있었다.

"어……. 아니, 아니야. 안 마셨어."

할머니가 재빨리 개수대에서 빈 컵을 헹구더니 플리스한테 손사래 치며 말을 돌렸다.

"저 상자들은 짐마차에 실어야 해. 할미가 아끼는 행운의 편자 챙겨 넣었는지 확인하고. 절대 두고 떠나면 안 돼."

"잘 챙겼어요. 제가 직접 확인했어요."

베티가 마지막으로 카운터를 닦으면서 말했다.

잘해야 베티보다 한두 살 많아 보이는 금발 소년이 위층에서 무거운 트렁크를 질질 끌며 나타났다.

"버니 할머니, 베티가 확인했어요. 그것도 두 번이나요."

소년이 끼어들었다. 베티가 트렁크를 밖으로 내가는 걸 돕자 소년이 베티를 보며 싱긋 웃었다. 바로 그 순간, 베티는 처음으로 슬퍼서 가슴이 찌르르 아팠다. 스핏이라고 불리는 고아 소년은 지난 몇 주간 밀렵꾼의 주머니에서 위더신즈 가족과 함께 살며 일을 도왔다. 짧은 시간이었지만 세 자매는 스핏을 아끼고 좋아하게 되었다. 베티는 스핏이 몹시 그리워질 것 같았다.

"지금도 마음 바꾸기에 안 늦었어. 원래대로 우리랑 같이 가자. 그러기로 했잖아."

베티가 말했다.

스핏 얼굴에서 웃음기가 가셨다.

"못 가. 어차피……. 지금은 아니야. 아직 안 돼."

베티가 고개를 끄덕였다. 베티는 스핏이 남으려는 이유도, 그래서 찢어지는 스핏 심정도 알고 있었다. 베티한테 들킬 때마다 시치미를 뚝 떼면서도 플리스를 힐끔거리는 스핏을 보면 더 이해가 갔다.

"그냥 거기 뒤. 그게 마지막인가?"

낮고 굵은 목소리, 베티가 이른 아침 햇살 속으로 눈을 가늘게 뜨고 고개를 드니 면도하지 않은 아빠 얼굴이 보였다. 바니 위더신즈도 베티를 보며 환히 웃었다. 이웃에게서 빌린 짐마차에 연신 상자를 실어 올리느라 아빠 이마에는 벌써 땀방울이 맺혔다.

"네."

베티가 차곡차곡 쌓인 상자를 보며 대답했다. 벌써 몇 주 전부터 가족 물건을 전부 다 꾸린 짐이건만 가진 것이 하도 적어서 베티는 깜짝 놀랐다. 가구와 살림살이 대부분은 가게에 그대로 남겨두어야 했다. 이삿짐 일부는 미리 배에 실어서 새집으로 보내 놨다. 나머지는 하도 낡아서 이사 여정을 버텨내지 못할 것이었다. 위더신즈 가족에게 돈이 넉넉했던 적은 한 번도 없었다. 뭐, 그것도 최근에 작게나마 횡재하기 전 얘기였다. 횡재 덕에 위더신즈 가족은 매력이라고는 눈곱만큼도 없이 감옥이나 다름없었던 까마귀바위섬에서 떠날 기회를 잡았고, 그보다 훨씬 필요했던 운도 변하기 시작했다.

베티는 이곳에서 떠나기를 평생 바라왔다. 그런데 막상 그런 일이 실제로 벌어지니 믿기지 않았다. 드디어 어딘가 새롭고 다른 곳을 볼 기회가 왔다.

"다 새로 사자꾸나. 멋진 새 출발에 걸맞게 근사한 새것으로 장만하자 이거야."

할머니가 거창하게 선언했었다.

한 사람씩 모두 마차에 오르고 나자 할머니가 스핏에게 열쇠를 건넸다. 스핏이 밀렵꾼의 주머니에 남기로 미리 얘기된 터라 그나마 위안이 되었다. 베티는 다 무너져 가는 가게를 뒤돌아봤다. 껍질이 벗겨지는 덧문이며 술에 취한 듯 왼쪽으로 살짝 기울어진 낡은 건물이 문득 못 견디게 사랑스러워 보였다. 이 집도 좋았던 날들이 있었겠지만, 베티와 자매들은 저 모습밖에 몰랐다. 여기가 집이었다.

"진짜 낡았지?"

베티가 언니를 돌아보며 물었다.

"불쌍한 우리 늙은 집. 밀렵꾼의 주머니가 우리를 그리워해 줄까?"

플리스가 또 눈물을 찍어내며 중얼거리자 베티가 코웃음 쳤다.

"무슨 바보 같은 소리야? 저건 건물이잖아. 건물은 감정 없어."

"감정은 없을지 몰라도 느낌이라는 게 있잖아."

플리스 말에 베티가 물었다. 우울해하는 언니 생각을 다른 곳으로 돌리고 싶었다.

"새집은 무슨 느낌일지 궁금하지 않아?"

할머니는 자매들이 서운할 만큼 입을 굳게 다물고 새집에 대해 일절 아무 말도 하지 않았다. 깜짝 선물이라면서 끝까지 비밀을 지켰다.

아직 가게 문을 열지도 않았는데, 밀렵꾼의 주머니 앞에 몇몇 사람이 모였다. 지난밤 여관에서 밤을 보낸 사람도 있었고, 사랑에 빠진 소년들이 플리스가 떠나기 전에 마지막으로 얼굴도 한 번 더 보고 손이라도 흔들려고 찾아왔다.

그중에서 얼굴 피부가 가죽 같고 머리가 희끗희끗한 어느 나이 든 남자는 줄기차게 할머니만 바라보고 있었다. 이슬비처럼 뿌연 빛살 사이로 할머니를 보며 더없이 쓸쓸하게 눈을 깜박였다.

"시머스 핑거티, 작별 인사는 어젯밤에 했잖아. 아직 잘 시간이구만. 자네 꼴 좀 봐!"

할머니가 한숨을 푹 내쉬었다.

"그래도 배웅은 제대로 해야죠. 버니, 여기 주인장 중에서 그쪽이 최고였수!"

이제는 할머니 구박에 익숙해진 핑거티가 툴툴거리면서도 변함없는 마음을 담아 한쪽 눈을 찡긋했다.

"에구, 당장 그만둬."

말은 그렇게 하면서도 할머니는 내심 기뻐하는 눈치였다.

이제 찰리는 아예 목 놓아 엉엉 울고 있었다. 두 뺨이 빨갛다 못해 얼룩덜룩했다. 사탕 가게 주인 헤니 허버드와 버스터 허버드 남매가 커다란 봉투에 사탕을 그득 담아서 건네줬는데도 그치지 않았다.

"자, 자, 찰리. 새로운 모험을 시작하는 거야!"

헤니가 찰리 손을 토닥이면서 말했다.

"감사하지만 모험이라면 이젠 신물이 나네요."

플리스가 나직이 중얼거렸지만 베티 빼고는 다들 찰리 달래느라 정신이 없어서 못 들었다.

"그런 게 아니에요. 훠이가 안 와요! 훠이가 새 주인 싫어하면 어떡해요?"

"훠이는 우리도 좋아하지 않았어."

베티가 정곡을 찔렀다.

11

"그, 그렇지만 새 집주인들이 휘이한테 먹을 거 안 주면?"

찰리 눈이 단추처럼 동그래졌다. 찰리처럼 먹을 것을 좋아하는 사람은 배가 고프다는 생각조차 힘든 법이었다.

"내가 먹을 거 챙겨줄게. 해적의 명예를 건다."

스핏이 찰리를 향해 한쪽 눈을 찡긋했다.

찰리가 마차 밖으로 몸을 쭉 빼더니 두 팔로 스핏 목을 힘껏 끌어안았다. 어느새 마차가 먼지구름을 일으키며 덜컹덜컹 움직이기 시작했다. 둥지 풀밭과 밀렵꾼의 주머니가 저 멀리로 조금씩 작아지자 자매들과 할머니가 뜨겁게 손을 흔들었다. 이제는 플리스도 훌쩍거렸고 먼지가 심하다고 투덜거리며 눈을 쓱 닦는 할머니마저 수상쩍을 정도로 눈가가 촉촉했다. 베티는 울지 않았지만, 뒤에 남는 스핏과 나머지 마을 사람들 모습에 딱딱한 덩어리가 목에 걸렸다.

"안녕, 보고 싶을 거야!"

사람들이 외쳤다.

"까마귀 맙소사! 혹시 저거, 내가 맞게 보는 거야?"

눈물을 흘리던 플리스가 깜짝 놀라며 무언가를 손으로 가리켰다.

어떤 까만색 덩어리 같은 것이 먼지구름을 뚫고 맹렬하게 달려오고 있었다. 베티가 눈도 깜빡이기 전에 검은색 물체가 마차를 향해 몸을 날리더니 발톱을 세우고 기어들어 왔다.

"이런, 맙소사."

할머니는 말문을 잃었다.

"휘이! 내 말 들어 줄 줄 알았어!"

12

눈물을 흘리던 찰리가 웃음을 터트렸다.

할머니가 고양이를 향해 눈을 부라렸다.

"그게 아니라 굶어 죽지 않기로 한 게야."

휘이가 무슨 냄새라도 맡은 듯 코를 킁킁거리며 찰리에게 다가가더니 찰리 무릎 위에 앉아서 노란색 한쪽 눈으로 찰리 주머니를 노려봤다.

"그 안에 먹을 거 들었냐?"

"아니요? 깡총이밖에 없는데요?"

할머니가 묻자 찰리가 대답했다.

베티가 찰리 옆구리를 콱 찌르면서 어이없다는 눈길을 플리스와 주고받았지만 두 사람은 걱정할 필요 없었다. 할머니는 그저 눈알만 굴리고 말았다.

"아직도 그놈의 상상 쥐를 키우는 게냐?"

"그럼요. 근데 휘이가 내 무릎에 앉는 건 처음이에요."

찰리가 활짝 웃자 앞니 두 개가 몽땅 빠져서 큼지막하게 틈이 생긴 잇몸이 훤히 드러났다. 찰리는 기쁨에 겨워 휘이를 내려다봤다.

"앞으로도 두 번 앉지는 않을 거야. 쓰다듬을 생각은 하지도 마. 공격 기회만 노리고 있을 테니까."

베티가 말했다.

"난 상관없어."

찰리가 숨을 내쉬었다. 너무 흥분해서 차마 움직이지도 못했다.

베티는 길 위로 시선을 돌렸다. 마차가 길모퉁이로 접어들자 드디어 밀렵꾼의 주머니가 시야에서 완전히 사라졌다.

"잘 지내겠지? 스핏 말이야. 핑거티 아저씨가 진짜 도움이 되어 줄지도 몰라."

플리스가 나직이 하는 말에 베티가 고개를 끄덕였다.

"아저씨가 사람을 좀 많이 알긴 알지. 장소도. 혹시라도 스핏한테 다른 가족이 남아 있는지 알아낼 사람이 있다면 그건 바로 핑거티 아저씨야.

'가족'이라는 단어에서 베티 목소리가 탁 걸렸다. 한동안 베티는 자기들이 스핏과 가족이 되리라고 생각했다.

늘 그렇듯 이슬비 내리는 날이었다. 유월 말이었지만 자매들은 일 년 열두 달 까마귀바위섬에 감도는 습지 안개와 눅눅한 날씨에 익숙했다. 늘 해풍이 휘몰아치는 탓에 온화한 날이 드물었다. 아침 안개도 아직 곳곳에 남았다. 이는 베티 곱슬머리에 좋은 소식이 아니었다. 벌써 머리카락이 이마에서 꼬불꼬불 말렸다. 하지만 베티는 희망으로 벅찬 지금 기분을 그 무엇도 망치게 하지 않으리라 마음먹었다. 햇살만큼 눈부시게 반짝이는 미래가 앞에 펼쳐져 있었다.

마차가 네거리에 접근하자 할머니가 몸서리를 치며 말했다.

"아들, 서두르자. 이쪽 길로 오는 게 아니었어. 불운을 불러들인다고."

할머니가 앓는 소리를 내며 심장 위치에서 두 엄지를 교차해 걸고 나머지 손가락을 새 날개처럼 펼쳐 까마귀 상징을 만들었다.

아빠는 별다른 말은 하지 않았지만 못 말리겠다는 표정으로 고개를 저었다. 할머니는 네거리를 피하려고 늘 수선을 피웠다. 할머니 말로는 이곳에 교수대를 세워서 교수형을 집행하고 마법사라고 의심받는 사람들을 묻었다고 했다. 다행히도 이제 그런 형벌은 감옥을 둘러싼 담장 안에서만 행해졌다.

이내 마차가 항구에 도착했다. 위더신즈 가족이 소유한 작은 배를 이곳에 정박해 두었다. 바다처럼 고운 초록색으로 칠해서 옆면에 흰색 페인트로 '여행 가방' 이름을 써 놓은 배였다. 배를 본 베티는 들떠서 가슴이 부글부글 끓어올랐다.

바로 이거야! 모든 것을 바꿀 여정.

"전원 승선."

아빠가 벙글벙글 웃으며 외쳤다. 할머니와 세 자매가 흔들리는 배에 차례대로 오르는 동안 아빠는 상자와 트렁크들을 갑판 위로 날랐다. 휘이가 이웃 배 선실 꼭대기에 앉아있는 항구 고양이 밴딧과 마주 보고 야옹야옹 날카로운 울음을 주고받더니 키잡이칸으로 어슬렁어슬렁 들어가 벤치 아래로 몸을 밀어 넣고 들어갔다.

"으......"

승선하기 무섭게 플리스가 배를 움켜잡고 신음했다.

"설마 벌써 뱃멀미야? 아직 움직이지도 않았는데?"

찰리가 킥킥 웃으며 말했다.

"말 걸지 마."

플리스가 우울하게 말했다. 발그레한 두 볼이 시시각각 빛을 잃어갔다.

"이거. 마시멜로 하나 먹어."

찰리가 사탕 봉투를 건네며 말했다. 두 뺨이 사탕으로 불룩했고 이에 사탕 부딪히는 소리가 덜그럭덜그럭 요란했다.

"나중에."

플리스가 단호하게 고개를 저었다.

15

베티는 껑충껑충 갈까마귀를 하나 먹었다. 향긋하고 달콤한 맛이 혀 위로 확 퍼지고 입 안에서 따다다닥 소리를 내며 사탕이 팍팍 터졌다. 아빠가 정박용 밧줄을 풀고 작은 배를 몰아 항구에서 벗어나자 베티가 만족스럽게 한숨을 내쉬었다. 베티는 휘이가 휘두르는 발길질 공격을 피해 가며 타륜을 잡은 아빠 곁으로 가서 아빠가 앞에 펼쳐놓은 지도를 들여다봤다. 지도를 살펴보는 베티 뱃속이 뜨거워졌다. 찰리에게 사탕이 있다면 베티에게는 지도가 있었다. 탐험해야 할 저 많고 많은 곳이라니! 지금까지 세 자매는 까마귀바위섬을 벗어나는 여행을 도통 하지 않았다. 플리스는 그다지 신경 쓰지 않았지만 베티는 세상 구경을 그 무엇보다 갈망했다.

"우리 어디로 가요?"

배를 모는 데 집중한 아빠가 잠시라도 방심했기를 바라며 베티가 은근슬쩍 물었다. 가게가 팔린 이후 같은 질문을 수도 없이 했지만, 아빠와 할머니는 짜증스러울 만큼 침묵을 지켰다. 그런데 아빠는 이 순간에도 말해 주기는커녕 약 올리듯 한쪽 눈만 찡긋할 뿐이었다. 베티는 아빠 대답을 포기하고 키잡이칸에서 나갔다. 너무 들떠서 한곳에 가만히 붙어 있을 수가 없었다. 이제 배가 움직였더니 산들바람이 가볍게 일었다. 베티는 저 멀리로 보이는 회색 습지 물을 가만히 바라봤다.

햇살이 환히 비치건만 그 무엇도 감옥에 유쾌한 분위기를 더하지 못했다. 감옥은 까마귀바위섬과 가장 가까운 이웃 섬인 '참회의 섬' 대부분을 차지하는 거대한 건물이었다. 위험천만한 죄수 수백 명이 나룻배만 한 번 타면 가닿을 곳에 갇혀 있었다. 참회의 섬 뒤에는 낮게 깔린 구름 사이로 간신히 보일 정도였지만 '비탄의 섬'이 있었다. 까마귀바위섬에서 죽은 사람을 매장하는 곳이었다. 마지막 섬은 '고통의 섬'으로 위더신즈 자매들은 한 번도 가보지 못했다. 유배당한 자들이 사는 그 섬에서는 누가 찾아오는 일도, 떠나는 일도 금지였다. 이 세 섬과 까마귀바위섬을 합쳐서 '슬픔의 섬'이라고 불렀다. 슬픔의 섬을 뒤로하고 본토로 향하는 지금, 베티는 아무것도 아쉽지 않았다.

배가 감옥을 지나면서 감옥이 드리운 그림자로 들어갔다. 기온이 뚝 떨어졌다. 두툼한 모직 숄을 둘렀는데도 베티는 온몸에 소름이 돋았다. 감옥에는 다른 부분과 도무지 어울리지 않는 것이 하나 있었으니 바로 아래를 굽어보며 서 있는 높다란 탑이었다. 탑은 감옥에서 가장 오래된 구역으로 그 일부는 비탄의 섬에 있는 고대 돌무덤 돌을 옮겨 와 지었다. 그래서 마법사나 요술사로 유죄 판결을 받은 사람은 다 '까마귀바위 탑'에 가두었다. 탑 안에서는 마법이나 요술이 통하지 않는 터였다.

찰리가 베티 옆에 오더니 끈적끈적한 손을 베티 손 안으로 밀어 넣으며 중얼거렸다.

"까마귀바위 탑이다. 난 저거 하나도 안 그리울 거야. 언니는?"

"절대. 두 번 다시 보고 싶지 않아."

베티는 캄캄한 감옥 창문을 올려다봤다. 베티가 탑에 들어갔던 적은 언니, 동생과 함께 갔던 때 딱 한 번뿐이었는데도 영원히 잊지 못할 것 같았다. 올라가는 길이 한참 멀었고……. 내려오는 길은 그보다 훨씬 멀었다. 베티가 찰리 손을 슬쩍 힘주어 잡았다.

배가 육지에 닿을 무렵에는 따스한 햇볕이 구름을 뚫고 비치고 있었다. 그새 플리스는 뱃멀미를 세 번 했다. 가족들이 모두 배에서 내려 부산스러운

17

항구로 들어섰다. 낯빛이 창백하고 두꺼운 여행 망토를 입은 위더신즈 가족은 햇볕에 얼굴이 그을리고 옷차림이 가벼운 어부들 사이에서 영 튀어 보였다. 베티는 새롭고 낯선 이 모든 상황에 한껏 들떠서 주변을 두리번거렸다. 바로 그때 아빠가 더없이 사랑스러운 깜짝 선물을 공개했다. 손을 흔들며 자매들을 부르는 아빠를 따라가 보니 한 남자가 조랑말이 묶인 이륜마차 옆에 서 있었다. 아빠가 손짓하자 남자는 자리에서 떠났다.

"마부가 어디 가는 거예요?"

플리스가 물었다.

"저 사람은 마부 아니야. 아빠가 마부지. 이거 우리 거다."

아빠가 이륜마차를 가리키며 말했다.

"조랑말도요?"

찰리가 꽥 소리쳤다. 평생 생일을 하루에 다 맞이한 표정이었다. 찰리가 풀을 한 주먹 뜯어서 조랑말에게 먹였다. 평소보다도 겁이 없어 보였다.

"재미로 기르는 말이 아니야. 일 시키려고 데려왔지. 이젠 우리도 본토에 왔으니 어디라도 다니려면 타고 다닐 것이 필요하잖아. 까마귀바위섬보다 별로 크지는 않아도 어쨌건 펜들윅에서 더 넓게 다녀……."

불쑥 끼어들었던 할머니가 한 손으로 입을 턱 막으며 말을 멈췄지만 너무 늦었다.

"펜들윅? 우리가 가는 곳이 펜들윅이에요?"

세 자매가 잔뜩 들떠서 합창했다.

할머니는 미소 짓고 아빠는 너털웃음을 터트렸다.

"이젠 비밀도 끝이네."

아빠가 상자랑 트렁크를 키잡이칸에 넣고 문을 잠근 뒤 이어 말했다.

"이건 아빠가 나중에 찾으러 올 거야. 우리가 다 타면 마차에 실을 자리가 없거든."

과연, 가족은 마차에 꽉 끼어 앉아야 했다. 그래도 세 자매는 상관없었다.

"새집까지 여기에서 한 시간은 가야 해."

할머니가 잼 바른 샌드위치를 나눠주며 말했다. 샌드위치는 납작하게 눌렸지만 맛이 기가 막히게 좋았다. 샌드위치 다음에 봉투에 든 마지막 사탕 한 알까지 다 나눠 먹고 나자 플리스까지 쾌활해졌다.

"우리 새집은 어떤 곳일까? 진짜 궁금해. 조바심 나서 못 견디겠어!"

플리스가 기분 좋게 마시멜로를 쪽쪽 빨면서 말했다.

"그게 무슨 뜻이야?"

찰리가 물었다.

"뭔가 기대되어서 가슴이 두근두근한다는 뜻이야."

베티가 설명했다.

"아, 맞아! 나도 그래. 나도 조바조바해!"

이번만큼은 베티도 찰리가 틀리게 말한 단어를 고치지 않았다. 지금 가는 곳을 생각하며 그곳에서 무엇을 발견할까 상상하기도 바빴다.

"펜들윅."

베티가 혼자 중얼거렸다. 이름에서 느껴지는 맛이 꽤 마음에 들었다. 시계가 째깍거리고 촛불이 깜빡이는 동화가 떠오르는 이름이었다. 많고 많은 지도 어딘가에서 점이나 낙서로 봤는지, 어쩐지 귀에 익은 느낌이었다. 언젠가 그곳에서 살리라는 예상은커녕 가게 되리라고 꿈도 꾸지 않았다.

"펜들윅, 펜들윅. 빨리 데려다주세요, 펜들윅, 펜들윅."

마차가 험한 길을 지나며 덜컹 튀어 오르자 노래를 부르던 찰리가 움찔했다. 무릎에 앉았던 휘이가 날카롭게 야옹 울면서 찰리 팔에 발톱을 콱 박아 넣은 것이었다.

"이놈의 고양이! 휘이가 너한테 한 짓 좀 봐."

베티가 찰리 피부 위로 송골송골 맺히는 빨간 핏방울을 보더니 소리쳤다.

"난 괜찮아."

찰리는 용감한 척 말했지만, 움푹 파인 곳을 지날 때마다 눈가가 더 촉촉해졌다.

베티는 주변 풍경을 최대한 많이 보고 싶어서 마차 밖으로 몸을 길게 쭉 뺐다. 조랑말이 말굽을 달가닥거리며 작은 돌다리를 건너고 농장과 초원, 읍내와 동네를 지나 위더신즈 가족의 새집으로 점점 가까워지고 있었다. 이곳은 공기마저 달랐다. 여름이어서 답답했지만 희망으로 달콤했다. 플리스는 이 모든 것에 마음을 빼앗긴 것 같았다. 산에 나무를 심어서 만든 울타리에 둥지를 튼 새들과 다양한 야생화를 보며 연신 감탄했다.

"워, 워. 천천히, 아니, 멈추지 말고! 천천히."

가파른 비탈을 내려가기 시작하자 아빠가 조랑말을 달래서 마차 속도를 늦췄다.

그런데 조랑말은 우뚝 멈추더니 꼼짝도 하지 않았다. 한참 꾸벅꾸벅 졸던 할머니가 정신을 차리고 자리에서 일어나 앉았다.

"아, 다 왔냐?"

"다 왔어요? 집이 어디 있는데요?"

플리스가 주변을 살피며 미심쩍게 물었다. 산울타리와 들판 사이로 보이는 것이라고는 저 멀리 교회 첨탑밖에 없었다.

"어머니가 애들 데리고 먼저 가세요. 저는 이놈의 고집불통 조랑말을 어떻게든지 움직여서 뒤에 따라갈게요."

아빠 말에 할머니가 관절에서 우두둑우두둑 소리를 내며 길 위로 내려섰다.

"이쪽이다. 오른쪽으로 보이는 첫 번째……."

자매들이 먼저 와 웃음을 터트리더니 팔꿈치로 서로를 밀어대며 할머니를 지나쳐 새집을 보려고 내달렸다. 어떤 기미도 없다가 대문이 툭 튀어나왔다. 길에서 떨어진 곳, 무성한 잎사귀에 가려져 있었다. 베티가 급작스럽게 딱 멈춰 서서 꼼짝도 하지 않고 그 자리에서 앞만 뚫어지게 바라보는 바람에 찰리와 플리스한테 차례대로 들이받힐 뻔했다. 아이들 웃음소리가 일순간에 뚝 끊어졌다.

"여기일 리 없어. 조금 더 가야 할 거야."

플리스는 기분이 나빠져서 입술을 잔뜩 오므리고 베티 팔을 잡아당겼다.

"아니, 맞게 왔어. 여기가 우리 집이다."

아이들을 따라오느라 숨이 턱에 닿은 할머니가 씩씩대며 말했다.

여자아이들이 덜렁거리는 문 너머를 바라봤다.

'검은 새 오두막.'

집에 붙은 표지판은 색이 다 바랬다. 집은 베티와 자매들이 기대했던 모습과 전혀 딴판이었다.

2장. 삐딱한 집

"집이 삐딱해요! 당장 무너질 것처럼 생겼잖아요!"

플리스가 폭발했다.

"그야……. 밀렵꾼의 주머니도 삐딱하긴 했어."

할머니도 목소리를 높였지만 베티는 할머니가 걱정하는 기색이라는 느낌을 받았다.

"아니죠. 밀렵꾼의 주머니는 살짝 기우뚱했죠. 여긴 진짜 기울어졌다고요!"

플리스가 따지고 들었다.

찰리가 코를 찡긋거렸다.

"진짜 기울어졌어."

"그런데 그건 걱정거리도 아닌 것 같아."

베티가 실망스러운 눈빛으로 오두막을 살피며 말했다. 수년 전에는 정말 예뻤을지도 모르지만 희게 칠한 벽은 때가 타서 지저분하기 짝이 없었다. 정원에는 발 디딜 틈도 없이 잡초만 빽빽했고, 껍질이 벗겨지는 검은색 문에는 말라 죽어가는 덩굴장미와 검은딸기 나무가 두꺼운 커튼처럼 늘어졌다. 초가지붕은 축 처졌고 창문에는 먼지가 덕지덕지 낀 데다 그나마 몇 장은 깨졌다.

"이 안에 마녀가 살 것 같아."

"이 안에서 마녀가 죽었을 것 같은데?"

플리스 말에 베티가 한마디 보탰다.

"우리가 새집 보고 싶어서 얼마나 조바조바하게 기다렸는데."

찰리도 말하면서 품 안에서 몸부림치는 훠이를 풀어줬다. 훠이는 무성한 풀숲으로 냉큼 사라졌다.

"아, 까마귀 맙소사. 너희 좀 좋아하는 척이라도 해줄 수는 없겠냐?"

할머니가 앓는 소리를 냈다.

"까마귀……."

플리스가 무심코 할머니 말을 따라 하며 지붕을 가리켰다.

정말이었다. 굴뚝 옆에 두 마리 검은 새처럼 보이는 낡은 철제 풍향계가 있었다. 베티는 풍향계를 보자마자 할머니가 반복해 말하기를 좋아하는 까마귀 미신이 떠올랐다.

한 마리는 습지 안개, 두 마리는 슬픔…….

"까마귀가 아니라 검은 새야."

할머니가 안절부절못하고 손가락으로 목조 표지판을 딱딱 두드리며 말했다.

"검은 새, 검은 새들……. 베티, 좀 이상하지 않니? 까마귀바위섬 까마귀들이 여기까지 우리를 따라온 기분이야."

플리스가 속삭였다.

베티도 느낌이 은근히 이상했지만 대놓고 말할 생각은 없었다. 할머니나 플리스 언니처럼 말도 안 되는 미신을 믿는 대신 이성적이고 논리적이라는 데에 자부심을 느끼는 터였다. 한껏 들뜬 기분을 다 허물어져 가는 오두막 때문에 망치지 않을 작정이었다. 하지만 불운이 위더신즈 가족을 따라다니는 방법을 찾았다는 것은 인정할 수밖에 없었다.

할머니가 허리를 굽히고 금이 간 화분 아래에서 열쇠를 꺼냈다.

"누가 열쇠를 거기 뒀어요?"

찰리가 물었다.

"이웃 사람. 조금만 더 내려가면 장미 오두막이 있어. 종달새 오두막이었나? 우리 짐을 안으로 들일 수 있게 열쇠 하나를 그 사람들한테 남겼거든."

할머니가 검은딸기 덩굴을 옆으로 치우고 문을 열었다.

"우리 집도 장미나 종달새 같은 이름으로 부르면 안 돼요? 아니면……."

플리스가 우울하게 묻는데 문이 끼익 소리를 내며 열렸다. 퀴퀴한 냄새가 훅 끼쳤다. 찰리가 무언가를 생각하는 표정으로 코를 킁킁거렸다.

"우리 집에 있는 으스스한 창고 냄새랑 똑같아."

"이젠 여기가 우리 집이다."

할머니가 컴컴한 오두막으로 성큼성큼 들어가며 말했다. 플리스와 찰리는 곧 할머니를 따라갔지만, 베티는 잠깐 밖에 남아서 위더신즈 가족 새집 모습과 냄새를 눈과 코에 담았다. 이 얼마나 낯설고 새로운가! 탐색해달라고 애원하는구나.

베티가 안으로 들어갔다. 몸을 움직였더니 묘하게 흔들리는 느낌이 들었다. 할머니가 임시로 쳐놓은 커튼을 걷고 창문을 열어서 빛을 들이고 공기가 통하게 했다.

"거기 그냥 서 있지만 말고 좀 도와라!"

할머니가 플리스에게 버럭 소리쳤다.

"집에서 뱃멀미만 안 나도 낫겠네요."

플리스가 비탈진 바닥을 가리키며 투덜거렸다.

베티도 같은 생각이었다. 예전에 이동식 유원지가 까마귀바위섬에 왔었는데 놀이기구 중 하나가 '비뚤어진 집'이었다. 지금 느끼는 균형을 잃은 듯 기이한 감각이 그때 느낌과 정확히 똑같았다.

"뱃멀미라니! 할미한테 그게 무슨 헛소리냐."

베티는 이번에도 할머니 목소리에 미심쩍어하는 기색이 어렸음을 느끼고 말했다.

"할머니, 여기 진짜 기울어졌어요."

"어이구, 그래. 내가 털어놓고 말지. 전에 여기 왔을 때는 기울어진 걸 눈치 못 챘어. 기억 없어."

결국 이렇게 인정하는 할머니는 어딘가 불편해 보였다.

"어떻게 눈치를 못 채시……."

플리스가 말끝을 흐리다가 믿기지 않는다는 눈빛으로 할머니를 봤다.

"잠깐만요. 할머니……. 설마 그때 취하셨던 건 아니죠?"

"위스키를 좀 많이 마셨을지도 모르지만, 그래도 할미는 축하하고 있었어!"

할머니가 방어적으로 나왔다.

"위스키요? 축하?"

25

플리스가 씩씩대는데 찰리가 부엌으로 들어서더니 대번에 밝게 말했다.

"우리가 익숙해질 수도 있어. 여기 식품 저장실 크기 좀 봐. 엄청나게 커!
그리고, 어?"

바닥에 있던 무언가가 찰리 발에 차여서 타일 위로 떼데구루루 굴러갔다.
찰리가 반색하며 펄쩍 뛰어가 은빛 동전을 집어 들었다.

"이거 봐! 동전이야!"

베티가 천천히 몸을 돌렸다. 열린 창문으로 신선한 공기와 밝은 빛이 들어
와 퀴퀴한 냄새와 그림자가 걷히자 이제야 오두막이 제대로 보였다. 사방이
거미줄과 먼지투성이였다. 그래도 첫인상만큼 기분 나쁜 곳은 아니었고 예
상보다 훨씬 넓었다. 부엌도 널찍한 데다 너른 창이 달려서 잡초가 무성한
정원이 바로 내다보였다. 예전 집보다 훨씬 큰 벽난로 양쪽에 빵 굽는 오븐
이 있고, 부엌 벽난로보다는 조금 작지만 거실 벽난로가 따로 있었다. 예전
집에서 가져다 놓은 가구 몇 점과 상자들이 거실에서 가족을 기다리고 있었
다. 부엌 뒤쪽에 달린 튼튼한 나무 문은 정원으로 통하는 것 같았다.

"그렇게 나쁘진 않네."

베티가 말했다.

"그렇게 나쁘지는 않다고? 이게 얼마나 튼튼하고 좋은 집인데. 이백 년 전
에 지어졌어."

아빠가 고개를 숙이고 앞문으로 들어오더니 손으로 만족스럽게 벽을 탁탁
쳤다.

"그래도 엄청 지저분하죠?"

찰리가 말하면서 두껍게 낀 거미줄을 후 불었다.

"지저분한 것쯤이야 우리가 처리할 수 있지. 깨끗하게 치워서 페인트칠만 몇 번 하면 새집 같을 테니 아빠 말 믿어. 필요한 건 사랑인데 사랑이라면 우리한테 차고 넘치니까. 그리고 너희는 이 집에서 제일 끝내주는 곳은 아직 보지도 않았어."

아빠가 찰리를 두 팔로 번쩍 들어 올리더니 사정없이 간지럼을 태웠다.

"제일 끝내주는 곳이 뭔데요?"

세 자매가 한목소리로 물었다.

아빠가 찰리를 내려놨다.

"이쪽이야."

자매들은 아빠를 따라서 다시 앞문 쪽으로 가다가 벽이 안으로 쑥 들어간 공간에 놓인 좁은 계단을 발견했다. 아까 오두막으로 들어왔을 때는 안이 하도 어두워서 그런 곳이 있는지도 몰랐다. 천장이 낮아서 허리를 숙이고 앞장서는 아빠를 따라 자매들도 계단을 올랐다.

플리스가 맨 앞으로 가려고 용을 쓰는 찰리를 나무랐다.

"그만둬. 계단에서 순서를 바꾸면 불행이 따라오는 거 몰라?"

"같은 방향으로 갈 때는 아니거든."

찰리가 말하면서 플리스를 밀어내고 앞서 나갔다.

계단 꼭대기에 이르자 회랑처럼 널찍한 계단참이 나왔다. 붙박이장도 있었고 각각 문이 달린 침실도 세 개 보였다. 방들이 하나같이 삐딱하고 거미줄도 잔뜩 끼었지만, 커튼 한 장 없는 창문으로 따뜻한 햇볕이 쏟아져 들어와서인지 아래층만큼 우울해 보이지 않았다. 곳곳에 깨진 창유리로 여름 향기를 실은 바람이 불어 들어와서 공기도 신선했다.

"이 방 찜! 아니, 이 방 찜!"

찰리가 이 방 저 방 뛰어다니며 소리를 질러댔다.

아빠가 세 자매를 집 뒤가 내려다보이는 방으로 데리고 갔다. 방에는 붙박이 옷장 하나 말고는 아무것도 없었다.

"저기 좀 봐. 보여?"

아빠가 창문을 가리키며 말했다.

자매들이 버터처럼 노란 햇빛을 가로질러 밖을 내다봤다. 베티는 숨이 막혔다. 창문 너머는 부엌에서 봤던 울타리를 두른 작은 정원이었다. 잡초로 무성했지만 자세히 보니 골을 파서 나눠놓은 구획과 흙 위로 불쑥불쑥 솟아 있는 부러진 지팡이가 몇 개 어렴풋이 보였다. 정원 너머 나뭇잎이 아치형으로 늘어진 길을 지나면 야생화와 나무가 자라는 넓은 풀밭으로 가는 길이 나왔다. 풀밭에는 작은 연못도 있었다. 풀밭은 저 뒤로 쭉 펼쳐지다가 폭넓은 산울타리를 경계로 광활한 목초지와 옥수수밭이 나왔다. 베티는 지평선에서 열기로 어른어른 피어오르는 아지랑이를 볼 수 있었다. 저 멀리에 건물 한두 개가 점처럼 찍혀 있었다.

"우리 거다. 저기 다 우리 땅이야. 여기부터 저기 산울타리까지. 그게 무슨 뜻인 줄 아니?"

아빠가 말했다.

"닭 키울 거예요?"

찰리가 기대에 차서 물었다. 찰리가 바깥 한쪽 구석에서 썩어 가는 나뭇더미를 가리켰다. 오래된 닭장처럼 보이긴 했다. 휘이가 킁킁거리며 주변을 서성이고 있었다.

아빠가 헝클어진 찰리 머리를 문지르며 웃음을 터트렸다.

"뭔가를 키울 수 있다는 뜻이긴 하지."

"꽃 같은 거."

플리스가 꿈꾸듯이 말했다.

"먹을 거 키우려고 했어. 하지만, 그래 맞아. 꽃도 키울 수 있지."

아빠가 한 팔로 플리스 어깨를 힘껏 감쌌다.

"우리 큰딸이 꽃을 얼마나 좋아하는지 아빠도 알지. 그러면 저기 해가 잘 드는 쪽 작은 땅은 플리스 네 것으로 하자. 장미며 라벤더로 가득 채워 봐."

그러더니 찰리에게 한쪽 눈을 찡긋했다.

"그리고 닭을 키우는 것도 생각해 보자. 상상해 봐. 매일 신선한 달걀이라니."

"우왓! *꼬꼬댁 꼬꼬꼬, 꼬꼬댁 꼬꼬꼬.*"

신이 난 찰리가 와 하고 함성을 지르더니 양팔을 날개처럼 퍼덕이며 우스꽝스러운 춤을 췄다.

아빠가 방 한구석에서 가늘고 긴 통을 집어 들어 베티에게 건넸다.

"자, 이거. 아빠가 너 주려고 몇 주 전에 구해놨지. 오늘을 위해 아껴뒀어."

베티는 밀려드는 익숙한 흥분감을 느끼며 통을 받았다. 무엇인지 벌써 느낌이 왔다. 베티가 세상에서 제일 좋아하는 것이리라. 베티가 통 안에서 바싹 마른 크림색 두꺼운 두루마리 종이를 꺼내고는 숨도 멈추고 두루마리를 펼쳤다.

"지도다. 나만의 펜들윅 지도."

베티가 중얼거리며 잉크로 그린 지도를 열정적으로 훑어보기 시작했다.

플리스와 찰리도 베티 어깨 너머에서 넘겨다봤다. 시내가 구불구불 흐르고 교회와 마을 잔디밭 공터도 있었다. 그리고 저 너머 멀리, 나무가 울창한 숲이 드넓게 펼쳐졌다.

"'똑딱똑딱 숲'. 이름 진짜 예쁘다."

베티가 다시 한번 동화와 마법을 떠올리며 중얼거렸다.

"나는? 나는 뭐 받아요? 베티 언니는 지도를 받았고 플리스 언니는 장미 정원 생겼잖아. 닭은 아직 여기 없으니까 닭 얘기는 꺼내지도 마시고요!"

찰리가 샘이 나서 툴툴거렸다.

아빠가 하하 웃으며 창문 밖 오두막 정원 너머 한 곳을 가리켰다.

"저기 저 커다란 나무 보이지? 아빠 눈에는 그네 매기에 아주 좋아 보아 보이는데."

"그네?"

찰리는 당장 날개라도 돋아나는 듯 굴었다.

"지금, 지금 그네 매줘! 응? 지금 매면 안 돼요?"

찰리가 아빠 손을 잡더니 베티와 플리스를 안에 남겨둔 채 아빠를 끌고 나가버렸다.

베티가 간신히 지도에서 눈을 떼고 조심스럽게 지도를 말아 통 안에 도로 넣었다. 그리고는 창문 밖 황금색 땅으로 눈길을 돌려서 한참 바라봤다. 정원이다! 제대로 된 정원은 처음이었다. 밀렵꾼의 주머니에는 궤짝과 맥주 통이 잔뜩 쌓이고 꽃 한 송이 피지 않던 꽃밭 두어 개가 전부인 볼품없는 마당뿐이었다. 하지만 이곳 정원은……. 베티는 검은 새 오두막에 발을 들인 이후 처음으로 할머니가 선택을 잘했다는 생각이 들었다.

"어, 저기 창틀 좀 봐. 뭐가 있는데? 분필 가루 같아. 여기에 개미 같은 문제는 없었으면 좋겠다."

플리스가 몸을 부르르 떨며 말했다.

베티가 하얀 물질을 손가락으로 꾹 누르며 인상을 썼다. 창틀 아래로 툭 튀어나온 받침을 따라 하얀 선이 쭉 이어졌다. 베티가 손가락 끝으로 문질러 봤다.

"알갱이처럼 오톨도톨해."

"설탕인가?"

플리스가 물었다.

"내 생각엔 소금 같은데……. 뭔가 이상해."

언젠가 할머니한테서 들은 이야기가 있었는데 기억이 가물가물했다. 베티가 창가에서 한 걸음 뒤로 물러서는데 바닥에서 햇살을 받아 은색으로 번쩍이는 무언가가 눈에 띄었다. 베티가 가까이 다가가서 살폈다.

"또 동전이야. 아까 찰리가 아래층에서 발견한 거랑 똑같아."

"여기 누가 살았는지 몰라도 돈 간수를 잘못했네."

플리스가 동전을 주우려고 했다.

"그냥 놔둬."

베티가 말했다. 무엇인지 모를 느낌이 얼핏 스치고 지나갔다. 딱히 걱정은 아니었다. 그냥 어떤 느낌이었다.

"저것 좀 봐. 저기."

베티가 방을 가로질렀다. 방바닥이 기울어진 탓에 속이 울렁거렸다. 베티가 방 한구석에 쌓인 나뭇잎 몇 장을 발로 쓸어 옆으로 치웠다.

"동전이 또 있어."

"저기 네 번째 동전도 있어. 너무 이상한데?"

플리스가 방 한쪽을 가리키며 말했다.

베티가 옆방으로 건너갔다.

"여기도 동전이 있어. 창틀에 소금도 있고."

베티가 그다음 방으로 달려가자 플리스가 뒤에 바짝 따라붙었다.

"이 방도 똑같아. 방마다 모퉁이에 은화가 놓였어."

"개미가 나오는 게 분명해."

창문 밖을 내다보며 말하는 플리스 눈에는 여름빛과 그리움이 가득했다.

베티는 유독 거미가 많이 나왔던 몇 년 전 가을을 떠올리며 말했다.

"도토리를 놔두면 거미가 못 들어오잖아. 맞지? 이것도 그런 거랑 비슷하지 않을까? 언니, 우리 밖으로 나가자."

아래층으로 내려와 보니 문 옆에도 소금으로 선을 그어 놨다. 아까 오두막 안으로 들어오면서 건드렸는지 선이 흐트러졌다. 할머니가 부엌 창가에 서서 또 다른 하얀 가루 흔적을 쳐다보며 혼잣말을 중얼거리고 있었다. 할머니는 주전자 포장을 다 풀어놓고 잊어버렸는지 한쪽 손에 주전자를 대롱대롱 들고 있었다. 베티와 플리스가 다가가자 할머니가 고개를 들었다.

"소금이야. 아래층 창틀이며 문이란 문 주위에 다 있어. 모퉁이마다 은화가 하나씩 놓였고."

할머니 목소리가 갈라졌다.

"위층도 그래요. 방마다 다요."

베티가 말했다.

"마음에 안 들어. 아주 안 들어."

할머니가 고개를 저으며 웅얼거렸다.

"할머니, 왜 그러세요? 심란해 보여요."

플리스가 할머니 팔을 잡았다.

"심란하고말고. 내 행운의 편자가 어디 있지? 누가 챙겼냐? 그게 있어야 해. 당장."

할머니는 깡 소리가 나도록 주전자를 탁자에 내려놓고 상자를 뒤지기 시작했다.

"오늘 아침에 실어 온 짐에 들었으니 배에 있을 거예요. 아까 아빠가 짐 가지러 도로 가야 한다고 했는데, 기억하시죠? 여기까지 오는 동안 옆에 갖고 있어야 한다고 할머니가 말했잖아요."

"할머니, 왜 그러세요?"

베티가 물었다. 이렇게 불안해하는 할머니를 본 건 한 손으로도 꼽을 정도였다. 할머니는 지금 그 어느 때보다 심하게 안절부절못하고 있었다. 베티는 다른 사람처럼 할머니를 무시무시한 안주인으로 보는 데 익숙했다. 까마귀바위섬에서 제아무리 다루기 힘든 손님이라도 버니 위더신즈 앞에서는 어림도 없었다.

할머니가 소금에 대해서 뭐라고 말했더라?

"불길한 것들이 못 들어오도록 막을 때 쓰는 방법이야. 사람들은 무언가를 지키는 데 소금을 썼어. 나쁜 것은 소금을 못 넘거든."

할머니는 베티 머릿속 생각을 읽기라도 한 것 같았다.

베티가 고개를 끄덕였다. 이제 기억났다. 자매들이 어렸을 때 할머니와 아빠는 옛날얘기를 아주 많이 들려줬다. 아빠는 주로 밀수꾼과 모험 이야기를 들려줬는데 할머니 얘기가 항상 더 으스스했다. 복수심으로 가득한 유령들과 사악한 마녀, 짓궂은 요정들이 나오는 동화였다. 어느 집으로 들어가려는 홉고블린(*유럽에서 집안의 수호령(守護靈)으로 여겨지는 요정의 일종. 가장 일반적인 요정으로 소소한 장난을 친다. 우유 한 잔에 집안일을 돕기도 하지만 놀리면 못된 장난을 치기도 한다.) 이야기에 베티가 완전히 열광했던 밤도 있었다. 홉고블린은 집으로 들어가려고 했지만, 입구에 소금으로 그어 놓은 선 때문에 실패했다.

"설마 할머니 소금이 신경 쓰여요? 할머니가 걸어놓는 해그스톤이나 편자랑 뭐가 달라요? 그냥 미신 아니에요?"

베티가 물었다.

"행운을 바라며 창문에 거는 부적 몇 개랑 이렇게 모든 입구를 막아 버리는 일은 아주 다르지. 게다가 저렇게 동전까지 놓고……."

할머니가 말했다.

"동전은 무슨 뜻인데요?"

할머니한테 질문하는 플리스도 이제는 조금 불안해 보였다. 할머니가 머뭇머뭇 말했다.

"할미도 정확히는 몰라. 그냥 예전에 은화랑 영혼을 파는……. 그러니까, 악마에게 영혼을 파는 얘기를 들은 기억이 있어."

할머니가 속삭이듯이 말을 맺으며 까마귀 상징을 만들고는 담뱃대를 꺼내서 담배를 채우기 시작했다.

베티는 등이 오싹해지며 소름이 쫙 끼쳤다. 장소에도 '느낌'이 있다던 플리스 말이 기억났다. 검은 새 오두막에는 분명히 어떤 묘한 느낌이 있었다. 절대 좋은 쪽이 아니었다.

"우리 전에는 누가 여기 살았어요?"

베티는 어떤 대답을 들을지 두려웠다.

할머니가 맥없이 어깨를 으쓱하며 입을 열었다.

"아무도 말해 주지 않았어. 이곳은 몇 달이나 비어 있었다는구나. 그래도 이거 하나는 분명해. 누가 살았는지 몰라도 무언가를 정말 두려워했어. 완전히 겁에 질렸을 게야."

할머니가 창문을 가리켰다.

"저렇게까지 수고한 걸 보면 이유는 한 가지야. 집 안으로 뭐가 들어올까 봐 몹시 무서워했어."

베티는 할머니 말에 잔뜩 긴장했다. 어째 볼 새도 없이 더 음울한 생각이 머릿속에서 번쩍 떠올랐다.

무언가가 집 밖으로 놓여날까 봐 두려워했거나.

3장. 마법

까치가 못 살아, 베티 위더신즈!

베티는 스스로를 나무라며 불길한 생각과 두려운 감정을 한쪽으로 밀어버렸다. 할머니가 믿는 미신에 휩쓸리기를 늘 거부했는데 어쩌다 보니 물이 들었다. 이유가 뭐든 생각이 이렇게 흘러가게 놔둔 자신이 짜증스러웠다. 이건 가족의 새 출발이었다. 베티는 바보 같은 옛날이야기가 가족의 새로운 시작을 망치게 놔두지 않을 작정이었다.

"자, 자. 우리가 먼 길을 와서 다 피곤해서 그래요. 새로운 장소에 온 만큼 기분이 살짝 이상해지는 것도 당연하고요. 아빠 말처럼 일단 여기를 깨끗하게 치우고 페인트칠만 하면 완전히 새집, 진짜 우리 집 같을 거예요."

베티 말에 플리스가 할머니 손을 토닥이며 말했다.

"베티 말이 맞아요. 주전자로 물을 끓일 테니 다 같이 기분 좋게 차 한 잔 마셔요. 그러고 나서 소금 먼저 다 쓸어버리고 거미줄도 걷을게요."

할머니가 주머니를 더듬어서 성냥을 찾았다.

"소금만 치워. 차도 마시자꾸나. 나머지는 나중에 해도 돼. 너희들 다 밖에 나가서 구경하고 싶잖아."

"그래도 돼요?"

베티가 기대에 차서 물었다.

"한두 시간만이야. 네 아빠가 일자리를 얻었으면 하는 농장이 있는데 거기 가서 니들 얼굴이라도 비치고 오면 나쁠 건 없겠지."

할머니가 말했다.

"내가 가서 찰리 데려올게."

플리스가 말하며 오두막 뒤에 달린 튼튼한 나무 문으로 향했다.

베티도 언니를 따라가려는데 할머니가 주름진 손을 베티 팔에 얹으면서 목소리를 낮게 깔고 말했다.

"베티, 저 은화들 좀 다 치워라. 하지만 동전을 쓰면 안 된다."

"동전을 쓰면 안 된다고요?"

베티가 할머니 말을 따라 했다.

"어디 자선 단체 같은 곳에 기부해. 소원 비는 우물에 던지든지."

할머니가 담뱃대를 입에 물었다. 대화는 여기까지라는 신호였다. 할머니는 플리스가 나간 문으로 가서 빗장을 열었다. 베티는 바깥으로 이어질 줄 알았다가 깜짝 놀랐다. 밖이 아니라 또 다른 방이 나왔다.

"어라, 그 문으로 나가면 정원인 줄 알았어요."

베티가 안을 들여다보면서 말했다.

"아마 옛날에는 그랬을 거야. 여긴 나중에 새로 덧붙여 지은 공간이거든. 모르긴 몰라도 창고로 쓰려고 했을 테지."

할머니가 물고 있던 담뱃대를 빼서 새로 드러난 방 뒤편을 가리켰다.

"밖으로 나가는 문은 저거야."

플리스가 눈을 반짝반짝 빛내며 맞은편 문에 나타났다. 요정이 왕관으로 쓸 법한 작은 꽃 한 송이를 머리에 꽂았다.

"전 이 방 마음에 들어요. 정말 환해요! 바닥도 기울어지지 않았고요. 제가 이 방 쓰면 안 돼요?"

"안 될 게 뭐냐?"

할머니 말에 플리스가 방 한복판에서 빙글빙글 돌며 춤을 추더니 제일 큰 창문으로 갔다. 울타리를 친 작은 방목장과 집 한쪽 옆에 있는 마구간이 내다보이는 창문이었다. 아빠가 조랑말을 마구간에 넣어 놨다.

"저것도 우리 거예요?"

베티가 감탄하며 물었다. 베티는 할머니가 왜 그토록 이곳에 끌렸는지 이해하기 시작했다.

"정말 좋아요. 정원 바로 옆에 있는 방이라니."

플리스는 무척 기뻐했다.

"부엌도 바로 옆에 붙었더라. 언니 요리 실력을 손보는 데 좋겠어."

"얘!"

베티 말에 플리스가 발끈했다.

"잠깐, 그럼 난 또 찰리랑 방을 같이 써야 해요? 방은 위층에 있는 세 개가 전부잖아요."

베티는 실망한 기색이 목소리에 묻어나지 않도록 조심했다. 찰리랑 방을 나눠 쓰는 게 싫지는 않지만, 혼자만의 방이 생기기를 기대하고 있었다.

"아니, 너랑 찰리도 방을 따로 쓸 거야. 물론 아빠도. 할미는 여기 아래층 거실에서 접이침대를 놓고 자려고. 계단을 오르내리기엔 요즘 할미 무릎이 따라주질 않거든."

그러더니 할머니가 다 안다는 눈빛으로 플리스를 보며 덧붙였다.

"게다가 정원으로 통하는 문과 남자친구 때문에라도 누군가는 옆에서 너를 지켜봐야 하고, 요 아가씨야."

"저 남자친구 없어요."

플리스가 얼굴을 붉히며 웅얼거렸다.

"아직 없는 거겠지. 생각해 봐. 입을 안 맞춘 소년들이 마을 가득하네?"

베티가 말했다.

"아휴, 입 다물어."

플리스가 종종걸음치며 부엌으로 들어가 주전자에 물을 채웠다.

베티는 밖으로 나간 할머니가 담뱃대에 불을 붙이고 뒤로 잿빛 연기구름을 뿌리며 정원 곳곳으로 찰리와 아빠를 찾으러 다니는 모습에 빙긋 웃었다. 하지만 부엌으로 돌아와 창틀에서 소금을 쓸어 담는 언니를 본 베티 얼굴에서 웃음기가 사라졌다.

"동전 좀 모아줄래? 만지기 싫어서."

플리스가 부탁했다.

"언니도 진짜 할머니 못지않다니까."

베티도 내심 동전을 만지기 싫었던 터라 언니한테 한마디 쏘아붙였다. 베티는 부엌에 남겨진 먼지투성이 유리 단지를 집어 들고 동전을 던져 넣기 시작했다. 따뜻한 손끝에 닿는 작은 은화가 차가웠다. 베티는 누구도 건드리지 않은 채 동전이 저기 얼마나 오래 있었는지, 더 중요하게는 왜 놓여 있었는지 궁금했다.

"할머니가 말한 동전 이야기가 사실일까? 영혼을 파는 것과 관계있다고 했잖아."

플리스가 목소리를 낮춰 물었다.

베티가 어깨를 으쓱했다.

"할머니야 미신 전문가지. 그래도 잊지 마. 여기 누가 살았는지는 몰라도 그 사람들이 믿었다고 해서 그게 다 사실이라는 법은 없어. 다른 사람들 생각 때문에 겁먹으면 안 된다고. 머릿속이 살짝 이상한 사람들일 수도 있잖아."

"베티, 우리는 알잖아. 어떤 건 진짜이기도 하다는……. 안 그래? 일 년 전만 해도 우리도 안 믿었지만, 이제는 마법이 진짜라는 걸 알아."

플리스 목소리가 한층 작아졌다.

"물론 알지."

플리스 방으로 들어가는 문에서 목소리가 나는 바람에 두 사람은 기절초풍했다. 플리스는 꽥 비명을 질렀고 베티는 동전 단지를 떨어뜨릴 뻔했다.

"찰리! 그렇게 몰래 다가오면 어떡해!"

베티가 소리쳤다.

"연습이랄까? 언니들이 '이건 언니들 일이야' 하면서 둘만 수군댈 때를 준비하는 거야. 그리고 술래꼭질할 때 도움도 되고."

찰리는 깨나 만족해하는 표정이었다. 잔뜩 거드름을 피우며 어슬렁어슬렁 부엌으로 들어왔다.

"숨바꼭질!"

베티와 플리스가 동시에 말했다.

"그거나 그거나. 여기엔 숨을 구석이 진짜 많아."

찰리가 안달하며 말했다. 초록색 두 눈이 장난기로 반짝였다. 그러다가 문득 말을 바꾸었다.

"근데 마법 얘기는 왜 하고 있었어?"

"어, 그게……."

플리스가 난처한 눈빛으로 베티를 힐끔거렸다. 찰리는 뭐든 어지간해서 무서워하지 않았지만 두 사람 생각에 영혼을 파는 얘기는 일곱 살짜리가 들을 만한 것이 아니었다.

"플리스 언니가 인형을 어느 상자에 쌌는지 물어보고 있었어."

베티가 재빨리 생각해냈다.

"그래서 어디에 넣었는데?"

찰리가 물었다.

"짐에 안 넣었지."

베티가 주머니에 손을 넣더니 목각 마트료시카 한 벌을 꺼냈다. 인형이 차례대로 작아지면서 포개지는 장난감이었다. 인형 표면은 매끄러웠고 적갈색 머리카락에 주근깨까지 섬세하고 아름답게 색칠했다.

"계속 내가 갖고 있었어."

"나도 좀 가지게 해줘. 딱 일 분만."

찰리가 애원했다.

"찰리, 할머니가 다시 올지도 몰라."

베티가 주의 주듯 말했다.

"할머니 안 와. 당장 배에 가서 편자 갖다 달라고 아빠 들볶기 바쁘시거든.

베티 언니, 제발!”

“좋아. 대신 잠깐만이야.”

베티가 찰리에게 인형을 건넸다.

찰리가 잔뜩 흥분해서 인형을 받았다.

베티는 열세 번째 생일에 할머니에게서 인형을 받았다. 평범한 인형이었다면 예쁜 것을 좋아하는 플리스나 장난감을 좋아하는데도 몇 개 가지지 못한 찰리에게 어울리는 선물일 것이었다. 하지만 이 인형은 장난감도 아니었고 평범하지도 않았다. 머리카락이나 빠진 이처럼 작은 물건을 인형 안에 넣고 인형 위아래 조각 무늬가 완벽하게 일직선이 되도록 맞추기만 하면 그 물건 주인이 감쪽같이 사라졌다. 인형은 자매들 물건 중에서 가장 소중한 보물, 마술 같은 힘, 다른 모두에게 비밀인 마법 한 줌이었다.

게다가 찰리가 알아냈듯이 인형은 사람이 아닌 것도 사라지게 할 수 있었다. 찰리가 일직선이었던 인형 위아래 조각이 어긋나도록 바깥쪽 인형을 비틀어서 베티에게 건넸다. 그리고는 조심스러운 손길로 자기 옷 호주머니에서 다리가 세 개뿐인 갈색 쥐 한 마리를 꺼냈다. 밖으로 나온 쥐가 하품하며 몸을 길게 쭉 폈다. 찰리가 쥐 두 귀를 간질이더니 입고 있는 드레스 옷깃에 도로 넣었다. 쥐가 날쌔게 어깨 위를 가로지르자 찰리가 까르륵 웃었다.

“깡총아, 그리웠어.”

찰리가 말했다.

“그리웠다고? 그놈의 쥐는 줄곧 네 주머니 안에 있었잖아. 모습은 못 봐도 손으로는 느꼈을 거면서.”

베티가 눈알을 굴렸지만 찰리도 지지 않았다.

"그게 어떻게 같아! 요 조그만 코랑 가느다란 수염이 얼마나 보고 싶었는데. 그리고……."

"뜨뜻한 꼬리는 어떻고. 찰리, 너 그러다가 할머니한테 '상상 속 쥐'가 사실은 진짜 쥐라는 사실을 언젠가는 들킬 거야. 인형 갖고 한 번이라도 실수했다가는 그날로 할머니가 깡총이를 볼 테니까. 아니면 휘가 먼저 깡총이를 잡아먹던가."

"불쌍한 휘이, 쥐 냄새는 나는데 보이질 않으니 헷갈릴 거야."

찰리가 말했다.

"너랑 깡총이한테는 다행이지 뭐. 자, 할머니가 돌아오기 전에 빨리 깡총이 다시 숨겨야 해."

"알았어."

베티 말에 찰리가 다소 심통스럽게 말했다.

베티가 어긋났던 바깥쪽 인형을 다시 제대로 맞췄다. 찰리의 부스스한 머리카락 사이에서 쫑긋거리던 깡총이 분홍색 코가 단박 사라졌다. 마법이 발휘되는 광경에 베티는 익숙한 흥분을 느끼며 전율했다. 자매들과 이미 셀 수도 없을 만큼 마법의 마트료시카 인형을 사용했는데도 인형이 보여주는 능력이 여전히 경이로웠다.

"심술내지 마. 우린 조금 있다가 밖에 나가서 펜들윅을 탐험할 거니까. 늦었지만 간단하게 점심 사 먹을 만한 찻집이 있을지도 몰라."

베티가 말했다.

"우와, 점심시간이다!"

찰리 심술이 깡총이만큼이나 재빨리 사라졌다.

4장. 배고픈 나무

베티가 갈라진 교회 벽에 은화를 몽땅 쑤셔 넣었다. 할머니 의심이 털끝만큼이라도 사실일지 모르니 동전을 없애는 장소로 교회가 가장 적합하다고 판단했다. 베티는 마지막 동전 하나까지 눈앞에서 사라지도록 벽에 밀어 넣고 나머지 틈을 이끼로 메웠다. 그제야 자기가 생각보다 동전을 무척 꺼림칙해 했다는 것을 깨달았다.

됐다.

베티는 대번에 마음이 가벼워졌다. 아무도 동전을 금방 발견하지는 못할 것이었다. 언젠가 찾아낸다 해도 아직은 아니었다.

만일을 대비해서 동전 숨긴 장소를 정확하게 기억해 둬야 합리적일 것이었다. 예전에 플리스가 시야에서 막 사라지는 거미를 보면서 거미가 어디 있는지 모르는 게 더 기분 나쁘다고 했는데 그 느낌이랑 비슷했다. 베티는 교회의 작고 둥근 색유리 창과 교회 담장 맞은편 묘지 안, 날개 부러진 천사상이 세워진 묘비를 머리에 새기며 일어섰다.

"베티 언니, 가자. 뭐 해?"

찰리가 베티를 불렀다.

"장화 끈 좀 묶었어. 그나저나, 네가 저 고양이를 쓰다듬느라고 멈췄잖아!"

베티가 무릎에서 흙을 털어내며 마주 소리쳤다.

"솔직히 난 저 언덕을 또 오르는 게 썩 좋진 않아."

베티가 자매들 곁으로 오자 플리스가 말했다.

"음……."

베티가 검은 새 오두막으로 가는 가로수 길을 바라봤다. 아래로 내려올 때는 경사가 그다지 급해 보이지 않았는데 집까지 거리가 제법 멀었다. 가벼운 여름옷으로 갈아입었는데도 무더운 열기가 익숙하지 않아서인지 베티는 벌써 땀을 뻘뻘 흘리고 있었다.

"빵과 치즈 언덕. 이름 좋다."

베티가 언덕 위를 가리키는 나무 표지판을 소리 내어 읽었다.

"배고파서 죽을 것 같지만 않으면 더 좋겠어."

찰리가 숨을 씩씩 몰아쉬었다. 고양이를 쓰다듬으려고 걸음까지 멈췄는데 고양이가 도망쳐 버려 이젠 더 못 참는 것 같았다.

세 자매가 언덕 아래에서 처음으로 마주친 것이 교회였다. 아직까지 사람은 한 명도 못 만났다. 이제 자매는 경쾌하게 졸졸졸 흐르는 시내 위에 놓인 작은 다리를 건너고 있었다. 플리스와 찰리가 맑고 깨끗한 물에 감탄하며 좋아하는 사이 베티는 멈춰 서서 지도를 들여다봤다. 종이 위에 잉크로 표시된 기호들이 실체를 갖추고 주변에서 튀어나오는 걸 확인하는 것보다 베티 마음을 설레게 하는 일도 없었다. 시내 건너편, 좁은 자갈길에서 사람 사는 기미가 처음으로 보였다. 뭐……. 그런 셈이었다.

"앗!"

근처 가게 문에서 울리는 종소리에 플리스가 놀라서 나지막이 외쳤다. 베티가 고개를 들어보니 반짝이는 검은색 가게 간판이 눈에 들어왔다. '디긴스 부자(父子) 장의사'라고 쓴 황금색 글자가 번쩍였다. 창문 안에는 흰 꽃이 놓인 관이 하나 있었다. 관 옆은 다양한 나무 마감재를 사용해 못 박았고 관 손잡이들도 엄선한 느낌이었다.

"으악."

찰리가 코를 찡그리며 말했다.

"이게 좋은 징조일 리 없어. 처음 마주친 건물이 장의사라니!"

플리스가 찰리와 베티를 잡아끌고 검은색 문 앞을 지나며 웅얼거렸다.

"첫 번째 건물 아니야. 교회가 먼저 나왔잖아."

베티는 좋은 쪽을 보기로 마음먹었다.

플리스는 베티 말을 들은 체도 하지 않고 액운을 막는 까마귀 상징을 만들었다.

"여기 사람들은 그런 거 안 해. 그만둬! 사람들이 쳐다봐."

베티가 바람 새는 소리를 내며 언니 손을 탁 쳐서 내리게 하고는 턱을 삐뚜름하게 내밀어 장의사에서 조금 떨어져 있는 대장간을 가리켰다. 소년 몇몇이 대장간 옆에 모여 한창 떠들어 대다가 자매들을 빤히 쳐다보고 있었다. 낯선 아이들, 그중에서도 예쁜 여자아이한테 시선이 쏠렸다. 자매들이 다가가자 소년들 중 베티보다 어려 보이는 두 남자아이가 히죽히죽 웃으며 놀리듯이 플리스를 따라 두 손을 모아 가슴 앞에서 손가락을 파닥였다.

찰리가 대뜸 혀를 쏙 내밀었다.

"찰리 위더신즈, 당장 멈춰! 오자마자 적을 만들면 안 돼."

46

베티가 찰리를 나무랐다.

찰리가 베티를 노려봤다. 안 그래도 배가 고픈 터라 심술이 더 났다.

"쟤들이 먼저 시작했어."

나이가 가장 많은 소년은 청년에 가까웠다. 키도 크고 체격도 건장했다. 청년이 편자가 가득 든 궤짝을 내려놓더니 지저분한 손으로 이마를 닦았다. 이마를 가로질러 검은색 줄이 생겼다. 열여덟 살쯤으로 보이는 청년은 숱 많은 검은색 머리가 어깨까지 자랐고, 눈이 부시게 반짝이는 두 눈은 베티가 봤던 그 누구보다 새파란 색이었다. 당연하게도 그 두 눈은 플리스한테서 떠날 줄 몰랐고 청년은 가슴도 슬쩍 앞으로 내밀었다. 그런데도 청년 얼굴이 하도 호의적이고 친절해 보여서 베티마저 청년이 마음에 들었다. 청년이 자매들을 향해 사람 좋아 보이는 미소를 지어 보이며 가장 가까이 선 남자아이 뒤통수를 손으로 가볍게 탁 쳤다.

"너희 둘 그만둬. 손님을 그렇게 대접하면 안 되지."

"우리 손님 아니거든요? 여기 살거든요?"

찰리가 말했다.

"그래?"

청년이 손을 들어 햇빛을 가렸다가 자매들에게 더러운 손을 내밀었지만 이내 생각이 바뀌었는지 그저 손을 가볍게 흔들었다.

"난 토드 베리, 얘들은 다 내 사촌이야. 사람들이 다 그냥 스캘리와 웨그스라고 불러서 원래 이름을 가르쳐줘도 별로 소용없을 것 같아."

토드가 목을 긁적이며 두 아이 중 키가 큰 쪽을 고갯짓했다.

"쟤가 스캘리인데 쟤를 조심해야 해. 그리고 얘는 웨그스. 예상 못 했겠지

47

만 얘가 형이야."

"난 베티 위더신즈예요. 여기는 우리 언니 펄리시티랑 동생 샬럿, 근데 다들 플리스, 찰리라고 불러요."

토드가 자매들을 향해 고개를 까딱했다.

"난 일곱 살. 넌 몇 살이야?"

찰리가 나섰다. 한눈에 봐도 토드 사촌들이 놀이 상대로 적당한지 재보고 있었다.

"난 일곱 살 반이다. 웨그스 형은 여덟 살인데 거의 아홉 살이야."

스캘리도 만만치 않았다.

찰리가 웨그스를 이상하다는 듯 힐끔거렸다. 웨그스는 표정도 멍하고 말도 하지 않았다.

"웨그스 형은 말 안 해."

스캘리가 말했다. 아까 토드가 뒤통수를 쳤던 아이였다. 스캘리도 사촌처럼 표정이 어두웠다. 검은색 머리가 부스스했고 토드처럼 따뜻한 눈빛도 아니었다. 스캘리가 풀잎을 질근질근 씹으며 자매들을 슬쩍슬쩍 쳐다봤다.

"그 사고가 있은 뒤로는."

"저런."

플리스 갈색 눈동자에 호기심이 어렸지만, 자세한 걸 묻기에 플리스는 예의가 너무 발랐다. 베티가 얼른 찰리에게 경고의 눈빛을 쏘아 보냈다. 찰리도 플리스만큼 호기심이 돋았을 텐데 언니만큼 예의 바르지는 않으니까.

"벌써 이 년째 한마디도 하지 않았어. 뭐든 스캘리만 따라 해."

토드가 덧붙였다. 돌연 토드 얼굴에서 미소가 사라지고 파란 눈동자에 어두운 그림자가 드리웠다.

"진짜 다 따라 해. 아직도 이상하지만 이젠 내가 대장이고 큰형이야."

스캘리가 의기양양하게 토드가 한 말을 반복했다.

베티는 스캘리가 풀잎을 끝까지 다 씹고 퉤 뱉는 모습을 지켜봤다. 베티는 방금 들은 말도, 태연하게 말하는 스캘리도 다 마음에 들지 않았다. 웨그스한테 닥친 불행이 어떤 면에서는 자기한테 행운이었다는 식이었다.

"자, 그럼. 만나서 반가웠어요. 또 봐요. 틀림없이 다시 마주칠 테니까."

베티가 말했다.

"밥 먹기 괜찮은 데를 찾고 있는데……. 어디 추천해 줄 곳 없어요?"

플리스가 토드에게 물으며 고개를 한쪽으로 살짝 기울였다.

베티가 속으로 앓는 소리를 냈다. 베티는 저 표정이 뭔지 알았다. 플리스는 까만 속눈썹이 볼에 닿도록 평소보다 두 배는 더 빠르게 눈을 깜빡이고 있었다. 답이라도 하듯 토드가 아까보다도 가슴을 더 앞으로 쭉 내밀었다. 베티는 짜증이 치밀었다. 저 두 사람은 이제 막 만났을 뿐인데 상대에게 잘 보이려고 뽐내면서 서로 주변을 도는 공작새 한 쌍처럼 굴고 있었다!

"그것보다 더해줄 수 있지. 어차피 오늘 여기에서 할 일은 다 끝났으니 내가 데려다줄게."

토드가 그 매력적인 미소를 다시 지어 보이며 말했다. 그러고는 근처 고리에 걸린 천 조각을 벗겨 얼굴과 손을 닦더니 대장간 입구를 지나 자갈길로 들어서며 자매들에게 따라오라고 손짓했다.

"스캘리, 웨그스, 너희는 알아서 가. 바로 집으로 가야 해. 엄마가 학교 끝나자마자 오라고 했잖아."

토드가 사촌들을 향해 가라는 듯 손을 내저었다.

스캘리가 손을 팔락여서 플리스를 놀리더니 떠났다. 꿈을 꾸듯 멍한 표정의 웨그스가 스캘리 뒤로 느릿느릿 따라붙었다. 두 아이는 구불구불한 길로 내려가서 모퉁이를 돌아 사라졌다.

토드가 앞장서자 플리스가 아무렇지도 않게 토드 옆에 따라붙었다. 까르르 웃으며 손가락으로 머리카락을 배배 꼬는 플리스 모습에 뒤에 따라가는 베티와 찰리가 눈알을 굴렸다.

"까마귀 맙소사."

베티는 갑자기 기분이 나빠져서 중얼거렸다. 흥미진진하고 새로운 곳을 자유롭게 탐험하려고 이렇게 나왔건만, 안내해 주겠다는 누구 뒤나 졸졸 따라가느라 수수께끼를 풀고 재미 볼 기회를 빼앗겼다. 베티는 자기가 바보처럼 군다는 것도, 토드는 단지 친절을 베풀 뿐이라는 사실도 알았다. 그래도 그냥 자매들끼리 주변 모든 것을 스스로 알아갔으면 좋겠다는 생각이었다. 보물찾기에 나섰는데 이미 누군가 모든 실마리를 발견했다는 사실을 알게 된 것과 마찬가지였다. 아무리 새로운 장소여도 일단 살기 시작하면 새로운 느낌이 오래가지 않았다.

"어디서 왔다고 했더라?"

토드가 물었다.

"말 안 했는데요."

베티가 짧게 대답했다.

플리스가 베티를 돌아보며 인상을 썼다.

"까마귀바위섬에서 왔어요. 습지에 있는 작은 섬이에요. 사실 작은 섬이

네 개 있긴 한데……. 들어보기나 했을지 모르겠네요."

"그러게, 나도 못 들어본 것 같네."

토드가 고개를 저으며 대답하다가 이내 덧붙였다.

"아, 잠깐. 거기 어디 감옥 있지 않아?"

"들어봤어요?"

플리스가 반색했다.

"탑에서 뛰어내렸다는 어떤 여자 얘기를 들은 기억이 있어. 마법사였다고 들었는데. 여자가 뛰어내리긴 했지만 땅에 떨어지지는 않았다던데? 어떻게 했는지 마법을 부려서 습지에서 임프들을 불러내 탈출했다, 뭐 그런 얘기였어. 모든 장소에는 나름대로 이야기가 있기 마련인 것 같아. 그 얘기는 이모한테서 들었고."

토드가 어깨를 으쓱하며 목소리를 낮췄다.

찰리가 베티 손을 잡고 힘을 꽉 줬다. 베티도 찰리 손을 마주 힘주어 잡았다. 세상 그 누구보다 위더신즈 자매가 잘 아는 이야기였다. 까마귀바위섬의 역사이자 자매들의 과거였다. 베티는 이렇게 먼 곳까지 이야기가 전해져서 깜짝 놀랐다. 아니, 전율했다. 단지, 토드가 마법을 입에 올리면서 왜 목소리를 낮췄는지 의문스러웠다. 그런 이야기를 하는 게 바보 같다고 생각했을지도 몰랐다.

"여기는 가게가 별로 없어. 그나마 이곳 마을 잔디밭 주변에 다 모여 있는 편이야."

앞에서 길이 넓어지자 토드가 말했다.

풀이 무성히 자란 삼각형 땅이 일행 앞으로 넓게 펼쳐졌다. 베티는 문득 까마귀바위섬에 있는 둥지 풀밭이 떠올랐다. 둥지 풀밭처럼 이곳에도 풀밭 한복판에 커다란 나무가 있었다. 여기 나무가 훨씬 굵었다. 태곳적부터 자란 듯 몸통이 울퉁불퉁했고, 연못가에서 자라서인지 두껍고 비비 꼬인 뿌리가 탁한 초록색 물속에 박혀 있었다. 그런데 기묘하게도 나무가 완전히 헐벗었다. 위아래로 길쭉한 돌 몇 개가 나무를 두르고 수호하듯 서 있었다. 아니, 나무를 안에 가둔 것 일지도…….

베티는 머리를 흔들어 생각을 털어내고 나머지 풀밭을 둘러봤다. 늪처럼 축축했던 둥지 풀밭과 달리 파릇파릇한 이곳 풀은 탄력도 좋고 자그마한 분홍빛 토끼풀 사이로 붕붕 날아다니는 벌들 덕분에 생기도 넘쳐 보였다.

"저기 보이는 '부러진 빗자루'가 근처 수 킬로미터 안에 있는 유일한 여관이야."

토드가 모퉁이에 있는 작은 술집을 가리키면서 말을 이었다. 깔끔하게 회반죽을 바른 벽에 파란색 페인트칠을 한 가게였다. 창가 화단에 핀 예쁜 노란색 꽃들이 살랑거리고 있었다. 밖에는 줄로 묶어 놓은 장식용 깃발과 '100주년 기념 잔치. 6월 21일. 누구나 환영'이라고 적힌 현수막도 있었다.

"우와, 잔치다. 저게 언제야?"

찰리가 물었다.

"다음 주말."

대답하는 베티는 밀렵꾼의 주머니가 생각났다. 밀렵꾼의 주머니도 백 년은 거뜬히 넘었다. 예전 위더신즈 가문 사람들이 백 주년 축하 잔치를 열었을까? 베티는 문득 궁금해졌다. 까마귀바위섬에서 무언가를 축하할 일은 거의 없었다.

"좋아 보인다. 애들아, 저거 봐. 집에서 만든 음식을 판대!"

플리스가 밝게 말했다.

베티가 가게 간판을 힐끔 봤다. 두 조각으로 부러진 빗자루 주변에 사람이 몇몇 모여 있는 그림이었다. 음식 이름을 간판 아래 칠판에 분필로 써놨는데 베티가 첫 번째 줄을 읽기도 전에 토드가 고개를 세차게 저으며 말했다.

"음식이 형편없어. 아무리 급해도 저기서는 먹지 마."

"왜 그렇게 안 좋은데요?"

베티는 왠지 당황스러운 느낌에 얼굴이 화끈 달아오르며 따가워졌다. 베티가 기억하는 한, 밀렵꾼의 주머니도 딱히 음식 맛이 좋다고 유명하지는 않았다. 갑자기 밀렵꾼의 주머니 음식을 놓고 비슷한 말을 수군대는 속삭임이 들리는 것 같았다. 할머니와 플리스가 아무리 노력해도 소용없었다.

"직원들이 꾸준히 다니지를 않았어. 주인 브루투스 크래브가 성질이 꽤 안 좋거든. 이 근처에서 사 먹기 제일 좋은 곳은 '설탕봉(*가루설탕이나 각설탕이 발명되기 전에 가장 널리 쓰이던 원뿔 모양 덩어리로 나오던 정제당)'인데 부러진 빗자루 다음다음 집이야. 차도 팔고 아이스크림도 있어. 시간이 꽤 많이 지났지만 운이 좋으면 음식이 다 팔리기 전에 마지막 점심 주문을 넣을 수도 있겠어."

토드가 힐끔 시계를 확인하더니 눈을 크게 떴다.

"이런, 난 지금 가야 해. 일에 늦었어! 아, 마을 가게는 저쪽이야. 웬만한 건 거기 다 있어."

"일이요? 일 다 끝났다고 하지 않았어요?"

플리스가 혼란스러워하며 물었다.

"대장간 일이 끝난 거였어."

이미 토드는 일행에게서 몇 걸음이나 멀어져 있었다.

"페카헨 농장에서도 일하거든."

토드가 특유의 매력적인 미소를 다시 지었다.

"지금은 그냥 간단히 구경시켜 줬는데 내일 마을 다른 곳도 보여줄까? 내가 쉬는 날이거든."

"아, 난 좋아요."

플리스가 들떠서 말했다. 머리끝이 간신히 귀에 닿는 길이었는데도 허리까지 오는 머리를 넘기듯이 머리를 넘겼다.

"아니, 내 말은 그럴 수도 있겠다고요. 새집 청소하느라 바쁠지도 모르지만……."

토드는 만남을 취소할 생각이 없어 보였다.

"어디로 이사 왔는데?"

"검은 새 오두막이요. 빵과 치즈 언덕에 있어요."

토드가 묻자 플리스가 대답했다.

토드가 자매들을 빤히 쳐다봤다. 입가에서 미소가 얼어붙었다.

"거기 알아요? 지금은 좀 낡아 보여도 일단 우리가 집 정리를 시작하면……."

"저, 저기……. 일에 늦었어."

토드가 불안하게 흔들리는 목소리로 말하며 고개만 한 번 까딱하더니 다른 말은 한마디도 없이 그대로 떠나버렸다.

"뭐지? 좀 이상한데?"

토드가 모퉁이로 사라지자 플리스가 얼굴을 찌푸리며 말했다.

베티도 동의할 수밖에 없었다. 토드 얼굴에 어렸던 표정이 걸렸다. 아까 스캘리가 웨그스한테 일어났던 사고 얘기를 할 때 지었던 표정과 똑같았다. 뭔가 불쾌한 기억이 떠오른 표정이었다.

"언니 생각은 어……."

"저기요. 여기 누군 배가 무지하게 고프거든요?"

찰리가 끼어들었다.

"불쌍한 깡총이. 찰리가 너를 더 자주 먹여야 하는데."

베티가 장난쳤다.

"나 말하는 거잖아."

찰리가 반항기 가득한 눈빛을 쏘아 보냈다.

플리스가 토드가 사라진 쪽을 바라봤다.

"왜 그런 식으로 가버렸지?"

"언니가 죽을 때까지 붙잡고 입맞춤할 사람으로 보였나 보지 뭐."

"얘는 진짜. 입 다물어."

베티가 놀리자 플리스가 얼굴을 붉히며 말했다.

설탕봉은 작지만 아늑했고 밖에서 봤던 것보다 훨씬 넓었다. 세 자매는 다소 어둑한 찻집으로 들어섰다. 오후 햇살에서 벗어나서 기뻤다. 아이들은 방들 사이사이로 미로처럼 난 좁은 복도를 지나 시원하게 그늘진 안뜰에 자리를 잡았다. 자매들은 얼음을 넣은 산딸기 레모네이드와 엄청나게 두툼한 빵으로 만든 샌드위치를 주문했다. 샌드위치가 어찌나 큰지 찰리마저 혼자 하나를 다 못 먹었다. 나중에는 열두 개도 넘는 아이스크림 맛 중에서 하나를 고르느라 시간을 한참 보냈다. 하나하나가 포기하지 못할 만큼 다 맛있어 보였다.

"여태껏 먹었던 아이스크림 중에서 최고야. 전부 다."

찰리가 몇 가지나 맛보기로 얻어먹더니 만족스러운 듯 한숨을 내쉬었다.

베티도 같은 생각이었다. 기분 좋게 배가 부른 베티는 직원들이 미소 띤 얼굴로 탁자 사이를 바삐 다니는 모습을 지켜봤다. 이곳 사람은 하나같이 친절하고 격의 없이 말도 잘했다. 까마귀바위섬에서는 아무도 그러지 않았다. 위더신즈 가족이 단순히 휴가로 이곳에 있는 게 아니라 이 작고 완벽한 마을에 살러 왔다는 사실이 믿기지 않았다.

플리스가 할머니한테서 받은 돈으로 음식값을 치르자 두 뺨이 장미처럼 발그레한 아가씨가 찰리 코를 가볍게 잡아당기더니 잔돈을 거슬러 줬다. 세 자매가 처음 보는 낯선 동전들이 우르르 쏟아졌다.

"이젠 까마귀 동전, 큰까마귀, 떼까마귀, 깃털 동전이 아니네. 이게 우리가 쓰는 돈이구나."

아름다운 여우가 새겨진 은화를 주워 들면서 베티가 중얼거렸다.

과연 그랬다. 사슴 금화, 여우 은화, 그리고 토끼 동화. 베티는 잠시 여우 은화에 눈길을 주면서 오두막에서 발견한 다른 은화를 생각했다. 몹시 오래되고 지저분한 동전이었다. 겉에 뭐가 새겨져 있었는지 기억이 안 났다. 그 동전에도 여우가 있었나? 이것만큼 아름다웠나? 교회 벽 갈라진 틈에 쑤셔 넣어 버렸는데 이제야 그걸 생각하다니. 베티는 앞으로도 알 길은 없겠다고 짐작했다.

세 자매는 녹아 가는 아이스크림을 빨아 먹으며 자갈길을 따라 내려왔다.

"이젠 돌아가야 해."

플리스가 마지막으로 남은 아이스크림콘 조각을 입에 털어 넣고 만족스럽게 바삭바삭 씹었다. 플리스는 코끝에 연분홍 장미색 아이스크림이 콕 찍힌 데다 온몸에서 꽃향기가 풍겨서 벌떼가 주변을 둘러싸고 붕붕 날아다니지 않는 것이 이상할 정도였다.

"벌써? 우린 아무 데도 안 가봤잖아."

베티가 잔뜩 실망해서 말했다.

"할머니랑 아빠가 아무것도 안 드셨어. 가게들이 문 닫고 오후 휴식 시간에 들어가기 전에 뭐라도 좀 사 가려고."

아이들은 마을 가게가 문 닫기 전에 아슬아슬하게 도착했다. 문 위에 걸린 '필윙스와 라이트윙' 간판 바로 옆에 '펜들윅 상점&우체국' 간판이 달렸다. 가게 밖에서 머리가 길고 나이 든 한 여자가 시들어가는 식물이 든 바퀴 달린 수레를 안으로 들이려는지 챙기고 있었다.

"아, 너무 늦게 왔나? 지금 문 닫으시는 거예요?"

플리스가 물었다.

여자가 눈을 가늘게 뜨고 두툼한 안경알 너머로 플리스를 한참 봤다. 안경알이 하도 더러워서 뭐가 보일까 싶었다. 안경알 뒤로 보이는 물기 많은 회색 커다란 눈동자에 먼지라도 들어갔는지 여자가 눈을 심하게 깜빡였다. 여자는 매부리처럼 휘어지고 가느다란 콧대에 안경을 걸쳤다. 베티는 여자가 안경을 벗어도 움푹 파인 안경 자국이 영원히 사라지지 않겠다고 상상했다.

"아니야, 아가씨. 아직 오 분 남았으니 천천히 둘러봐요."

여자 목소리는 조용했지만 삐걱거리는 문처럼 갈라졌다.

여자가 안으로 들어가는 아이들을 만족스럽게 위아래로 훑어봤다. 실내는 시원했고 가볍게 바람도 불었다. 눈에 띄는 문은 없었지만 베티는 가게 뒤편에 열린 문이 있어서 바람이 불어 든다고 짐작했다. 어딘가에서 뭔가를 규칙적으로 두드리는 소리도 들려왔다. 베티는 저게 무슨 소리인지 궁금했다. 플리스가 바구니를 집어 들고 선반을 훑어보기 시작했다. 빵과 달걀, 밀가루는 바구니에 담고 찰리가 몰래 집어넣은 케이크와 비스킷은 선반에 도로 올려놨다.

베티가 잼 단지를 들었다. 상표에 '필윙스표 최상품 열매&크림 잼'이라고 적혔다.

"그거 집에서 만들었단다."

"앗!"

베티는 깜짝 놀라서 단지를 떨어뜨릴 뻔했다. 간신히 제때 단지를 붙잡은 베티가 돌아서 보니 여자가 눈을 깜빡이며 베티를 뚫어지게 쳐다보고 있었다.

"들어오는 소리 못 들었어요."

여자는 그저 미소만 지었다. 베티는 어색해졌다. 이 노부인은 가게 문을 닫고 집에 가고 싶은데 우리가 노부인을 붙잡고 있었나?

"이, 이거 어……. 진짜 맛있어 보여요."

베티가 웅얼거리며 잼 단지에 붙은 상표를 힐끔힐끔 내려다보다가 얼굴을 찌푸렸다.

"열매랑……. 크림이요?"

"진짜 크림은 아니란다. 나만의 비밀 재료를 넣었지."

여자가 말하면서도 커다란 눈으로 하도 베티를 빤히 쳐다봐서 베티는 올빼미가 노리는 쥐가 된 기분이었다.

"아주머니가 필윙스예…… 아니 필윙스 부인이에요?"

베티가 물었다.

"결혼은 하지 않았어."

여자가 말하면서 활짝 웃자 이가 드러났다. 흔들리는 말뚝 울타리처럼 이 사이가 넓었다.

"아가, 집에 가져가렴. 집들이 선물이야. 너희 위더신즈 집안 자매들이지?"

"네, 맞아요. 어떻게 아셨어요?"

베티는 당황스러웠다.

"마을을 잘 모르는 세 소녀라니, 너희들일 수밖에."

필윙스가 몇 번 호호 소리 내어 웃었다. 베티는 필윙스가 처음 생각만큼 나이 들어 보이지 않다는 것을 깨달았다.

"너희 할머니가 오두막을 살펴보러 왔을 때 여기에 잠깐 들렀어. 재미있게도 우리가 이웃이야. 나랑 동생이 너희 집에서 한 집 건너 집에 살거든."

베티가 예의 바르게 웃어 보였다. 어딘가에서 들려오는 뭔가 두드리는 소리에 신경이 계속 쓰였다. 가게 뒤에서 나는 소리인 줄 알았는데 확실하지 않았다. 지금은 소리가 더 빨라졌다. 베티는 저게 무슨 소리인지 알고 싶었다. 베티는 잼 단지를 손에 든 채 필윙스 부인을 빙 돌아 움직였다.

찻집처럼 마을 가게 실내도 놀랄 만큼 넓었다. 곳곳에 작은 상점들을 숨겨 놓은 것 같았다. 인형 하나를 열면 또 하나가 나오는 마트료시카 인형이랑 비슷한 구석이 있다고 베티는 생각했다. 없는 것이 없는 가게라던 토드 말이 맞았다. 신선한 과일과 채소, 빵이며 과자에 사탕은 물론 마른행주에 주전 자, 빗자루 같은 살림살이며 정원용 도구까지 있었다. 뜨개질과 바느질 용품 을 파는 구역도 있었다. 잼 단지처럼 상표가 붙어 있었는데, 단지 상표 이름 이 필웡스가 아니라 라이트웡이었다.

바로 이곳에서 베티는 수수께끼 같은 두드리는 소리의 근원을 알아냈다. 작은 모형 물레가 선반 맨 위에 놓여 있었다. 하도 작아서 처음에는 아이들 장난감인 줄 알았다. 바로 그 순간, 가시처럼 날카로운 작디작은 물렛가락 (*물레에서 실이 감기는 쇠꼬챙이)이 은빛으로 번쩍였다. 보이지 않는 발이 밟 는 듯 저절로 오르내리며 두드리는 소리를 내는 작은 나무 발판이 물레바퀴 를 돌리고 있었다. 가게로 불어 들어온 시원한 산들바람에 움직인 것 같았 다. 베티가 지켜보는 가운데 발판이 덜컥 멈추더니 바퀴 돌아가는 속도가 줄 어들다가 결국 멈췄다. 베티는 물레에서 왠지 마법 같은 기운을 느꼈다. 할 머니가 들려주신 동화가 기억났거나 작은 물레가 스스로 돌아가는 것처럼 보여서일지도 몰랐다.

베티는 문으로 가서 플리스를 기다렸다. 테두리까지 들어찬 바구니에 신 더 토피(*달고나와 비슷한 설탕 과자)를 담으며 끈질기게 조르는 찰리한테 플 리스가 지고 말았다. 바깥에서는 뜨거운 기운과 습하고 무거운 공기가 만나 아지랑이가 피어올랐다. 베티가 풀밭 맞은편을 바라봤다. 가게에서 멀지 않 은 곳에 나무로 만든 차꼬(*죄수를 움직이지 못하게 매어 두는 형벌 도구)가 있었 다. 옛날에 썩은 과일을 범죄자에게 던질 때 쓰던 도구와 같은 종류였다. 그 보다 더 먼 연못가에 기묘하게 생긴 늙은 나무가 서 있는데 몸통에 못으로 표지판을 박아 놨다. 너무 멀어서 표지판 글씨가 안 보였다.

"왜 종이 두 개에요?"

찰리가 문을 가리키며 의아한 듯 물었다.

필윙스 부인이 미소 지었다.

"별걸 다 눈치챘네? 저 작은 은색 종은 너무 오래되었어. 가게가 문을 열 때부터 있었는데 차마 버릴 수 없었단다. 우리가 오래된 것을 꽤 좋아하는 편이라서. 우습지? 아줌마도 알아. 동으로 만든 더 큰 종이 새것이란다. 진짜 울리는 종은 저거야."

필윙스 부인이 쇳소리를 내며 웃었다. 필윙스는 플리스가 물건값을 치르는데도 말을 그치지 않았다.

"있잖니, 너희 우리 집으로 언제 한번 저녁 먹으러 오렴. 내 동생 라이트윙은 펜들윅으로 이사 오는 사람은 꼭 개인적으로 초대해서 환영하거든."

"정말 친절하시네요."

플리스는 정중하게 대답했지만 낯선 사람들이 초대하는 걸 할머니가 얼마나 싫어하는지 잘 알았다. 베티도 잘 아는 사실이었다. 플리스와 찰리가 필윙스 부인에게 감사 인사를 한 뒤 문으로 향했다. 가게에서 나가기 전, 주인이 아이들을 다시 불렀다.

"얘들아, 잠깐. 잼을 잊었네."

필윙스가 서둘러 오더니 베티에게 잼을 안겨 주었다.

"어, 감사합니다."

베티는 놀라서 따뜻한 단지를 손가락으로 감쌌다. 잼을 내려놓은 기억도 없었다.

"접근 금지."

필윙스가 말했다. 이때만큼은 올빼미 같은 눈을 깜빡이지 않았다.

"네? 뭐, 뭐라고 하셨어요?"

베티가 말을 더듬었다.

"저기 저 나무에 붙은 표지판, 네가 아까 그걸 보고 있었잖아. 거기에 접근 금지라고 쓰여 있어. 이곳 사람들은 '배고픈 나무' 근처에도 가지 않아."

"배고픈 나무요? 나무가 뭘 먹는데요?"

찰리가 황홀한 표정으로 창밖을 내다보며 물었다.

"영역 안에 있는 건 무엇이든. 가까이에서 보면 나무줄기에 반쯤 먹힌 것들이 보여. 조각상에 벤치, 신발……."

필윙스는 잠시 말을 멈추고 선반에 놓인 잼 단지들을 서둘러 다시 정리했다.

"나무는 펜들윅의 다소……. 기이한 것 중 하나란다. 똑딱똑딱 숲이랑 비슷해."

"아, 맞아요. 베티 언니 지도에서 봤어요. 이름이 웃겨요."

"그래, 맞아. 아가, 숲에서도 반드시 멀찌감치 떨어져 있어야 해."

필윙스 부인이 은밀하게 목소리를 낮췄다.

"저 숲에 들어간 사람들은 실종된다고 알려졌거든. 저 안에서는 시간의 흐름을 잊어버려. 어떤 사람들은 (부인이 머뭇거렸다) 숲이 '마법'에 걸렸다고 해."

그 말에 찰리는 눈이 커다래졌고 베티는 흥분해서 몸이 간지러워졌다. 베티가 기대했던 이상으로 펜들윅이 점점 흥미로워지고 있었다.

"하지만……. 나무가 어떻게 배가 고파요? 나무는 먹지 않잖아요."

베티가 물었다.

"모든 것은 먹기 마련이야. 아니면 최소한 먹이를 공급받던가. 물론 배고 픈 나무에는 그럴 만한 사연이 있지."

필윙스 부인이 휘어진 이를 드러내며 또 웃었다.

베티는 필윙스 부인이 그 이야기를 하고 싶어서 안달한다는 것을 알았다.

"한쪽 다리가 나무다리였던 마녀가 수년 전에 저곳에 묻혔다는 거야. 살아 있을 때도 못된 짓을 일삼았던 마녀는 죽어서도 멈추지 않았대. 마녀 뼈에서 배고픈 나무가 자라났고 오늘날까지도 펜들웍을 천천히 먹어 치우고 있다고 들 해."

필윙스가 말했다.

"정말 이상해요. 모든 곳에 마녀 이야기가 있는 것 같거든요."

플리스는 생각에 잠긴 표정이었다.

"아무렴. 지금도 마찬가지야. 사람들은 펜들웍에는 앞으로도 계속 마녀가 있을 거라고 믿어. 단지 드러내고 말하지 않을 뿐이지."

갑자기 목소리를 낮춰서 말하던 부인이 베티를 똑바로 보고 미소 짓는 바 람에 베티는 어쩐지 초조해졌다.

"모두가 알듯이 마법과 골칫거리는 떼려야 뗄 수 없는 법이거든. 그리고 우린 이곳에 골칫거리가 생기는 걸 원하지 않고. 그렇지?"

5장. 유령

"이상한 사람들이었어. 진짜 이상해."

다음 날 아침, 베티가 말했다.

"쉿! 누가 듣겠어."

플리스가 사다리에서 베티를 내려다보고 나무랐다.

베티가 반항하듯 어깨를 으쓱하고는 땀투성이 얼굴에 들러붙은 곱슬머리를 후 불었다. 아직 정오도 되기 전인데 이미 열기로 무더웠다. 베티는 쉽게 꼬불꼬불해지는 곱슬머리가 눅눅한 습기에 엉망이 되기 일쑤인 까마귀바위섬보다 어딘가 따뜻한 곳에서 살기를 항상 꿈꿔 왔다. 그런데 알고 보니 펜들윅의 뜨거운 열기도 베티 머리에 좋지는 않았다. 하나도 안 좋았다. 베티 성질을 건드렸다. 마을을 가로지르는 차가운 시내에 발을 담그고 있어야 할 시간에 특히 더 그랬다. 발을 담그기는커녕 검은 새 오두막 한쪽에 세워놓은 사다리 아래 서서 플리스가 오두막 담을 타고 올라오는 담쟁이덩굴을 잘라내는 동안 사다리가 흔들리지 않도록 잡고 서 있어야 하는 터였다.

"사람들이 좀 이상해도 무슨 상관이야? 티들리윙스 할머니 잼이 이렇게 맛나기만 한데."

맨발에 끈적끈적한 손으로 정원을 헤집고 다니는 찰리가 말했다. 찰리는 콧노래를 부르며 잼 바른 빵을 손에 들고 먹고 있었다.

"필윙스 부인. 잼이야 맛있겠지. 우리도 알아챘어. 네가 잼을 반이나 먹었더라고."

플리스가 말했다.

베티가 분홍색으로 물든 동생 입가를 힐끔 쳐다봤다.

"나머지 반은 입에 바르고 있는 것 같은데?"

"진짜 산딸기랑 크림 맛이 나. 좀 줄까?"

찰리가 끈적끈적한 숟가락을 꺼내더니 빵에서 잼을 조금 긁어냈다.

"아까 좀 먹어봤어. 근데 난 산딸기가 아니라 메리페니 맛이던데."

베티가 말했다.

"아니야, 범블베리 맛이 났어. 어떻게 다른 맛일 수가 있겠어?"

플리스가 따졌다.

"어쩌면 다 합쳤을지도 몰라. 어차피 단지에는 그냥 '열매'라고만 적혔잖아."

찰리가 숟가락을 쪽쪽 빨다가 말했다.

"우리가 다 다른 맛을 느끼는 게 조금 이상하긴 하다."

플리스가 곰곰이 생각하며 말했다.

"내 말이."

베티가 맞장구쳤다.

그래도 아이들은 필윙스 부인 잼에서 크림 맛이 난다는 데에는 동의했다. 할머니마저 당황스러워했는데 베티는 그것도 이상했다. 사실, 베티한테는

65

필윙스 부인이 다 이상해 보였다.

"내 말 좀 들어봐. 아줌마는 다 아는 느낌이었어. 아줌마가 마법이 문제를 일으킨다 뭐 이런 식으로 말하기 시작했을 때 말이야, 내가 아니, 우린 어딘가 다르다는 걸 감지한 것 같았어. 어제 내 주머니에 인형이 들어 있었거든."

베티가 목소리를 낮췄다.

"무슨 헛소리야."

플리스가 놀랄 만큼 할머니처럼 말했다.

"아줌마가 그걸 어떻게 알았겠어? 근데, 베티, 뭐가 이래? 내가 미신을 믿는다고 만날 핀잔이면서 이젠 네가 사람들이 뭘 감지한다는 둥 잼이 맛을 바꾼다는 둥 엉뚱한 소리를 하고 있잖아! 아줌마는 그냥 우리를 친절하게 대했을 뿐이야."

플리스가 큼지막한 가지치기용 가위를 들어 올려서 다시 한번 덩굴을 싹둑 잘랐다. 베티 위로 담쟁이 이파리가 우수수 떨어졌다.

베티가 짜증스럽게 이파리를 퉤 뱉었다.

"그러게."

하지만 베티는 꺼림칙한 생각이 들어서 불편했다. 만에 하나라도 사람들이 마법의 인형에 대해서 알아내면 새로운 곳에 제대로 정착해 보기도 전에 모든 일이 틀어질 것이었다. 베티는 펜들윅 일부가 되기를 바랐다. 어울리고 싶었다.

"그리고 필윙스 부인 동생은 만나보지도 않았잖아. 라이트윙 아줌마는 아주 평범할지도 몰라."

플리스의 말에 베티가 인상을 썼다.

66

"난 필윙스 아줌마 동생을 말하는 게 아니었어."

"언니가 '이상한 사람들이었어'라고 말했어."

찰리도 한마디 거들었다.

"그야, 분명히 둘 다 이상할 거야. 안 그래? 그렇게 같이 사는 자매들 얘기를 들어봤다고?"

베티가 말했다. 그나저나 내가 왜 '사람들'이라고 했지? 필윙스 부인 동생은 생각도 안 하고 있었는데.

"우린 같이 살잖아."

찰리가 따지고 들었다.

"우리랑은 다르지. 우린 할머니랑 같이 사니까. 하지만 필윙스 아줌마는, 그게……. 늙었잖아."

"난 어른 돼도 베티 언니랑 플리스 언니랑 같이 살고 싶어. 제일 작은 침실을 써야 한대도 괜찮아."

찰리가 풀밭 속에서 꾀죄죄한 발가락을 꼬물거리며 말했다.

플리스가 가위를 내렸다.

"아, 찰리, 우리 귀염둥이. 다정도 해라. 그런데 너도 대장 노릇 하는 언니들 없이 너만의 집에서 살고 싶지 않을까?"

플리스가 아련한 눈빛으로 저 멀리 희미하게 보이는 도로를 내려다봤다.

"아니."

찰리가 단박에 대답했다. 그러더니 뭔가를 생각하는 듯 초록색 눈이 커다래졌다.

"근데 생각해 보니까 내 집에 살면 집 안 가득 동물을 키워도 되겠네? 먹고 싶은 만큼 잼도 실컷 먹고? 히야……."

플리스가 다시 가위질을 시작하자 베티는 기대에 차서 기다렸다.

"나한테는 안 물어봐?"

플리스가 코웃음을 쳤다.

"뭐 하러? 넌 집도 없을 텐데. 아마 저런 배에서 살겠지. 그래야 발이 근지러워질 때마다 어디든 훌쩍 떠날 수 있을 테니까."

"언닌 진짜 나를 잘 안다니까."

베티가 활짝 웃었다. 배를 타고 이곳저곳으로 다닌다는 생각만 해도 기분이 좋아졌다. 그런데 담쟁이 이파리와 가지들이 비처럼 머리 위로 우수수 떨어지는 바람에 생각의 흐름이 뚝 끊겼다.

"까치가 못 살겠네, 언니! 제발 다른 데다 떨어뜨릴 수는 없…."

베티가 머리에서 이파리를 털어내며 입을 열었다.

"으아아아아악! 거미다!"

난데없이 플리스가 비명을 질렀다.

사다리가 휘청하는 바람에 베티는 언니가 굴러떨어질까 봐 머리 털기를 멈추고 급히 사다리를 잡았다.

"아이고, 으악, 어머나! 여기 덩굴 안에 거미가 득실득실해. 거미에 민달팽이, 딱정벌레까지 있어!"

플리스가 꽥꽥 소리치면서 두 손을 마구 털어댔다.

"꿈틀거리는 게 보일 때마다 그렇게 목이 찢어지게 소리 질러댈 거였으면서 왜 굳이 그 위에 올라간다고 고집을 부렸대? 내가 말했지, 언니가 아래에서 잡아주면 기꺼이 내가 하겠다고."

베티는 화가 났다.

"괜찮아. 난 괜찮다고."

플리스가 단호하게 이를 악물며 말했다.

"아, 진짜! 나랑 바꾸자니까. 어차피 이 밑에 있으니까 지겨워. 언니만 그 위에서 바람을 만끽하고. 이 망할 놈의 정원은 햇빛을 가둬놓는 것 같아."

"내가 할 수 있어."

플리스가 재빨리 거리를 곁눈질하더니 난폭하게 가위질을 해댔다.

베티가 실눈을 뜨고 언니를 노려봤다. 플리스의 검은색 짧은 머리가 산들바람에 나부꼈다. 플리스는 예쁜 달걀형 얼굴이 앞머리에 가리지 않도록 빨간색 리본으로 앞머리를 깔끔하게 쓸어 올려 묶었다. 하얀색 여름용 면 드레스를 입었더니 장미처럼 발그레한 피부가 돋보였다. 베티는 자기 차림새를 힐끔 내려다봤다. 부스스한 곱슬머리에 더럽고 눅눅한 옷을 입었다. 베티는 불현듯 무언가를 깨달았다.

"언니, 오늘따라 되게 예쁘네?"

베티가 의미심장하게 말했다.

"진짜?"

"다 알면서 왜 이래? 언니가 왜 이러는지 내가 모를 것 같아?"

"무슨 소린지 모르겠네."

플리스는 초록색으로 뒤덮인 곳에 가위질하면서 꼬인 담쟁이덩굴에 집중하고 있었다.

"펄리시티 위더신즈, 그대가 자진해서 사다리 위에 올라가거나 무려 거미 근처에 갈 이유는 딱 하나지. 언니 지금 토드 베리 기다리는 거잖아! 흥!"

"아니거든."

플리스는 대답하면서도 속내가 다 드러나도록 다시 거리를 힐끔거렸다.

베티와 찰리가 서로 마주 보며 합창하듯 외쳤다.

"플리스는 뽀뽀쟁이."

플리스가 두 동생을 향해 쯧쯧 혀를 찼다.

"여기 나타나지도 않을 게 뻔한데 뭐."

플리스가 더는 발뺌도 하지 않고 중얼거렸다.

"오겠다고 했잖아."

베티는 플리스가 입을 열기도 전에 무슨 얘기를 할지 알 것 같았다.

"그야 토드가 신발에 불이라도 붙은 듯 허둥지둥 떠나버리기 전 얘기지."

"일에 늦었겠지."

베티도 검은 새 오두막이라는 말에 급변한 토드 표정이 이상하기는 했다. 베티는 자기가 잘못 본 건 아닌지 의심하고 있었다.

플리스가 화난 듯 푸 하고 숨을 한 번 크게 쉬었다. 그러더니 보란 듯이 사다리를 집어 들고 집 뒤쪽으로 더 들어가서 담쟁이덩굴을 무자비하게 잘라내기 시작했다.

첫인상이 썩 좋지 않았던 집이 이미 좋아졌다. 전날 밖에 나갔던 자매들이 집으로 돌아온 즈음, 할머니와 아빠가 이미 이삿짐 상자 대부분을 다 풀어놓은 터라 가족 모두가 집 안 곳곳을 깨끗하게 청소하기 시작했다. 베티가 먼지를 닦고 거미줄을 걷고 방마다 환기하는 동안 찰리는 훠이가 없어졌다고 난리를 부리며 고래고래 소리를 지르고 다녔는데, 정작 훠이는 길쭉한 풀이 무성한 풀숲에서 자고 있었다. 베티가 나중에 보니 찰리는 조랑말이랑 사

70

과를 나눠 먹으며 화환을 만들어 걸어주고 있었다. 조랑말이 화환도 먹어버렸다. 플리스는 시들어서 늘어진 꽃들에 물을 주겠다는 말도 안 되는 핑계를 대면서 밖에 나갔다. 그때 베티는 화가 제법 났었다. 그런데 물을 준 게 효과가 있었는지 식물이 다 생생하게 살아났다. 정원은 여전히 잡풀이 무성했지만 조금씩 아름답게 변해가는 모습을 보는 것도 제법 흥미로웠다.

오두막에서 보내는 첫날 밤, 기분이 묘했다. 아빠가 침대를 아직 다 짜 맞추지 못한 터라 모두 바닥에 매트리스를 깔고 잤다. 베티는 자리에 누운 채 커튼을 치지 않은 창문으로 달을 보며 잠들지 못하고 몇 시간이나 보냈다. 난생처음 자기 방에 있으니 기분이 정말 희한했다. 익숙하지 않은 건물 곳곳에서 삐걱대는 소리가 났다. 아직 베티가 이해하지 못하는 언어로 집이 말하는 것 같았다.

찰리가 가장 큰 방을 쓰겠다고 찜하고 난 뒤 베티가 고른 방은 집 오른쪽에 있고 뒤뜰이 맨 먼저 내다보이는 방이었다. 다른 방과 달리 창문도 하나뿐이고 붙박이 옷장도 어이없을 만큼 코딱지만 했지만 베티는 상관없었다. 밝은 데다 썩 괜찮은 작은 벽난로도 있고 베티가 애지중지하는 지도를 보관할 공간이 엄청나게 넓었다.

베티가 달을 보며 한 시간쯤 있었을까, 찰리가 몰래 베티 방으로 와서 이불 속으로 기어들었다.

"왜 왔어? 나쁜 꿈 꿨어?"

베티가 물었다.

"잠이 안 와. 언니랑 플리스 언니가 방에 없으니까 기분이 이상해. 오늘 밤만 여기서 자면 안 돼?"

찰리가 웅얼웅얼 말했다.

"그럼, 되고말고."

어둠 속에서 베티가 빙긋 웃었다. 언니 방으로 살금살금 와준 동생이, 모든 것이 새로운 펜들윅에서 만나는 익숙함이 내심 반가웠다.

"오늘 밤만이야."

찰리는 벌써 베티 귀에 대고 코를 골고 있었다.

"근데 담쟁이는 왜 다 잘라내? 오두막을 타고 올라가니까 보기 좋은데."

찰리가 이제야 물었다. 찰리는 방목장을 둘러싼 울타리에 기어 올라가서 조랑말을 부른다고 딱딱 소리를 내고 있었지만 조랑말은 찰리를 본체만체 민들레밭에서 한가로이 입을 우물거리기만 했다.

"보기 좋을지는 몰라도 아빠가 벽돌에 안 좋다고 했거든. 이렇게 오래된 집은 특히 더."

베티가 말했다.

"근데 아빠랑 할머니는 어디 있어?"

"일자리 구하러 가셨어. 아빠는 전에 얘기 나왔던 농장으로 가셨고 할머니는 여기저기 가게를 알아본다고 하셨어."

찰리 질문에 플리스가 대답했다.

"점심 먹기 전에는 돌아온다고 하셨으니 오실 때도 됐을 텐데. 언니, 오시는 거 안 보여?"

베티가 물었다.

플리스가 돌아서서 망대에서 바다를 살피는 해적처럼 손을 눈 위에 대고 거리를 살폈다.

"전혀."

플리스가 담쟁이덩굴을 한 뭉치 또 잘라냈다.

"점심 얘기가 나와서 말인데 찰리, 너 일 제대로 안 할래? 네 입만 계속 채우지 말고. 플리스 언니가 잘라내면 네가 쓸기로 했잖아."

"이제 다 먹었어."

베티가 한마디 하자 찰리가 대답하면서 남은 빵 껍질을 근처 울새에게 던져준 뒤 빗자루를 집어 들고 마녀처럼 다리 사이에 끼었다.

"언니들은 배고픈 나무 얘기가 진짜라고 생각해? 그 왜, 나무다리 달린 마녀 얘기?"

베티가 어깨를 으쓱했다.

"뭐라 말하기 어려워. 오래된 전설이나 민간 설화는 주로 뭔가 진짜였던 것에서 시작하거든. 시간이 흐르면서 진실이 꼬이고 달라질망정……."

플리스가 귀가 찢어지도록 비명을 지르는 바람에 베티 얘기가 끊겼다. 거미 따위 때문에 내지르는 비명이 아니었다. 대번에 베티는 뭔가 단단히 잘못되었음을 알았다.

"이게 무슨?"

베티가 막 말하려는데 사다리가 위태롭게 흔들거렸다. 베티가 깜짝 놀라 위를 쳐다보니 불빛 같은 게 번쩍하면서 플리스가 담쟁이덩굴에서 뒤돌아서고 있었다. 기다란 덩굴 한 줄기가 플리스 손에 감겨 있었고 플리스 얼굴은 두려움으로 뒤덮였다.

"저기 웬……."

사다리가 기우뚱거리며 벽에서 떨어지자 플리스가 울부짖었다.

"언니!"

베티가 악을 쓰며 사다리를 붙잡고 씨름했다. 하지만 베티가 버티기엔 플리스 무게도 있는 데다 사다리가 너무 빠르게 쓰러졌다. 그나마 찰리라도 다치기 전에 사다리 밑에서 아슬아슬하게 빼냈다. 플리스는 사다리가 쓰러진 반대 방향으로 튕겨 나가 오두막을 둘러싼 거친 산울타리 아래로 심하게 곤두박질쳤다. 플리스가 놀라서 집어던진 가위가 은빛 날을 번쩍이며 허공을 가르고 플리스가 떨어진 쪽으로 날아갔다.

"안 돼!"

섬뜩하게 부러지는 소리를 내며 플리스가 온갖 잡초가 뒤엉킨 풀숲에 떨어져 자취를 감췄다. 가위가 공중에서 빙글빙글 돌며 날아가서 산울타리를 꿰뚫고 정확히 플리스가 떨어진 덤불에 꽂혔다.

"플리스 언니!"

찰리가 목이 터지게 외쳤다.

"언니! 안 돼!"

베티는 넘어진 사다리를 숨도 못 쉬고 덜그럭거리며 타고 넘었다.

안 돼, 우리 언니……. 플리스 언니, 안 돼.

베티는 남의 다리로 걷는 기분이었다. 무서우리만치 고요하고 잠잠한 산울타리로 다급히 가고 있는데도 다른 사람이 움직이는 느낌이었다.

"언니, 제발! 플리스 언니, 괜찮아야 해!"

베티가 수풀을 한쪽으로 젖혔다. 앞에 어떤 광경이 펼쳐질지, 찰리가 무엇을 보게 될지 두려웠다.

플리스는 눈을 감고 입은 놀란 사람처럼 '오' 모양으로 살짝 벌린 채 나뭇가지 더미에 옆으로 누워 있었다. 잠시 베티는 숨이 안 쉬어졌다. 바삭거리는 흰색 드레스 한복판을 가로질러 새빨갛게 얼룩이 졌다. 그 순간, 플리스 밑에 깔려 납작하게 짓눌린 빨간색 열매에서 흘러나오는 즙이 베티 눈에 띄었다. 가까스로 플리스를 피해 옆에 떨어진 가위는 땅속 깊숙이 꽂혀 있었다.

"언니!"

베티가 조심스럽게 언니 손을 잡았다. 혹시라도 너무 급히 움직이지 않도록 주의했다. 심하게 다쳤나? 정말 멀리 날아갔는데.

"으……. 아야!"

눈꺼풀이 파르르 떨리며 플리스가 신음하더니 검은색 눈을 떴다. 정신이 없어 보였다.

"조심해. 갑자기 움직이지 마. 어디가 부러졌을지도 몰라."

베티가 강조했다.

플리스가 움찔거리며 몸을 옆으로 돌리자 베티가 다시 말했다.

"언니가 딸기밭으로 떨어졌어. 그나마 다행이지. 덤불이 충격을 덜어줬을 거야."

"언니가 떨어지면서 덤불도 다 부러뜨린 것 같은데?"

찰리가 부러진 가지를 가리키며 말했다.

"까마귀 맙소사. 언니 때문에 간 떨어지는 줄 알았어!"

베티가 큰 소리로 말했다. 심장이 달음박질치고 있었다.

눈빛이 돌아온 플리스 얼굴에 불안한 표정이 어렸다. 잠깐이었지만 전혀 플리스처럼 보이지 않았다. 머리는 부스스하고 얼굴은 납빛이었다. 드레스를 물들인 딸기즙 얼룩 탓에 얼굴이 한층 창백해 보였다.

"언니, 왜 그래? 무슨 일 있어? 유령이라도 본 사람 같아."

베티가 놀라서 물었다.

"아무래도 그, 그런 것 같아."

플리스가 중얼거리며 뭐에 홀린 눈빛으로 위를 올려다봤다. 베티도 언니 시선을 따라가다가 떨어지기 직전에 언니가 외쳤던 말을 기억해 냈다.

저기 웬…….

"여자애를 봤어. 네 방에서. 베티, 네 방 창문으로 보였어. 그래서 떨어졌어."

플리스가 떨리는 목소리로 말을 맺었다.

겁이 난 베티 온몸에 한기가 퍼지자 땀이 식었다.

집 안에 자매들 말고는 다른 사람이 없었다.

6장. 밀실

"하, 하지만 그건 말이 안 돼. 내 방에서 누굴 봤다는 게 말이 안 된다고. 언니, 내 방 창문은 뒤뜰 쪽으로 났어."

드디어 베티가 입을 열었다. 베티는 혼란스러웠다.

"창문 있어. 그리고 네 방은 집 이쪽 편에 있잖아. 베티, 내가 뭘 봤는지는 내가 알아! 걔가 거기 있었어. 여자애였고 날 정면으로 보고 있었어."

점점 목소리를 높이며 고집스럽게 말하던 플리스가 몸을 심하게 떨었다.

베티는 플리스가 뒤로 고꾸라지기 직전에 번쩍했던 빛을 기억해 내고 위를 올려다봤다. 언니 말대로일까? 창문에 햇빛이 반사된 빛이었을까? 베티는 현실적으로 말이 되는 결론을 즉시 생각해냈다. 덩굴에 가려졌던 창문이 언니가 가지를 치는 바람에 드러났고, 언니는 그저 창문에 비친 언니 그림자를 봤을 뿐이었다. 베티는 벌써 한층 차분해졌다.

"난 유령 안 무서워. 내가 사다리 타고 올라가 볼게."

찰리가 소매를 걷어붙이며 말했다.

"어림도 없어."

베티가 바로 말렸다. 베티는 플리스 팔꿈치를 조심조심 받쳐서 플리스가

77

산울타리에서 벗어나게 도왔다. 플리스는 온몸이 긁힌 상처투성이고 한눈에 봐도 동요한 상태였지만 달리 다친 곳은 없어 보였다.

"안으로 가서 좀 앉자. 따뜻하게 차 끓여줄게."

"아니. 다신 저 집에 발도 들이지 않을 거야. 너희들도 들어가지 마."

플리스가 겁에 질려서 황급히 말했다.

"안 위험한 유령일지도 몰라. 유령들은 거의 다 그냥 도움받기를 원하거든. 맞지?"

찰리가 끼어들었다. 찰리가 뒤로 물러서서 손을 들어 햇빛을 가리고 담쟁이덩굴을 올려다봤다. 플리스가 사다리에서 떨어지는 바람에 받은 충격이 어느 정도 가라앉고 나자 베티는 특이한 느낌을 받았다. 어쩐지 찰리가 검은 새 오두막에 유령이 살지도 모른다는 가능성에 은근히 들떠 하는 것 같았다.

"까마귀 맙소사."

베티가 한숨을 쉬며 중얼거렸다. 유령에 대해 이러쿵저러쿵 떠드는 일을 잠재울 방법은 한 가지뿐이고 베티도 알다시피 그 일은 베티 몫이었다. 베티가 쓰러진 사다리를 갖고 와서 오두막 담에 붙여 세웠다.

"베티, 안 돼. 올라가지 마. 아빠가 오실 때까지 기다리자."

플리스가 걱정하기 시작했다.

하지만 베티는 이미 호기심에 사로잡혔고 플리스가 무엇을 봤는지 직접 알아내고 싶었다.

"괜찮을 거야. 오 분 뒤에는 우리가 이 일로 배를 잡고 웃고 있을걸? 두고 봐."

베티 말에 플리스가 웃음기 하나 없는 얼굴로 베티를 마주 봤다. 플리스

코끝에는 흙이 길게 묻었고 머리에는 나뭇잎 한 장이 붙은 데다 배 한복판은 빨간색 딸기즙으로 심하게 얼룩졌다.

"아, 언니가 사다리에서 떨어진 일은 빼고. 사다리나 잘 잡고 있어."

베티가 웅얼거리며 서둘러 사다리 발판을 오르기 시작했다.

"너만큼만 잘 잡으면 되지?"

플리스가 쌀쌀맞게 말했다.

베티는 반응하지 않았다. 이제 사다리를 반쯤 올라오고 보니 일 분 전만큼 용감하게 굴기가 어려웠다. 일단 사다리가 얼마나 튼튼할지, 특히 지금, 의심스러웠다. 아빠가 정원에서 찾은 버려진 사다리였다. 아빠 눈에는 견고해 보였겠지만 낡은 데다 발판도 한두 개 빠졌다. 게다가 플리스가 떨어지는 걸 봐서인지 신경도 날카로워졌다. 바보처럼 사다리에 오르기 전에 말다툼이 그치기를 먼저 기다렸어야 했는데. 너무 늦게 깨달았다.

그나마 위에 올라오니 산들바람이 불어서 좋았다. 하나로 묶은 숱 많은 베티 머리털이 가볍게 부는 바람에 흩날리기는 그날 처음이었다. 담쟁이덩굴 사이로 바람이 불자 사라락 사라락 소리가 났다. 초록색 잎이 몇 겹이나 겹쳐서 초가지붕에 닿도록 자라 있었다. 플리스가 가지를 잘라내서 벌어진 틈과 얇아진 잎사귀 층이 베티한테도 보였다. 그 뒤로 덩굴이 커튼처럼 늘어져서 흔들리는 어두운 공간도 보였다. 베티가 한쪽 손으로 사다리를 단단히 잡고 다른 손을 뻗어 덩굴을 걷어 올렸다.

저기 덩굴 뒤, 잎사귀에 가린 작고 어둡고 지저분한 창문이 정말 있었다. 베티가 숨을 멈추고 유리 너머를 뚫어지게 들여다봤다.

베티를 마주 보는 얼굴이 있었다. 창문에 비친 베티 얼굴이 아니었다. 플리스 말대로 여자아이였다. 조금도 움직이지 않고 어둠 속에서 베티를 똑바로 바라보고 있었다. 충격을 받은 베티한테서 바람 빠지는 소리가 났다. 베티는 덩굴을 놓고 두 손으로 사다리를 힘껏 잡았다.

"까마귀 맙소사!"

베티가 속삭였다.

저 앤 누구지?

"왜 그래? 너도 봤어?"

플리스가 갈라지는 목소리로 물었다.

"으, 응. 여자애 봤어."

베티가 사다리에서 꽁꽁 얼어버렸다. 숨이 쉬어지지 않았다.

잠시 베티는 사다리에서 내려가고 싶어도 못 움직이겠다고 생각했다. 하지만 그와 동시에, 베티는 알아야 했다. 답이 필요했다. 그러려면 다시 안을 봐야 했다. 까마귀바위섬 습지 안개와 도깨비불에 대한 기억이 머리를 스쳤다. 모든 장소에는 그곳만의 유령이 있을지도 몰랐다.

"베티, 내려와."

플리스가 애원했지만 베티는 움직이지 않았다.

베티가 부들부들 손을 떨며 담쟁이덩굴을 걷었다. 머릿속에서는 무서운 생각만 번쩍번쩍 떠오르고 무엇을 예상해야 할지도 몰랐다. 첫째, 여자아이가 사라졌다. 둘째, 이게 더 안 좋았지만, 으스스한 얼굴이 악몽에 나오는 형상처럼 더 가까이 와 있다.

둘 중 아무 일도 벌어지지 않았다. 여자아이 얼굴은 움직이지 않고 그 자리에 그대로 있었다.

"저게 무······."

머릿속에 어떤 생각이 어렴풋이 떠올랐다. 베티는 안이 들여다보이도록 유리창에 묻은 흙과 더께를 손바닥으로 닦아냈다. 안을 본 순간 무슨 일인지 명확해졌다. 베티는 바보가 된 기분이 들면서도 단박에 마음이 놓였다. 웃음이 터져 나왔다.

"그럼 그렇지!"

"왜? 베티 언니, 뭔데?"

"그림이었어. 안쪽 벽에 걸린 그림이라고! 진짜 사람이 아니야."

베티가 외쳤다. 마음이 놓였더니 어지러웠다.

"그, 그림? 하지만 진짜······. 진짜 사람처럼 보였는데. 어떻게 우리가 착각했지?"

"진짜 사람처럼 보이니까 그렇지."

베티가 두 손을 모아 유리창에 대고 안을 들여다봤다. 유령 생각이 사라지니까 이제는 호기심이 일었다. 그렇다고 으스스한 기분이 안 들지는 않았다.

"그런데 저게 어떻게 저기 들어가 있지?"

베티 눈이 창문 너머 어둠에 익숙해졌다. 베티는 좀 더 잘 보려고 조심스럽게 사다리 발판을 하나 더 올랐다. 유리판이 오래된 데다 금도 몇 군데 갔는데, 유감스럽게도 그 틈으로 들어간 담쟁이덩굴이 유리판을 따라 안으로 자란탓에 바깥에서 보는 시야를 가렸다.

플리스와 베티가 그림을 진짜 사람이라고 착각한 것도 무리가 아니었다. 베티가 유리창 때를 벗겨내자 까만 액자가 눈에 들어왔다. 머리에서 어깨까지 그린 초상화였다. 어찌나 정교하고 섬세하게 칠했는지 여자아이를 찍은 사진 같았다. 예쁜 여자애였다. 굽슬굽슬한 검은색 머리와 커다란 눈동자는 베티가 지금껏 봐온 그림 중 가장 진짜 같았다. 초상화를 오래 바라볼수록 여자애가 베티를 마주 보는 기분이 들었다.

베티는 그림에서 시선을 거두고 한 번 더 실눈을 뜨고 안을 둘러봤다. 딱히 보이는 것은 없었다. 베티가 사다리에서 내려갔다. 이제 막 발견한 것에 가슴이 두근두근했다.

"그림? 오래된 초상화? 바보 같아!"

찰리가 열을 내며 나무라는 표정으로 플리스를 쏘아봤다.

"아, 다행이다."

사다리에서 발을 떼는 베티 모습에 안심한 플리스가 힘이 다 빠진 목소리로 말했다.

"베티, 나를 바라보던 초상화 눈길이……. 진짜 안에 사람이 서 있는 줄 알았어. 집이 비었다는 걸 알았는데. 그래서 유령이라고 생각했어."

베티가 지저분해진 손을 치마에 쓱 문질렀다.

"나도 처음에는 진짜 여자애인 줄 알았어. 저렇게까지 진짜 살아 있는 것 같은 초상화는 처음 봤어.

베티가 고개를 들고 오두막과 흔들리는 담쟁이덩굴을 올려다봤다. 속삭이듯 사그락 사그락 소리가 나서 더욱더 집이 자기만의 언어로 말하는 것 같았다.

"그런데 도대체 어디 있는 그림이지? 아무도 그런 그림 본 적 없는데 어쨌건 집 안에 있잖아! 베티, 왜 내가 그림이 네 방에 있다고 생각했는지 알겠어?"

플리스가 초조하게 말했다. 눈을 가늘게 뜬 표정이 혼란스러워 보였다.

베티가 고개를 끄덕였다. 오두막 내부를 머릿속으로 그려 보면 그림은 베티 침실 근처나 바로 옆방에 있어야 했다.

"그런데 집 안에 저런 창문이 없어. 저렇게 담쟁이덩굴이 뚫고 들어와 자란 창문은 없었다고."

베티가 말했다.

그래도 어쨌건 저 방은 검은 새 오두막 어딘가에 있었다. 그렇다면 결론은 하나뿐이었다.

"우리 누구도 모르는 비밀의 방이 있는 게 확실해."

어쩐지 등골이 오싹해지는 가능성에 마음을 뺏긴 베티가 숨을 내쉬었다.

"밀실이야."

"비밀의 방? 가자, 방 찾아야지! 방에서 뭔가를 찾을 수 있을 거야."

베티 말을 따라 하는 찰리는 이제 그렇게까지 화나 보이지 않았다.

베티랑 플리스가 뭐라고 대꾸하기도 전에 찰리가 자리를 떴다. 아까 정원을 쓸었어야 할 빗자루를 깡충 뛰어넘고 모퉁이를 돌아 집 뒤편으로 뛰어갔다. 베티와 플리스는 아무 말 없이 찰리 뒤를 쫓아갔다. 플리스의 방으로 들어가는 문이 열려 있었다. 환한 햇살이 쏟아져 들어와 타일 위에 부서졌다. 일광욕하는 휘이가 햇살 속에서 몸을 한껏 늘였다.

오두막 안으로 들어온 세 자매가 위층으로 내달려 올라갔다. 찰리는 곧장 베티 침실로 돌진해 들어가서 다짜고짜 침대 위로 펄쩍 뛰어올라 벽에 귀를 바짝 붙이고 손으로 벽을 딱딱 두드리기 시작했다.

"뭐 있어? 안이 빈 것 같아?"

83

플리스가 물었다.

찰리는 초록색 두 눈을 커다랗게 뜨고 혀끝을 살짝 내민 채 집중했다.

"잘 모르겠어. 안이 다 꽉 찬 것 같아."

"어쩌면 더 떨어져서 아빠 방에 있을지도 몰라."

베티가 말했지만, 마음 깊숙한 곳에서는 그럴 리 없다는 것을 알았다. 아빠 방은 정원이 보이는 베티 옆방이었다. 베티는 아빠 방으로 건너가 문가에 서서 아빠 물건을 차례대로 훑어봤다. 베티는 눈에 확 띄는 차이점 한 가지를 처음으로 눈치챘다.

"창문."

베티가 혼잣말하며 자기 방으로 주르륵 미끄럼을 타면서 돌아갔다. 아찔하게 현기증이 일었다. 열기 때문인지 들떠서인지 아니면 단순히 기울어진 바닥 탓인지 확실하지 않았다.

"창문이 하나 더 있어. 아빠 방, 집 맞은편이잖아. 근데 창문이 두 개야."

베티가 정신없이 말했다.

플리스는 이해가 안 가서 얼굴을 찌푸렸다.

"그래서? 나도 알아. 내가 어제 아빠 방 창문을 닦았으니까."

"그러니까 여기 내 방 창문도 두 개여야 해."

베티는 아직도 벽에 붙어서 똑똑 두드리며 움직이는 찰리를 지켜보면서 플리스를 지나쳤다.

"내 방이랑 아빠 방은 거울에 비친 것처럼 생겼더라고. 단지 아빠 방에는 조랑말 방목장이 내려다보이는 창문이 하나 더 있는 것만 달라. 결국 내 방에도 저쯤에 창문이 하나 더 있어야 한다는 뜻인데, 창문 대신 저게 있다 이

거지.”

베티가 붙박이장을 가리켰다.

“베티 언니! 여기 소리가 달라! 안이 비었어.”

찰리는 붙박이장 옆 벽을 두드리고 있었다. 들떠서 눈이 접시만 해졌다.

베티가 붙박이장으로 성큼성큼 다가가 문을 열고 안에 걸린 옷을 한쪽으로 쫙 밀어붙였다.

“어쩐지 옷장이 너무 작다 했어.”

베티도 흥분해서 중얼거렸다. 베티는 밀렵꾼의 주머니라면 어느 한 군데 모르는 곳 없이 구석구석을 잘 알았다. 그래서 이번 발견에 더욱 전율했다. 탐험할 밀실과 풀어낼 수수께끼라니! 모험이 웅웅 노래하고 있었다.

“이제야 말이 돼.”

베티가 붙박이장 뒷면을 손으로 훑었다. 얇은 나무판이 만져졌다. 손으로 세게 두드리니 독특하게 울리는 소리가 났다.

“여기도 비었어. 분명히 이 뒤가 밀실일 거야. 그럴 줄 알았다니까! 그런데 어떻게 들어가지?”

“베티, 너 정말 거기 들어가려고?”

플리스가 나직이 말했다. 플리스는 당장에라도 까마귀 상징을 만들 듯 가슴 앞에서 팔짱을 끼고 뒤로 물러나 있었다.

베티가 뒤로 휙 돌아섰다.

“그럼, 들어가 봐야 해. 이 안에 밀실이 있는 데는 틀림없이 어떤 이유가 있을 거야. 그 이유가 뭔지 난 알아야겠어.”

“나도 나도. 나도 볼래!”

찰거머리처럼 베티 곁을 떠날 줄 모르는 찰리가 외쳤다.

"아직은 뭐 볼 게 없어. 입구를 단단히 막아놨나 봐."

베티가 말했다.

"내 말이 바로 그거야. 제대로 막아놨어! 네 입으로 말했잖아. 밀실이 있는 데는 틀림없이 무슨 이유가 있을 거라고. 내 장담하는데, 좋은 이유는 아니야."

플리스가 불안하게 말했다. 손톱을 잘근잘근 씹으며 어딘가 넋이 나간 표정으로 방 안을 서성이기 시작했다.

"왜? 어째서? 저 뒤에 근사한 것들이 있을지도 몰라. 옛날부터 내려온 가족 보물이나 아니면……. 해골 같은 거!"

떠들어대던 찰리가 잠잠해졌다. 상상력이 걷잡을 수 없이 내달려서 황홀한 동시에 두려운 것 같았다.

"그거네 그거. 베티 언니가 자는 바로 옆에 산 채로 벽 안에 갇혀 죽은 사람 해골이 있는 거지. 히야……."

"찰리, 너무 끔찍해!"

플리스가 말했다.

베티는 두 사람 말을 무시했다. 사실 붙박이장과 저 뒤에 뭐가 있을지 온통 정신이 팔려서 두 사람 말이 귀에 들어오지도 않았다. 베티는 자신이 합리적인 사람이라고 생각하기를 좋아하지만 새로 생긴 침실 안에 존재하는 밀실이라니, 이보다 더 불가사의하고 짜릿할 수는 없었다.

"최소한 할머니랑 아빠가 돌아올 때까지 기다리면 안 될까? 두 분은 어떻게 해야 할지 아실 거야."

플리스가 말했다.

플리스 말에 찰리가 눈알을 굴리며 대답했다.

"어른들은 아무것도 몰라. 그냥 아는 척하는 거지."

"어차피 안으로 들어갈 방법이 없어. 이 뒤로 가려면 나무판을 뜯어내야
해."

베티가 실망스럽게 말하며 덧댄 나무판을 손가락으로 더듬거렸다. 움푹
들어간 곳과 홈이 만져졌다. 그런데 잠깐……. 착각했나? 약하게 바람이 불
어 들어올 만큼 어디 틈이라도 벌어졌나? 베티가 코를 벌렁거렸다. 확실히
퀴퀴한 냄새가 났다. 오래되고 잊힌 물건 냄새였다.

"아빠 연장 통 갖고 올까? 안에 커다란 망치가 있어. 한 방 제대로 때리
면……."

찰리가 물었다.

"찰리! 언니들이 네가 망치를 휘두르게 놔둘 것 같아?"

플리스가 말했다.

베티는 옥신각신하는 두 사람을 모르는 체했다. 나무판 표면을 더듬던 베
티 손끝에 다른 홈보다 확연히 크고 느낌도 특이한 데가 만져졌다. 나무에
자연스럽게 박힌 옹이나 마디와 달리 매끈매끈하니 사람이 손으로 직접 판
것 같았다. 베티가 손가락을 안으로 밀어 넣어 이쪽저쪽으로 밀고 당겨봤다.
꿈쩍도 하지 않았다. 베티가 이를 악물고 더 세게 당겼다. 나무판이 살짝 들
리더니 손가락 하나가 들어갈 만큼 옆으로 미끄러졌다. 쉭, 오래 묵어 퀴퀴
한 공기가 새어 나왔다.

"틈이 생겼어. 안으로 들어가는 길을 찾은 것 같아. 이것 좀 열게 도와줘!"

베티가 외치자마자 찰리와 플리스가 말다툼을 멈췄다. 베티는 자세를 바꿔서 플리스와 찰리가 옷장 안으로 들어와 옆에 설 만큼 공간을 만들었다. 자리싸움을 하는 세 자매 때문에 옷걸이가 요란하게 덜그럭거리며 봉을 긁어댔다.

"우리 손가락만 간신히 밀어 넣을 정도야. 나무판 끝을 잡고 잡아당겨. 알았지?"

베티가 말했다.

찰리가 열정적으로 고개를 끄덕였다. 이번 발견에 자기도 한몫 낀 상황을 확실히 즐기고 있었다. 플리스는 차라리 쥐덫에 손가락을 넣는 게 낫겠다는 표정이었다.

"당겨!"

베티 외침에 세 자매가 일제히 나무판을 잡아당겼다.

순간, 습한 곳에 고정된 채 수년간 더께가 쌓여서 꿈쩍도 하지 않던 나무판이 오른쪽으로 스르륵 미끄러지더니 시야에서 사라졌다.

"어우."

베티가 뒤로 비틀거리다가 플리스 품에 안겼다. 찰리도 뒤로 넘어지면서 베티 발가락을 밟았다. 세 자매는 서로를 꽉 부둥켜안고 어둠 속을 응시했다. 눅눅한 냄새를 풍기는 공간이 붙박이 옷장 뒤에 있었다.

"까마귀 맙소사. 우리가 밀실을 찾아냈어."

베티가 중얼거렸다.

7장. 아이비, 담쟁이덩굴

"나는 이것만으로도 됐어. 결국 찾았네. 축하해. 이젠 여기에서 나가자."

플리스가 뒷걸음질 치며 말했다.

"플리스 언니 바보, 당연히 안에 들어가야지."

찰리가 깔보듯이 말했다.

베티가 곰팡내 나는 안을 들여다봤다. 공기가 목에 걸리는 느낌이었다. 겨우 찬장만 한 공간에 작은 나무 탁자와 의자가 하나씩 있었다. 바닥에는 아무것도 깔리지 않았고 색이 바랜 벽에서는 껍질이 벗겨졌다. 천장에는 오래된 레이스처럼 거미줄이 치렁치렁 늘어졌다. 아주 오랜 세월 누구 하나 발도 들이지 않았음이 분명했다. 그래서 초상화가 더 이상해 보였다.

가느다란 햇살 한 줄기가 담쟁이덩굴 사이로 비쳐 들어왔지만, 덩굴이 여전히 여러 겹으로 창문을 가로지르고 있어서 초록색 빛이 어른어른 방 안을 채웠다. 버려진 채 이끼만 무성해진 숲속이나 깊은 물 속 같았다. 비비 꼬이며 천장으로 뻗어 올라간 덩굴도 몇 가닥 있었다. 방을 가로지르는 형상이 마치 핏줄 같았다.

"으스스해. 여기 뭐야?"

찰리가 플리스와 베티 사이로 파고들며 숨을 내쉬었다.

베티도 넋이 나가서 고개를 저었다. 다소 오싹했지만 버려지고 잊힌 이곳은 그 어디보다 마법의 기운이 가득했다.

"나도 모르겠어. 뭐 하던 곳인지 몰라도 아주 오랫동안 아무도 여길 찾지 않은 것 같아."

"당연히 사람이 쓰던 데야. 그게 아니면 여기 의자가 왜 있겠어?"

플리스가 다시 몸을 조금씩 앞으로 내밀며 조용히 말했다.

"잠시 몸을 숨기던 공간이었을지도 몰라. 침실로 쓰기엔 너무 작잖아. 어린애 하나도 제대로 못 누울 정도야."

실눈을 뜨고 어둠 속을 살피던 베티가 찰리를 힐끔 보며 말했다.

"진짜 어린애가 쓰던 방이었으면? 말 안 듣는 못된 애를 가두던 덴가?"

찰리가 기어들어 가는 목소리로 물었다.

아무도 입을 열지 않았다. 생각만 해도 섬뜩했다.

"그림은 어딨지? 안 보이는데?"

플리스가 희미하게 말했다.

"창문을 마주 보고 있었으니까 아마 우리 옆에 있는 벽에 걸렸을 거야."

베티는 옆으로 밀린 나무판 가장자리를 붙잡고 밀실 안으로 몸을 들이밀었다.

깃털 같은 무언가가 베티 얼굴을 스쳤다. 베티가 헉 소리를 내며 뒤로 펄쩍 뛰었다.

"왜 그래?"

플리스가 외쳤다.

"아무것도 아니야. 그냥 거미줄이었어."

베티가 정신을 차리고 얼굴에서 거미줄을 떼어냈다. 피부가 근지러웠다. 베티는 좁은 공간 안으로 다시 몸을 쭉 밀어 넣고 고개를 돌렸다.

저기, 한 팔 거리도 안 되는 곳에 검은색 액자가 벽에 걸려 있었다.

"액자가 있어. 팔 뻗으면 닿을 것 같은데 무거워 보여."

"그냥 놔둬. 아무것도 건드리지 마."

플리스가 말했다.

불현듯 베티는 초상화도 다시 보고 싶고 이 기묘한 방에 얽힌 수수께끼도 풀고 싶은 마음이 솟구쳤다. 왜 이곳에 초상화가 있을까? 전혀 어울리지 않았다. 베티가 방을 살폈다. 이젠 희미한 빛에 눈도 익숙해져서 안이 더 보였다. 의자 밑에 무언가 있었다. 금 간 벽에서 떨어진 회반죽이나 구겨진 종이 같았다.

"저기 뭐가 있어. 종이 같긴 한데. 가까이에서 보면 잘 보일 것 같아. 난 들어갈래."

"가지 마. 베티, 부탁이야. 여기 좀 봐! 몇 년이나 방치된 곳이잖아. 한꺼번에 와르르 무너질지도 몰라. 바닥이 다 썩었을 거야. 그나마 거미줄 때문에 간신히 다 붙어 있을걸?"

애원하는 플리스 코에 주름이 잡혔다.

베티가 코웃음 쳤다.

"설마 그럴라고. 보기보다 튼튼할 거야. 그리고 저게 진짜 종이면 언제 이 방을 마지막으로 사용했는지 알 수 있을지도 몰라."

"그냥 좀 두라니까! 당장 여길 막아버리고 본 일조차 잊어야 해. 내가 맡언니야. 할머니랑 아빠가 안 계시면 내가 책임자라고. 넌 못 들어가!"

플리스가 폭발했다.

"한번 막아보시든가."

베티가 한쪽 발로 옷장을 단단히 디디고 서서 다른 쪽 발을 조심스럽게 안으로 들여 시험 삼아 바닥을 밟아봤다. 잠깐 삐걱 소리가 나긴 했지만 튼튼했다.

"베티 위더신즈! 당장 옷장 안으로 들어와!"

플리스가 바람 새는 소리로 경고했다.

베티는 그럴 생각이 조금도 없었다.

"여기 안전해."

베티는 팔을 뻗어서 앞에 늘어진 거미줄을 걷어 가며 나아가 초상화 앞에 섰다. 실내는 어두웠지만 창으로 들어오는 빛이 곧장 그림을 비췄다. 이제 시야를 가로막는 잎사귀나 더러운 유리창이 없었더니 초상화가 더 또렷이 보였다.

그림 속 소녀가 베티를 똑바로 마주 봤다. 가까이에서 본 소녀는 베티 생각보다 훨씬 예뻤다. 플리스에 견줄 만큼 전형적인 미인이었다. 나이도 비슷해 보였지만 피부는 조금 더 까무잡잡했다. 길게 구불거리는 머리카락은 액자처럼 새카만 색이었다. 분홍색 도톰한 입술은 장미 봉오리 같았고 발그레한 두 볼에는 생기가 넘쳐서 베티는 소녀가 숨도 쉬겠다고 생각했다. 가장 놀라운 것은 두 눈이었다. 초록색과 파란색 중간쯤 되는 눈동자 색깔도 매우 독특한 데다 더없이 사실적으로 그려서 베티는 소녀가 실제로 자기를 정면에서 보고 있다는 느낌이 들었다.

밖에서 얼핏 봤을 때 초상화가 왜 사람처럼 보였는지 쉽게 이해가 갔다. 베티 눈과 정확히 똑같은 높이에 걸려 있었다. 검은색 배경과 액자는 방의 어둠 속으로 완벽히 녹아 들어가 보이지도 않는 터라 얼굴과 어깨밖에 안 보였다.

이 그림은 왜 이 안에 있지? 어째서 이렇게 숨겨놨을까? 처음부터 끝까지 뭔가 잘못된 느낌이야.

베티가 생각했다. 초상화를 보면 볼수록 더 이상하게 보였다. 베티는 초상화를 지나쳐 앞으로 갔다. 두껍게 쌓인 바닥 먼지에 발소리가 먹혔다. 베티가 의자 옆에 쪼그리고 앉아서 밑에 있는 무언가를 집어 들었다.

베티 생각이 옳았다. 의자 밑에 있던 것은 종이 뭉치였다. 베티는 옛날 신문을 기대하고 종이 뭉치를 한 장씩 조심스럽게 펼쳐봤다. 하지만 종이에는 그림이 그려져 있었다. 사람과 동물, 꽃 같은 것을 솜씨 좋게 그려 놨다. 그중 한 장 아래쪽에 연필로 흘리듯이 적어놓은 글귀 몇 개가 희미하게 보였다.

> 똑딱똑딱 숲 규칙
> 1. 잠들지 말 것.
> 2. 시계가 가고 있을 때 말하지 말 것.
> 3. 몇 시냐고 절대 묻지 말 것.

"세 가지 규칙?"

베티는 혼자 중얼거리다가 똑딱똑딱 숲이 마법에 걸렸다던 필윙스 부인 말을 기억해 내고 흥미가 더 일었다. 정말 특이한데?

"베티 언니! 뭐 봐?"

찰리가 안달하며 물었다.

"그림."

베티는 말하면서 거미를 털어내 가며 흩어져 있는 종이를 두어 장 더 집었다. 깔끔한 필기체에 검은색 잉크로 무언가가 적혀 있었다.

"무슨 시 같아."

"시? 뭐라고 써 놨는데?"

이제는 플리스가 흥미로워했다.

베티가 눈을 가느다랗게 떴다. 종이에 물이 튀었던 듯 군데군데 잉크가 번졌다.

"이 안이 너무 어두워서 잘 못 읽겠어. 얼룩도 졌고."

"나도 보고 싶어."

잠시 어수선해진 틈을 타서 찰리가 플리스를 옆으로 밀고 밀실 안으로 들어왔다.

"우와, 여긴 정말 으스스하다."

찰리가 뒤로 돌아서서 초상화 앞에 섰다. 찰리 입술이 살짝 벌어졌다.

"얘 진짜 사람 같아. 누구였을까?"

베티가 빛을 향해 그림 한 장을 기울였다. 맨 밑에 똑같은 검은색 필기체로 깔끔하게 써놓은 단어가 보였다.

"아이비(*Ivy: 담쟁이덩굴)."

베티가 손가락으로 글씨를 따라 쓰며 소리 내어 읽었다. 글씨를 쓴 방식이 어딘가 독특했다. 가운데 글자 'v'를 쓰면서 아래를 향하는 끝은 뾰족하고 양쪽 모서리는 덜 뾰족하게 해서 실제 담쟁이 이파리와 비슷하게 보이도록 썼다. 재치 있게 이름을 남긴 화가의 서명이었다.

"이 그림을 그린 사람 이름이구나. 아이비."

"이것도 그렸어. 여기랑 저기. 봐봐. 두 군데야."

찰리가 그림을 가리키며 말했다. 머릿속에서 이름을 불러보는지 입술이 달싹거렸다.

베티는 찰리가 무슨 말을 하는지 처음에는 못 알아들었다. 두 군데라고? 베티한테는 캔버스에 써 놓은 아이비 하나만 보였다. 그러다가 나무로 짠 액자에 아이비라고 새겨놓은 글씨를 발견했다.

"이건 이 그림 제목일 거야. 아이비, 이건 자화상이구나!"

베티가 그림 속 여자아이를 바라봤다. 여자아이 입술에 어린 희미한 미소가 방금 베티가 한 말을 확인해 주는 것 같았다. 시간이 멈춰버린 소녀 시선이 베티에게 못 박혔다.

베티가 더 다가가서 보니 액자도 별개의 작품이었다. 뒤엉키고 소용돌이치는 담쟁이덩굴 잎사귀들을 검은 나무틀에 새겨 넣어 장식했다.

밖에서 부는 산들바람에 창문에서 담쟁이덩굴이 나부끼자 방으로 비쳐드는 초록색 빛에 물결이 일었다.

아이비.

베티가 생각했다.

방 안팎이 담쟁이덩굴 천지였다. 단순히 식물만이 아니었다. 저 소녀, 여자아이도 마찬가지였다. 담쟁이덩굴이 드리운 초록 이파리 장막에 가려 있었다. 기묘한 기운이 베티 주변에 먼지처럼 내려앉았다. 이 방은 얼마나 오래 발견되지 않고 여기에서 이렇게 기다리고 있었을까. 이토록 아름다운 그림을 왜 이런 밀실에 숨겨놨을까? 이처럼 귀한 그림을 설마 주인이 일부러 남기고 떠났을까?

"언니, 언니는 이거 안 보고 싶어? 동화 속에서 튀어나온 것 같아."

베티가 플리스에게 물었다. 베티는 수수께끼 같은 방에 완전히 사로잡혔다. 수십 년간 누구도 건드리지 않은 보물 상자를 발굴한 기분이었다.

"아니."

플리스가 딱 잘라 말했다.

"아까 창문 밖에서 본 것만으로도 충분해. 그리고 난⋯⋯."

아래층에서 뭔가 박살 나는 소리가 나서 아이들이 모두 얼어버렸다.

"저게 무슨 소리야?"

찰리가 바람 새는 소리로 물었다.

"집 안에 다른 사람은 없어. 아빠랑 할머니가 돌아오셨나?"

베티가 말했다. 꿈을 꾸는 것 같았던 방의 마법이 마침내 깨졌다. 하지만 아무도 자매들을 부르지 않았다. 이젠 자매들 말고도 집에 다른 사람이 있다는 것을 알리는 웅성웅성 대화 소리도 없었다. 담쟁이덩굴만이 창문에서 사라락 사라락 울 뿐, 정적이 오두막을 채웠다.

"뒷문. 뒷문이 활짝 열려 있었는데 우리가 안 닫았어. 누구라도 안에⋯⋯."

플리스가 갈라지는 목소리로 말하며 눈을 커다랗게 뜨고 나무판이 벌어진 틈으로 베티를 응시했다.

"가자."

베티가 찰리를 데리고 나무판이 열린 틈을 비집고 밀실에서 나갔다. 환한 햇살에 눈이 부셔서 눈물이 났다. 베티는 돌아서서 나무판을 최대한 조용히 닫고 플리스가 아랫입술을 잘근거리며 기다리는 문으로 향했다. 세 자매는 베티 방에서 나와 계단을 타고 아래층으로 내려갔다. 플리스가 앞장서고 찰리는 맨 뒤에서 따라갔다. 발을 디딜 때마다 삐걱거리는 계단 소리가 고요한 집 안에서 천둥처럼 울렸다.

분명히 밖에서 불어 든 바람에 뭐가 쓰러졌겠지. 그뿐이야. 지금 이 초조한 기분도 이제 막 우리가 발견한 것 때문일 테고. 밀실을 연 것과는 아무 상관 없어.

베티가 생각했다.

하지만 방만 문제가 아니었다. 베티도 그건 알았다. 입구마다 소금으로 쳐 놓은 선이며 은화도 있었다. 검은 새 오두막에 처음 발을 디딘 순간 베티 머릿속에서 번쩍였던 생각이 다시 떠올랐다. 무언가가 집 밖으로 놓여날까 봐…….

계단을 끝까지 다 내려온 아이들이 돌아서서 부엌을 마주 봤다. 사람 흔적도, 뭐가 깨진 기미도 없었다. 쏟아져 들어오는 햇빛이 반쯤 풀다 만 이삿짐 상자와 살림살이를 비추고 풀풀 날리는 먼지가 햇살 속에서 점점이 반짝일 뿐이었다. 찰리가 두 언니 사이에서 튀어 나갔다.

"틀림없이 훠이일 거야. 밖에서 우유병 하나를 넘어뜨렸……."

찰리가 한 손을 날리다시피 올려서 입을 막으며 멈췄다.

"왜 그래?"

베티가 옆으로 움직이며 물었다. 이제는 베티한테도 보였다. 박살 난 유리 조각이 탁자 바로 뒤 바닥에 널렸고 깨지고 구부러진 틀이 그 옆에 있었다. 어젯밤 할머니가 벽에 걸어둔 작은 타원형 거울이었다. 톱니처럼 보이는 깨진 유리 일부가 틀에 남았다. 고리는 아직 벽에 붙어 있는데 왜……. 거울이 어쩌다가 떨어져서 박살이 났지?

부엌 창문 밖으로 뭐가 지나가는 바람에 세 아이가 기절초풍했다. 모자가 달린 짙은 색 넝마 같은 옷을 입은 형체가 바람처럼 정원을 지나 길을 따라 내달렸다. 플리스가 제일 먼저 움직여 자기 방으로 들어가 열린 뒷문으로 향했다. 베티와 찰리가 그 뒤에 바짝 붙었다.

"거기 당신! 당신 누구지?"

플리스가 외쳤다. 플리스 발밑에서 유리 조각이 우지직 으스러졌다.

넝마 차림의 형체가 우뚝 멈춰서서 뒤를 힐끔 돌아보자 길게 자란 백발이 모자 밖으로 쏟아지듯 흘러나왔다.

나이 많은 여자구나.

베티가 깨달았다.

세 자매를 한 사람씩 훑어보는 여자 눈이 가느다래졌다. 눈동자에 분노와 증오가 가득했다. 베티가 찰리를 잡아서 옆으로 바짝 끌어당겼다.

마침내 베티가 목소리를 되찾았다.

"우리 정원에서 뭐 해요?"

여자는 대답하지 않았다. 길에서 돌아선 여자가 주름진 손을 들어 올렸다. 갈고리처럼 휘어진 손가락으로 플리스를 가리키며 똑바로 노려봤다. 여자 입술이 소리 없이 움직이는 모습에 베티는 한기가 들 만큼 두려워졌다. 플리스가 헉하고 숨을 들이마시며 까마귀 상징을 만들자 여자가 달아났다. 길을 따라 미끄러지듯 빠져나가 나뭇잎 무성한 아치 길을 지나 잡초 우거진 정원 속으로 사라졌다.

제일 먼저 정신을 차린 사람은 베티였다. 머뭇머뭇 밖으로 나가 뒤뜰을 살폈다. 한가롭게 흔들리는 꽃들과 열기에 지쳐 붕붕 날아다니는 벌레들뿐, 다른 움직임은 없었다. 낯선 여자는 흔적조차 없었다. 그냥 그렇게 간단히 사라져 버렸다. 따뜻한 햇볕 속에 있으니 베티가 느꼈던 한기도 조금은 녹는 것 같았지만 여전히 동요한 상태였고 충격을 받은 탓에 심장이 쿵쿵 뛰었다.

"누구였지?"

베티가 중얼거리며 문을 닫고 빗장까지 건 뒤 세 자매가 함께 부엌으로 돌아왔다. 플리스 방으로 들어가는 문이 활짝 열린 데다 거울이 깨졌을 때 근처에 있던 사람은 딱 한 명이었다. 그 늙은 여자가 집에 들어왔던 것이 틀림없었다. 베티는 이런 사실을 깨닫고 몸서리를 쳤다. 낯선 사람이 집 안으로 기어들어 왔다고 생각하니 섬뜩했다.

"플리스 언니를 왜 그렇게 가리켰을까?"

찰리가 떨리는 목소리로 물었다.

"안 그랬어."

베티는 대답하면서 자매들과 눈도 마주치지 못했다. 거짓말이란 걸 알았지만 이 일로 셋이 다 같이 몹시 놀랐는데 플리스만 그렇게 튀는 것은 불공평했다.

"그랬어. 그랬고말고. 베티, 거짓말하지 마. 노파는 나를 똑바로 노려보기까지 했어."

플리스 검은 눈동자에 괴로운 빛이 어렸다.

"언니 치마를 보고 있었을 거야. 저렇게 엉망이니 안 보기도 어려웠겠지."

베티가 따지고 들었다.

"그런 것 같지 않았어. 진짜 무섭게 생겼어……. 화가 엄청 나 보였어."

찰리 목소리가 평소와 달리 차분했다.

"분명히 집을 잘못 찾아들어 왔을 거야. 길을 잃었거나 헷갈렸을지도 몰라. 아무튼 뭔가 이유가 있었을 거라고. 어쨌건 아빠한테 대문을 달아달라고 하자. 이런 일이 또 일어나면 안 되잖아."

수심에 가득 찬 언니 얼굴을 본 베티는 어떻게든지 이 기묘한 사건을 설명하고 싶어서 절박하게 머리를 굴리며 말했다.

플리스는 깨진 거울만 보고 있었다. 베티 말은 하나도 안 들은 눈치였다. 플리스가 찰리를 언뜻 보더니 단호하게 고개를 저으며 말했다.

"유리 조심해. 쓰레받기 가져올게. 할머니 오시기 전에 쓸어서 내다 버려야지."

"이해가 안 가. 거울이 어떻게 벽에서 떨어졌지?"

찰리가 혼란스러운 표정으로 물었다.

베티가 플리스를 곁눈질했다. 두 사람 다 말은 안 했지만 서로 똑같은 생각을 하고 있다는 걸 알았다. 거울은 떨어지지 않았다. 일부러 떨어뜨렸거나 집어던졌을 텐데 그 일이 벌어졌을 때 아래층에는 낯선 노파밖에 없었다.

칠 년 동안 불행은 맡아놨네. 할머니가 깨진 거울에 대해서 그렇게 말해줬는데.

베티가 생각했다.

위더신즈 가족이 절대 원하지 않는 일이었다.

플리스가 쓰레받기와 빗자루를 가져와 무릎을 꿇고 앉아 깨진 유리를 쓸어 담았다. 정리를 시작한 지 얼마 되지도 않았는데 바깥에서 자라락 자라락 자갈 밟는 소리가 났다. 다시 한번 얼음이 된 세 자매 눈길이 일제히 부엌 창

100

문으로 쏠렸다. 검은 그림자가 우거진 검은딸기 덤불을 스치며 눈앞을 지나 순식간에 시야에서 사라졌다.

세 자매는 날카롭게 문 두드리는 소리가 나기도 전에 그림자가 플리스 방 뒷문으로 향하고 있다는 걸 눈치챘다.

"대답하지 마."

베티가 속삭였다.

"앞문으로 나가자."

찰리도 거의 동시에 말했다.

플리스는 아무 말도 하지 않았다. 타일 바닥에서 따라락 소리가 나건 말건, 손에 들었던 쓰레받기와 빗자루를 떨어뜨리고는 재빨리 자리에서 일어섰다. 예쁜 얼굴이 분노로 일그러졌고 검은 두 눈이 이글이글 타올랐다. 근처 벽난로에서 부지깽이를 집어 들고 어깨를 쫙 펴더니 방을 향해 단호하게 성큼성큼 걸어갔다.

"언니? 무슨 짓을 하려고?"

깜짝 놀란 베티가 종종걸음으로 뒤따라갔다.

"쫓아버리려고."

플리스가 나직한 목소리로 무덤덤하게 말하면서 뒷문 빗장을 벗기고 활짝 열어젖히는 동시에 부지깽이를 휘두르며 포효했다.

"우리 건드리지 마!"

베티가 미끄럼을 쭉 타다가 때맞춰 멈췄다. 두려움과 혼란스러움이 가득한 표정으로 토드가 입구에 움츠린 채 서 있었다. 날아오는 부지깽이를 막겠다는 듯 한쪽 팔을 들어 올리느라 애써 가져온 장미꽃 세 송이가 길에 떨어졌다. 꽃잎 몇 장이 흩어져 있었다.

"아. 토드였군요."

아직 부지깽이를 허공으로 쳐들고 있는 플리스가 씩씩거리며 숨을 몰아쉬었다.

토드가 불안한 눈빛으로 플리스를 보며 한 걸음 물러섰다.

"지금은 때가 안 좋나?"

8장. 저주일까?

토드 눈길이 밑으로 뚝 떨어지면서 플리스 옷 위 붉은 얼룩에 가서 꽂혔다. 토드가 헉 소리를 냈다.

플리스가 더 크게 소리쳤다.

"앗!"

플리스는 더할 수 없이 창피한 표정이었다. 부리나케 부지깽이를 등 뒤로 돌려 숨겼다.

"아, 그게, 우리가 저기……."

"언니가 사다리에 올라갔다가 딸기밭으로 떨어졌어요."

찰리가 돕겠답시고 한마디 보탰다.

"그런 딸기는 꼴도 보기 싫은걸?"

토드가 장난스럽게 말했다.

플리스가 눈이 부시도록 환히 미소 지으며 문틀에 기댔다. 얼굴은 하얗게 질리고 옷은 엉망인데도 용케 여전히 사랑스러운 모습이었다. 플리스가 땀으로 떡 진 짧은 머리를 매끈하게 펴 보겠다고 손으로 쓸어내렸는데 괜히 부지깽이에서 옮겨붙은 검댕만 이마를 가로질러 묻혀 났다.

플리스 옆으로 비집고 선 베티가 토드 너머 정원을 내다봤다.

"오는 길에 아무도 못 봤어요? 나이 든 여자 안 지나쳤어요?"

베티가 물었다.

토드가 혼란스러운지 짙은 눈썹이 한데 모이도록 인상을 썼다.

"나이 든 여자? 아니, 아무도 못 봤어. 왜? 너희 할머니가 사라지셨어?"

베티가 안달하며 고개를 저었다.

"우리 할머니 말고요. 모르는 여자가 우리 집에 들어와서 훔쳐보고 다녔어요."

토드 파란 눈이 커다래졌다.

"너희 정말 놀랐겠다. 그래서 사다리에서 떨어졌어?"

"아니, 그건 아니고……. 담쟁이덩굴에서 거미가 튀어나오는 바람에 놀랐어요. 그래서 사다리에서 미끄러져서 떨어졌고요."

플리스가 중간에 말을 끊으며 곁눈질로 베티를 힐끔거렸다. 베티는 아주 미세하게 고개를 끄덕여서 이해했다는 신호를 보냈다. 밀실과 그 안에서 발견한 것을 가족 아닌 사람 누구에게도 말하지 않아야 했다. 아직은 아니었다.

"그 여자가 뭐라고 말은 안 했어? 나이 들었다는 그 여자?"

토드가 물었다.

"아니요. 모르는 할머니였는데 입술을 움직이긴 했는데 뭐라고 하는지는 못 들었어요. 할머니가 플리스 언니한테 손가락질도 했어요."

찰리가 말했다.

"정말 아무도 못 봤어요? 백발이 치렁치렁 길게 자랐고 짙은 색 옷을 입었어요. 혹시 마을에서 누구 떠오르는 사람 없어요?"

베티가 물었다. 기묘한 여자와 뚫어지게 노려보던 눈빛을 떠올리니 돌연 온몸에 한기가 끼쳤다.

토드가 무력하게 어깨를 으쓱했다.

"미안. 펜들윅에는 그렇게 생긴 사람이 많아서. 너희 할머니한테 인사하러 들렸다가 너희 때문에 놀란 건 아닐까?"

"아니, 그런 게 아니었어요. 그 여자가 거울도 깨뜨리고 나한테 손가락질도 했어요. 뭐랄까…… 나한테 저주를 거는 것 같았어요."

플리스가 얼굴을 구기며 말했다.

저주. 두 글자짜리 한 단어가 악취처럼 공기에 퍼졌다. 저주는 위더신즈 가족에게 낯설지 않았다. 세 자매도 어떤 저주 아래서 태어났다. 가문 여자들이 까마귀바위섬을 포함한 주변 섬에서 못 떠나는 저주였다. 그곳을 벗어나면 다음날 해 질 무렵에 죽었다. 베티가 자매들과 함께 결연하게 떨치고 일어나 세 가지 마법의 물건 도움으로 저주가 시작된 곳, 바로 까마귀바위 탑에서 저주를 깨트렸다. 위더신즈 가문이 또 다른 저주에 걸릴 만큼 불운할 것 같지는 않지만, 그렇다고 행운이 따라줄 만큼 좋은 운은 아니라는 걸 베티는 알았다. 게다가 베티도 플리스 생각에 동의할 수밖에 없었다. 나이 든 여자가 분노로 얼굴을 일그러뜨리며 중얼거리던 말이 아무래도 주문 같았다.

베티는 토드가 펜들윅에서 그런 일은 일어나지 않는다거나 무슨 말이라도 해서 플리스를 안심시켜 주기를 기다렸다. 하지만 막상 토드 입에서 나온 말은 베티가 기대하던 내용이 아니었다.

"여기서 저주 같은 말을 하고 다니면 안 돼. 사람들이 안 좋아해. 일종의 암묵적인 규칙이랄까. 우린 마법을 입에 올리지 않아."

토드가 목소리를 낮게 깔며 말했다.

"왜요?"

찰리가 당황해서 물었다. 찰리가 아는 한 마법을 사용하면 늘 좋은 일이 생겼다. 물론 마법을 부렸다가 자매들이 몇 번 곤란해졌지만, 궁지에서 빠져나오게 해준 것 역시 마법이었다.

"필윙스 아줌마가 말한 거랑 연관 있어요? 마법과 골칫거리는 떼려야 뗄 수 없는 법이라고 했거든요."

베티가 가게 주인이 한 말을 떠올렸다. 배고픈 나무 이야기와 펜들윅 마녀들 역사도 기억났다. 넝마 같은 옷차림과 산발을 한 나이 든 여자야말로 딱 마녀 모습이었다.

토드가 어깨를 으쓱하며 냉소적인 웃음을 지었다.

"뭐랄까, 무언가를 얘기하면 그게 실현되는 것 같거든. 이리 오라고 부르는 꼴이랄까."

토드가 목덜미를 손으로 문질렀다. 더워 보이면서도 망설이는 표정이었다. 베티는 문득 토드가 벌써 한참이나 지독한 더위 속에 서 있었는데 자매 누구도 안으로 들어오라고 말하지 않았다는 사실을 깨달았다.

"이런, 우리 정신 좀 봐. 미안하게도 더위에 익게 문밖에 그냥 세워놨네요. 들어와요."

베티가 말하면서 플리스한테 문에서 물러서라고 재촉했다.

"아."

플리스가 멍하게 말하더니 정신을 차리려는 듯 고개를 가볍게 저었다.

"정말 그랬네."

플리스는 뒷문 밖에 나뒹구는 장미도 처음으로 눈치챘다.

"아, 저런. 우리 주려고 갖고 왔어요?"

"어……. 응."

토드가 허리를 숙여서 꽃잎이 나풀나풀 떨어지는 꽃대를 주웠다.

"이제는 너희한테 주기에 살짝 유감스러운 꼴이지만 한 사람한테 한 송이씩 주려고 갖고 왔어. 펜들윅에 온 걸 환영하는 선물이야."

토드가 햇빛처럼 샛노란 꽃은 베티와 찰리에게, 마지막 새빨간 꽃은 플리스에게 건넸다.

플리스가 꽃을 받으며 고맙다고 인사했다. 유심히 플리스를 지켜보던 베티는 언니 두 뺨이 발갛게 물드는 모습에 마음을 놓았다.

"꽃병에 꽂을게요."

플리스가 말하며 앞장서서 방을 통과해 안으로 들어갔다. 부엌에 다다른 플리스가 덜컥 멈춰 섰다. 박살 난 거울에서 떨어진 유리 조각이 아직 바닥에 흩어져 있었다.

"내가 치울게."

베티가 쓰레받기와 빗자루를 집어 들며 말했다.

플리스가 깨진 유리를 피해서 개수대로 갔다. 빈 병을 하나 찾아내어 물을 채우고 장미꽃 줄기를 꽂았다.

"차라도 한 잔 권하고 싶은데 사람들이 하나같이 내가 끓인 차는 맛이 형편없대요."

베티 입이 딱 벌어졌다. 플리스가 부엌일에 솜씨 없기는 사실이었지만 언니 입으로 인정하는 건, 더구나 언니가 마음에 둔 남자 앞에서 말하는 건 처음 들었다. 사다리에서 떨어진 데다 이상한 노파를 만난 충격에서 벗어나지 못한 것이 틀림없었다. 아니면 그동안 언니를 너무 많이 놀렸나? 베티는 내심 미안해졌다.

토드가 쿡쿡 웃었다.

"그렇다면 너한테는 다행이다. 내가 차를 정말 잘 끓이거든. 내가 주전자에 물을 좀 끓이면 어떨까? 아무래도 넌 앉는 게 좋을 것 같아."

플리스가 의자에 털썩 걸터앉아 손으로 부채질을 했다.

"차 마시기엔 너무 덥네요."

"할머니가 차 마시기에 너무 더운 날은 없다고 했어."

찰리가 단박에 치고 나왔다.

"그럼 물은 어때?"

토드가 재빠르게 움직이며 찬장 안에서 잔을 찾았다.

베티는 고마운 마음으로 토드를 곁눈질했다. 분위기를 띄우려고 노력해줘서 기뻤다. 베티가 유리 조각을 냄비에 쓸어 담자 쨍그랑 댕그랑 소리가 요란했다. 거울 파편이 사방으로 무수히 튄 터라 십중팔구 여기저기에서 수일간 발견될 터였다.

"한 조각도 남기면 안 돼. 휘이가 발바닥 다치면 안 된단 말이야."

찰리가 걱정스럽게 말했다.

"휘이가 누군데?"

토드가 물었다. 토드는 모양도 안 맞는 잔을 네 개 찾아서 일렬로 세워놓고 수도꼭지를 틀더니 물이 시원해지기를 기다렸다.

"우리 고양이요. 그런데 동물이에요. 오빠도 동물 좋아해요? 우리 쥐도 볼래요?"

찰리가 숨도 안 쉬고 와다다 쏟아냈다.

"찰리!"

베티가 말렸다.

"왜?"

찰리는 베티한테 말하면서도 기대에 찬 눈빛으로 토드를 보며 활짝 웃었다.

"어……."

토드는 대답하기 난처하던 차에 마침 수도꼭지가 딸꾹질하듯이 물을 꿀럭꿀럭 뱉어내는 바람에 살았다. 뚝 그쳤던 물이 다시 나오면서 개수대 밖으로 튈 만큼 쏴 하고 물줄기가 힘차게 뿜어져 나왔다.

"수도관에 공기 방울이 생겼나 보다."

토드가 말했다.

물줄기가 쪼르르 가늘어지더니 방울지어 똑똑 떨어지다가 결국 딱 멈췄다. 토드가 수도꼭지를 이쪽저쪽으로 방향을 바꿔 돌렸지만 달라지지 않았다. 수도관에서 꾸르륵꾸르륵 소름 끼치는 소리가 나더니 기다란 초록색 끈 같은 것이 툭 튀어나왔다.

"까치가 못 살아! 저게 뭐야?"

플리스가 의자에서 펄쩍 뛰었다.

토드가 손을 뻗어 미끈미끈한 초록색 줄기를 뽑아냈다.

수도꼭지에서 한 팔 길이나 되는 줄기가 미끄러지듯 나왔는데도 안에 더 남았다.

"무슨 식물인데 수도관 안에서 자라고 있었나 봐."

토드가 줄기를 손에 친친 감더니 다시 한번 잡아당겼다. 미끌미끌한 식물 줄기가 계속 나왔다.

베티는 이해가 안 갔다. 가족이 집에 도착한 이후 줄곧 수돗물을 써왔다. 수도관에 이상한 기미는 조금도 없었다. 얼씨구, 바로 몇 분 전에 플리스가 장미꽃을 물병에 꽂았다. 그때까지도 수도에는 아무 문제가 없었다. 익숙해 보이는 초록색 줄기가 무슨 식물인지 베티는 벌써 알고 있었다. 아침 내내 보고 있었으니까. 베티가 개수대로 한 걸음 다가갔다.

너무 이상해…….

토드가 힘을 줘서 덩굴을 확 잡아당기자 마침내 줄기가 통째로 수도꼭지에서 뽑혀 나오면서 물이 콸콸 쏟아졌다.

"이건……. 담쟁인데?"

토드 얼굴에 당황한 표정이 스쳤다. 토드가 손을 털어 개수대 안으로 식물을 떨어뜨렸다.

"이게 저 속에 그렇게 오래 박혀 있었다고?"

찰리가 개수대 안 초록색 따리를 들여다보면서 물었다.

"그럴 리 없어. 물속에 그렇게 오래 잠겨 있었으면 잎사귀들이 다 곤죽이 되었을 거야."

베티가 말했다.

"헉! 무, 물이, 저것 좀 봐!"

플리스가 외치며 물을 가리켰다.

물이 막힘없이 나오기 시작한 이후로는 아무도 눈여겨보고 있지 않았다. 그제야 베티는 수도꼭지에서 나온 담쟁이덩굴은 기이한 일의 시작에 불과했다는 것을 알아챘다. 물 색깔이 잔디처럼 선명한 초록색이었다.

"우웩! 난 저거 안 마셔."

찰리가 구역질하는 소리를 냈다.

"잠깐 있으면 맑아질 거야."

그렇게 말하는 토드조차 과연 그럴까 싶은 표정이었다.

베티는 초록색 물이 개수대에 똬리를 튼 담쟁이덩굴을 핥으며 수챗구멍으로 빠지는 광경을 지켜봤다. 수도꼭지에서 이끼나 풀잎처럼 뭔가 다른 것이 나왔으면 이렇게까지 오싹하지는 않았을 것 같았다. 하지만 아이비, 담쟁이덩굴이라고? 밀실이며 그 안에서 찾은 초상화와 다른 그림들까지 다 발견하고 나서? 이 전부를 이어주는 것이 바로 담쟁이덩굴, 식물이자 소녀 이름인 아이비였다. 베티가 아는 한 할머니는 담쟁이덩굴을 좋아하지 않았다. 어느 해엔가 세 자매가 학교에서 담쟁이덩굴로 만든 크리스마스 화환을 집에 가지고 왔지만 할머니는 절대 집으로 못 들이게 했다.

"불행을 초대하는 꼴이야. 집 안으로 들이면 안 돼."

할머니가 말했었다. 할머니는 아주 많은 물건에 대해서 그렇게 말했다.

담쟁이덩굴은 불길한데…….

베티가 생각했다. 초상화 속 여자아이는 누구지? 밀실에 그림을 남긴 사람은 누구일까? 그 여자애가 구석마다 은화를 놓고 소금으로 창틀에 줄을 그어놨을까?

"이젠 물이 맑아지고 있어. 보여?"

토드가 컵에 물을 채워서 창문으로 들어오는 빛을 향해 들어 올렸다. 마음이 놓인 눈치였다.

아직 물에 초록색 기가 옅게 남았지만 한눈에 봐도 훨씬 나아졌다. 토드가 물을 개수대에 쏟아버리고 새로 컵을 채워서 다시 확인했다. 베티가 말없이 토드를 지나 개수대로 다가가 안에 든 담쟁이덩굴 줄기를 꺼냈다. 베티는 차갑고 축축한 줄기를 들고 잽싸게 집을 가로질러 뒷문을 열고 덤불을 향해 냅다 집어 던졌다. 그 즉시 휘이가 덤불 아래에서 쏜살같이 튀어나와 못돼 먹은 눈빛으로 베티를 쏘아봤다. 검은 털을 털어서 물기를 없애더니 잔뜩 심통 난 얼굴로 살랑살랑 걸어가 버렸다.

베티는 부엌으로 돌아왔다. 벌써 기분이 한결 나아졌다. 조금 전에는 바보같이 굴었다. 어디라도 오래된 곳을 유심히 살피면 기묘한 일이 늘 벌어지고 있을 터였다. 위더신즈 가족도 밀렵꾼의 주머니에 남겨 놓은 물건이 있듯이 사람들은 물건을 두고 떠나기도 했다.

할머니는 왜 그런 얼어 죽을 미신을 믿어서!

베티는 화가 났다. 그런 건 아무리 무시하려 해도 은근히 사람 신경을 건드렸다.

물이 깨끗해졌지만, 누구 하나 토드가 컵에 따라놓은 물을 마시려 하지 않았다. 수도꼭지에서 물방울이 몇 번 더 떨어지더니 곧 잠잠해졌다.

잠시 뒤, 자물쇠에 열쇠 꽂는 소리가 나면서 앞문이 벌컥 열렸다.

"얘들아! 다 어딨냐?"

할머니가 불렀다.

"할머니, 여기요."

찰리가 대답했다.

"베티 위더신즈, 내가 복도 먼지 좀 털라고 했을 텐데? 할미 다리만큼 긴 거미줄이 달렸네. 못으로 박아서 빨랫줄로 써먹을 생각인 게냐?"

할머니가 투덜거리며 쿵 쿵 부엌으로 다가왔다.

"너 진짜……. 어? 손님이 왔는지 몰랐네."

부엌에 온 할머니가 토드를 빤히 바라봤다.

장 본 물건을 잔뜩 든 아빠도 할머니 옆에 나타났다.

"그런데 자넨 누구지?"

아빠가 시끄러울 만큼 우렁차게 물었다. 아빠는 할머니를 지나 들고 있던 장바구니를 내려놓고 큼지막한 손을 내밀어 토드에게 악수를 청했다. 아빠가 손을 단단히 틀어쥐고 흔들자 토드가 약간 움찔했다.

"토드, 토드 베리입니다. 어제 이 댁 따님들을 만났습니다. 그래서 제가……"

"펄리시티! 이게 뭔 일이냐?"

돌연 할머니가 소리를 지르며 플리스에게 달려갔다.

"사다리에서 떨어졌어요. 네, 전 괜찮아요. 아니요, 이건 피 아니에요."

플리스가 무뚝뚝하게 대답했다.

"아이고, 플리스. 이거 진짜 예쁜 옷인데. 너 꼴이 산딸기 머랭 같다."

할머니가 맥없이 고개를 저었다.

찰리가 킥킥 웃었다.

"그것도 찌부러진 머랭이요."

"찰리, 그렇게 말해줘서 눈물 나게 고맙다."

플리스가 화난 듯이 말했다.

"저랑 마을 구경을 더 하고 싶은지 따님들한테 물어보려고 들렀어요."

토드가 마저 말했다.

플리스가 침울한 표정으로 산딸기 얼룩을 내려다봤다.

"이런 옷차림으로 나가도 괜찮은지 모르겠어."

"안 되지. 갈아입어. 언니는 바람 좀 쐐야 해. 나가기 전에 씻는 게 어때?
몇 군데는 꽤 심하게 긁혔어."

베티가 냉큼 대답하더니 바삐 움직여 대야에 물을 받아 소금을 풀고 찰리
한테 깨끗한 면포를 두어 장 찾아서 가져오라고 했다. 사다리에서 그리 대차
게 떨어졌으니 잠깐이라도 오두막에서 벗어나면 플리스한테도 좋고 베티한
테도 조사할 시간을 벌어줄 터였다. 밀실에서 발견한 문서를 제대로 살펴보
고 싶은데 주변에서 요란 떨 플리스가 없으면 더 쉬울 것이었다. 할머니도
만만치 않게 난리를 부리며 그런 종이 쪼가리는 다 없애버리라고 할 게 뻔했
다. 그런 생각은 벌써 견디기 어려웠다. 베티에게 그 조그만 방은 풀어야 할
수수께끼, 긁어야 하는 가려운 구석이었다.

아빠가 찰리 습격을 받아 가며 장 본 짐을 풀고 할머니가 플리스 주변에서
혀를 차는 틈을 타서, 베티가 아무도 눈치 못 채게 부엌에서 빠져나와 위층
으로 올라갔다. 그제야 베티는 밀실에서 잔뜩 들고나온 종이를 어떻게 했는
지 모른다는 게 처음 생각났다. 침실 바닥에 널린 종이들을 보니 아래층에서
거울 깨지는 소리가 나서 정신이 없었을 때 무심코 떨어뜨린 것 같았다.

베티 침실, 마침내 가진 혼자만의 방, 이 얼마나 근사한가! 게다가 얼마나

편리한지. 은밀히 조사를 이어갈 공간이 생겼다.

베티는 신중하게 종이를 모아서 침대 위에 올린 뒤, 붙박이 옷장 문을 열고 나무판을 원래대로 밀어서 밀실을 가렸다. 퀴퀴한 공기가 얼굴에 대고 속삭이는 기분이었다. 베티는 안에 들어가서 초상화를 다시 보고 싶은 충동과 싸웠다.

베티는 그림을 한 장씩 넘겨봤다. 오래 묵어서 노랗게 바랬지만 매우 정교하고 아름다운 그림이었다. 베티는 문을 둘러싸고 장미가 활짝 핀 검은 새 오두막을 정면에서 그린 그림을 한참 들여다봤다. 그림에는 어쩐지 신경을 건드리는 구석이 있었는데 그게 무엇인지는 알 수 없었다. 설명을 곁들인 꽃과 약초 세밀화도 몇 장 휘리릭 넘겼다. 그러다가 가사가 적힌 노래 악보가 나왔다. 마녀에 관한 노래였다. '펜들윅'과 '배고픈 나무'라는 단어가 베티 눈 앞에서 춤을 췄다. 베티는 당장 곡조를 불러보고 싶은 욕심이 일었다. 이 노래가 필윙스 부인이 실마리를 던져준 기이한 이야기에 대해서 더 많이 알려주려나? 베티가 눈을 빛내며 읽어나가기 시작했다.

어느 날 길에서 벗어난 그녀가 왔지.
어딘가 머물 만한 안전한 곳을 찾고 있었다네.
여자는 자칭 엘리자 버드였다지.
여자가 도착하자 못된 짓이 시작되었어.

여자가 다친 일이 시작이었지.
마을 농장에서 일하다가 다쳤다네.

115

아, 세상에! 이렇게 끔찍할 수가!
나무 그루터기가 다리를 대신했구나.

가라, 마녀는 가!
펜들윅에서 떠나.
나가, 마녀. 나가버려!
한시라도 빨리 떠나버려라.

그날 엘리자는 맹세했다지.
펜들윅 사람들은 대가를 치르리라.
엘리자가 가는 곳마다
사고가 일어났다네.

쥐와 바퀴벌레와 생쥐의 근원
침대와 머리마다 이가 득실대는구나.
여기 사람이 아프고 저기 사람이 넘어진다.
대기에 불행이 감도는구나.

가라, 마녀는 가!
우린 두려움 속에서 살지 않으리니.
나가, 마녀. 나가버려!
이곳에 마녀 따위는 없을 것이다.

마을 사람들이 더는 견디지 못했다지.

엘리자 집 문 앞에 모여들었다네.

엘리자를 끌고 마을 잔디밭으로 갔다지.

그곳이 마녀가 모습을 보였던 마지막 장소가 되었구나.

엘리자는 끊어지는 숨에 모두를 저주했다지.

엘리자는 그곳에서 죽음을 맞이했다네.

엘리자 뼈에서 배고픈 나무가 자라났구나.

마을 사람들이 돌로 변했구나.

가라, 마녀는 가!

배고픈 나무를 조심해.

나가, 마녀. 나가버려!

엘리자의 유산이니.

베티는 노래를 한 번 더 훑어봤다. 뭐 이렇게까지 섬뜩해? 그러니까, 의족을 달았던 엘리자 버드라는 수수께끼 같은 마녀가 펜들윅 잔디밭에 묻혔는데, 필윙스 부인 말에 따르면 엘리자 뼈에서 배고픈 나무가 자라났다.

"진짜 기분 나쁜 노래다."

베티가 중얼거렸다. 이건 마치 노래가 베티한테 발견되기를 기다려온 느낌이었다. 하지만 왜? 베티는 이제 막 알아낸 이 모든 기묘한 사실에 머리가 어지러울 지경이었다. 밀실이며 아이비라는 여자애와 얽힌 수수께끼를 더

117

알아내고 싶었는데 대신 이 노래를 발견했다. 밀실에 있었다는 것 자체가 몹시 의아했다. 조금이라도 마법 이야기가 나와서 숨겨놓았을까? 베티는 비밀을 더 밝혀내고 싶어서 열정적으로 종이를 넘겼다. 더 많은 식물, 동물 그림과 작은 펜화 스케치가 두 어장 있었다. 그리고 과연, 뭔가 다른 것이 나왔다.

일기 몇 장이었다.

9장. 아이비 벨의 일기

6월 13일, 금요일

펜들윅이 어딘가 잘못됐다.

난 벌써 몇 주나 느꼈는데 젬 삼촌은 도무지 내 말을 들어주지 않는다. 말하려고 하면 조용히 하라고만 한다. 삼촌 때문에 오히려 난 무슨 일이 벌어질지, 어떻게 잘못될 수 있는지 자꾸 떠올린다.

사람들은 말한다. 어떤 문제도 용납하지 않겠어, 펜들윅에 마법 따위는 없어.

하지만 지금까지 벌어진 일을 달리 어떻게 설명한단 말인가!

어제는 몇 가지 일이 있었다. 난 이상한 소리에 잠이 깼다. 이 모든 것이 시작된 뒤로 나를 괴롭혀온 소리였다. 탁, 타라라라 탁. 누가 방문 밖에서 천천히 움직이는 것 같았다. 소리가 그친 줄 알았는데 아침 먹을 때 또 났다. 그때는 마룻바닥 아래 갇힌 무슨 요괴 같은 것이 밖으로 빠져나오겠다고 꿈틀거리는 소리로 들렸다. 젬 삼촌은 아무 소리도 안 들린다면서 나더러 맹글 의사한테 가서 귀를 확인해 보라고 했다. 그래서 난 진짜로 그 망할 놈의 의사 선생을 찾아갔다. 하지만 의사는 내 귀 여기저기를 쑤시고 찌르고 하더니 결국 내 귀에는 아무 이상 없다면서 다 내 머릿속에서 나는 소리일 거라고 했다! 의사 아줌마는 나더러 책을 그만 읽으라고 했다. 나처럼 너무 책을 많이 읽으면 상상력이 '과하게' 발휘된다나? 흥. 아줌마야말로 책을 더 읽어야 한다고 충고해 주고 싶었다. 삶이 조금이라도 재미있어지면 그렇게 불만투성이 할망구처럼 안 굴겠지. (물론 감히 말하지는 못했다.)

마을을 통과해서 집으로 돌아오는 길에 마을 가게에 들러 연필과 물감을 더 샀다. 필윙스 아줌마와 라이트윙 아줌마는 평소와 다름없이 정말 친절했다. 아줌마들이 젬 삼촌한테 갖다 드리라면서 잼도 더 안겨주시고 내가 몹시 더워 보인다며 집에서 직접 만든 시럽을 물에 타 주셨다. (사실 난 덥지 않았다. 맹글 의사한테 화가 나서 빨개진 얼굴이 식지 않았던 것 같다.) 어딘가 살짝 이상한 구석이 있긴 해도 정말 정말 자상한 분들이다. 일이 더 이상해졌다고 느낀 것은 가게를 나와서였다.

빵과 치즈 언덕으로 올라가려고 다리를 건너다가 시냇물을 내려다봤는데(다리를 건널 때 난 늘 시내를 내려다본다) 갑자기 갈증이 심하게 일었다. 마을 가게에서 마신 시럽이 너무 달아서였을지도 몰랐다. 한편으론 그때가 이미 한낮이어서 더위가 맹렬하기도 했다. 돌연 뭐라도 시원한 걸 당장 마시지 않으면 이 더위에 절대 언덕을 못 올라가겠다는 생각이 들었다. 다리를 다 건너와서 비탈을 내려가 손으로 물을 떠 마셨다. 수정처럼 맑고 깨끗한 물이 빠르게 흘렀다. 붉은색 장미 꽃잎이 흩뿌려져 있었다. 요정들이 타는 작디작은 배 같았다. 장미 꽃잎들은 물결에 실려서 다리 밑으로 사라졌다. 우리 집 검은 새 오두막에 있는 장미 덩굴에서 떨어진 꽃잎일지도 몰랐다. 난 잠시 무릎을 꿇고 앉아서 손목과 목에 물을 적셨다.

베러티가 아니었으면 난 뭐가 이상한지 눈치도 못 챘을 거다. 베러티 부모님은 정육점을 한다. 길로 다시 돌아와 보니 베러티가 담 옆에 서 있었다. 길을 가다 말고 멈춰 서서 독기 품은 눈으로 날 째려보고 있었다. 하…… . 하고많은 사람 중에 하필 베러티 눈에 띄다니! 정말 짜증스러웠다. 베러티와 내가 한 번도 친했던 적이 없는 것도 사실이지만, 작년에 베러티가 똑딱똑딱 숲에서 나오는 나를 발견하자마자 젬 삼촌한테 일러바친 뒤로는 베러티가 작정하고 나를 감시한 느낌이었다.

오늘은 나도 지지 않고 베러티를 노려봤더니 늘상 얼굴에 달고 다니는 비웃는 표정이 달라졌다. 뭐라 꼬집어 말하기 어려운 표정이었다. 내가 무슨 잘못이라도 저지르다가 딱 걸린 이상한 기분이었다. 물론 떠돌이 개처럼 시냇물을 마시는 일이 공중도덕에 어울리지는 않지만, 그렇다고 똑딱똑딱 숲에 들어가면 안 되는 것처럼 금지 사항도 아니었다. 그때 삼촌은 무시무시하게 화를 냈었다. 숲에서만 자라는 독버섯을 그리려고 그냥 잠깐 들어갔을 뿐이라고 아무리 설명해도 소용없었다. 지금도 그때 생각만 하면 부글부글 열이 끓어올랐다. 베러티가 나를 아주 난처한 상황으로 몰아넣은 것이었다.

"베러티, 괜찮냐?"

날카롭게 물었지만 베러티는 대답하지 않았다. 그저 나를 보다가 시내를 보더니 다시 나를 쳐다봤다. 그러더니 그대로 돌아서서 냅다 뛰었다. 최대치로 속도를 내서 다리를 건너가 버렸다. 내 옷에 진흙이라도 묻었나 싶어서 옷을 확인했지만 깨끗하기만 했다. 혹시 시냇가에 뭐라도 놓고 와서 베러티가 내가 쓰레기를 버렸다고 일러바치는 일이 없도록 물가를 내려다봤다. 하마터면 모를 뻔했다.

시냇물이 엉뚱한 방향으로 흐르고 있었다.

불가능한데 사실이었다. 난 눈을 깜빡이고 또 깜빡였다. 심지어 몸을 꼬집어 봤다. 하지만 내 눈은 거짓말하는 게 아니었다. 잠깐 난 나를 믿지 못했다. 내가 헷갈리나? 물이 원래 이쪽으로 흘렀던가? 아니. 새삼 소름이 끼쳤다. 당연히 그럴 리가 없잖아. 물은 언제나 빵과 치즈 언덕에서 마을 쪽으로 흘러갔지 거꾸로 올라오지 않았다. 언제, 어떻게 방향이 바뀌었지?

난데없이 아까 장미 꽃잎이 물에 떠 있던 광경이 생각나서 깜짝 놀랐다. 그때는 분명히 물이 원래 방향으로 흐르고 있었다. 콸콸 흐르는 물이 다리 아래로 사라졌다. 그렇다면 그 이후 내가 미처 눈치 못 챈 사이……. 물을 떠 마시거나 몸을 물로 적시고 있던 어느 시점에 물이 방향을 바꿨다는 뜻이었다. 내 생각을 뒷받침하듯이 떠내려가던 방향에서 물을 거슬러 올라오는 장미 꽃잎이 눈앞에 번쩍 나타났다. 한 잎 두 잎, 꽃잎이 물에 잠기더니 보이지 않는 어떤 흐름에 당겨진 듯 물속으로 가라앉았다.

베러티는 그걸 봤다. 그래서 비웃는 표정에서 두려운 표정으로 바뀌었……. 이제는 이해가 갔다. 베러티는 내가 시내를 거꾸로 흐르게 했다고 생각한 것이었다. 난 시내에서 뒷걸음질 쳤다. 산울타리에 가려 시내가 보이지 않을 때까지 눈길을 떼지 않았다. 그러고는 돌아서서 집으로 가는 언덕을 도망치듯이 올랐다. 뱃속에서 출렁거리는 차가운 시냇물이 독약처럼 느껴졌다. 난 두 번이나 멈춰 서서 뒤를 돌아봤다. 뒤에 누가 있는 듯 탁, 타라라라 탁 소리가 났기 때문이었다. 내가 발걸음을 멈추는 즉시 소리도 그쳤다. 난 맹글 선생님이 옳았던 건 아닐까 생각하기 시작했다. 진짜 다 내 머릿속에서 벌어지는 일이었을까?

검은 새 오두막에 도착한 난 여전히 놀란 상태였고 그제야 열쇠를 잃어버렸다는 것도 알아챘다. 삼촌은 늘 화분 밑에 여분 열쇠를 숨겨둔다. 하지만 화분으로 다가가는데 집 뒤편에서 무슨 소리가 들렸다. 정원을 가로질러 가보니 젬 삼촌이 흙을 갈아엎고 잡초를 뽑는 등 채소밭을 손보고 있었다. 우리 집 고양이 티블스는 딸기밭에 누워 뒷다리는 허공으로 올리고 앞다리로 얼굴을 가린 채 만족스럽게 꾸벅꾸벅 졸고 있었다. 고양이 아가씨와 삼촌을 보니 그래도 마음이 조금 진정되었다. 삼촌의 북슬북슬한 수염과 모자 아래로 삐친 머리가 티블스 배를 덮은 새하얀 털과 완벽하게 어울렸다. 고양이와 삼촌은 딸기와 크림 같았다.

젬 삼촌은 나를 보자마자 뭔가 잘못되었다는 것을 알아챘다.

"왜 그러냐?"

삼촌이 모종삽을 내려놓으며 물었다.

난 시냇가에서 있었던 일을 삼촌한테 말할 생각이 아니었다. 걱정 끼치고 싶지 않았다. 게다가 삼촌이 뭐라고 할지 뻔했다. 하지만 삼촌의 따뜻한 갈색 눈동자가 하도 다정해 보여서 나도 모르는 새 모든 사실을 줄줄줄 쏟아냈다. 삼촌은 말없이 듣기만 했다. 우락부락한 삼촌 얼굴이 심각해졌다. 내가 말을 끝내자 삼촌이 입을 열었다.

"때론 우리 눈이 우릴 속이기도 해. 이런 거지, 아주 빨리 돌아가는 바퀴를 보고 있으면 어느새 바퀴가 거꾸로 돌아가는 것처럼 보이거든. 어떤 때는 얼핏 시계를 봤는데 시곗바늘이 반대 방향으로 가는 것 같기도 하고. 뭐 그런 일이 있어."

난 삼촌 말을 곰곰이 생각해 봤다. 삼촌이 한 말을 나도 진짜 믿고 싶었다. 단지, 베러티가 걸렸다.

"그런 게 아니었어요. 착각이 아니었다고요."

난 삼촌이 정원에서 쓰는 등받이 없는 작은 나무 의자에 풀썩 주저앉으며 속삭였다.

삼촌이 질문하는 눈빛으로 나를 봤다.

"네가 본 것이 그렇다면, 난 너를 믿는다. 하지만 지금 말해라. 다른 사람도 봤니?"

내가 두려워하던 질문이었다.

"아니요, 삼촌. 아무도 안 봤어요."

난 삼촌이랑 눈도 못 마주쳤다. 내가 뱉은 거짓말이 가시처럼 목구멍에 박혔다.

"다행이구나. 삼촌이 가서 차 좀 끓이마."

삼촌이 안도했는지 밝아진 표정으로 내 손을 토닥였다.

난 자리에 그대로 앉아 있었다. 내게 필요한 건 곁에 있어주는 누군가였지 차가 아니었다. 길에 딱딱 부딪히는 삼촌 지팡이 소리와 지익 지익 끌리는 삼촌 발소리를 들으며 다른 소리를 떠올렸다. 소리를 비교해 보니 아무래도 아까 그 소리는 사람이 발을 끄는 소리가 아니었다. 그럼 도대체 무슨 소리였지?

티블스가 몸을 굴려 배를 깔고 엎드리더니 집 안으로 사라지는 삼촌을 지켜봤다. 날이 선선했다면 티블스도 삼촌을 따라 안으로 들어가서 접시에 우유를 따라달라고 야옹야옹 울었을 것이었다. 하지만 오늘은 고양이도 움직이지 않을 만큼 더웠다. 티블스는 머리 위 허공에서 집을 짓는 거미를 구경하며 나른한 듯 눈을 껌뻑이고 하품했다.

"너 지금 딸기 다 뭉개고 있어."

나는 건성으로 티블스를 꾸짖으며 뺨을 쓰다듬으려고 손을 아래로 뻗었다.

벌들이 붕붕거리고 나뭇잎만 살랑대는 조용한 정원에서 내 목소리는 반갑지 않은 손님처럼 시끄러웠다. 어디선가 귀뚜라미가 귀뚤귀뚤 울었다. 옆 나뭇가지에 앉은 공작나비 한 마리가 눈에 띄었다. 날개를 활짝 펴고 있었다. 녹슨 쇠처럼 누런색 바탕에 검은색 테두리를 두른 선명한 푸른색 동그라미가 마치 눈이 달린 모습이어서 어쩐지 오싹했다. 평소에는 나비 보는 것을 좋아했지만 오늘은 너무 불안했다. 언덕 위를 오를 때까지 뒤에 따라붙던 이상한 소리 탓인지 나비 날개 위 눈알처럼 생긴 무늬는 내가 감시받는다는 느낌을 더해줄 뿐이었다.

또 다른 소리가 평화를 깨트렸다. 난 나비에게서 눈길을 돌렸다. 티블스가 네 다리로 일어서서 길 쪽으로 몸을 쭉 빼고 있었다. 토실토실한 배가 안팎으로 들썩이며 꿀렁거렸다. 나는 무슨 일이 벌어질지 감을 잡고 한숨을 쉬었다. 티블스는 배에서 단단히 굳은 털 뭉치를 토해내고 있었다. 그나마 이번에는 집 안에 깔린 양탄자 위가 아니라 바깥인 게 어쩌나 생각하며 곧장 씻어낼 수 있게 들통에 물을 떠 오려고 자리에서 일어섰다.

하지만 티블스가 토해낸 것은 털 뭉치도 아니었고 그냥 속을 게운 것도 아니었다.

개구리, 완벽하게 살아 있는 큼직한 초록색 개구리였다. 난 개구리를 노려보며 그대로 굳어버렸다. 나만큼 당황한 불쌍한 티블스 역시 개구리를 노려보기만 했다. 개구리가 경쾌하게 개굴개굴 울면서 펄쩍펄쩍 뛰어 덤불 속으로 사라졌는데도 티블스는 쫓아갈 생각도 하지 않았다.

어떻게 이런 일이 가능하지? 고양이는 살아 있는 먹이를 통째로 삼키지 않는다. 하물며 개구리에는 물린 자국 하나 없었다. 티블스는 정원에서 한가로이 졸고 있었다. 살아 있는 개구리가 뱃속에서 꿈틀거리고 있었다면 어림도 없는 일이었다. 말도 안 되는 일이 하나 더 추가되었다.

삼촌이 돌아왔을 때도 난 여전히 진정하지 못한 상태였다. 삼촌은 숨이 턱에 닿아서 벌게진 얼굴로 돌아와 부들부들 떨리는 두 손으로 차 쟁반을 나지막한 담장 위에 올려놓았다.

"자, 이제 그럼 따뜻한 차 한 잔 마시자. 거꾸로 흐르는 시냇물이나 다른 이상한 일 같은 건 얘기하지 말자꾸나. 여기 사람들이 무슨 말을 하는지 알잖니. 예전에 벌어진 일을 몹시……. 두려워해."

삼촌이 숨을 푸 푸 내쉬었다.

다시 베러티에 생각이 미친 난 불편하게 고개를 끄덕였다. 젠장, 베러티가 오늘 본 일을 비밀에 부칠 리 없었다. 그거 하나는 확실하다.

자연스럽지 않거나 기이한 일에 관한 얘기는 펜들윅에서 절대 환영받지 못한다. 마녀는 이미 오래전에 사라졌을지 몰라도 아무도 잊지 않았다. 심지어 펜들윅에는 늘 마녀가 있어 왔고 앞으로도 영원히 있을 거라 말하는 사람들도 있다. 표면 아래 깊숙한 곳에서 주문이 부글부글 끓고 있다고 한다. 그래서 사람들은 언제라도 또 다른 엘리자 버드나 로사 리플스가 흑마술을 부린다고 의심할 준비가 되어 있었다. 그 여자들이 어떻게 되었는지 보라. 게다가 내가 얘기하고 싶은 다른 남자가 한 명 더 있지만, 감히 여기에 이름을 적지는 못하겠다. 지금까지 벌어진 다른 기묘한 일보다 그 남자 생각으로 이 종이를 채우고 싶지만, 그럴 시간은 또 있으리라 믿는다.

이젠 삼촌이 저녁 먹으로고 부른다.

난 개구리 사건은 말하지 않았다.

10장. 쐐기풀 수프

그 날치 일기는 거기까지였다. 종이를 넘겼더니 뒤에 다른 날짜 일기가 나왔다. 위에 적힌 날짜를 보니 방금 읽은 일기에서 일주일도 채 지나지 않아썼다. 베티가 자세를 편하게 잡고 읽을 준비를 했다. 하지만 어쩐지 미안한 기분이 들었다. 일기는 은밀한 생각을 적은 개인적인 글이었다. 베티나 찰리가 플리스 연애 시를 훔쳐봤을 때도 플리스가 무척 화를 냈는데 일기를 훔쳐보는 것은 더 나빴다. 그런데도 베티는 얼굴도 모르는 사람 비밀을 캐낼 작정이었다.

나랑 아이비 벨이 아는 사이도 아니잖아? 아이비 벨이 누구였든, 아니면 누구이든, 이 일기가 정말 중요했다면 당연히 챙겨서 가져갔을 거야.

베티가 스스로 합리화했다.

솔직히 말해서 베티는 비밀의 방과 초상화, 검은 새 오두막에서 발견한 기이한 것들이 궁금했다. 아이비 일기는 베티가 품은 질문에 대한 답을 찾는 데 도움이 될지도 몰랐다. 베티 눈길이 개구리가 나오는 특이한 대목에 한참 머물렀다. 어쩌면……. 아이비 일기는 믿을 만하지 않을지도 몰랐다. 아이비란 아이가 지루한 나머지 온갖 기이한 일을 꾸며냈거나 의사 선생님 진단처럼 상상력이 지나치게 발달했을 수도 있었다.

"언니 뭐 해?"

베티가 눈을 번쩍 떴다. 종이를 허겁지겁 모아 등 뒤로 숨기고 보니 찰리였다.

"아, 찰리구나. 그냥 이것 좀 훑어보고 있었어."

베티가 종이를 가리켰다.

"뭐 재밌는 거 나왔어?"

찰리가 양 갈래 돼지 꼬리 머리 한쪽 끝을 잘근잘근 씹으며 물었다.

"어."

베티가 대답도 하기 전에 찰리가 갑자기 감탄했다. 초록색 눈에 반짝 불이 들어오더니 손가락 하나를 입에 넣고 꼼지락거렸다.

"이가 또 흔들려!"

"너 아직 페그도 갖고 있잖아. 빠진 이에 이름까지 지어주고 몇 달이나 갖고 다니는 애가 너 말고 또 있을까? 요 이상한 꼬맹아!"

베티가 놀리듯이 웃으며 말했다. 지금은 기분이 한결 가벼워졌다.

"내가 말했잖아."

찰리가 단호한 표정으로 '페그'를 넣어둔 호주머니를 톡톡 두드렸다.

"난 꼭 이빨 요정을 만나고 말 거야. 이빨 요정이 내 눈앞에 나타나기 전에는 절대 페그 못 데려가."

그러더니 돌연 걱정스러운 표정을 지었다.

"우리 이사 왔는데 이빨 요정이 내가 어디 있는지 알까?"

"이빨 요정은 네가 어디 있든 찾아올 거야."

베티가 장담했다.

찰리는 마음이 놓이는지 베티 옆에 앉아서 종이를 가리켰다.

"저건 시야?"

"노래야. 펜들윅에 살았다는 마녀에 관한 노래, 다리 하나가 나무다리였다는 마녀."

베티는 악보를 챙겨서 그림 뒤에 끼워 넣었다. 괜히 찰리가 읽고 악몽을 꾸게 하기 싫었다.

"근데 저게 왜 우리 집에 있어?"

찰리가 물었다.

"내가 지금 알아내려는 게 그거야."

"할머니랑 아빠한테 말할 거야?"

"아니. 아직은 말 안 해. 할머니가 어떤지 알잖아. 당장 아빠한테 말해서 벽돌을 쌓아 저 방을 막아버리고 이 종이는 내가 제대로 살펴보기도 전에 다 불살라 버릴 거야. 지금은 우리끼리만 알고 있자."

찰리는 진지하게 고개를 끄덕이면서도 눈을 반짝반짝 빛내고 있었다. 베티와 플리스의 비밀에서 한 몫 차지하는 것보다 찰리가 재미있어하는 일도 없었다.

"아까 그 할머니는? 그 여자 얘기는 해야 하지 않아?"

찰리가 물었다.

"해야겠지. 낯선 사람이 그렇게 우리 집에 들어와서 돌아다니게 내버려 두면 안 되니까."

베티 생각도 같았다. 뒷문을 제대로 닫지 않았다고 할머니랑 아빠한테 혼

나더라도 알려야 했다. 베티가 찰리의 양 갈래 돼지 꼬리 머리 하나를 장난스럽게 잡아당겼다.

"그런데 나는 왜 찾으러 왔어?"

"아, 맞다. 말해 줄 게 있어서. 할머니가 우리더러 목욕하랬어. (찰리가 주름이 잡히도록 코를 찡그렸다.) 그리고 제일 예쁜 옷으로 갈아입으래. 티들링윙스 아줌마랑 라이트윙 아줌마가 오늘 저녁에 밥 먹으러 오라고 초대했대. 할머니는 거절할 말이 아무것도 생각나지 않았대. 지금 화가 엄청나셨어!"

찰리가 킥킥 웃었다.

"당연하지 뭐."

낯선 사람들과 점잖게 대화하기와 최대한 예의 바르게 행동하기, 할머니는 이 두 가지를 몹시 피곤해했다. 까마귀바위섬에서 밀렵꾼의 주머니를 찾는 손님들은 할머니의 급한 성격과 단도직입적인 말투에 익숙했다. 할머니가 술잔이 깨지도록 쾅 내려놓는 바람에 맥주가 사방으로 튀어도 감히 불평한마디 못 했다. 하지만 워터신즈 가족은 이제 까마귀바위섬에 살지 않았다.

베티도 초대받은 일이 딱히 기쁘지 않았다. 아이비의 다음 일기를 읽고 싶어서 온몸이 근지러웠다. 전부 헛소리만 아니라면 밀실에 관해 설명해줄지도 몰랐다. 당장은 기다리는 수밖에 없었다.

"우리가 자리 잡을 때까지 기다리면 안 된다냐? 어제 이사 왔구만."

모두가 빵과 치즈 언덕을 내려가기 시작하자 할머니가 구시렁거렸다. 펜들워 너머로 지는 해에 머리 위 하늘이 금잔화 색깔로 물들었다.

"할머니, 그만 투덜거리세요. 어디론가 초대받으니 좋지 않아요? 두 분은 아마 우리 일을 덜어주고 싶은 마음에 저녁 먹으러 오라고 초대했을 거예요. 덕분에 해야 할 일이 하나 줄었잖아요."

플리스가 베티와 팔짱을 끼며 할머니를 나무라듯 말했다. 위더신즈 가족은 온화한 저녁 햇살 속에서 함께 길을 걸었다. 플리스는 아까 받은 충격에서 벗어났다. 토드와 함께한 오후 산책이 큰 도움이 되었음은 두말할 필요도 없었다. 머리를 단정하게 빗질했고 두 뺨 색깔과 똑같은 연한 분홍색 드레스를 입었다. 사다리에서 떨어진 유일한 흔적은 팔에 남은 긁힌 상처와 멍뿐이었다.

"흥. 찰리, 흙 좀 그만 걷어차라, 응? 예쁜 드레스에 다 튀잖아."

"난 드레스 싫어."

할머니 말에 찰리가 눈을 내리깔고 노란색 드레스를 쏘아봤지만 말은 들었다.

"근데 찰리, 너 정말 귀여워. 작은 미나리아재비꽃 같아."

"이거 입으면 가렵단 말야."

찰리가 잠시도 가만히 못 있고 꿈질거리며 말했다. 베티는 은근히 히죽이는 찰리를 보고 동생한테 뭔가 꿍꿍이가 있다는 것을 눈치챘다. 베티 의심은 찰리가 목을 긁는 척 손을 올려서 옷깃에 닿았을 때 얼핏 움직이는 찰리 머리카락을 보고 확신으로 굳어졌다.

"찰리! 너 설마 깡총이 데리고 온 건 아니지?"

베티가 목소리를 낮춰 물었다.

"왜 아니겠어?"

131

찰리가 장난기 가득한 표정으로 베티를 올려다보며 싱긋 웃었다.

"깡총이 집에 두고 오라고 했잖아! 저녁 먹으러 가는데 쥐를 데리고 가면 안 되지!"

베티가 바람 새는 소리로 말했다.

"되지롱!"

찰리가 혀를 메롱 내밀더니 앞으로 팔짝팔짝 뛰어가서 귀엽고 다정하게 아빠랑 팔짱을 끼었다. 아빠 옆에 있으면 베티가 질문을 더 못 할 터였다. 베티는 습한 저녁 날씨에 윗입술로 땀이 더 흐르는 느낌이었다. 말썽꾸러기 투명 쥐새끼라니, 좋은 인상을 심어줘서 새로운 마을에 잘 적응하려는 위더신즈 가족이 가장 원하지 않는 것이었다.

"다 왔다. 여우장갑(*한 가지에서 종처럼 생긴 꽃이 여러 송이 핀다. 밤중에 사냥하는 여우가 이 꽃을 장갑으로 낀다고 한다.) 오두막이야."

언덕을 다 내려오자 할머니가 말했다.

"오두막이 정말 예뻐요. 이름답게 여우장갑이 집을 둘러싸고 가득 피었네요."

플리스가 아담한 초가지붕 집에 감탄하며 말했다.

베티도 같은 생각이었다. 정말 예쁜 곳이었다. 오두막 담은 하얀색이고 산울타리는 깔끔하게 다듬었다. 환한 붉은색 문에 매듭 모양 검은색 쇠 문손잡이가 달렸다. 베티는 검은 새 오두막도 언젠가는 이 집처럼 아름다워지기를 바랐다.

아빠가 문을 두드리는 사이 베티는 뒤로 물러나서 마을 한복판으로 이어지는 길을 바라봤다. 이곳에서는 시냇물을 건너는 다리 초입이 보였다. 아이비 일기가 얼핏 떠올랐다. 진짜 시냇물이 거꾸로 흘렀을까? 아이비가 착각한 건 아닐까? 베티는 아이비와 젬 삼촌이 검은 새 오두막에 살았던 게 언제였을지 처음으로 궁금해졌다. 아이비가 일기에 필윙스와 라이트윙 부인을 적은 걸로 봐서 어쩌면 베티 생각보다 최근일지도 몰랐다.

붉은색 문이 활짝 열려서 베티가 돌아섰다. 필윙스 부인이 사이가 넓게 벌어진 이를 드러내고 환히 웃으며 모두를 안으로 들였다. 마을 가게에서 부인을 처음 봤을 때보다 어쩐지 어려 보이는 느낌이었다. 베티는 회색보다 구릿빛이 더 감도는 필윙스 머리카락을 보며 복숭앗빛 노을 때문이라고 생각했다.

"어서 오세요, 어서들 오세요! 시간에 딱 맞춰 오셨어요. 들어와서 편히 앉으세요."

필윙스 부인은 일행을 이끌고 양탄자가 깔린 복도를 지나 살짝 열려 있는 문으로 향했다. 도자기 그릇 꺼내는 소리도 나고 독특한 음식 냄새도 풍기는 걸로 봐서 여기도 검은 새 오두막처럼 부엌이 집 뒤쪽에 있는 것 같았다. 문에 다가갈수록 베티는 맞은편 어딘가에서 탁 탁 두드리는 소리가 나는 것을 인식했다. 시계 소리 같기도 했다. 필윙스 부인이 모두를 방 안으로 이끌고 들어가자 소리가 그쳤다.

실내는 넓고 조명도 좋았다. 납작하게 눌러 말린 꽃을 넣은 벽걸이 액자며 작은 장식품이 가득했다. 저녁 식탁에는 자리를 일곱 개 마련해놨다. 방 앞 창가 쪽 자리에서 일어난 한 여자가 걸어 나와 위더신즈 가족들에게 인사했다. 흰머리를 틀어 올려 머리핀으로 고정한 여자는 필윙스 부인보다 나이가 들어 보였다. 매부리코가 닮았고 안경이나 돋보기는 끼지 않았다. 짙은 초록색이 도는 회색 눈동자는 다소 엄격해 보여도 친절한 빛이 감돌았다. 베티 예전 학교 선생님을 생각나게 하는 외모였다.

"여긴 내 동생 라이트윙 부인이에요."

필윙스가 올빼미 눈처럼 생긴 안경 뒤에서 눈을 심하게 깜빡이며 고갯짓으로 여자를 가리켰다. 동생과 있는데도 필윙스가 어려 보였다. 베티는 방 안 등잔 불빛이 희미해서 그렇다고 짐작했다.

"이렇게 모두 뵈니 정말 반갑군요."

라이트윙 부인이 꿰뚫어 보는 듯한 눈빛으로 위더신즈 가족을 살피며 말했다. 낮고 차분한 목소리는 남들이 자기 말을 듣는 데 익숙한 사람 목소리였다.

아빠도 예의를 갖춰 가족을 한 사람씩 차례대로 소개하기 시작했다. 베티는 라이트윙 부인이 이름도 가르쳐주기를 기다렸지만 부인은 그러지 않았다.

"물레다!"

찰리가 뜬금없이 외치며 어딘가로 걸어갔다.

베티도 할머니 너머를 건너다봤다. 과연 찰리 말대로였다. 지푸라기 색깔 나무 물레가 창 앞에 놓여 있었다. 방에 들어오기 전 베티가 들은 뭔가 두드리는 소리도 틀림없이 저기에서 났을 터였다. 베티는 은빛 물렛가락을 쳐다보며 저주며 찔린 손가락들을 떠올렸다.

"찰리, 만지면 안 돼."

물레에 다가가는 동생한테 베티가 경고했다.

"진짜 물레는 처음 봐. 이거 돌아가요?"

134

찰리가 황홀한 듯 물었다.

라이트윙 부인이 미소 지었다. 눈가 주름이 쪼글쪼글 잡혔다.

"그럼, 아가. 네가 도착했을 때도 쐐기풀에서 실을 뽑고 있었는걸."

"쐐기풀 실이라고요?"

찰리가 움찔하면서 믿기 힘들다는 목소리로 물었다. 지금보다 훨씬 어렸을 때 쐐기풀밭에 넘어져서 된통 찔렸던 찰리는 그날 이후 쐐기풀이라면 질색했다.

"따끔따끔 찔러대는 그 쐐기풀이요? 할머니는 안 찔려요?"

"안 찔려. 하지만 연습을 많이 해야 해. 한 번 보여주마."

라이트윙 부인이 대답하더니 등받이 없는 의자에 앉아서 옆에 놓인 바구니로 손을 뻗어 엄지와 검지로 은빛이 감도는 섬유를 한 자밤 집어 들었다. 어찌나 고운지 가느다란 머리카락 같았다. 부인이 발로 발판을 밟자 물레가 돌아가기 시작했다. 부인이 손가락을 바삐 움직여서 섬유를 뽑아 꼬아가며 물레에 걸고 돌리자 실패에 실이 감겼다.

"자, 이렇게 하는 거란다."

"그런데 왜 쐐기풀을 써요?"

플리스가 물었다.

"물레는 다양한 재료로 실을 짤 수 있단다. 식물 섬유에 양털, 심지어 머리카락도 가능해. 그런데 쐐기풀을 쓰면 아주 질 좋은 끈을 얻을 수 있거든. 얼마든지 구할 수 있는 데다 튼튼하기도 하지. 맛도 있고 말이야."

라이트윙 부인이 실을 내려놓고 치마에 떨어진 실 한 가닥을 털어내며 자리에서 일어났다.

"쐐기풀을 먹어요?"

찰리가 꽥 소리쳤다.

"먹고말고. 사실 우리가 오늘 저녁 식사로 준비한 게 쐐기풀 수프란다. 그렇지요, 필윙스 언니?"

라이트윙이 다시 미소 지으며 언니를 곁눈질했다.

부엌에서 덜그럭거리는 소리가 또 났다. 베티는 집주인 자매가 모두 위더신즈 가족과 식사하는 공간에 있는데 부엌에 있는 사람은 누구인지 궁금했다. 식사 준비를 위해 요리사를 고용했을지도 모르지만, 자리에서 물러나 김이 오르는 큼지막한 냄비와 바싹하게 구운 빵이 담긴 접시를 들고 온 사람은 필윙스였다.

"자, 모두들 앉아요."

쐐기풀 수프를 그릇에 뜨는 사이 한 사람씩 자리에 앉았다. 밝은 초록색 수프 위에 크림으로 소용돌이 모양을 그렸다. 베티가 옆자리를 힐끔 보니 찰리가 역겨운 표정을 감출 생각은 조금도 없이 몰래 빵 부스러기를 집어서 옷깃에 숨은 깡총이에게 주고 있었다. 베티가 조심스럽게 한 숟가락 떠서 입술에 갖다 댔다. 수프는 기대 이상으로 맛있었고 베티는 불현듯 심한 허기를 느꼈다.

잡담을 나누는 중에 식사가 끝났다. 할머니와 아빠는 까마귀바위섬에서 살던 집 얘기도 하고 펜들윅에 관해 묻기도 했다.

"마을 잔디밭 연못 옆에 둥그렇게 선 돌들 말입니다, 그건 언제부터 거기 있었습니까?"

아빠가 빵을 더 뜯으면서 물었다.

"백 년도 넘었죠. 물론 지금 펜들윅에 사는 사람들은 있지도 않았을 때고요. 돌 하나가 사람, 그러니까 주민 한 명이라는 말이 있습니다. 마녀가 내린 저주에 걸렸다고들 하죠."

라이트윙 부인이 수프를 조금 떠먹으며 답했다.

마녀라는 말에 베티는 수프 뜬 숟가락을 입으로 가져가다 말고 그대로 멈췄다.

"마녀 이름은 엘리자였어요. 엘리자 버드."

필윙스가 덧붙였다.

밀실에서 발견한 오래된 노래 한 소절이 베티 머릿속에 번뜩 떠올랐다.

여자는 자칭 엘리자 버드였다지.
  여자가 도착하자 못된 짓이 시작되었어.

"못돼먹기가 이루 말할 수 없는 여자였습니다. 어디든 그 여자가 가기만 하면 사람들이 병을 앓았어요. 암탉들은 알 낳기를 멈췄고 논밭에선 곡물이 썩었죠. 사람들 불운을 기원하다가 들킨 것도 여러 번이었어요."

라이트윙이 말을 이었다.

그날 엘리자는 맹세했다지.
  펜들윅 사람들은 대가를 치르리라.

"다리 하나는 의족이었다고 하셨잖아요."

137

베티 말에 필윙스가 고개를 끄덕였다.

"농장에서 사고를 당했거든. 오래되어 녹슨 날을 밟았어. 상처가 감염되는 바람에 그만······. 탁! 잘라내야 했지."

필윙스 부인이 버터 칼을 딱 내려쳤다.

"무릎 바로 아래를 쳐 냈어."

"끔찍하기도 해라."

플리스가 말했다.

"사람들은 엘리자가 날을 직접 숨겨놨다고 의심했단다. 농장 주인이랑 돈 문제로 말다툼을 벌인 뒤 주인을 다치게 하려고 그랬을 텐데 어쩌다가 날을 어디에 숨겨놨는지 잊어버리고 자기만 다친 게지."

라이트윙 말에 필윙스가 고개를 끄덕이며 덧붙였다.

"당해도 싸."

"그런데 돌은요?"

아빠가 다시 물었다.

라이트윙 부인이 수프 숟가락을 내려놓고 손가락을 탑처럼 뾰족하게 세웠다.

"그게, 전해지는 얘기에 따르면 결국 주민들이 엘리자며 그 악행에 질려버렸다고들 해요. 엘리자가 마법을 부린다고 혐의를 제기하며 집으로 떼로 몰려갔고 마을 잔디밭에서 재판을 열었죠. 엘리자를 차꼬를 채웠······."

"마을 가게 맞은편에 있는 바로 그거요. 어쨌건 차꼬를 채운 상태로 몇 시간이나 신문을 이어갔지만, 엘리자는 끝끝내 자백하지 않았어요. 그래서 엘리자를 연못에 띄웠죠."

필윙스가 끼어들었다.

"연못에 띄워요? 오리처럼요?"

찰리는 못 알아들은 눈치였다.

"아, 아가. 그게 아니야. 옛날에는 마녀라고 의심받는 여자를 그렇게 했어. 여자를 물에 던져서 빠뜨리고 유죄인지 무죄인지 보는 거야. 진짜 마녀는 물 위로 떠 올라. 죄가 없는 여자는 물에 빠져 죽지만."

필윙스가 쿡쿡 웃으며 말했다.

"그건 너무 부당하잖아요! 말도 안 되고요. 여자가 수영할 수 있으면요?"

베티가 분통이 터져서 불쑥 내뱉었다.

"두 엄지를 두 엄지발가락에 꽁꽁 매 놨는데 헤엄칠 사람은 없지. 어쨌건 엘리자는 가라앉지 않았어. 물 위로 떠 올랐단다."

라이트윙이 어깨를 으쓱하며 말했다.

"의족 때문일지도 모르겠구만."

할머니가 말했다.

"게다가 그건 그냥 이야기일 뿐이고요. 그렇죠?"

아빠가 걱정스러운 눈빛으로 찰리를 힐끔힐끔 보면서 끼어들었다.

"아, 아마도요. 어차피 거의 다 이야기겠죠. 아시다시피 마을 사람들은 뒷 얘기 하는 걸 좋아하니까요. 틀림없이 세월이 지나면서 이래저래 부풀려진 이야기일 거예요."

필윙스가 말하면서 찰리를 향해 한쪽 눈을 찡긋했다.

"그러니까 아가, 자면서 나쁜 꿈 꾸지 말렴."

"유죄로 드러난 엘리자는 잔디밭에서 교수형 당했다고 합니다. 뭐, 이야기에 따르자면요."

라이트윙이 말하다 말고 곁눈질로 힐끔힐끔 아빠를 살피며 재빨리 덧붙였다.

"엘리자가 죽기 전 저주를 걸어서 마을 사람 무리를 돌로 바꿔버렸다고 해요. 그때 돌이 오늘날까지 남아 있는 것이고요. 누구든지 원형으로 서 있는 돌 개수를 제대로 세기만 하면 주민에게 내린 저주가 풀린다고들 합니다."

"내가 할 수 있어요."

대번에 찰리가 나섰다.

필윙스 부인이 빙긋 웃었다.

"벌써 많은 사람이 시도했어. 생각보다 무척 어렵단다. 처음 돌을 세고 또 세서 두 번 다 똑같은 숫자가 나온 사람이 한 명도 없었어."

"이 수프 정말 맛이 좋군요. 어떻게 만드시죠?"

아빠가 이젠 화제를 바꾸자는 듯 쾌활한 목소리로 물었다.

"아, 죄송하지만 그건 우리 가족 비밀이랍니다."

라이트윙이 매부리코를 톡톡 치면서 미소 지었다.

베티가 탁자 아래에서 찰리를 쿡쿡 찌르며 속삭였다.

"너 수프에 입도 안 댔네. 조금만 먹어봐."

찰리가 양 갈래 돼지 꼬리 머리를 흔들며 고집스럽게 고개를 저었다. 찰리 얼굴에 언뜻 장난기가 비쳤다. 그 순간 베티는 막냇동생이 무언가를 뚫어지게 쳐다본다는 것을 눈치챘다. 찰리 냅킨이 저절로 움직여서 식탁을 가로지르고 있었다. 냅킨 아래로 작고 둥근 형체가 보였다.

깡총이!

그 순간 베티는 마법을 부리는 마트료시카 인형이 없기를 처음으로 바랄 뻔했다. 찰리가 자꾸 마법의 인형을 재미 삼아 장난감처럼 갖고 놀았다.

베티가 팔꿈치로 막냇동생을 콱 찔렀다.

"깡총이 잡아!"

베티가 입만 뻐끔거렸다. 어른들 눈에 띌까 겁났다. 다행히 지금은 모두가 할머니의 편자나 행운을 기원하는 부적을 주제로 대화에 몰두한 것 같았다. 그래도 베티 생각에 깡총이가 들키는 건 시간문제였다. 찰리는 그저 지루해져서 장난을 치는 것뿐이었다. 베티도 알았다. 하지만 할머니와 아빠 두 분 모두 까마귀바위섬에서 살던 그 어느 때보다 행복하고 편안해 보이는 이 순간, 베티는 위더신즈 가족이 펜들윅에 잘 정착하기를 가장 바라고 있었다. 가족의 새로운 출발을 그 무엇도 방해하게 놔두지 않을 작정이었다. 특히 장난꾸러기 동생과 다리가 세 개인 투명 쥐는 안 될 말이었다. 그런데 그 투명 쥐가 지금은 찰리에게서 한참 멀어져 필윙스를 향해 가고 있었다. 이제는 찰리마저 놀란 눈치였다.

깡총이가 집주인 손을 들이받기 직전에 베티가 몸을 날려 아슬아슬하게 잡아챘다. 식탁을 가로질러 몸을 구부리다가 운이 없게도 앞에 놓인 수프 그릇을 엎고 말았다. 수프가 사방으로 튀어서 베티 몸 앞과 새하얀 식탁보가 커다랗게 초록색으로 물들었다.

"아, 죄송해요."

베티가 냅킨으로 수프를 옷에서 찍어내며 외쳤다. 베티는 찰리를 매섭게 쏘아보면서 꿈틀거리는 깡총이를 식탁보로 감춰 건네고는 입고 있는 드레스를 가리켰다.

"얼룩으로 남기 전에 빨아야 할 것 같아요. 가까이에 세면대가 있을까요?"

"부엌에 있단다. 복도만 따라가면 돼."

필윙스가 경쾌하게 말했다. 베티가 엉망으로 만든 식탁에 그다지 신경 쓰지 않는 눈치였다.

베티가 감사한 표정으로 웃으며 식사하던 자리에서 나와 오두막 뒤편으로 향했다. 아까 도자기 그릇이 덜그럭거리는 소리가 난 곳이었다.

더 나쁜 일이 벌어질 수도 있었어.

베티가 생각했다. 투명 쥐는 수프 엎은 일에 비할 바가 아니었을 터였다.

밥 먹는 곳처럼 복도 역시 눌러서 말린 꽃을 넣은 작은 액자 천지였다. 액자마다 구불구불한 연필 글씨로 이름표를 써 붙였다. 부엌 입구에 다다른 베티가 우뚝 멈춰서 한 액자를 뚫어지게 들여다봤다. 액자 안에 든 것이 전부 다 꽃은 아니었다.

이 액자에는 나비가 들었다. 녹슨 쇠처럼 누런색 날개에 눈알 모양 푸른색 동그라미, 아이비 일기에도 나온 공작나비였다. 은빛으로 번쩍이는 가느다란 핀으로 몸통 한가운데를 꿰뚫어 고정했다.

일기에서 읽자마자 내 눈으로 공작나비를 보다니, 이상해.

베티가 생각했다. 하지만 또 따지고 보면, 일기에서 읽지 않았다면 베티는 나비에게 눈길을 두 번 주지도 않았을 것이었다. 흔히 볼 수 있는 나비일 텐데 눈여겨 본 적이 없었다.

베티가 옷에서 얼룩을 긁어내며 부엌 안으로 들어섰다. 손톱 밑에 쐐기풀 수프 찌꺼기가 끼었다. 요리사가 있다고 생각했던 베티가 옳았다. 한 여자가 개수대에서 등을 잔뜩 구부린 채 커다란 검은색 냄비를 문질러 닦고 있었다.

여자는 부엌 입구를 등지고 냄비 닦는 일에 전념한 터라 베티가 다가오는 것을 알아채지 못했다.

베티는 여자를 놀라게 하고 싶지 않아서 조용조용 말했다.

"저기요, 죄송하지만 제가 수프를 엎질러서요. 뭔가 닦아낼 만한 걸……."

여자가 고개를 홱 돌려 베티를 보더니 그대로 굳어버렸다. 동시에 커다래진 두 사람 눈동자가 서로 마주쳤다. 한눈에 여자를 알아본 베티는 공포에 휩싸였다.

"당신!"

베티가 탄식했다.

검은 새 오두막에 침입했던 바로 그 나이 많은 여자였다.

11장. 몽유병자

　나이 많은 여자가 손에 들었던 검은색 냄비를 놓치는 바람에 냄비가 개수대 안으로 첨벙 떨어졌다. 비눗물이 출렁이며 개수대 밖으로 넘쳐서 여자 앞치마를 흠뻑 적시고 찬장을 타고 바닥으로 뚝뚝 떨어졌다.

　베티는 노파를 노려봤다. 혼란스럽고 두려웠다. 내가 착각했나? 베티는 여자의 제멋대로 자란 백발과 구부정한 등, 주름지고 뿌연 두 눈을 쳐다봤다. 베티를 응시하는 눈빛이 이상할 만큼 강렬했다. 그 여자가 맞았다. 필윙스와 라이트윙 집 요리사가 왜 위더신즈 가족 새집에 몰래 들어와서 거울을 깨트렸지? 아니 그보다, 플리스 언니를 왜 그런 식으로 손가락질했지?

　베티가 한 발 뒤로 물러났다. 재빨리 소리만 지르면 아빠와 할머니가 당장 뛰어올 것이었다. 베티가 막 입을 여는 순간, 여자가 베티에게 몸을 날려 손으로 입을 덮어서 소리를 막았다. 베티는 여자의 주름진 손아귀 힘에 놀랐다. 여자는 겉으로 보이는 만큼 약하지 않았다. 입에서 비누 거품 맛이 났다.

　베티가 여자 손을 잡았다. 그와 동시에 베티는 노파가 소리 없이 입술을 달싹이며 좌우로 고개를 젓고 있다는 것을 깨달았다.

　베티는 두려움으로 얼어붙어서 여자 눈을 마주 봤다.

144

나한테도 저주를 걸고 있나?

머릿속을 파고든 생각에 용감해진 베티가 노파 손을 비틀고 빠져나와 뒷걸음질 쳤다. 호흡이 불안해져서 가슴이 오르내렸지만, 이제는 여자 입술 사이에서 새어 나오는 나지막한 속삭임이 들렸다.

"안 돼, 안 돼, 안 돼."

여자는 커다랗게 뜬 두 눈을 베티에게 못 박은 채 이렇게 중얼거리고 있었다. 고개를 저으며 베티에게 무슨 말을 하려는 것 같았는데 베티가 도무지 알아들을 수 없었다.

베티는 불안했지만 여자를 마주 노려봤다. 지금이라도 소리칠 수 있었다. 한 마디만 외치면 다들 우르르 몰려올 터였다. 베티가 숨을 들이마셨다. 하지만 여자 표정에 어린 무언가에 소리가 나오다 말고 베티 목구멍에 턱 걸렸다. 겁내는 눈치인데? 베티의 조그만 이기적인 구석이 속삭였다.

괜히 소란 피우지 마. 지금까지 그르친 일도 모자라서 문제를 더 만들려고? 그냥 도망쳐. 이 기묘한 노파한테서 멀리 달아나라고. 당장.

어쨌건 베티는 여자에게 경고는 해야겠다고 마음먹었다.

"지금은 아무 말도 안 할 거야. 한 번만 더 그딴 식으로 우리 집에 나타나기만 해. 이젠 나도 정확히 어디에서 당신 찾을지 아니까."

사납게 속삭이던 베티가 잠깐 말을 멈췄다.

"그런데 우리 집에서는 뭐 하고 있었지?"

노파는 말없이 베티를 바라봤다.

베티가 뻣뻣해졌다. 혼란만 깊어졌다. 여자가 제정신이 아니거나 무슨 수작을 부리는 것이 아닐까 의심이 들기 시작했다. 여하튼 베티는 참을 만큼 참았다.

"뭘 원했는지는 몰라도 우리 근처에서 얼쩡거리지 마. 알아들어? 우리 집이랑 가족 근처에도 오지 말라고!"

베티가 바람 새는 소리로 말했다.

베티는 불안해진 채 부엌에서 나가려고 돌아섰다. 그런데 여자가 다시 베티를 향해 손을 뻗었다. 이번에는 손에 젖은 천을 들고 있었다. 여자가 베티 옷을 가리켰다.

"내가 할 거야."

베티가 나직이 말했는데도 여자는 고집스럽게 베티 옷에 튄 수프 얼룩에 젖은 천을 대고 조심스럽게 꾹꾹 눌렀다.

"이젠 다 나오겠지."

거미줄이나 먼지처럼 가볍고 부드러운 목소리였다. 여자가 하도 작게 속삭여서 베티는 목소리를 들었다고 상상한 건 아닌지 의심스러울 정도였다.

베티가 젖은 천을 살폈다. 초록색 얼룩이 하나도 없었다.

"얼룩이 벌써 다 빠졌나 보네."

베티가 딱딱하게 말했다. 피부가 근지러웠다. 이 여자랑 이렇게 가까이 있으니 정말 끔찍하게 싫었다. 무엇인지 정확히 알 수는 없지만, 여자는 어딘가……. 이상했다. 뭔가 앞뒤가 안 맞았다.

여자가 베티 눈은 쳐다보지도 않고 슬쩍 기이한 미소를 지었다.

베티는 뒤숭숭한 기분으로 돌아서서 서둘러 부엌을 빠져나갔다. 두런두런 대화 소리가 들리는 곳으로 한시라도 빨리 가고 싶었다. 복도에 들어서는데 뭔가 희미한 움직임이 베티 주의를 끌었다. 어느새 베티가 아까 봤던 공작나비 액자를 힐끔거리고 있었다. 베티가 눈을 깜빡였다. 단언컨대 나비 날개가 움직였다. 지금은 꿈쩍도 하지 않았다.

당연히 안 움직이겠지. 저 불쌍한 나비는 죽었잖아! 베티 위더신즈, 너 왜 이래?

베티가 혼잣말을 중얼거렸다.

물론 베티는 자기가 왜 이러는지 알았다. 저 노파 탓이었다. 검은 새 오두막에서 마주쳤을 때 봤던 분노 가득한 얼굴이 도저히 잊히지 않았다. 할머니랑 아빠한테 얘기해야 할까? 하지만 막상 여자한테서 멀어지자 베티 스스로 의심이 들었다. 그날 세 자매 모두 저 여자 때문에 기절초풍한 것은 명백한 사실이었다. 그렇다고 여자를 곤란한 상황에 몰아넣는 것이 당연할까? 어쩌면 그 전부가 바보 같은 오해였을지도 몰랐다. 베티는 늙고 갈라진 여자 손을 떠올렸다. 어찌 보면 할머니 손이랑 닮았다. 지금 베티가 입을 열면 나이 많은 여자가 일자리를 잃을지 몰랐다. 더 나쁘게는 베티한테 말썽꾸러기라는 꼬리표가 붙어서 가족들의 멋진 새 출발이 제대로 시작하기도 전에 틀어질 수도 있었다.

베티가 식당으로 들어섰다. 라이트윙 부인이 문 옆에 서 있었다.

"여기 있었구나. 너한테 무슨 일이라도 생긴 줄 알았다."

라이트윙이 도로 자리에 가 앉으면서 말했다.

베티가 자리에 앉으며 웅얼거렸다.

"얼룩 뺐어요. 오다가 액자에 든 말린 꽃이랑 나비도 구경했고요."

이제 기분이 조금 나아지고 보니 베티는 흥미로운 장식품으로 가득한 여우장갑 오두막을 더 많이 탐색하지 못한 것이 아쉬워졌다.

147

베티가 찰리를 쿡 찔렀다. 찰리는 입도 안 댄 수프를 한쪽 손으로 무심코 휘휘 저으면서 다른 쪽 손으로 덜렁거리는 이를 잡아 더 흔들고 있었다. 찰리가 숟가락을 도로 내려놓더니 빵 한 조각을 집었다. 다행히도 깡총이가 문제를 더 일으킨 기미는 보이지 않았다. 베티는 깡총이가 찰리 호주머니 안에서 잠들었겠다고 짐작했다.

"사실 아줌마네 요리사가 도와줬어요. 뭘 썼는지 모르겠지만 효과가 좋더라고요."

베티는 수수께끼 같은 여자에 관해 뭐라도 더 알아내지 않을까 기대하며 슬며시 말을 흘렸다.

"아, 그랬구나. 웹 부인은 아주 유능한 사람이지. 맞지요, 언니?"

라이트윙이 희미하게 미소 지었다.

필윙스가 고개를 끄덕이며 그릇에서 시선을 들었다. 턱에 수프가 조금 묻은 탓에 다소 우스워 보였다. 필윙스가 목소리를 낮춰 말했다.

"아주 유능하지. 그런데 가끔 살짝 이상하게 굴 때가 있어. 그러니까 뭐라도 신경 쓰이는 말이나 행동을 하면 우리에게 알려주렴."

다른 사람들 집에 들어가서 어슬렁거리는 짓 같은 거요?

베티가 속으로 생각하면서 입으로 다른 말을 했다.

"이상하게 군다는 게 무슨 뜻이에요?"

"그게 말이야, 웹 부인은 배고픈 나무 근처에 가기를 좋아해. 배고픈 나무 가까이에 가면 안 된다는 건 다들 알고 있는 사실인데. 사람들한테 헛소리하는 습관도 있고. 그래도 다행히 위험하지는 않아. 마을 사람들 대부분은 웹 부인을 거의 신경 쓰지도 않아."

필윙스가 말했다.

"웹 부인한테 두 분이 계셔서 참 다행인 것 같네요."

아빠가 말했다.

"다른 사람들은 집 안에 들이려고도 안 할 것 같은데 말이지."

할머니가 덤덤하게 덧붙였다.

베티는 그나마 마음이 놓였다. 부엌에서 소란 피우지 않아서 다행이라는 생각이 들었다. 웹이라는 사람이 골칫거리일지는 몰라도 두려워해야 할 사람은 아닌 것 같았다.

"아가, 이빨 요정이 찾아올 날이 머지않았나 보지? 저녁 내내 이를 잡고 흔들고 있구나."

라이트윙 부인이 기민한 눈빛을 찰리에게 못 박은 채 물었다.

"아직 멀었어요. 이가 많이 안 흔들려요. 그래도 지난번에 빠진 이는 갖고 있어요. 페그요."

"찰리 위더신즈! 너 설…… 얘가 진짜, 식탁 예절은 다 갖나 버렸냐?"

할머니가 잔소리를 했지만 찰리는 이미 호주머니에서 페그를 꺼냈다.

"앗."

찰리가 페그를 놓쳤다. 이는 퐁 소리를 내며 다 식어버린 수프에 빠졌다. 베티와 플리스가 민망한 눈빛을 교환했다. 찰리 역시 못잖게 놀라서 숟가락으로 수프 그릇을 휘저으며 떠보기 시작했다.

"아, 안 돼! 페그!"

필윙스가 쉿소리를 내고 웃으며 자리에서 일어나 그릇을 걷기 시작했다.

"이런 이런. 걱정하지 마, 아가. 우리가 건져서 물에 헹궈 줄게. 자, 푸딩 먹을 사람? 우리가 벌꿀 케이크를 구워놨지."

"케이크 안에도 쐐기풀 들었어요?"

찰리가 심란한 표정으로 한쪽 눈은 여전히 이가 빠진 수프에서 떼지 못한 채 물었다.

"아가, 케이크에 쐐기풀이 들었으면 들었다고 얘기했을 거야. 그런데 이 집에서는 저녁 안 먹은 꼬마들은 푸딩도 못 먹거든."

필윙스가 찰리 머리를 가볍게 쓰다듬으며 기대하는 눈빛으로 할머니를 쳐다봤다.

버니 할머니가 한쪽 손을 내저었다.

"괜찮아요. 쟤는 평소 못 먹는 게 없으니까."

결국 찰리는 벌꿀 케이크를 맛도 못 봤다. 베티도 마찬가지였다. 그즈음 베티는 뱃속이 이상해지기 시작했다.

"아, 배가 아파요. 아야. 죄송하지만 전 집에 가야 할 것 같아요."

베티는 배가 점점 아파지자 의자를 뒤로 밀고 자리에서 일어났다.

"저런. 많이 아프지 않아야 할 텐데."

라이트윙의 걸걸한 목소리에 근심이 가득했다.

필윙스가 격하게 고개를 끄덕이며 동생 곁에서 서성이더니 접시를 도로 탁자에 내려놓고 두 손을 쥐어짰다.

"아, 이런. 이를 어쩌지? 아가, 이를 어쩌냐."

"언니, 내가 같이 갈게."

찰리가 말했다. 꼬마라고 불려서 기분이 상한 게 틀림없었다.

이를 악물고 신음하면서도 베티는 필윙스와 라이트윙에게 감사 인사를 한

150

뒤 여우장갑 오두막에서 나와 언덕을 오르기 시작했다. 찰리가 베티 옆에서 걱정스럽게 종종걸음쳤다.

"베티 언냐, 괜찮아? 그 수프 안 먹기를 잘했지."

찰리가 언니 등을 쓰다듬으며 물었다.

"찰리, 수프 때문일 리 없어. 너 빼고 다 먹었잖아."

베티가 배를 싸잡고 야트막한 담장에 기댔다. 옷깃 맨 위 단추를 풀려고 했지만 땀이 나서 손가락이 자꾸 미끄러졌다. 열이 나는지 온몸이 뜨거웠다. 저녁이었지만 여전히 더웠고 아직 완전히 어두워지지 않은 하늘 곳곳에서 별들이 반짝였다.

베티는 계속 앞으로 비틀비틀 나아갔다. 하지만 오두막까지 반쯤 갔을 때 다시 멈춰 서야 했다.

"아, 까마귀 맙소사. 토할 것 같아!"

베티는 몸을 앞으로 숙이고 관목이 우거진 덤불에 걸쭉한 초록색 수프를 다 게워냈다. 이내 배 속이 텅 비었고 입에 시큼한 맛만 남았다. 그리고 나니까 속이 조금 편해졌다. 복통이 사라지자 다리에 힘이 들어갔다. 그래도 아직 열은 났다.

"다시 갈까?"

베티는 말하는 동시에 그러고 싶지 않다는 걸 깨달았다.

"싫어. 그냥 집에 가자. 아무래도 페리윙클 아줌마는 날 좋아하지 않는 것 같아. 어쨌건 내가 아줌마 수프를 안 먹었으니까. 아까 내 머리도 세게 콱콱 때렸어. 그러면서 슬쩍 내 머리카락을 뽑았다고."

찰리가 코에 주름을 잡으며 말했다.

"어쩌다 그랬겠지."

걱정 가득했던 두 여자 얼굴을 떠올리며 베티가 말했다.

"아줌마가 끼고 있던 반지에 머리카락이 걸렸을 거야. 두 분 다 친절해 보이는 노부인이었어. 그나저나, 너 깡총이로 무슨 장난치려고 했어? 우린 좋은 인상을 남겨야 했잖아. 기억해?"

"그냥 재미있으니까. 근데 언냐, 혹시 우리 주라고 할머니한테 벌꿀 케이크 좀 보내진 않을까?"

찰리가 어깨를 으쓱하더니 짭짭 입맛을 다셨다.

베티는 대답하지 않았다. 벌꿀 케이크라니, 생각 없었다. 먹는다는 상상만 해도 지금은 속이 뒤집혔다.

"플리스 언니가 우리랑 같이 왔어도 나쁠 건 없었을 텐데. 내가 배가 아프다는데 쳐다보지도 않고."

오두막 앞문에 다다르자 베티가 투덜거렸다. 누가 아프기라도 하면 보통 플리스가 수선을 피웠다. 사다리에서 떨어진 충격이 아직 다 가시지 않았을지도 몰랐다.

베티와 찰리는 어둑한 오두막 안으로 들어서다가 쏜살같이 발목을 스치고 밖으로 나가는 휘이한테 걸려서 넘어질 뻔했다.

"우와, 이거 봐. 쪼끄만 개구리다! 휘이가 잡아서 안에 갖다 놨나 봐."

찰리가 타일 위로 쪼그려 앉으며 말했다.

"살아 있어?"

베티가 놀라서 묻는데 이미 부엌 타일 바닥 위로 팔딱팔딱 뛰어가는 개구리가 보였다.

찰리가 개구리를 손으로 집어서 플리스 방을 가로질러 뒷문으로 놔줬다. 베티는 위층으로 올라가 녹초가 된 채 침대를 파고들었다. 아까부터 이마가 펄펄 끓었다. 베티는 시원한 베개에 얼굴을 묻었다. 개구리며 쐐기풀, 나비 따위로 과열된 생각을 뭉개버리고 싶었다. 어느새 찰리가 들어와 옆에 누우며 조용히 속삭였다.

"베티 언니, 페그 데리고 오는 거 까먹었어."

베티는 베개에 남은 시원한 구석을 찾아 몸을 뒤척이며 중얼거렸다.

"필윙스 아줌마가 분명히 페그 돌봐줄 거야. 할머니 오셨어?"

"아직. 근데 언니, 아줌마들이 수프 버리다가 페그도 버리면 어떡해?"

베티는 대답하지 않았다. 지금은 찰리의 바보 같은 이건 뭐건 뜨겁고 지끈대는 머리 외에는 아무 데도 관심 없었다. 어떻게든지 두통을 멈추고 싶었다. 베티는 주변 모든 것이 녹아 사라지는 불안한 잠 속으로 더욱 깊이 빠져들었다.

베티가 잠에서 깼다. 어두운 방 군데군데 달빛이 비쳤다. 지금 몇 시지? 창문 밖 검푸른 하늘에 별이 점점이 박혔다. 어느새 베티 옆에서 잠들었는지 찰리가 입을 딱 벌리고 큰대 자로 누웠고 깡총이가 찰리 턱 아래에 웅크리고 있었다. 베티는 침대 탁자에 놓인 마트료시카 인형을 보고 얼굴을 찌푸렸다. 베티가 자는 사이 찰리가 또 갖고 논 것이 분명했다.

베티가 일어나 앉았다. 방 안 공기가 답답했다. 입 안도 바짝 말랐다. 베티는 지금 물 한 모금이 간절했다. 이마에 손을 얹어봤다. 끈적끈적하지만 차가웠다. 열이 몇 도까지 올랐는지 몰라도 이젠 다 식었다. 베티는 다리를 침대 옆으로 미끄러뜨려서 아래로 내리고 자리에서 일어섰다.

방금 뭐였지?

무슨 소리가 들렸다. 베티가 귀를 곤두세웠다. 옆에서는 찰리가 코를 킁킁거렸고 계단참을 지나 아빠 방에서도 코 고는 소리가 들렸다. 베티가 자는 사이 아빠랑 할머니, 플리스가 집으로 돌아왔다. 하지만 이 중 무엇도 베티가 들은 소리가 아니었다.

베티는 문으로 한 발 디뎠다가 다시 멈췄다. 또 들렸다. 나지막한 속삭임. 집 밖 담쟁이덩굴인가?

붙박이장 문이 열려 있어서 베티는 깜짝 놀랐다. 살짝 틈이 벌어진 정도였지만 아까 저녁에 외출 준비를 끝내고 방에서 나가기 전에는 분명히 옷장 문이 닫혀 있었다. 베티는 옷장에 다가서서 문을 닫으려고 손을 뻗었다가 그대로 굳어버렸다.

속삭이는 소리가 옷장 안에서 나고 있었다.

얼굴에 났던 땀이 더 차가워졌다. 베티는 달빛이라도 들어와 어두운 공간을 비추도록 옷장 문을 조금 더 열었다. 손가락이 덜덜 떨렸다. 옷장 뒤에 대 놓은 나무판이 밀실이 보일 만큼 열려 있었다. 안에서 조금씩 흘러나오는 속삭임은 베티가 알아들을 수 없는 단어들의 연속이었다.

이 안에 누가 있어. 하지만 누구?

웹 노파 생각이 머릿속으로 슬금슬금 기어들어 왔다. 기이한 그 늙은 여자가 집까지 따라왔나? 베티는 이 생각을 한쪽으로 치워버렸다. 할머니가 문단속을 단단히 했을 터였다. 두 번이나 집 안으로 몰래 숨어들 수 있는 사람은 없었다. 베티가 그렇게 경고했건만 감히 그 늙은 여자가 또 시도했을까?

베티는 겁도 나고 뭘 어떻게 해야 할지 몰라 머뭇거렸다. 아빠를 부르러 가면 침대에서 한 걸음 떨어진 이 밀실 안에 있는 누구인지, 혹은 뭔지 모를 것과 찰리가 홀로 남는다는 의미였다. 그렇다고 찰리를 깨우면 소리가 날 것이었다.

잠시 사방이 쥐 죽은 듯 고요해졌다. 집이 펄쩍 튀어 오르기를 기다리는 것 같았다. 바로 그때 중얼중얼 흘러나오는 속삭임이 베티 귀에 걸려들었다. 이번에는 무슨 말인지 알아듣고도 남았다.

가라, 마녀는 가!
펜들윅에서 떠나.
나가, 마녀. 나가버려!
한시라도 빨리 떠나버려라.

베티가 한 손으로 입을 턱 막았다. 아는 목소리……. 그럴 리 없어. 진짜 그렇다고? 베티가 손을 부들부들 떨며 옷장 문을 더 열었다. 문은 소리 하나 없이 열렸다. 베티는 옷장 안으로 들어가서 이미 맡아본 퀴퀴한 공기를 마시며 비밀의 방을 들여다봤다. 이제는 속삭이는 소리도 더 커졌고 어둠 속 한가운데 미동 없이 서 있는 사람 형상도 보였다. 여자는 나풀거리는 하얀 잠옷을 입었다. 침대에서 급하게 빠져나온 듯 군데군데 뭉친 짧은 머리가 삐쳐 있었다. 여자 얼굴이 또렷이 보이지는 않았지만 이제 베티는 자기 느낌이 옳았다는 걸 알았다.

"플리스 언니? 여기에서 뭐 해?"

베티가 놀라서 속삭였다.

플리스는 반응이 없었다. 베티 말이 들리지도 않은 것 같았다.

"언니?"

베티가 다시 언니를 부르며 플리스에게 다가섰다. 베티는 어둠 속에서 눈에 힘을 주고 언니 얼굴을 슬쩍 봤다가 헉 소리를 내며 숨을 멈췄다.

플리스가 안개 낀 듯 뿌연 눈으로 어딘가를 멍하게 바라보고 있었다. 확실히 플리스는 베티를 못 보는 것 같았다. 베티는 플리스가 무엇을 보고 있는지 대번에 알아챘다.

초상화.

그런데 언니가 초상화를 진짜 보고는 있나? 몽유병인가? 베티가 머뭇거리며 플리스에게 더 다가갔다. 플리스는 여전히 무언가를 중얼거리고 있었다. 베티가 방에서 알아들은 대목과 똑같은 노래 일부였다. 후렴 부분을 거듭거듭 되뇌고 있었다.

가라, 마녀는 가!
펜들윅에서 떠나.
나가, 마녀. 나가버려!
한시라도 빨리 떠나버려라.

"언니, 제발. 여기서 나가자."

베티가 플리스 팔을 가볍게 만지며 속삭였다. 이제는 심장이 터질 듯이 쿵쿵 뛰어서 숨이 달렸다. 밀실 안으로는 발도 들이기 싫어한 언니였다. 그랬던 언니가 이젠 저 으스스한 그림을 뚫어지게 쳐다보며 마녀가 나오는 노래 가사를 읊다니. 베티는 두려움에 휩싸였다.

플리스가 정말 몽유병을 앓는 거라면 베티도 지금 처음 알았다. 하지만 저렇게 그림을 응시하고 노래를 외우는 걸 보면 아무래도 언니가 꿈을 꾸는 것 같지는 않았다. 게다가 베티는 무언가를 깨닫고 온몸이 오싹해졌다. 노랫말을 읽을 때 혼자였다는 사실이 기억났다. 베티는 언니나 찰리 누구에게도 노래 얘기를 하지 않았다. 그런데 언니가 저 가사를 어떻게 알지?

"언니, 가자. 나랑 같이 가. 이젠 침대로 돌아가자."

베티가 언니 손을 잡으며 가만가만 말했다.

플리스 시선이 여전히 초상화에 꽂힌 걸로 봐서 플리스는 베티 말을 또 못 들은 기색이었다. 베티가 힐끔 초상화를 쳐다봤다. 피부가 스멀스멀했다. 아이비 눈동자가 한 줄기 달빛 속에서 베티를 향해 그 어느 때보다 생생하게 번쩍였다. 베티가 플리스 손을 더 힘껏 잡아끌었다.

"가자고."

베티가 또 말했다. 이번에는 플리스가 베티를 따라 움직여서 열린 틈을 통해 베티 침실로 나왔다. 속삭임이 점점 커지며 중얼거리는 소리가 되었다.

"언니, 그것 좀 그만해."

베티가 속삭였다.

그런데도 플리스는 계단을 내려와 부엌을 가로지르는 내내 웅얼거리기를 그치지 않았다. 두 자매는 희미하게 담배 냄새를 풍기며 접이식 침대에서 깊이 잠든 할머니를 지났다. 베티가 플리스를 방 안으로 데리고 들어가자 드디어 중얼거리는 소리가 멈췄다. 언니는 침대에서 나간 적도 없다는 듯 고분고

분하게 이불 속으로 미끄러져 들어가 두 눈을 감았다.

베티는 언니가 잠든 것이 확실해질 때까지 곁에서 지켜봤다가 물 한 잔을 떠서 마셨다. 아까 낮에 수도꼭지에서 튀어나왔던 담쟁이 줄기며 초록색 물은 애써 떠올리지 않았다. 베티는 방으로 돌아와서 옷장 문을 굳게 닫는 것도 모자라 의자까지 기대서 고정했다.

누구도 못 들어가게 막으려고? 아니면 뭐가 못 나오게 막고 싶어?

머릿속 작은 목소리가 속삭였다.

뭐가 됐건 너무 늦었다는 생각에 베티는 소름이 돋았다. 그래도 이것 한 가지는 확실히 알았다. 아이비 벨에게 정확히 무슨 일이 있었는지 알아내야 했다. 말도 안 되는 발상이라고 생각하면서도 베티는 왠지 아이비가 여전히 이곳에 머물고 있다는 느낌을 지울 수 없었다. 검은 새 오두막이 아이비의 기이한 영향력 아래 있는 기분이었다.

찰리가 아직 자는지 확인한 베티가 매트리스 한쪽 모퉁이 아래에 손을 넣어서 종이 뭉치를 꺼냈다. 종이 뭉치를 왜 숨겼는지 베티도 이유는 딱히 몰랐다. 아이비 일기에는 가족의 새집인 이곳에서 벌어졌던 이상한 일이 적혔고, 이런 걸 할머니가 알면 좋아할 리 없다는 것이 이유였다. 더 솔직히 말해서 베티는 새롭게 알게 된 사실을 당분간 혼자 간직하고 싶었다. 플리스는 비밀의 방이 있다는 사실만으로도 거북해했다. 그리고 마녀에 대해 좀 더 알게 되기 전까지는 찰리에게 말하지 않는 편이 좋겠다고 판단했다.

베티는 종이를 넘겨서 다음 일기를 찾아내고 초에 불을 붙인 뒤 깜빡이는 촛불 아래에서 읽기 시작했다.

12장. 아이비 벨의 일기

6월 19일, 목요일

내가 상상하는 것이 아니다. 더 많은 일이 벌어졌고 상황도 더 안 좋아진다. 이제는 다른 사람들도 눈치채고 있기 때문이다.

또 그 소리 때문에 잠에서 깼다. 나를 괴롭히는 탁, 타라라라 탁 소리. 무슨 소리인지 알겠다는 생각이 들자마자 다른 소리가 아닐까 의심한다. 어떤 때는 너무 괴로워서 귀가 아플 만큼 손가락으로 귀를 틀어막는다. 소리는 그럴 때만 간신히 멈춘다.

젬 삼촌 인내심도 바닥을 드러내고 있다. 이젠 내가 그 소리에 대해 말을 꺼내도 삼촌은 아예 듣지도 않는 듯 멍한 눈빛이 된다. 그래서 소리 얘기는 아예 안 하려고 한다. 학교 가기 전에 삼촌을 도와서 정원에 빨래를 넣었다. 삼촌과 난 티블스가 살아 있는 개구리를 한 마리도 아니고 두 마리나 토해내는 광경을 목격했다. 개구리들은 연못 쪽으로 펄쩍펄쩍 뛰어갔다. 그때를 틈타 며칠 전에 있었던 개구리 사건을 삼촌한테 얘기했다. 티블스가 하도 늙어서 이가 나쁘고 그래서 제대로 씹을 수 없다는 것이 삼촌 설명이었다. 하지만 난 애초 티블스가 어떻게 개구리를 잡았는지 이해가 안 갔다. 그렇다고 나한테 다른 대답이 있는 것도 아니다. 적어도 입 밖으로 소리 내어 말할 수 있는 대답은 없다.

학교에서 벌어진 일 때문에 어차피 삼 주 뒤면 이곳에서 영영 떠나기로 해서 더없이 다행이라는 생각이다. 악독하고 몰래 뒤나 캐는 베러티는 내가 똑딱똑딱 숲에 들어간 일을 다른 사람에게 말했듯이, 시냇가에서 벌어진 일도 당연히 말했다. 나한테 뭐라 한 사람은 없었지만 뒤에서 수군거리는 걸 봤다. 마그다는 소문을 듣고 오히려 베러티한테 가서 바보 같은 소리 하지 말라고 쏘아붙였다.

마그다는 좋은 친구다. 베러티 말은 사실이 아니라고 마그다한테 거짓말해서 마음이 안 좋다. 다 사실이니까. 베러티와 내가 다 봤다. 시냇물이 어떻게 거꾸로 흘렀는지 모르지만, 나는 그저 내가 그러지 않았다는 사실만 알 뿐이다. 하지만 다른 일도 벌어지는 판이라 사람들을 설득하기가 어려울 것 같다.

오늘 오후에는 시냇물과 개구리를 거의 잊을 뻔했다. 날이 어찌나 따뜻한지 트래비스 선생님이 우리한테 마을 잔디밭으로 나가서 야외 수업을 하자고 했다. 답답한 교실에서 벗어나니까 무척 좋았다. 곤충이 창문에 갇혀서 가련하게 붕붕거리다가 풀려난 기분이었다. 우린 배고픈 나무와 원형 선돌에서 안전할 만큼 떨어진 그늘에 이젤을 세웠다. 트래비스 선생님은 주변에서 뭐든지 눈으로 볼 수 있는 것을 자유롭게 그리거나 색칠하라고 했다. 장담하건대 미술 선생님 중에 트래비스 선생님만큼 좋은 선생님은 또 없을 것이다. 선생님이라고 할 만큼 나이 들어 보이지는 않지만 말이다.

난 연못 수면에 비친 풍경을 그리고 싶었다. 빛이 정말 예뻤기 때문이다. 하지만 우린 배고픈 나무나 원형 선돌, 그리고 연못에 관심을 보이면 안 되었다. 예전에 그 이야기를 썼다가 난처한 일을 겪은 사람을 기억한다. 하지만 어떻게 관심을 안 가질 수가 있겠는가. 우린 엘리자 버드와 로사 리플스에 관한 노래와 이야기를 듣고 자랐으며 마녀의 길을 따르면 어떻게 되는지 경고도 들었다. 초록색 연못을 보면 펜들윅의 두 번째 마녀 로사 리플스와 로사에게 벌어진 일을 떠올리게 된다. 그 순간, 노래 일부가 머릿속에 떠올랐다. 모두가 알지만 부르면 안 되는 노래였다.

로사 리플스, 아름다운 아가씨
어여쁜 얼굴에 금빛 머리카락
한때는 착하고 순박한 소녀였다네.
아름다움이 허영심이 되었네.

보잘것없는 새끼 오리가 백조가 되었네.
울퉁불퉁한 무릎도 여드름도 사라졌지.
어떻게 그렇게 달라질 수 있었을까.
로사 리플스가 마녀였다네.

마그다가 팔꿈치로 나를 꾹 찌르면서 무섭게 노려보기 전까지 난 내가 그 노래를 흥얼거리는지도 몰랐다. 난 고개를 털어서 백일몽에서 깨어났다.

결국 난 트래비스 선생님을 그리기로 했다. 검은 피부의 잘생긴 외모여서 그리기에 적합한 대상이었다. 물론 내가 정말 그리고 싶은 사람은 사실⋯⋯. 아니다. 그 남자 이름을 여기에 적으면 안 된다. 만에 하나라도 삼촌이 이 일기장을 발견하면 머리 꼭대기까지 화를 내실 거다! 삼촌은 나한테 연애할 시간 따위는 없다는 말을 자주 한다. 난 물감 상자를 열고 물통에 물을 채운 뒤 작업을 시작했다. 여름날, 화필 끝에서 색깔들이 소용돌이치는데……. 어느새 머릿속으로 노래가 다시 흘러들어 왔다.

나날이 조금씩 매일 조금씩
마법으로 못생긴 구석을 벗겨내서
마을 사람들에게 나눠 주고
마을 사람들 아름다움을 망토처럼 걸쳤다지.

하지만 로사가 하나를 훔칠 때마다
영혼에 상처가 하나씩 생겼다지.
자만해진 로사가 뻐기고 우쭐해 할수록
로사 안은 추해져만 갔다네.

다음 순간 정신을 차려보니 마그다와 트래비스 선생님이 양쪽에서 팔을 하나씩 잡고 나를 끌어당기고 있었다. 두 사람이 부드럽게 말을 걸며 몽롱해진 나를 깨우고 있었다.

"아이비, 내 말 들려? 제발 멈춰!"

마그다가 말했다.

그제야 내가 연못가에서 한 발짝밖에 안 떨어진 곳에 서 있다는 걸 깨달았다. 신발은 벗겨진 채 옆 풀밭에 놓여 있었다. 피부에는 땀이 흥건했고 강렬하게 내리쬐는 햇볕 때문에 두 팔이 뜨겁고 따가웠다. 내가 어떻게 여기까지 와서 서 있는지 기억나지 않았다.

"나 여기서 뭐 하고 있어? 신발은 또 왜 다 벗겨졌어?"

내가 물었다.

"네가 직접 벗었어. 기억 안 나? 방금 벗었어. 우리가 계속 불렀는데 너한테는 우리 소리가 안 들리는 것 같았어. 그런데 갑자기 네가 멈추더니 신발을 벗는 거야. 당장 물에 들어갈 것처럼 보였어."

마그다가 당황한 눈빛으로 내 눈을 살피며 고갯짓으로 연못을 가리켰다.

태양 때문에 머리가 지끈거렸다. 자다가 깬 사람처럼 몸을 가누기가 힘들었다. 내가 여기 얼마나 오래 서 있었지? 그제야 마그다가 한 말이 머릿속으로 들어왔다.

"그게 무슨 말이야? 내가 멈췄다고? 뭘 멈춰?"

"걷다가 멈췄단다. 네가 연못가를 따라 원을 그리며 계속 돌았거든."

트래비스 선생님이 마그다만큼 겁이 난 표정으로 나를 유심히 보고 있었다.

나는 고개를 저었다. 지끈거리는 두통이 더 심해져서 몸이 움찔거렸다.

"원을……. 계속 돌았다고요?"

내 목소리에 어린 혼란과 고통이 느껴졌다.

"너 진짜 그랬어. 더 이상했던 게 뭔지 알아? 네가 뒤로 걸었어. 그것도 어디로 가는지 한 번 돌아보지도 않고. 넌 연못을 세 바퀴나 돌았어."

속삭이던 마그다가 내 팔에서 손을 떼더니 눈을 아래로 내리깔았다.

"이해가 안 가. 아무 기억도 안 나. 여기까지 어떻게 왔는지도 모르겠어. 조금 전에 그림을 그리고 있었는데 다음 순간 어떻게 여기 와 있지?"

"가자."

트래비스 선생님이 짙은 갈색 눈동자만큼 다정한 목소리로 말했다. 하지만 나한테는 선생님 목소리에 깃든 근심이 들렸다. 눈에도 보였다.

"햇빛 때문일지도 몰라. 너무 강한 햇빛은 기이한 일을 할 수 있거든."

난 신발을 집어 들고 선생님을 따라 아이들이 모여 있는 곳으로 갔다. 아이들은 턱이 땅에 닿도록 입을 딱 벌린 채 나를 지켜봤다. 낚싯바늘에 꿰여 연못 밖으로 잡혀 나와 단지에 처넣어져서 아이들 구경거리가 된 기분이었다.

교회 종이 세 번 울리자 선생님이 우리더러 짐을 챙기라고 했다. 난 그 소리가 반가웠다. 하지만 이젤로 돌아와서 보니 또 다른 충격이 기다리고 있었다. 이젤에 놓인 종이에 그림이 그려져 있는데 난 그린 기억이 없었다. 원래 그리려고 했던 트래비스 선생님 그림이 아니었다. 햇볕이 내리쬐는 연못과 비비 꼬이며 물속으로 향하는 배고픈 나무 뿌리였다. 그림 너머로 선돌이 보였다. 습관을 어쩌지 못하고 난 선돌을 셌다. 다 센 뒤 한 번 더 셌다. 각각의 숫자는 물론 일치하지 않았다.

"이건 누가 그렸어?"

내가 물었다. 목소리가 하도 갈라져서 쉰 목소리나 다름없었다.

"네가 그렸어. 너 말고 누가 그런 그림을 그렸겠어?"

마그다가 풀밭에 물통을 비우며 조용히 말했다.

물론 마그다 말이 옳았다. 난 그림 실력을 과시하지 않으려고 늘 조심했다. 그래도 아이들은 다 내가 반에서, 심지어 학교에서 그림을 제일 잘 그린다고 했다. 하지만 아무리 나라도 이렇게 훌륭한 그림을 그렇게 빨리 그릴 수 있었다고? 그러고도 연못을 세 바퀴나 돌 시간이 있었다고? 이건 말이 안 됐다.

난 종이에 그려진 연못물을 자세히 들여다봤다. 처음에 못 봤던 무언가가 연못 속에 있었다. 탁한 초록색 물과 구분하기 어려웠다. 얼굴, 금발에 예쁜 소녀 얼굴이었다. 저건 누구지? 확실히 내 얼굴은 아니었다. 물론 내가 물에 비친 그림자가 보일 정도로 가까이 서 있기는 했다. 연못가에서 연못을 들여다보고 있는 사람이 없다는 점이 더 이상했다. 연못 속 사람이 밖을 내다보는 형상이라 소름이 끼쳤다. 펜들윅 사람이라면 마을 잔디밭에 있는 연못과 연관되는 사람은 한 명뿐이라는 것을 알았다. 로사 리플스. 노래 마지막 부분이 머릿속에서 조용히 울려 퍼졌다.

로사만큼 마을 연못을 즐겨 들여다보는 소녀는
마을에 또 없었지.
애정 가득한 미소 지으며 들여다봤다지.
물에 비친 자기 그림자를 흠모했다네.

어느 날 로사는 못 보았다네.
배고픈 나무가 움직였는데 말이지.
커다랗게 풍덩 소리를 내며 로사가 빠졌다네.
그다음에? 더는 말할 것이 없다네.

나한테 무슨 일이 벌어졌지? 그린 기억도 없는 그림은 어떻게 그려냈고 물가에는 어쩌다가 간 거야? 왜 이 노래는 머릿속에서 그치지도 않고 나를 괴롭힐까. 주위에 있는 반 친구들 얼굴을 곁눈질로 살폈다. 몇몇은 비웃고 있었고 몇몇은 궁금해하고 있었다. 두려워하는 아이들도 보였다. 그림 속 얼굴을 알아차린 아이가 있을까? 난 납작하고 큼직한 붓을 집어서 초록색 물감으로 떡칠한 뒤 연못 속 얼굴이 보이지 않을 때까지 붓으로 문지르고 또 문질렀다.

그쯤에서 일이 마무리되었을 수도 있었다. 나른한 오후에 생기를 불어넣으려고 과감히 장난 한번 쳐봤다고 아이들을 속여 넘기거나 강렬하게 내리쬐는 열기 탓에 내 정신이 아니었다고 간단히 둘러대서 말이다. 그런데 바로 그때 나비가 나타났다.

학교로 돌아가는 길에 나비가 나타났다. 처음에는 대여섯 마리 정도가 우리 주변에서 나풀나풀 날고 있었는데 이내 나를 감싸고 돌기 시작했다. 그러더니 몇 마리가 더 나타났다. 아이들이 웅성거리며 걸음을 멈추고 자꾸 늘어나는 나비 무리를 지켜봤다. 열 마리, 오십 마리, 백 마리, 아니 이백 마리쯤? 나를 에워싸고 붕 붕 날았다. 모든 나비가 똑같이 생겼다. 날개에 나를 지켜보는 눈알 같은 파란색 무늬가 있는 황갈색 나비, 공작나비였다. 나비들이 내 위에, 길 위에 내려앉았다. 나는 나비를 밟을까 봐 멈춰 설 수밖에 없었다.

난 기를 쓰고 나비를 털어내느라 숨도 못 쉬었다. 피부 위를 기어 다니는 나비들 작은 다리와 두 뺨을 스치는 종이 같은 날개들 느낌이 끔찍하게 싫었다.

난데없이 나비들이 일제히 허공으로 솟구쳐 오르더니 한데 모여 어떤 형상을 만들었다. 여기저기에서 탄식과 울음이 터져 나왔다. 아이들이 허공을 가리키며 얼어 버렸다. 떼로 모인 나비가 만들어 낸 것이 한 단어라는 데는 의심의 여지가 없었다. 모두가 알고 모두가 두려워하는 단어.

마녀.

13장. 사악한 주문

아빠와 세 자매는 할머니 등쌀에 지난 이틀 동안 바삐 움직여야 했다. 새 페인트로 여러 번 덧칠하자 작은 오두막이 조금씩 변해갔다. 정원도 깔끔하고 예뻐지면서 곧 모든 것이 제자리를 찾았다.

플리스가 몽유병자처럼 행동했던 삼 일 뒤, 베티가 잠에서 깨어 조용한 일층으로 내려갔다. 부엌에서 할머니가 커튼을 다느라 등받이 없는 의자에 위태롭게 서 있었다. 입에 문 담뱃대에서 피어오른 연기가 할머니를 감쌌다.

"할머니! 내려와요. 내가 할게요."

베티 잔소리에 할머니가 가슴에 떨어진 담뱃재를 털며 의자에서 내려왔다.

"내 담뱃대 못 봤냐?"

베티가 쿡쿡 웃었다.

"할머니, 지금 피우고 있잖아요."

할머니가 안달하며 혀를 찼다.

"할미가 바보인 줄 아냐? 이건 옛날에 쓰던 거고. 새 담뱃대가 어디 있지?"

"전 몰라요."

베티가 눈을 비비며 의자 위로 올라섰다. 베티는 피곤했고 할머니 담배 연기만큼이나 머릿속이 뿌옜다. 어쩌면 놀랄 일도 아니었다. 비밀의 방에서 플리스를 발견한 이후 잠을 제대로 못 잤다. 아이비 일기와 엘리자 버드, 로사 리플스에 대한 기이한 노래도 머릿속에서 계속 맴돌았다.

플리스는 밤중에 돌아다녔던 일을 하나도 기억 못 했다. 오히려 베티가 이상한 열병을 앓은 탓에 착각했을 거라고 우겼다. 언니 말마따나 열병을 앓은 데다 예쁘장한 오두막 안으로 쏟아져 들어오는 황금색 햇빛을 받고 다녔더니 베티는 그 모든 일이 꿈은 아니었을까 의심이 들기 시작했다. 환상적인 묘사로 가득한 아이비 일기에 베티가 의외로 크게 영향받았을 가능성도 있었다. 다행스러운 동시에 실망스럽게도 종이 뭉치에서 다른 일기는 발견하지 못했다. 설령 발견한다 해도 읽지 않겠다고 마음을 굳혔다. 연못과 개구리가 나오는 악몽에 또 하룻밤 시달린 덕분이었다.

"아침으로 죽 끓여 놨다."

베티가 달라고 하기도 전에 할머니가 그릇에 덩어리진 죽을 잔뜩 담았다.

"다 먹고 그릇 닦은 뒤에 찰리랑 같이 페카헨 농장으로 플리스 점심 좀 갖다줘라. 너랑 찰리가 해야 할 집안일 목록은 저기 있고."

"언니는 점심 좀 갖고 가면 안 된대요?"

베티가 의자에서 펄쩍 뛰어내리며 투덜거렸다. 오늘이 아빠랑 플리스가 페카헨 농장으로 일 나가는 첫날이라는 걸 까먹었다. 맏언니가 곁에 없으면 기분이 이상할 것 같았다.

"플리스가 잊어버렸지 뭐. 그 청년이 문을 두드린 날 이후론 애가 반쯤 꿈 속에서 산다니까."

할머니가 눈알을 굴리며 말했다.

"언니는 늘 꿈속에서 살아요."

베티가 웅얼거렸다. 사실이기도 했다. 플리스는 평소보다 눈에 띄게 멍해 보였다. 생기 없이 게슴츠레한 눈빛으로 둥둥 떠다녔다.

토드한테 단단히 반했나 봐.

베티가 생각했다.

베티는 죽을 한 숟가락 떠먹고 창밖을 내다봤다. 정원 너머 저 멀리 산사나무 아래에서 그네를 타는 찰리가 보였다. 오늘도 하늘은 파랗고 구름 한 점 없었다. 정원으로 난 길이 물기로 반짝이는 걸 보면 밤중에 비가 한 번 내린 것 같았다. 개구리 한 마리가 정원 길을 팔짝팔짝 가로질러 연못으로 향했다. 베티 생각이 다시 일기와 밀실에 미쳤다.

"할머니, 혹시 비밀 통로나 밀실 있는 데서 살아본 적 있어요?"

"아니. 그래도 늘 그런 데서 살아보고 싶기는 했어. 어린 시절 네 아빠가 사촌 클라리사랑 놀 때 내가 걔들한테 밀렵꾼의 주머니에 비밀 통로가 있다고 말해줬지. 애들은 몇 시간이나 찾아 헤맸지만 물론 아무것도 못 찾았고!"

할머니가 짓궂은 표정으로 킬킬 웃었다.

베티도 웃지 않고는 배길 수가 없었다.

"왜 나랑 언니랑 찰리한테는 그런 얘기 안 해줬어요?"

사실이 아니라 해도 그렇게 믿으면 재미있었을 것 같았다.

할머니가 한숨지었다. 눈에서 웃음기가 사라졌다.

"할미도 잘 모르겠어. 나이가 들면 뭘 잘 잊어버리는 것 같아. 재밌게 노는 방법을 잊어버리는 거랑 비슷하달까? 밀렵꾼의 주머니가 어땠는지 너도 알

169

잖아. 일, 일, 일뿐이었으니까."

그건 사실이었다. 할머니는 처리할 일이 정말 많았다. 가족 모두가 일할 수밖에 없었다. 가문에 내린 저주 말고도 걱정거리는 늘 있었다. 재미를 찾을 시간이 없었다.

"밀실 같은 건 왜 있어요? 밀수꾼이 숨거나 훔친 물건을 감춰 두나요?"

베티가 아무렇지도 않게 물었다.

"가끔은 그렇기도 하지. 때로는 마법을 부린다고 의심받는 사람처럼 괴롭힘당하는 이들을 위해 은신처로 쓰기도 해."

할머니 대답에 베티는 방금 삼킨 죽이 목구멍에 쩍 달라붙는 기분이었다.

"마, 마녀처럼요?"

힘겹게 죽을 삼키고 베티가 물었다.

"응. 누가 숨느냐에 따라 사람들이 '마녀 굴'이나 '사기꾼 굴'로 불렀어."

할머니는 장화 광내는 데 정신이 팔렸다.

마녀 굴……. 베티가 죽을 휘저었다. 위층 밀실도 그런 걸까? 베티는 으스스한 노래를 떠올렸다. 노래에 나오는 마녀는 엘리자 버드와 로사 리플스 둘밖에 없었다. 아이비 벨은 노래에 나오지도 않을뿐더러 아이비가 적은 글로 미루어보아 아이비는 마법으로 장난을 치지도 않았고 자기한테 벌어지는 일을 이해하지도 못한 것 같았다. 베티는 아이비한테 벌어졌던 기이한 일이 다 별일 아닌 것으로 끝났기를 바랐다. 아이비 일기가 불길했지만 어쩐지 아이비를 보호하고 싶은 생각이 들었다.

"다 했다. 할미도 나갈게. 행운을 빌어줘."

할머니가 장화를 신고 차를 마저 다 마셨다.

"어디 가시는데요?"

"설탕봉에. 찻집에서 시험 삼아 일해보기로 했거든. 늦으면 안 돼."

할머니가 발을 쿵쿵 울리며 복도를 내려가 어깨 너머로 베티를 향해 한쪽 눈을 찡긋했다.

"일이 잘만 풀리면 앞으로 아이스크림 떨어질 일은 없다 이거야. 알다시피 그 집에는 온갖 맛이 다 있으니까."

"그래도 위스키 맛은 없었으면 좋겠다."

앞문이 닫히고 홀로 오두막에 남겨진 베티가 웅얼거렸다. 그제야 베티는 할머니한테 행운을 빌어드리지 않았다는 걸 깨달았다. 침묵에 잠긴 집이 불편했다. 베티는 잽싸게 씻고 나서 플리스 도시락을 낚아채어 밖으로 나갔다. 간밤에 내린 비 냄새가 아직 공기에 남은 정원으로 탈출하자 기분이 나아졌다.

"찰리? 가자! 우리 나가야 해."

베티가 외쳐 불렀다.

그네에서 뛰어내린 찰리가 머리를 뒤로 휘날리며 담장 안 정원 길로 달려 들어 왔다. 찰리가 베티 뒤로 따라붙는 사이 베티는 길을 따라 내려갔다.

"농장에 갈 거야."

베티가 설명하며 뒤로 돌아서서 오두막으로 올라가는 길로 동생을 데리고 갔다.

"닭 잡으러 가?"

찰리가 기대에 차서 물었다.

베티가 고개를 저으며 장난스럽게 동생을 툭 쳤다.

"아주 닭이라면 사족을 못 쓰지."

두 자매가 막 오두막 모퉁이 옆길에 다다랐는데 휘이가 덤불에서 슬금슬금 나오더니 찰리를 올려다보며 야옹야옹 애절하게 울었다.

"왜 그래? 불쌍한 휘이. 날씨가 너무 더워?"

찰리가 휘이를 달랬다.

"어, 그게 아니네? 쟤 토하려나 봐."

아니, 정확히 말하면 토하려는 게 아니었다. 어째서인지 베티는 무슨 일이 벌어질지 알 것 같았다. 그런데도 고양이 입에서 미끈미끈한 초록색 개구리가 툭 튀어나오자 그만 속절없이 얼어붙고 말았다.

"까마귀 맙소사, 저 개구리……. 살아 있어?"

찰리가 숨을 몰아쉬었다.

"응."

베티가 나직이 대답했다. 한기가 끼치면서 속이 메슥거렸다. 두려웠다. 더는 모른 체할 수 없었다. 펜들윅에서, 새로운 집에서 모든 것이 평범하기를 그토록 바랐건만 이젠 부정할 수 없었다. 검은 새 오두막에는 뭔가 문제가 있었다. 아이비 벨에게 벌어졌던 일이 다시 시작되고 있었다.

"우리한테 일어나고 있어."

베티는 자기가 입 밖으로 소리 내어 말하는지도 몰랐다.

"뭐가?"

찰리가 얼굴을 찌푸리며 조심스럽게 휘이를 향해 한 손을 내밀었다. 휘이가 찰리를 보며 날카롭게 울더니 덤불 속으로 들어가서 숨었다. 길 위에 남은 개구리가 검은색 단추 같은 눈으로 두 아이를 쳐다봤다.

"옛날에 일어났던 일."

페카헨 농장은 덥고 냄새가 심했다. 농장까지는 걸어서 이십 분 거리였지만 베티가 플리스를 찾고 싶은 마음에 구불구불한 길로 찰리를 질질 끌고 오다시피 해서 십오 분 만에 도착했다. 베티와 찰리는 땀에 흠뻑 젖어 버렸다. 베티 머리카락이 건초 더미보다 더 크게 부풀었다.

"베티, 바보 같은 소리 하지 마."

농장 가게 옆에 딸린 헛간으로 언니를 찾아온 동생들에게 플리스가 짜증스럽게 말했다. 플리스는 한쪽에 쌓인 딸기 궤짝 위에 하나를 더 올려 쌓더니 천 조각에 손을 닦았다.

"보나 마나 개구리를 씹지도 않고 삼켰다가 속에서 안 맞은 거야. 그런 일이야 늘 있지 않나?"

"안 이상해? 옛날에 우리 집에 살았던 아이비 벨이 일기에 똑같은 일을 적어놨는데도?"

베티는 플리스를 따라 헛간으로 들어가면서 따져 물었다.

"고양이가 할 법한 일인 것 같은데 뭐."

플리스가 빈 궤짝 위에 앉더니 샌드위치를 한입 크게 베어 물었다.

"고양이들은 그런 짓 안 해. 게다가 개구리 일은 제쳐 두고라도 다른 일들은?"

베티가 목소리를 낮췄다. 헛간에는 둘뿐이었지만 옆에 붙은 가게에서 물건 사는 사람들 소리가 들렸다. 찰리는 농장에 도착하자마자 소리가 안 들릴 만큼 떨어진 곳에서 돌담 안으로 몸을 숙이고 새끼 돼지들이랑 노느라 정신이 없었다. 아빠와 토드는 멀리 떨어진 들판에서 여물통을 나르고 있었다.

"밀실에 숨겨졌던 종이랑 초상화 같은 물건을 찾은 게 이상하지도 않아? 아이비가 일기에 썼듯이 자기도 모르게 연못 주위를 돈 이야기가 안 이상해? 언니가 한밤중에 일어나서, 그것도 언니는 알거나 느끼지도 못한 채 온 집안을 돌아다닌 건 어떻고?"

"내가 말했잖아. 난 몽유병자 아니야. 할머니도 그렇게 말했어. 게다가, 열이 났던 사람은 너야. 사람이 아프면 이상한 꿈을 꿀 수 있다는 것쯤은 다 아는 사실이고. 맙소사, 베티, 거의 그 무렵에 우리가 밀실을 발견했어. 넌 틀림없이 그 일에 자극받았을 거야."

플리스가 빵 껍질을 뜯어서 입에 털어 넣었다.

"언니, 그건 정말 꿈이 아니었어. 너무 생생했다고. 내가 언니를 만졌고 바로 그 순간 그 마녀 노래가⋯⋯."

"내 말이. 그 노래를 찾은 것도 너야. 내가 아니라. 다시 한번 말할게. 그건 꿈이었어."

플리스가 베티 말을 끊고 베티 너머 저 멀리 들판을 바라봤다.

베티도 불쑥 내뱉었다. 자꾸 토드만 따라가는 언니 시선을 붙잡고 싶어서 절박했다.

"다른 것도 있어. 언니한테 진작 말했어야 했지만. 우리 가족이 필윙스랑 라이트윙 아줌마 집에서 저녁 먹은 날 있잖아⋯⋯. 그, 그 나이 많은 여자, 우리 오두막에 들어왔던 여자를 봤어. 언니를 손가락으로 가리켰던 그 여자."

플리스가 얼굴을 찌푸리며 샌드위치를 내렸다.

"어디에서?"

"그 여자가 아줌마들 요리사였어. 부엌에 들어갔다가 봤어."

"누구를 봤다고? 왜 나한테 아무 말 안 했어? 아빠랑 할머니도 불렀……."

"그때는 어떻게든지 토하지 않으려고 용을 쓰느라 바빴거든요? 어쨌건 지금 얘기하고 있잖아. 안 그래?"

이제는 베티도 화가 나서 쏘아붙였다.

언니가 나랑 같이 집에 가 주지도 않을 만큼 신경도 안 썼으면서!

베티는 검은 새 오두막에서 벌어지는 일로 베티가 걱정하는 것마다 언니가 무시해서 짜증스럽기도 했지만 그때 서운했던 감정도 아직 풀리지 않았다. 언니는 베티가 늘 의지하고 비밀을 털어놓을 수 있는 존재였다. 세 자매가 엄마 없이 자란 터라 더 특별했다. 그런데 펜들윅에 도착한 이후 언니는 점점 더 멍해지는 것 같았다.

"근데 할머니한테는 말하기 싫어하면서 나한테는 왜 했어?"

"그야 언니가 알고 싶어 할 줄 알았지. 언니야말로 모든 일에 미신적이잖아! 까마귀 상징을 만들질 않나, 유령 얘기를 하질 않나, 밀실 안에는 발도 안 들이고. 게다가, 맙소사, 언니는 언니가 저주에 걸린 것 같다는 말까지 했잖아."

베티가 발끈했다.

"그야……. 그 방은 너무 무서워. 그리고 그 여자가 나타났을 때 우린 전부 겁에 질렸다고. 그래, 어쩜 내가 너무 예민하게 반응했을지도 몰라. 그 여자가 왜 나한테 저주를 걸겠어? 나를 알지도 못하는데."

플리스가 방어적으로 말하다가 문득 베티 너머를 보더니 똑바로 앉으며 치마에 떨어진 빵 부스러기를 털었다.

"토드 온다."

베티는 분통이 터져서 코웃음이 다 났다. 토드 베리가 주변에 있는 한 베티는 플리스와 대화다운 대화를 나누지 못할 것이었다.

"다리를 저네? 토드, 괜찮아?"

토드가 다가오자 플리스가 걱정스러운 표정으로 자리에서 벌떡 일어났다.

"발을 벴어. 흙에 묻힌 깨진 유리 조각이 장화를 그대로 썰어버렸어. 그나마 유리를 밟은 게 소가 아니어서 다행이야."

토드가 얼굴을 찡그린 채 말하다가 베티를 보고 가볍게 고개를 끄덕였다.

"앉아 있어. 내가 페카헨 부인한테서 깨끗한 물이랑 붕대 받아올게."

플리스가 건초 먼지를 일으키며 헛간에서 급히 뛰쳐나갔다.

토드가 건초 더미에 무겁게 앉더니 장화 끈을 풀었다.

"심하게 다쳤나 봐요."

베티는 엘리자 버드 노래와 엘리자가 당한 사고를 묘사하던 필윙스의 태도며 말투가 생각났다.

상처가 감염되는 바람에, 그만……. 탁! 잘라내야 했지.

"이 농장에서 사고가 자주 일어나요?"

베티가 물었다. 토드가 펜들윅에서 자랐다면 분명히 다른 사람들만큼은 이야기를 잘 알 터였다. 어쩌면 수수께끼에 휩싸인 두 여자에 대한 더 많은 정보는 물론 그 여자들이 아이비 벨과 어떻게 연결되는지 알아낼지도 몰랐다.

토드가 장화를 벗으면서 고통스럽게 신음했다.

"농장은 위험한 곳이야."

176

"엘리자 버드가 일한 곳이 여기였어요? 다리를 잃었다는 농장?"

베티는 질문할 기회를 놓치지 않고 물었다.

토드가 고개를 들었다. 토드를 처음 만난 날 자매들이 검은 새 오두막을 언급했을 때도 저렇게 그림자 진 표정이었다. 토드가 천천히 고개를 끄덕였지만 베티는 토드가 계속 얘기하는 것을 꺼린다고 느꼈다.

"여기가 펜들윅에 있는 유일한 농장이야. 그 일이 일어난 곳도……. 여기 맞아. 그런데 그 여자가 다리를 이곳에서 잃지는 않았어. 다리를 다쳐서 상처가 감염됐지."

토드가 벤 곳을 살피면서 살살 눌렀다. 상처에서 핏방울이 배어 나와 땅에 똑 똑 떨어졌다. 베티는 메스꺼워져서 눈길을 돌렸다. 어느새 헛간으로 들어온 찰리가 토드 발을 뚫어지게 들여다보고 있었다.

"우엑, 아파요?"

"조금."

토드가 움찔했다. 그러더니 다시 입을 열면서 찰리 눈을 똑바로 보고 목소리를 낮추어 한층 진지하게 말했다.

"내가 다쳤다고 아무한테도 말하지 마."

"왜요?"

찰리가 물으며 베티 옆에 앉자 돼지우리 냄새가 진동했다. 베티가 코를 찡그렸다.

"사고가 일어나기만 하면, 특히 이곳 농장이나 마을 잔디밭 근처면 사람들이 수군거리기 시작하거든."

"뭐에 대해서요?"

177

베티는 토드가 뭐라고 할지 짐작이 갔지만 그래도 물었다.

"마녀. 사람들 말에 따르면 엘리자가 보수 문제로 말다툼을 벌인 뒤에 흙에 뭐를 묻었다고 해. 악독한 주술을 부린 거지."

토드는 계속 목소리를 낮게 깔았다.

찰리 눈이 휘둥그레졌다.

"그게 뭔데요?"

"누군가에게 불행이 닥치기를 바라면서 악의를 품고 거는 주술이야. 이야기에 따르면 그냥 상처나 입히려는 게 아니라 더 나쁜 일로 번지기를 노리고 엘리자가 오래된 날이나 녹슨 못 같은 물건에 마법을 걸었다고 해. 그런데 자기가 악독한 주술을 걸어놓고 실수로 밟은 거지."

토드 설명에 베티가 고개를 끄덕였다.

"필윙스 아줌마도 그 얘기 해줬어요."

"내가 들판에서 다친 걸 알면 사람들이 수년 전에 엘리자가 남긴 거라고 수군대기 시작할 거야. 그래서 아예 말을 안 하는 편이 나아."

토드가 말했다.

"세월이 이만큼 흘렀는데요?"

베티가 물었다. 밝고 유쾌해 보이는 펜들윅 사람들이 지금 벌어지는 사고를 백 년 전 마녀와 연결 짓는다는 게 이상했다.

"우습지. 나도 알아."

토드가 짓는 억지웃음이 왠지 눈빛과 어울리지 않았다.

"우스워요."

베티는 토드 말을 따라 하면서 머리를 바삐 굴리고 있었다. 매듭처럼 비비 꼬인 펜들윅의 기묘한 수수께끼가 어째서 여전히 강력하게 영향력을 발휘하는지, 그리고 수수께끼를 풀어낼 실마리는 무엇인지 생각해야만 했다.

엘리자가 가는 곳마다
사고가 일어났다네.

토드가 이 일에 이렇게까지 미신적으로 구는 뭔가 직접적인 이유가 따로 있는 건 아닐까?

"궁금한 게 또 있는데요, 오빠 사촌도 사고를 당했다고 했는데⋯⋯."

베티가 재빨리 덧붙였다.

"이름이 웨그스인 애요, 걔도 이 농장에서 다쳤어요?"

찰리가 끼어들었다.

토드가 고개를 저었다.

"그건 좀⋯⋯. 뭔가 달랐어."

잠시 헛간에 정적이 흘렀다. 누구에게 호통이라도 치듯 바깥 어딘가에서 오리 한 마리가 시끄럽게 꽥꽥 울었다. 베티는 마지막 질문을 괜히 했나 생각하며 기다렸다. 토드는 사촌한테 벌어진 일을 얘기하기가 괴로울 수도 있는데 베티가 불편한 기억을 들쑤셨다. 그런데 그때 토드가 숨을 한번 들이마시더니 빠른 속도로 얘기하기 시작했다.

"우린 다 사고라고 했는데, 사실은 웨그스한테 무슨 일이 있었는지 아무도 몰라. 애를 찾았을 때 눈에 띄는 상처는 하나도 없었거든. 뭐가 어떻게 된 건지 몰라도 (토드가 머리를 톡톡 쳤다) 여기가 이상해졌더라고. 누구도 사건

179

실체를 파헤치지 못했어. 하지만 아이비 벨과 연관 있다는 것은 모두가 다 알았지."

토드가 괴로운 듯 입술을 일그러뜨렸다.

베티가 움직임을 멈췄다.

"아이비…… 벨이요?"

"그 여자가 이 년 전까지 너희 집에서 살았어."

토드가 짧게 말했다. 토드는 베티 눈길을 피하며 건초 더미에서 지푸라기를 한 가닥 뽑아 가늘게 찢었다.

"아이비 벨이 한동안 이상하게 굴었거든. 엘리자 버드랑 또 다른 여자 로사 리플스 같은 펜들윅 마녀 얘기나 끊임없이 떠들어 대고. 아이비 벨 주변에서 기이한 일도 벌어졌어. 동물이며 곤충들이 이상한 짓을 해댔지. 아이비 벨이 냇물을 거꾸로 흐르게 하는 걸 봤다는 사람도 있었어. 처음에는 나도 안 믿었어. 다 말도 안 되는 헛소리라고 생각했거든. 그런데 하루는 아이비 벨이 잔디밭에서 벌떡 일어나더니 뒤로 걸어서 연못을 돌기 시작한 거야. 그것도 꿈속에서 걷듯이. 반 아이들 전체가 목격했지. 그때부터 본격적으로 소문이 떠돌기 시작했어."

토드가 몸을 부르르 떨었다.

"아이비 벨이 마녀라는 소문이요?"

나직이 묻는 베티 질문에 토드가 가만히 고개를 끄덕였다.

"그때 사람들은 정말 두려워했어. 아이비를 아니, 아이비랑 젬 삼촌까지 마을에서 몰아내자는 말도 나왔어. 그런데 그런 말이 오가는 걸 아이비가 먼저 알아냈는지 사람들이 몰려오기 전에 도망치기로 한 것 같아. 며칠 뒤에 모습을 감췄거든."

"아이비 삼촌은요? 삼촌도 마을에서 떠났어요? 웨그스 얘기는 언제 나와 요?"

베티는 토드 설명에 잔뜩 흥분했다. 아이비 일기에 적힌 내용을 하나씩 확 인하는 기분이어서 더 그랬다.

"아이비 벨을 마지막으로 본 사람이 웨그스였어. 아이비가 사라진 날 밤에 둘이 같이 잔디밭 선돌 곁에 있는 걸 누가 봤대. 그게, 웨그스가 아이비를 잘 따랐거든. 아이비가 가끔 웨그스랑 스캘리를 돌봐줬으니까. 웨그스를 그곳 으로 나오게 하는 건 아이비한테 일도 아니었을 거야. 웨그스는 아이비를 믿 으면서 자랐으니까."

토드 눈빛에서 분노가 번뜩였다.

"아이비가 웨그스한테 어떻게 했는데요?"

찰리가 물었다.

"말했듯이 그건 아무도 몰라."

토드가 잘라 말했다.

"보나 마나 주문을 걸었겠지. 저녁때가 됐는데도 웨그스가 집에 안 와서 우리가 밖으로 찾아 나섰다가 혼자 잔디밭에 있는 걸 발견했어."

토드가 말을 잠시 쉬었다.

"그 이후 웨그스는 한마디도 안 했고 손가락 한 마디만큼도 자라지 않았 어. 아이비가 사라진 뒤에도 아이비 삼촌은 그 집에서 더 살았어. 결국 떠나 기는 했지만. 똑딱똑딱 숲 맞은편 마을로 이사 갔어."

토드가 만지작거리던 지푸라기를 튕겨버렸다.

"조카가 한 짓을 계속 마주하기가 괴로웠겠지."

베티가 침을 꿀꺽 삼켰다. 토드 말이 머릿속에서 맴돌았다.

"그러니까, 오빠도 아이비 벨이랑 아는 사이였네요. 아이비가 진짜 마녀였다고 생각해요?"

"응. 난 알아. 아이비는 마녀였고 무슨 일이 벌어졌든 마법이 관련됐어."

토드가 나직이 대답하다가 베티를 똑바로 보며 눈을 깜빡였다.

"근데 너, 질문이 정말 많구나."

베티가 어깨를 으쓱하고 눈길을 떨어뜨렸다. 이 작은 마을에서 무엇이 부글부글 끓고 있는지 밝히려면 질문을 해야 했지만, 말을 너무 많이 했다.

"그냥 궁금해서요."

"아이비도 그랬어. 펜들윅에서 무슨 말을 할 땐 조심해야 해. 사람들 의심을 사서 좋을 일 없어."

토드가 얼굴을 찌푸리며 말했다.

베티가 얼핏 토드를 보니 베티에게서 떠날 줄 모르는 토드의 파란 눈동자가 어쩐지 멍한 눈빛이어서 불안해졌다.

"무슨 의심이요?"

"펜들윅에는 마녀가 끊이지 않을 거라는 옛말이 있어. 사람들 손가락이 너를 향하는 건 너도 원하지 않겠지. 마법은 늘 문제를 일으키는 법이고 우린 이곳에 문젯거리를 원하지 않아."

토드가 느릿느릿 말했다.

"그럼요, 안 원하죠. 오빠는 이런 얘기가 지긋지긋하겠어요. 저기, 우리는 이만 가 볼게요."

베티는 어딘가 익숙한 토드 말에 소름이 끼쳐서 조용히 말하며 막 자리에서 일어났고 때맞춰 플리스가 비눗물과 부드러운 천을 들고 헛간으로 돌아왔다.

"꼭 가야 해? 페카헨 아줌마가 조금 있다가 새끼 돼지 먹이 줄 때 도와달라고 했는데."

찰리가 아쉬운 듯 돼지우리를 힐끔거리며 물었다.

"내일 하면 되잖아. 할머니가 시킨 집안일도 해야 해."

베티가 말했다.

"플리스 언니, 저녁때 봐."

찰리가 다소 우울하게 말했다.

"그래."

플리스는 말하면서 토드 발을 살피느라 물그릇에서 고개도 들지 않았다.

베티가 인상을 썼다. 헤어지면서 인사도 제대로 안 하다니, 플리스 언니답지 않았다. 베티와 찰리는 숨 막히는 헛간에서 오후 태양이 이글거리는 밖으로 나왔다. 두 아이가 페카헨 농장에서 벗어나는 흙길을 따라 들판을 지나며 아빠한테 손을 흔들었다.

"까치가 못 살아. 베티 언니, 나 녹아버릴 것 같아. 우리 진짜 집안일 해야 해? 가는 길에 아이스크림이라도 먹으면 안 돼?"

찰리가 징징댔다.

"아이스크림 먹을 시간 없어. 집안일도 나중에 해야 할 판이야. 우린 더 중요한 일을 해야 하거든."

베티가 목소리를 낮춰 말했다.

"뭔데?"

찰리가 어리둥절한 표정으로 베티를 봤다.

베티가 숨을 깊이 들이마셨다.

"찰리, 언니 말 잘 들어. 아무래도 언니 생각엔……. 펜들웍에서 무슨 일이 벌어지고 있는 것 같아. 뭔가 마법이랑 마녀와 관련된 일."

찰리가 어두운 표정으로 베티를 올려다봤다.

"아까 언니가 말했던 그거? 예전에 벌어졌던 일이 다시 벌어지고 있다고 했던 거?"

"그래. 그런데 그게……."

베티가 머뭇거렸다. 두려움을 소리 내어 말하는 행위에는 무언가가 있었다. 두려움이 더 강해지고 진짜가 된다. 그렇다고 반복되는 우연을 더는 감출 수 없었다.

"그게, 이번에는……. 플리스 언니가 위험해진 느낌이어서 겁나."

"우리 어떻게 할 거야?"

찰리가 진지한 눈빛으로 베티를 올려다봤다.

"조사해야지."

베티가 목에 걸린 덩어리를 힘겹게 삼켰다. 온전히 언니를 믿는 어린 동생 말이 따뜻하게 베티를 감쌌다. 베티는 벌써 한결 굳세고 강해진 느낌이었다.

"누구든지 펜들윅에서 마법으로 장난치는 사람이 있으면 단단히 각오해야 할 거야. 우리 위더신즈 자매한테도 마법이라는 비장의 무기가 있으니까."

184

14장. 주술 꾸러미

베티와 찰리가 검은 새 오두막으로 돌아와 보니 개구리 네 마리가 부엌 안에서 펄쩍펄쩍 뛰어다니고 있었다. 다섯 번째 개구리는 훠이 때문에 식품 저장고 옆에서 오도 가도 못했다.

"어, 안 돼."

찰리가 약이 오른 훠이를 밖으로 쫓아내고 허리를 숙여 개구리를 가까이에서 들여다봤다. 찰리 눈에 눈물이 그렁그렁 맺혔다.

"배를 뒤집고 있어. 훠이가 죽였나 봐!"

찰리가 개구리를 조심스럽게 집어 올리더니 손바닥 위에서 뒤집었다.

"어, 잠깐. 얘가 죽은 척했어!"

"개구리 다 내보내자."

사방에서 꿈틀거리고 펄쩍펄쩍 뛰어다니는 개구리를 보니 베티는 속이 안 좋아졌다. 아이비 벨 일기에서 개구리 얘기를 읽었을 땐 다 미친 소리라고 생각했는데 이제 보니 그건 미친 소리가 아니라 마법, 그것도 나쁜 일로 이어지는 마법이었다. 베티는 개구리들이 사라지기를 바랐다.

"훠이도 내쫓아. 개구리를 또 게워내도 그나마 연못으로 튀어가겠지."

베티가 말했다.

베티와 찰리는 개구리들이 도망치도록 부엌에서 다 내보냈다.

"플리스 언니가 집에 없어서 다행이다. 언니는 개구리들 싫어했을 거야."

찰리가 훠이를 뒷문으로 몰아내며 말했다.

두 자매가 위층으로 올라가 보니 베티 침대 위에 개구리가 한 마리 앉아 있었다.

"우웩. 하필 내 베개 위에!"

베티가 역겨움을 못 참고 말했다.

"어떻게 이 위층까지 올라왔지?"

의아한 듯 묻는 찰리 말에 베티가 침대보 위에 널린 털을 가리켰다.

"개구리가 올라온 게 아니야. 훠이가 낮잠 자겠다고 몰래 들어왔다가 침대 위에 개구리를 토해놨어."

베티는 개구리를 잡겠다고 방을 한 바퀴 돌았다. 베티가 개구리를 향해 팔을 뻗을 때마다 개구리는 교묘하게 손가락 사이로 빠져나갔다.

"찰리, 저거 잡게 언니 좀 도와줘."

찰리가 개구리를 잡느라 후다닥거리는 사이, 화장대에 올려둔 목각 마트료시카 인형이 베티 눈에 띄었다. 위층으로 올라온 이유가 바로 저 인형을 가져가기 위해서였다. 손으로 인형을 잡자 베티는 문득 온몸이 근지러워지면서 불안감에 사로잡혔다. 검은 새 오두막에서 무슨 일이 벌어지는지 몰라도 두렵고 불길한 느낌이 들었다. 그래서 베티는 당장 선한 마법으로 단단히 무장해야 했다.

찰리가 펄쩍 뛰면서 침대 기둥에 걸린 옷을 스쳤다. 기둥에 걸린 드레스가 스르륵 떨어지며 바닥 위 개구리를 덮었다.

"잡았다."

찰리가 한 손을 옷 밑으로 넣어 개구리를 잡으면서 다른 손으로 드레스를 옆으로 날려 버렸다. 베티 발치에 떨어진 드레스 안에서 뭔가 작은 초록색 물건이 톡 빠져나와 침대 아래로 들어가 버렸다.

"저게 뭐지?"

주변에 퍼지는 이상한 냄새에 베티 코가 움찔거렸다. 베티는 무릎을 꿇고 침대 아래를 들여다봤다. 역한 냄새가 다시 한번 훅 끼쳤다. 도무지 뭔지 모를 독특한 냄새였다. 베티가 손을 뻗어 초록색 작은 물건을 꺼냈다. 손에서 금방이라도 파스스 바스러질 것 같았다. 말라비틀어진 개구리 시체일까 봐 베티는 겁도 나고 섬뜩해서 잠시 몸을 떨었지만 개구리가 아니었다.

나뭇가지와 약초를 가느다란 실로 꽉 묶은 작은 꾸러미인데 크기가 베티 엄지만 했다. 일부는 말린 약초였고 일부는 생풀이었지만 지금은 강렬한 열기에 시들고 있었다. 베티는 꾸러미를 코앞까지 들어 올려서 조심스럽게 킁킁 냄새를 맡아봤다. 배 속이 울렁거리는데 느낌이 어딘가 익숙했다. 베티 눈길이 바닥에 떨어진 드레스에 가서 꽂혔다.

"이건 내가 지난번 필윙스랑 라이트윙 아줌마네 집으로 저녁 먹으러 갈 때 입었던 옷이야. 이게 저 옷에 들어 있었어."

베티가 중얼거렸다. 상황이 이해되기 시작했다. 베티가 드레스를 집어 들고 자세히 살폈다. 과연, 희미하게 남은 수프 얼룩 조금 위쪽에 작은 주머니가 달려 있었다. 베티는 자기 옷에 비눗물을 찍어 바르던 주름진 손, 그리고 뭔가 잘못되었다는 느낌이 들던 순간을 떠올렸다. 이젠 뭔지 알 듯했다. 베티는 또 토할 것 같았다. 단지, 이번에는 충격을 받은 탓이었다.

"그 여자였어. 이런 수를 쓰다니."

"누가 무슨 수를 어떻게 썼는데?"

찰리가 꾸물거리는 개구리를 손에 쥔 채 물었다.

"웹 노파, 그 집 요리사. 우리 집에 몰래 숨어들어 왔던 그 늙은 여자. 그날 저녁 내가 부엌에 들어갔을 때 이걸로 나한테 나쁜 주문을 건 게 분명해."

찰리가 두려운 눈빛으로 작은 꾸러미를 봤다.

"만지면 안 되는 거 아니야?"

"이건 원래 목적을 이미 다 이뤘어."

화가 난 베티가 주먹을 꽉 움켜쥐었다. 손가락 사이에서 약초 다발이 바스러지는 느낌이 났다.

"이것 때문에 내가 그날 밤 아팠던 거야. 그 여자가 벌인 일이었어. 이젠 알겠어. 토드가 말했던 그, 그……. 악독한 주술이었어."

나이 많은 여자가 했던 말이 기억났다.

이젠 다 나오겠지.

"얼룩이 빠질 거라는 뜻이 아니었구나. 내가 수프를 다 토해낼 거라는 말이었어! 내 드레스를 닦아주는 척하면서 이걸 주머니 안에 넣었겠지. 여자는 내가 자기를 알아봤다는 걸 알았어. 그래서 내가 다 이룰까 봐 나를 쫓아버리고 싶었던 거야."

이젠 앞뒤가 다 맞아떨어졌다. 그 늙은 여자가 베티한테 주문을 걸었고 플리스한테도 주문(또는 저주)을 걸었다. 틀림없이 그래서 플리스가 베티에게 신경도 안 쓰고 기이하게 굴었을 터였다. 플리스는 단순히 사랑의 열병을 앓는 것이 아니었다. 마법에 걸렸다!

"펜들윅에 마녀가 있다 이거지, 좋아."

베티 눈길이 주술 꾸러미에 가서 머물렀다. 이제 꾸러미는 다 부서져서 아무 해도 없어 보였다. 할머니가 스튜 끓이는 데 넣을 법한 한주먹 거리 재료 같았다. 베티는 저것이 무슨 짓을 했는지 알았지만, 과연 베티 말을 믿어줄 사람이 있을까?

"이것도 증거이긴 한데 턱없이 모자라. 우리가 정원에서 노파를 봤던 날, 분명히 그 여자가 플리스 언니한테도 무슨 짓을 했을 거야."

찰리가 입술을 깨물었다.

"그 여자가 플리스 언니를 손가락질했을 때?"

베티가 고개를 끄덕였다.

"노파를 막으려면 그 여자가 정확히 무슨 짓을 꾸미는지 알아야 해."

베티가 마트료시카 인형을 주머니에 챙겨 넣고 계단을 달려 내려갔다. 찰리 뒤에 바짝 따라붙었다. 두 아이는 마지막 개구리와 사악한 주술을 부리는 꾸러미를 정원에 버렸다. 베티는 고약한 냄새를 풍기는 약초 꾸러미를 흙속에 파묻다시피 발로 꽉꽉 밟았다. 없애버리고 싶었다.

베티가 부엌으로 들어가면서 마트료시카 인형을 둘로 나누었다.

"아무래도 인형을 써야겠어."

베티는 입을 열었다가 말을 멈췄다. 인형이 부린 마법이 풀리자 갈색 코가 옴찔거리며 찰리 옷깃에서 나타난 터였다.

찰리가 얼굴을 찌푸렸다.

"난? 난 어떡해? 나도 갈래."

189

"찰리, 넌 여기 있어야 해. 언니랑 같이 가기엔 너무 위험해. 그 여자는 벌써 나랑 플리스 언니한테 주문을 걸었어. 너한테도 무슨 일이 벌어질지도 몰라. 그런 위험을 무릅쓸 순 없어."

찰리가 한 손을 올려 깡총이 턱을 간질이면서 완강하게 고개를 저었다.

"그래도 난 언니랑 같이 갈 거야. 어차피 우린 눈에 안 보이잖아. 안 그래?"

찰리가 불안한 눈빛으로 부엌을 힐끔거렸다. 베티는 미안한 마음이 들었다. 찰리가 이곳에 혼자 남기 싫은 것도 당연했다. 비밀의 방이 있고 수도관이 꿀럭거리고 고양이가 개구리를 토해내는 오두막이라니. 집에 남는다고 해서 베티랑 같이 가는 것보다 안전하리라는 보장이 없었다.

"네 말이 맞네. 너 혼자 집에 남겨둘 수는 없겠다. 깡총이는 두고 가야 해."

베티는 나중에 후회하지 않기를 바라며 한걸음 물러섰다.

찰리 입이 닷 발은 나왔지만 찰리도 언니랑 말싸움할 때가 아니라는 것쯤은 알았다. 바로 며칠 전에 쥐로 장난 쳤으니까. 찰리가 위층으로 뛰어 올라갔다. 십중팔구 작은 인형 집에 깡총이를 숨기러 갔을 터였다. 할머니는 모르는 깡총이의 비밀 집이었다.

찰리가 돌아오자 베티는 찰리 머리카락을 한 올 뽑아서 세 번째 인형 안에 든 깡총이 수염 옆에 놨다. 곱슬곱슬한 자기 갈색 머리카락도 한 가닥 뽑아서 두 번째로 큰 인형 안에 조심스럽게 넣은 뒤 인형을 차례대로 포갰다. 베티는 부엌 창문 앞에 서서 바깥쪽 인형 위아래 조각을 돌려 무늬가 완벽히 일직선이 되도록 맞췄다. 유리창에 비치던 베티 그림자가 즉시 사라졌다. 베티가 찰리를 돌아보며 희미하게 웃었다. 다른 사람한테는 두 사람이 안 보이지만 서로한테는 보였다.

"이제 가자."

베티가 말하며 찰리를 데리고 뒷문으로 나간 뒤 문을 잠갔다.

"뒤뜰로 해서 가자. 여우장갑 오두막도 우리 집처럼 부엌 창문이 뒤뜰 쪽으로 났어. 웹 노파가 부엌에 있으면 무슨 꿍꿍이를 꾸미는지 창문으로 엿볼 수 있어. 플리스 언니가 이상하게 변하고 훠이가 개구리를 뱉어내는 기이한 마법 뒤에 그 여자가 있다는 걸 증명해야 해."

증거가 필요한 두 아이가 이처럼 누구의 시선도 받지 않는다면야 증거를 찾는 데 그야말로 완벽했다.

두 아이는 개굴개굴 울어대는 개구리로 생기가 넘치는 연못을 지나 길로 향했다. 정원에는 검은딸기 덤불과 여름날 열기로 노랗게 말라버린 과일나무가 우거졌다.

"풀밭을 통과해서 가자. 덜 우거졌을 거야."

베티가 말했다.

"저기로 가면 어때?"

찰리가 문 너머로 뒤뜰을 따라 나뭇잎이 무성해서 터널처럼 보이는 곳을 가리켰다.

엄밀히 말해서 저기는 길이 아니었다. 게다가 초록색 나뭇잎이 차양처럼 짙게 드리워서 반은 가렸다. 베티는 마법 인형을 써서 굳이 모습을 사라지게 하지 않았어도 아무도 못 보았겠다고 확신했다.

"여기로 누가 다녔나 봐. 저기 봐. 풀이 다 누웠어."

풀을 가리키며 말하던 베티는 늙은 여자가 얼마나 순식간에 사라졌는지 기억났다. 웹 노파가 이 길을 통해서 검은 새 오두막을 드나들었을까?

"여기로 오는 게 좋은 생각이 아니었나 봐. 맞은편에서 누가 오면 피할 곳이 하나도 없어. 우리 모습은 안 보여도 닿으면 곧장 알아챌 텐데."

갈수록 좁아지는 터널을 보며 베티가 중얼거렸다.

"그냥 계속 가자. 이젠 거의 다 왔을 거야. 봐, 문이잖아."

얼굴로 날아드는 벌레를 손으로 쫓으며 찰리가 말했다.

"저건 종달새 오두막이야. 여우장갑 오두막은 그다음 집이야."

잡초가 하도 우거져서 문이 제대로 보이지도 않았다. 아주 오랫동안 아무도 이 길을 사용하지 않은 것이 확실했다.

베티와 찰리는 말없이 걸음을 서둘렀다. 아이비 일기와 엘리자 버드 생각이 여름날 열기처럼 베티 마음을 무겁게 짓눌렀다. 플리스한테 그 어떤 나쁜 일도 벌어지게 놔둘 수 없었다. 늙은 마녀가 무슨 짓을 꾸미는지 몰라도 반드시 막아야 했다.

그다음에 나온 문은 환한 붉은색이었고 주변도 말끔히 정리되어 있었다.

"앞문도 이런 색이었어."

찰리가 속삭였다.

베티가 고개를 끄덕이며 문으로 손을 뻗었다. 제발 반대편에서 빗장을 걸어두지 않았기를 속으로 빌었다. 덜컥, 빗장이 들렸다. 베티는 숨을 멈추고 문을 살살 밀었다. 두 사람이 투명해졌다고 문에서 끼이이익 소리가 안 나지는 않았지만, 어쨌건 베티와 찰리는 소리 내지 않고 손쉽게 정원으로 들어섰다. 베티는 찰리를 재촉해서 기다란 오두막 정원을 통과했다. 검은 새 오두막 정원과 비슷했지만, 뒷마당에 심은 과일나무는 키가 더 커 보였고 깔끔하게 구획해서 심은 꽃이며 약초, 채소 등 식물이 연이어 나왔다. 그나마 유일하게 무성해 보이는 구역은 따끔따끔한 쐐기풀을 심어놓은 널따란 땅이었다. 베티는 초록색 수프와 물레에 걸려 있던 은색 실을 떠올리며 쐐기풀밭은 정확히 라이트윙 부인 의도대로 가꿔진 곳이리라 짐작했다.

베티와 찰리는 정원을 가로질러 구불구불 이어지는 길을 따라 예쁘장한 오두막에 다다랐다. 이토록 날이 화창한데도 오두막 안이 몹시 어둑해서 베티는 안을 들여다볼 만큼 문이 열렸기를 바랐다. 베티는 시간을 너무 잡아먹지는 않았을까 생각했다. 필윙스, 라이트윙 부인이 마을 가게에 나가 있는 이 시간이 웹이 무슨 짓을 꾸미는지 알아내기에 가장 좋은 기회였다. 웹이 일하러 오는 시간을 모른다는 것을 이제야 깨닫고 실망했을 뿐이었다. 어쩌면 저녁때나 집주인이 여분 일손이 필요할 때만 올지도 몰랐다. 어쨌건 베티와 찰리가 지금 이곳에 있는 만큼 플리스한테 벌어지는 일을 막을 방법을 뭐라도 알아낼 작정이었다.

빨랫줄에서 펄럭이는 빨래에 부엌 창문이 반쯤 가렸다. 베티는 창문 아래에 쭈그리고 앉았다가 모습이 안 보인다는 사실에 자신감을 얻고 안이 더 잘 보일까 싶어서 낮게 깔린 배수관을 밟고 올라섰다.

"뭐가 보여?"

찰리가 초조하게 속삭였다.

베티가 고개를 젓고는 두 손을 모아 눈앞에 대고 창문 안을 들여다봤다. 잠시 베티는 부엌이 비었다고 생각했다. 그러다가 조리대 옆에 서 있는 사람을 눈치채고 깜짝 놀랐다. 베티는 가슴이 뛰어서 몸이 휘청하는 바람에 창틀을 움켜잡고 균형을 잡았다. 웹 노파였다! 몸을 구부리고 뭔가에 몰두하고 있었다. 베티는 웹에게서 눈길을 떼지 못했다. 누군가에게 불길한 느낌이 드는 것과 그 느낌이 옳다는 것을 확인하는 일은 아주 달랐다. 베티는 나머지 실내도 살폈다. 심장이 고동쳤다. 개수대 옆 큼지막한 바구니에는 갓 벤 쐐기풀이 한가득 들었다. 난로에는 이제부터 끓이려는 듯 찬물로 채운 냄비에 껍질 깐 감자를 담가 놓았다.

여느 부엌과 다를 바 없어 보였다. 나쁜 짓을 한다는 기미는 어디에도 없었지만 베티는 차이점을 알았다. 나이 많은 저 여자는 아무 악의 없는 듯 굴었지만, 저 여자 말고는 베티 옷에 약초 꾸러미를 넣을 수 있는 사람이 없었다. 저주 거는 주문을 중얼거리고 손가락질해대며 위더신즈 가족 집을 어슬렁거린 사람도 저 여자였다.

베티가 있는 곳에서는 부엌 안이 그다지 잘 보이지 않아서 문제였다. 어떻게든지 안으로 들어가야 했다. 생각만 해도 베티는 속이 울렁거렸다.

살짝만 보면 되는데.

베티가 혼잣말했다.

저 여자가 무슨 짓을 하는지 조금만 더 잘 보였으면 좋겠는데 도대체 어떻게 본단 말인가.

여자를 밖으로 유인해 내면 어떨까. 베티가 배수관 아래로 내려섰다. 베티는 뒷문을 두드려볼까도 생각했지만, 괜히 웹의 경계심만 높여놓을 것 같았다. 마침 빨랫줄이 베티를 스쳤다. 순간 베티한테 한 가지 생각이 떠올랐다. 베티가 빨래 몇 점을 재빨리 걷어서 정원 여기저기에 뿌렸다. 그러고는 도로 찰리에게 냅다 달려가서 찰리와 함께 뒷문 옆에서 가만히 기다렸다. 이글거리는 태양이 베티와 찰리 어깨 위로 사정없이 내리쬐는 사이 시간이 흘렀다.

"언니, 너무 더워. 그늘에서 기다리면 안 돼?"

찰리가 속삭였다.

"안 돼. 난 저 안을 꼭 봐야 해. 바로 튀어 들어가게 준비하지 않으면 제때 못 들어가."

베티는 땀이 흘러서 목도 가려운 데다 곱슬머리도 걷잡을 수 없이 부풀어 오르기 시작했다. 지금쯤이면 웹이 고개를 들고도 남을 시간인데?

"여기 가만히 있어."

베티가 찰리한테 말한 뒤 다시 살금살금 창문으로 갔다. 배수관을 딛고 올라섰다가 꽥 터져 나오는 비명을 이를 악물고 참았다. 창문 너머에 곧장 웹 얼굴이 있었다. 베티 눈을 똑바로 마주 보고 있었다.

저 여자는 내가 안 보여. 난 모습을 숨겼어. 안전하다고.

베티가 되새겼다.

하지만 마녀와 얼굴을 맞대고 있다는 사실에 베티는 공포에 휩싸여서 숨이 막혔다. 여자가 짜증이 났는지 얼굴이 뒤틀렸다. 노쇠하고 탁한 두 눈이 이상한 낌새를 감지한 듯 가늘어졌다. 웹이 개수대를 쓰자 배수관에서 물이 쏟아져 나오는 바람에 베티가 또 펄쩍 뛰었다. 베티는 조심조심 땅으로 내려와서 찰리한테 뒤로 물러서라고 했다. 이젠 어느 때라도 곧⋯⋯.

열쇠가 자물쇠를 긁어대더니 붉은색 문이 열리고 웹 노파가 성큼성큼 밖으로 나왔다. 땅에 나뒹구는 옷을 주워 담는 모습이 분명히 허둥대고 있었다.

"말이 안 돼. 바람 한 점 없는데!"

웹이 헐렁한 스타킹을 빨랫줄에 다시 널면서 투덜거렸다.

베티는 찰리 손을 잡아끌고 열린 뒷문을 통해 서늘한 부엌으로 들어갔다.

행운인지 뭔지 단순한 생각이 먹혔다. 그래도 서둘러야 했다!

채 두 발짝도 떼지 않았는데 찰리가 어디가 찔린 듯이 숨넘어가는 소리를 냈다. 그와 동시에 날카로운 가시가 베티 왼쪽 신발 밑창을 꿰뚫고 들어왔다. 베티는 입술을 깨물고 터져 나오는 울음을 삼켰지만 고통스러워서 두 눈이 눈물로 그득했다. 깨진 유리라도 밟았나?

"베티 언니, 내 발! 너무 아파. 어디 벤 것 같아. 아니 찔렸나 봐."

찰리가 낑낑거렸다. 두 눈 가득 눈물이 고였다.

베티 두 눈이 쐐기풀 바구니로 향했다. 베티가 다시 한 걸음 내딛자 바늘에 찔린 듯 날카로운 고통이 또 느껴졌다. 찔렸다······.

"아, 안 돼. 찰리, 오두막 전체에 주문을 걸어놨나 봐! 우리 나가야······."

베티는 끔찍한 실수를 저질렀음을 깨닫고 탄식했지만 너무 늦었다.

바로 그때였다. 난로에 놓인 주전자가 휘파람을 부는가 싶더니 이내 귀를 찢는 쇳소리로 비명을 질러댔다. 베티는 경악하며 주전자를 노려봤다. 주전자 밑에 불꽃도 없는데 어떻게 끓지? 주전자 주둥이에서 김이 뭉게뭉게 피어오르며 비명이 목소리가 되었다. 새된 소리가 흡사 사람 같아서 몸서리가 났다.

"침입자! 부엌에 침입자 있다! 내보내, 침입자 내보내라!"

주전자가 외쳤다.

"찰리, 도망쳐!"

베티가 다급하게 말했지만, 주전자 찢어지는 소리를 들은 웹이 이미 부엌 입구로 달려와서 문에 빗장을 거는 모습이 보였다.

베티와 찰리가 안에 갇혔다.

15장. 난리 났네, 난리 났어

베티가 찰리 손을 힘주어 잡고 복도를 향해 고갯짓하며 입을 뻐끔거렸다.

"앞문으로. 가!"

고개를 젓는 찰리 얼굴 위로 눈물이 줄줄 흘러내리고 입술 사이로 신음이 새어 나왔다. 베티는 주전자가 내지르는 괴성에 부디 찰리 신음이 묻히기를 바랐다. 안 그래도 쐐기풀을 겁내는 찰리가 고통에 휩싸여서 한 걸음도 내딛지 못한다는 것을 알았다.

웹 노파가 입구에 선 채 얼어붙었다. 눈에서 불꽃을 튀기며 부엌 안을 살폈지만 주전자밖에 안 보였다. 웹 노파는 놀랐으면서도 수상쩍어하는 표정이었다. 노파가 문을 잠그고 열쇠를 주머니에 넣은 뒤 부엌 안으로 들어섰다. 베티는 목구멍에서 딱딱하게 덩어리지는 두려움을 느꼈다. 이젠 앞문이 유일한 출구였다.

웹이 두 팔로 들고 있는 옷을 탁자에 던져놓고 주전자를 난로에서 도마 위로 옮겼다. 주전자는 즉각 소리를 멈췄지만 뚜껑이 들썩거릴 만큼 분노로 가득한 김을 푸푸 내뿜으며 침입자를 경고했다.

웹이 문 옆에 세워놓은 빗자루를 집어 들고 복도로 뛰어갔다. 베티는 발이 몹시 아팠지만 소리 없이 아슬아슬하게 한 걸음 더 내디뎌 웹을 피했다. 웹노파는 바닥이 울릴 만큼 발을 쿵쿵거리며 식당에 먼저 들어갔다가 이내 위층으로 올라가 뒤지기 시작했다. 천장을 타고 특이한 소리가 흘러 내려왔다. 슥, 슥, 슥. 그리고 뭐라 뭐라 웅얼거리는 소리. 베티가 뻣뻣하게 굳었다. 또다른 주문인가?

"찰리, 언니 말 잘 들어. 앞문으로 나가서 뒤도 돌아보지 말고 집까지 달려. 이 집에 있는 한, 한 걸음 한 걸음이 다 아플 거야. 그래도 용감하게 굴어야해. 소리 내면 안 돼. 알겠지?"

베티가 정신없이 속삭였다. 어린 동생까지 뒤에 달고 와서 어떻게 아무 탈없이 마녀를 염탐할 수 있다고 생각했지?

찰리가 베티를 올려다봤다. 커다란 초록색 눈동자에 눈물이 그렁그렁했고 눈가가 빨갰다.

"그, 그러면 언니는?"

찰리가 목소리를 떨며 물었다.

"언니는 여기 남을 거야. 더 살펴봐야지. 아주 잠깐만 볼게."

또다시 쐐기풀이 콱 찔렸지만 베티는 이를 악물었다.

"저 할머니가 언니 잡으면 어떡해?"

"못 잡아. 언니가 진짜 조심할게. 이렇게 오두막을 통째로 마법에 걸어놓은 걸 보면 분명히 뭔가 숨기는 게 있어. 그걸 알아낼 기회가 두 번 다시 안올지도 몰라."

베티가 얼른 찰리를 한 번 꼭 안았다.

"자, 이제 가. 우리 집 정원에서 언니 기다려."

찰리가 침을 한 번 삼키더니 이를 악물고 머뭇머뭇 복도로 한 걸음 내디뎠다.

"으……. 언니, 나 못 하겠어. 너무 아파!"

"가야 해!"

위층에서 문들이 쾅쾅 닫히는 소리에 찰리가 훌쩍이며 눈물 가득한 눈으로 언니를 한 번 더 뒤돌아보고는 다시 출발했다.

지금은 주전자라도 입을 다물었으니 망정이지.

베티가 우울하게 생각하는 순간, 기다렸다는 듯 다른 목소리가 침묵을 갈랐다.

"침입자! 복도에 침입자다! 내 보내, 저 여자애 내보내!"

떨리는 목소리에서 악의로 가득한 승리감이 묻어났다. 위층 계단참에서 나는 발소리때문에 베티가 복도를 내다봤다. 일이 다 엉망으로 꼬였다! 찰리는 복도 중간을 이제 막 지나 문을 향해 손을 뻗고 있었다. 소리 없이 흐느끼느라 어깨가 들썩였다. 찰리 머리 위 벽에 온갖 압화로 둘러싸인 뻐꾸기시계가 달려 있었다. 섬뜩하게 생긴 작은 목조 새가 뻐꾹 뻐꾹 시간을 알리지는 않고 번득이는 눈알을 데굴거리며 독기 품은 부리로 두 사람을 일러바쳤다.

베티는 쐐기풀에 찔려서 아픈 발이 불타는 것 같은데도 두려움 때문에 한기를 느꼈다. 베티 눈길이 전에 본 공작나비 액자에 꽂혔다. 얼핏 움찔거리는 날개에 불안감이 깊어졌다. 베티를 지켜보는 듯 날개 위 눈동자가 찡긋거렸다.

집을 통째로 마법에 걸어놨어.

베티는 숨도 멈추고 찰리를 지켜봤다. 찰리가 앞문 빗장을 풀고 미끄러지

듯 빠져나가 소리 없이 뒤로 문을 닫았다. 베티는 마음이 놓여서 나직이 한숨지었다. 집이 찰리를 가둬버릴까 봐 잠깐 두려웠었다. 이제는 웹이 뻐꾸기 시계 외침을 듣고 계단을 내려오고 있었다. 웹이 복도에서 잠시 멈칫하더니 허겁지겁 응접실로 들어갔다. 웹 치마가 가구에 스치는 소리가 들렸다. 커튼 뒤며 탁자 밑도 샅샅이 들여다볼 것이 뻔했다.

일단 찰리라도 안전하게 밖으로 나가자 베티는 한층 용기가 났다. 그렇다고 발을 찌르는 고통이 조금이라도 덜해진 것은 아니었다. 어디부터 봐야 하지? 마녀가 내려와 있는 지금, 과연 위층까지 갈 수 있을까? 베티는 고통스럽게 복도로 한 발 내디뎠지만 또 주전자가 분노에 차서 푸푸거리며 김을 내뿜는 바람에 머뭇머뭇 뒤를 돌아봤다. 베티 눈길이 아까 웹 노파가 개수대 옆에서 등을 구부리고 뭔가에 열중했던 조리대 위로 향했다. 행주 아래 숨겨진 것이 있었다. 베티가 조리대로 다가갔다. 한 발 한 발이 베이듯 쓰라렸다. 베티는 가정부가 다듬던 채소나 빵 반죽을 예상하며 천을 젖혔다. 조리대에 놓인 것은 그중 무엇도 아니었다. 처음에는 그냥 헝겊 조각을 늘어놓은 줄 알았다. 하지만 자세히 살피던 베티는 속이 뒤집혔다.

지푸라기로 만든 듯한 조그만 사람 형상 세 개가 나란히 놓여 있었다. 까마귀바위섬 장날에 어느 작은 좌판에서 봤던 콘 돌리(*짚으로 만든 인형) 처럼 생겼다. 대번에 가운데 인형이 눈에 들어왔다. 머리 위로 구름처럼 갈색 모직을 부풀린 머리카락이 솟아 있었다. 이건 의심의 여지 없이 베티였다.

가장 작은 인형은 양 갈래 돼지 꼬리 머리였고 살짝 벌어진 입속에는 작디작은 하얀 이, 찰리가 수프에 빠트렸던 이가 있었다.

"페그다."

베티가 중얼거렸다. 믿기지 않았다. 불길하게도 찰리 인형과 베티 인형 머리를 노끈을 꼬아 둘러놨다. 작은 눈가리개로 눈을 가린 형상이었다.

베티를 진짜 겁먹게 한 것은 제일 큰 인형이었다. 검은색 짧은 머리에 분홍색 실로 수놓은 작은 입술, 플리스였다. 다른 두 인형처럼 눈가리개는 없지만 턱부터 발끝까지 담쟁이덩굴로 친친 감아 놨다. 회녹색 이파리가 돋은 초록색 식물 잔가지도 섞였다. 베티가 원피스 호주머니에서 찾은 주술 꾸러미에 있던 약초 중 하나가 분명했다. 부스러뜨리기 전에 자세히 봐두지 않은 것이 이제 와 후회스러웠다. 확실히 아는 것은 담쟁이덩굴, 아이비뿐이었다.

아이비, 위더신즈 가족이 펜들윅에 이사 온 첫날부터 담쟁이덩굴에 휘둘린 기분이었다. 섬뜩한 이 작은 인형이 원인이었을까? 위더신즈 가족이 도착한 순간에 웹 노파가 플리스에게 주문을 걸었을까? 무슨 일인지 못 보게 막으려고 다른 두 인형에 눈가리개를 둘렀을까? 갓 뽑은 식물인지 아직 생생했다. 인형도 최근에 만든 것 같았다.

복도에서 들려오는 발소리에 베티가 정신을 차리고 움직였다. 인형 세 개를 호주머니에 넣자 인형들이 투명한 옷 속으로 사라졌다. 인형이야말로 늙은 여자가 위더신즈 자매를 상대로 마법을 부리고 있음을 밝히는 데 필요한 증거였다. 웹한테서 인형을 가져가면 주문이 약해질지도 몰랐다. 어쨌건 베티는 할머니한테 인형을 보여줘야 했다. 미신도 믿고 지혜로운 할머니라면 무엇을 해야 할지 정확히 알 터였다. 베티는 발을 찔러대는 통증을 참아내며 탁자 위에 쌓인 깨끗한 옷더미에서 몇 가지를 집어 행주 밑에 잘 놓았다.

시간이 없었다. 아직 손에 빗자루를 든 웹이 벌써 부엌 입구에 나타났다. 숨을 몰아쉬며 안을 두리번두리번 살폈다. 베티는 석상처럼 꼼짝하지 않았

201

지만 달리기를 끝낸 것처럼 심장이 미친 듯이 뛰는 탓에 금방이라도 들킬 판이었다.

"걔들이 부리는 하찮은 수법 중 하나인가 보네. 아니면 다른 건가?"

웹이 중얼거리며 눈으로 실내를 샅샅이 훑었다.

베티가 바짝 긴장했다. 누가 걔들이고 뭐가 하찮다는 거야? 다음 순간 벌어진 일이 베티 허를 찔렀다. 가정부가 부엌으로 들어오더니 나지막하게 중얼중얼 주문을 외우며 힘차게 비질을 시작했다.

"마법 빗자루, 믿음직한 빗자루야.
방에서 침입자를 쓸어버려라!"

아주 독특한 느낌이 베티를 휘감았다. 보이지 않는 힘이 베티를 뒷문 쪽으로 밀어냈다. 아니, 쓸어냈다. 베티는 균형을 잃고 앞으로 쭉 밀리는 바람에 놀라서 헉 소리가 났지만 이를 악물고 삼키며 찬장 안으로 비틀비틀 들어갔다.

웹이 비질을 멈추고 뒤를 홱 돌아봤다. 어디에서 소리가 났는지 찾느라 눈을 커다랗게 뜨고 여기저기를 두리번거렸다. 두 발이 통증으로 화끈거리는 와중에도 베티는 어떻게든 움직임을 완전히 멈췄다. 또 실수하면 안 되었다. 가정부한테 들키기 전에 마법으로 뒤엉켜 있는 이 오두막에서 빠져나가야 했다.

웹 노파가 다시 한번 똑같은 주문을 중얼거리며 타일 바닥 위를 힘차게 비질했다. 이번에는 베티도 준비하고 있었다. 베티는 찬장 문을 단단히 부여잡고 움직이지 않도록 버텼다. 거센 바람을 일으키며 밀어붙이는 비질이 계속되자 현기증이 일었다. 웹 노파가 빗자루를 내려놓았다. 마침내 바람이 그쳤다. 여전히 꺼림칙한 표정인 웹은 몹시 불만스러워 보였다. 웹이 큰 찬장부터 하나씩 문을 열고 안을 들여다보며 차례대로 확인하기 시작했다. 베티는 소리 없이 찬장에서 멀어져 복도 문으로 살금살금 다가갔다.

가정부가 행주 옆에 멈춰 서더니 행주를 들췄다. 노파 입이 딱 벌어졌다. 조리대 위로 힘없이 행주를 떨어뜨리는 웹 모습에 베티는 짜릿한 쾌감을 느꼈다.

어때, 한 방 먹었지?

베티는 냉혹한 생각이 들었다가 주전자가 다시 요란하게 칙칙 김을 뿜는 바람에 움찔했다.

난데없이 앞문이 벌컥 열리는 소리에 베티와 노파가 동시에 펄쩍 뛰었다. 라이트윙 부인이 복도를 따라 부엌으로 성큼성큼 걸어왔다. 눈에서 불이 번쩍거렸다. 라이트윙이 웹을 홱 돌아봤다. 놀랍게도 매서운 얼굴에 의심이 가득했다.

"뭐 하고 있었지?"

라이트윙이 추궁했다.

"아, 아무것도 안 했어요."

가정부가 두 손을 비비 꼬면서도 단호한 목소리로 대답했다. 웹이 감자가 든 냄비와 쐐기풀 바구니를 가리켰다.

"시킨 대로 준비하고 있었어요."

라이트윙 부인 눈이 가느다래졌다. 베티는 힘이 쭉 빠졌다. 라이트윙 부인이 와서 마음이 놓였다. 마녀와 단둘이 오두막에 갇혔다가 다른 누군가가 나타났더니 정말 좋았다! 지금까지 무엇을 알아냈는지 당장 다 말하고 싶은 마음이 굴뚝같았지만 안 될 일이었다. 그러려면 갑자기 모습을 드러내야 하는데 토드가 경고했던 말이 귓가에서 울렸다. 마법의 기미가 보이는 순간, 베티도 진짜 마녀와 다름없는 취급을 받을 터였다.

"또 그 시시한 마법을 썼나?"

나지막이 묻는 라이트윙 목소리가 돌연 위험하게 들렸다. 라이트윙은 복도 문을 열어둔 채 부엌으로 들어갔다.

"누구를 초대라도 한 거야?"

마법이라고?

베티 얼굴이 일그러졌다. 아까 웹 노파도 똑같이 마법이라는 말을 썼다. 주전자와 뻐꾸기시계에 마법을 걸었듯, 가정부가 고용인한테도 주문을 걸 생각인가? 아니면 주문은 걸지 않고 어떻게든지 말을 잘해서 곤경에서 벗어나려나?

"난 아, 아무도……. 아무도 들이지 않았어요! 그런데 주전자랑 뻐꾸기시계가……."

더듬더듬 입을 여는 웹은 당황한 것 같았다.

"그래, 알아. 가게 은종이 울렸어. 집에 무슨 일이 벌어졌다는 걸 우리한테 알려줬다고."

라이트윙이 아무렇지도 않게 말했다.

은종? 그러니까, 결국 필윙스 말처럼 단순히 오래된 종이 아니네?

베티가 생각했다. 섬뜩한 의혹이 머릿속으로 슬금슬금 기어들었다. 베티는 그 의혹이 절대 사실이 아니기를 간절히 바랐다. 하지만 라이트윙은 웹이 마법에 걸린 주전자와 뻐꾸기시계를 입에 올렸는데도 그다지 놀라 보이지 않았다. 게다가 라이트윙이 가게 은종을 얘기하는 방식으로 보아 은종 역시 평범한 물건과는 거리가 먼 것 같았다.

두 여자가 얘기하는 틈을 타서 베티가 찬장 가장자리를 따라 복도로 다가 가기 시작했다. 발걸음을 내디딜 때마다 새로운 고통이 베티를 꿰뚫었다. 평 소 마법 인형을 사용할 때 베티는 과감하고 용감해졌다. 투명해지는 마법을 써서 나쁜 짓을 저지르는 사람을 놀라게 할 때도 있지만 그건 마법을 두려워 하는 사람들이었다. 그런데 웹 노파한테는 나름대로 마법의 힘이 있었다. 마 트료시카 인형의 마법을 쓸모없게 할지도 몰랐다.

베티가 벽에 걸린 뻐꾸기시계를 올려다보며 깊이 숨을 들이마셨다. 복도 를 가로지르는 순간 저놈이 뻐꾹거릴 것이 분명했다. 하지만 오두막에서 벗 어나려면 달리 선택의 여지가 없었다. 찰리 때 그랬듯이, 베티 발이 복도 바 닥에 닿기 무섭게 작은 나무 문이 확 열리면서 뻐꾸기가 튀어나왔다.

"침입자! 복도에 침입자다! 내 보내, 저 여자애 내 보내!"

베티는 숨이 턱에 닿도록 복도를 따라 냅다 뛰었다. 참지 못할 만큼 발이 아팠다. 발을 뗄 때마다 눈물이 흘렀다. 빗장을 잡고 들어 올리는 순간, 유리 창 반대쪽에서 또 다른 그림자가 나타났다. 잇몸이 드러나도록 활짝 웃는 필 윙스가 문을 열어젖히고 오두막 안으로 들어오기 직전, 베티가 아슬아슬하 게 문 앞에서 비켜섰다. 겁에 질린 베티 눈앞에서 문이 쾅 닫히더니 필윙스 가 한 손을 들어 올리고 손가락을 맞부딪쳐서 딱 소리를 냈다. 철컥 소리를 내며 보이지 않는 빗장이 문을 잠갔다.

205

베티는 가망이 없음을 깨닫고 뒤로 한발 물러섰다. 숨이 밭게 나왔다. 이제 두려움으로 헉헉 내쉬는 숨소리에 베티 존재가 탄로 났다. 베티가 천천히 고개를 돌려보니 라이트윙 얼굴이 정면에 있었다. 베티가 품었던 의심이 사실로 드러났다. 여우장갑 오두막에 있는 마녀는 하나가 아니었다. 셋이었다.

"이런, 이런. 난리 났네, 난리 났어. 누가 난처해졌네?"

라이트윙이 가느다란 입술로 빙긋 미소 지으며 중얼거렸다.

16장. 거미줄

라이트윙 부인이 무언가를 낚아채려는 듯 허공으로 손을 뻗었다. 베티는 조용히 물러나려고 했지만 워낙 긴장한 탓에 동작이 굼뜨고 어설퍼졌다. 복도를 반쯤 내려오다가 어깨로 공작나비 액자를 건드렸다. 틀 안에 있는 나비가 날개를 펄럭이며 되살아나서 날개로 유리를 때렸다.

베티는 계단 난간 살에 몸을 바짝 붙이고 뒤로 물러섰다. 몸이 와들와들 떨렸다. 이젠 여기에서 어떻게 나가지? 출구 두 개가 다 막힌 데다 라이트윙은 눈에 안 보이는 침입자가 집 안에 있는데도 그다지 두려워하지 않는 눈치였다. 오히려 분노로 이글거리는 눈빛은 당장에라도 벌을 내릴 기세였다. 베티가 너무 겁에 질려서인지 몰라도 어쩐지 지금 라이트윙 부인은 그다지 늙어 보이지도, 옛날 베티 학교 선생님처럼 보이지도 않았다. 훨씬 젊은 데다 뭐든 할 수 있을 것 같고 사악해 보였다. 라이트윙이 앞으로 뻗은 팔을 허공에서 휘두르며 한 발 더 다가왔다. 한 걸음만 더 디디면 베티한테 닿을 판이었다.

침입자라고 줄기차게 외쳐대는 뻐꾸기시계 새된 소리에 베티 귀가 응응 울렸다.

"비, 빗자루도 써봤어요. 그래도 소용없었어요."

웹이 부엌 입구에 나타나서 두 손을 비비며 말했다.

"아주 좋아. 침입자를 밖으로 쓸어버리면 안 되지. 잡아야지!"

라이트윙이 말하면서 다짜고짜 계단으로 몸을 날린 순간 베티 다리에 감각이 돌아왔다. 갈 곳이라고는 한 군데, 위층밖에 없었다. 베티는 몸을 수그려 라이트윙의 손아귀를 피하고는 날다시피 한 번에 두 계단씩 올랐다. 더는 침묵을 지키지 않고 모두에게 들리도록 계단을 쿵쿵 뛰어올랐다. 아무리 조용히 했어도 계단 때문에 어차피 들킬 판이었다. 갈라지는 목소리로 똑같은 말을 외치는 섬뜩한 소리가 바로 발밑에서 났다.

"침입자! 계단에 침입자다! 내 보……."

베티가 계단참에 닿았다. 작은 장식장 옆에 창턱이 낮은 큼지막한 창문이 있었다. 장식장에는 공작 꼬리 깃털들을 꽂아놓은 커다란 항아리와 자질구레한 장신구가 있었다.

눈알들이 더 있네.

어딘가 가까이에서 소름 끼치게 귀에 익은 소리가 들려왔다.

탁, 타라라라 탁.

베티 주변으로 문이 세 개 보였다. 모두 닫혔다. 베티는 이것저것 따질 틈이 없었다. 이젠 라이트윙이 치맛자락을 휘날리며 계단을 올라오고 있었다. 바로 뒤에 붙은 필윙스도 보였다. 섬뜩한 이를 드러내고 킬킬 웃고 있었다. 도망칠 기회는 단 한 번임을 베티는 알았다. 이 마녀들이 가진 비장의 무기가 뭔지 몰라도 베티 역시 아직 누구 눈에도 보이지 않았다. 이걸 이용해야 했다. 베티는 문 하나를 활짝 열어젖혔다. 자기가 그 방으로 들어갔다고 마녀들이 속아 넘어가기를 기대했다. 베티는 라이트윙이 계단 꼭대기에 이르도록 계단참에서 기다렸다.

베티가 깃털 꽂힌 항아리를 집어 들고 온 힘을 다해 집어던졌다. 쩍, 항아리가 라이트윙을 때리는 끔찍한 소리가 나면서 비명이 울려 퍼졌다. 라이트윙이 필윙스를 아래에 깔아뭉갠 채 곤두박질치며 계단을 타고 바닥까지 굴러 내려갔다. 항아리 깨지는 소리가 베티 귀에서 울렸다. 베티는 창문으로 돌진했다. 살짝 열린 창문 바로 아래는 탄력 좋아 보이는 산울타리였다. 베티는 창문으로 뛰어내릴까 잠깐 생각했지만 아래까지 꽤 멀어 보였다.

"절대 놓치지 마!"

바락바락 외치는 라이트윙 목소리가 베티를 자극했다. 베티는 아까 열어 놓은 문으로 거침없이 뛰어들었다. 그 즉시 "침입자!"라는 외침이 시작되었지만, 이제는 귀가 먹먹할 만큼 탁, 타라라라 탁 소리가 커진 탓에 베티한테는 잘 들리지도 않았다. 방 한복판에 놓인 물레에서 나는 소리였다. 베티는 겁이 나는데도 한동안 넋을 놓고 물레를 지켜봤다. 발판이 스스로 박자 맞춰 오르내리며 흰색 은사를 뽑아내고 있었다. 이건 위더신즈 가족이 초대받았을 때 베티가 식당에서 본 물레가 아니었다. 이 물레는 더 크고 아주 오래되어 보였다. 어쩐지 사악한 기운을 풍기는 데다 뾰족한 물렛가락이 칼날처럼 번뜩였다. 베티가 방 안 나머지 공간을 둘러봤다. 면사포처럼 반짝이는 은색 실이 천장에서 바닥까지 잔뜩 늘어져 있었다. 베티는 그게 무엇인지 대번에 알아봤다.

거미줄, 수천 가닥 거미줄이었다. 담요만큼 두꺼운 거미줄도 곳곳에서 보였지만 눈에 들어오는 거미는 단 한 마리도 없었다. 물레가 은색 거미줄을

209

자아내고 있었다.

여긴 뭐지?

주춤주춤 물러나던 베티 눈에 거미줄에 걸린 물건들이 들어왔다. 펜던트와 담뱃대, 탁한 눈빛으로 누군가를 일러바치는 형상의 유아용 태엽 감는 인형처럼 작아서 잃어버리기 쉬운 것들이었다. 베티는 태엽 인형이 베티를 쫓아 눈알을 돌리며 쇠 긁는 목소리로 "침입자!"라고 외쳐댄다는 것을 알아채고 두려움에 사로잡혔다. 수백 개도 넘는 물건들이 방 안 전체에 널렸지만 대부분이 고치처럼 거미줄로 두껍게 감긴 터라 안에 무엇이 들었는지 알아보기가 불가능했다. 이 방에 걸어놓은 마법이 무엇이건 좋은 마법일 리 없었다. 베티는 두 번 다시 이 방에 들어오지 않을 것이었다. 그랬다가는 절대로 빠져나가지 못하리라.

베티가 몸을 돌려 다시 계단참으로 나갔다. 다른 문들 뒤에는 과연 무엇을 숨겨놨을지 겁부터 났다. 그 무렵, 여전히 계단 아래에 늘어진 채 신음하는 라이트윙과 필윙스 곁에 웹이 와 있었다.

"뒤쫓아!"

내뱉다시피 외치는 라이트윙 소리에 웹 노파가 베티를 향해서 계단을 올라왔다.

시간도 없고 선택의 여지도 없는 베티는 낮은 창턱으로 펄쩍 뛰어올라 창문을 활짝 열었다. 아래는 내려다보기도 싫었다. 까마득할 것 같았다. 그래도 봐야 했다. 베티도 알았다. 산울타리를 잘 조준해서 뛰어내리려면 어쩔 수 없었다. 베티는 겁이 나서 덜덜 떨며 마른침을 삼켰다. 잡힐지도 모른다는 두려움이 더 컸다.

210

베티가 뛰어내렸다. 아래로 떨어지는 베티 배 속이 팬케이크처럼 뒤집혔다. 덤불에 부딪히며 팔꿈치가 벽돌에 긁혔다. 덤불은 베티 예상보다 탄성이 좋았다. 풍, 덤불 밖으로 튀어 나간 베티가 커다랗게 퍽 소리를 내며 풀밭에 굴러떨어졌다. 호주머니에 든 마트료시카 인형이 땅바닥을 때리자 요란하게 딱 소리가 났다.

베티는 흐느끼면서도 비틀비틀 두 다리로 일어나 정원 길로 빠져나가 아까 찰리를 데리고 왔던 잡초 무성한 통로로 향했다. 베티가 손을 호주머니에 넣고 마트료시카 인형을 더듬었다. 무언가 잘못됐다는 것은 이미 알았다. 인형이 느슨해진 채 덜그덕거렸다. 조각이 아주 많은 느낌이었다.

"안 돼. 제발. 깨지면 안 돼!"

베티가 혼잣말을 중얼거렸다.

손으로 조각을 만져보니 인형은 깨지지 않았다. 단지 떨어질 때 충격으로 가장 바깥쪽 인형만 호주머니 안에서 두 쪽으로 나뉘었다.

베티는 이제 투명하지 않았다.

비틀거리며 문을 나가던 베티가 겁에 질린 눈으로 한 번 더 뒤를 돌아봤다. 여름 꽃이 만발한 시골 정원, 아름다운 풍경이어야 했다. 하지만 베티 눈에는 방금 뛰어내린 창문밖에 안 보였다.

웹 노파가 창가에 서 있었다. 새하얗게 질린 얼굴이 일그러졌다. 노파 시선이 베티에게 꽂혀 있었다. 이제 웹은 여우장갑 오두막에 들어온 이가 누구인지 정확히 알았다. 베티가 마녀의 어두운 비밀을 밝혀냈다는 것도 알았다.

17장. 부러진 빗자루

베티는 마르고 울퉁불퉁한 땅을 숨이 턱에 닿도록 달렸다. 낮게 늘어진 검은딸기 가지를 옆으로 쳐냈지만, 자꾸 머리카락에 달라붙어서 계속 떼어내야 했다. 무성한 나뭇잎이 만든 터널은 이제 친구가 아니라 베티가 빨리 못 뛰게 막는 적이었다. 내딛는 걸음마다 발바닥이 찌르듯이 아팠다. 신발 안에서 발이 부풀어 오르고 물집이 잡혔다.

베티는 검은 새 오두막 문에 닿아 휘청휘청 길을 걸었다. 발도 아픈 데다 방금 알아낸 사실에 심한 충격을 받아서 눈물이 났다.

"찰리? 어디 있어?"

기를 쓰고 감정을 억눌렀더니 목소리가 갈라졌다.

동생이 덤불 뒤에서 나왔다. 눈물범벅 얼굴이 꼬질꼬질했다.

"아, 찰리! 언니가 미안해. 저 끔찍한 곳에 널 데리고 가는 게 아니었어!"

베티가 찰리에게 몸을 날려 동생 몸이 으스러지도록 끌어안았다.

찰리도 훌쩍이며 언니 못지않게 힘껏 베티를 마주 안고 속삭였다.

"너무 무서웠어. 언니가, 언니가……. 못 오는 줄 알았어."

"나도."

베티 얼굴 위로 뜨거운 눈물이 또 흘러내렸다. 베티가 초조하게 뒤를 돌아봤다. 지금쯤 웹 노파가 라이트윙과 필윙스 자매에게 집 안으로 들어왔던 침입자가 베티였다고 일렀을 게 뻔했다. 마녀들이 쫓아올 때까지 얼마나 남았을까. 베티는 오두막 창문을 보면서 소금을 괜히 쓸어버렸다고 후회했다. 창가에 소금을 뿌려두었던 사람한테는 다 그럴 만한 이유가 있었다. 스스로 지키려고 했다. 나쁜 것이 못 들어오게 하려고, 마녀를 막으려고 했다.

"찰리 우리 여기 있으면 안 돼. 안전하지 않아."

베티가 찰리를 재촉해서 집 옆으로 돌아가는 길로 데리고 갔다. 놀라고 당황한 베티 머릿속에서 생각이 소용돌이쳤다. 할머니와 아빠한테 모든 것을 얘기해야 했다. 하지만 농장이 너무 멀었다. 위험한 길을 오래 걸어야 했다. 베티는 그런 모험을 감수할 수 없었다.

"할머니한테 가야 해. 할머니 일하는 데가 제일 가까우니까."

"왜? 이젠 우리 안전하잖아. 그 여자는 우리 못 봤잖……."

"그게 문제야! 그 여자가 봤어! 웹이 나를 봤다고. 아, 찰리. 언니가 다 망쳤어. 인형이……."

베티가 호주머니에서 인형을 꺼냈다. 소용없는 줄 알면서도 무늬가 다시 일직선이 되도록 돌려 맞췄다. 지금이라도 도움이 될지 몰랐다.

"마녀들이 위층까지 따라왔어. 언니는 창문에서 뛰어내릴 수밖에 없었는데 땅에 부딪히면서 인형이 두 조각으로 나뉘었어."

찰리가 침을 꿀꺽 삼켰다.

"마녀들?"

베티가 고개를 끄덕이며 떨리는 목소리로 말했다.

"가정부만이 문제가 아니었어. 필윙스랑 라이트윙 자매까지 셋이 다 마녀였어."

"세 사람 다?"

찰리가 두려운 듯이 베티 말을 따라 했다.

"그 집에 사는 세 마녀가 이젠 내가 자기들 정체를 밝혀냈다는 걸 알아. 곧 나를 잡으러 오겠지. 내 입을 확실히 막아서 아무한테도 말 못 하게 해야 하니까."

덤불 안 어딘가에서 이미 귀에 익숙해진 구역질 소리가 들리더니 개구리가 튀어나와 베티와 찰리를 지나 연못 쪽으로 펄쩍펄쩍 뛰어갔다.

"가자. 지금 가야 해."

베티 말에 찰리가 낑낑거리며 흐느꼈다.

"근데 언냐, 내 발, 발이 너무 아파! 상처에 바르려고 소금쟁이 풀도 찾아봤는데 하나도 없었어!"

"그랬구나. 언니 발도 아파. 그래도 여기 계속 있으면 안 돼. 마을로 가는 길에서 소리쟁이 풀(*바람이 불면 잎과 열매에서 요란한 소리가 나서 소리쟁이라는 이름이 붙었다. 항염 효과가 있다.)을 발견할지도 몰라. 그리고 여우장갑 오두막을 지나갈 땐 조용히 해야 해."

여동생 말실수에 베티는 옅게 웃음이 나왔지만 바로잡지 않았다. 베티가 찰리 손을 잡았다.

집 앞 정원 옆길로 떠난 두 아이는 빵과 치즈 언덕을 오르는 동안 아무도 마주치지 않았다. 여름이 마을 전체에 마법을 걸어놓은 것 같았다. 열기가 주변 모든 것을 구워버려서 나른한 침묵이 깔렸다. 거미줄로 가득했던 방이

214

아직도 베티 머릿속에 생생했다. 그 모든 작은 물건들도 한때는 전부 주인이 있었을 텐데. 어쩌다가 그곳까지 갔고 무슨 의도로 그렇게 해놨을까. 베티는 할머니가 마트료시카 인형을 처음 주면서 했던 말을 떠올렸다.

"네 물건에서 아무거나 가져와. 인형 안에 들어갈 만큼 작은 걸로……. 뭔가 너만의 물건이어야 해."

세 자매가 가진 인형도 머리카락이나 이, 소중하게 여기는 장신구처럼 그 사람과 강력하게 연결된 물건을 안에 넣을 때만 마법을 발휘했다. 베티는 왠지 거미줄에 걸려 있던 물건 용도 역시 그와 비슷하리라는 끔찍한 생각이 들었다. 그런데 정확히 어떤 식으로 쓰일까? 토드는 펜들윅 주민이 하나같이 마법을 두려워한다고 했는데 마법이 진짜이고 주민 중에 실제 마녀가 산다는 사실을 알면 어떻게 반응할까. 라이트윙과 필윅스로 말하자면……. 베티는 가게에서 처음 만났던 날을 기억했다.

"마법과 골칫거리는 떼려야 뗄 수 없는 법이거든."

필윅스가 이렇게 말했다.

그래. 결국 위더신즈 가족의 마법이 당신들 정체를 알아냈어.

불현듯 베티는 이해가 갔다. 마트료시카 인형이 없었다면 베티는 감히 그 집에 발을 들일 생각조차 안 했을 테고, 그랬으면 그 모든 음울한 진실을 알아내지도 못했다. 그런데도 베티 머릿속에는 태엽이 다 풀려가는 시계처럼 제자리에서 헛도는 더 큰 질문이 남았다. 웹 노파는 어디에 쓰려고 지푸라기 인형을 만들었을까. 왜 하필 플리스를 목표로 삼았을까.

"언니, 근데 무슨 일인지 아직 나한테 말 안 해줬어."

찰리가 속삭였다.

"쉿! 숨소리도 내지 마."

베티가 평소보다 신경질적으로 말했다.

이제 두 아이는 거의 여우장갑 오두막 앞까지 왔다. 여전히 투명한 상태였는데도 베티는 오두막에서 눈길을 거두지 못하고 최대한 살금살금 움직였다. 집 안에서 킬킬대는 웃음소리가 메아리처럼 울리고 중얼중얼 주문 외우는 소리가 들리리라 반쯤 예상했지만, 오두막에서 나는 소리라고는 산울타리에서 둥지를 틀고 짹짹 우는 새 소리가 전부였다.

그래, 그런 거였구나.

베티가 검은 새 오두막 첫인상을 떠올리며 생각했다. 진짜 마녀는 다 허물어져 가는 외딴곳에 살지 않았다. 그렇게 하면 정체가 너무 쉽게 발각될 터였다. 마녀들은 엽서 그림처럼 예쁘고 아담한 집에서 살았다. 그래야 어떻게 손쓸 수 없는 지경에 이르기까지 누구 하나 의심하지 못할 테니까.

베티는 다리에 다다라 시내를 건너고 나서야 그동안 참았던 숨을 내쉬었다. 그러고도 마을 번화가에 가까워졌을 때 찰리 손을 놔주었다. 우체국을 지났을 뿐인데도 마음이 한결 놓였다. 하지만 마을 잔디밭을 가로질러 배고픈 나무와 원형 선돌에 눈길이 미치자 두려움을 느끼지 않을 수 없었다. 저 나무가 엘리자 버드 뼈에서 자랐다는 이야기가 그 어느 때보다 실제로 가능해 보였다. 어쩌면 그냥 단순한 옛날이야기가 아닐지도 몰랐다.

"이쪽이야."

베티가 지독한 생선 비린내를 풍기는 좁은 거리로 들어섰다. 베티는 가로막힌 생선 가게 입구에서 호주머니에 든 인형을 비틀어 두 사람 모습이 눈에 보이게 했다. 두 아이는 설탕봉 쪽으로 성큼성큼 걷기 시작했다.

"할머니가 일자리를 구했나 봐. 설탕봉에 가신 지 진짜 오래됐잖아."

찰리가 말했다.

하지만 설탕봉 안 어디에서도 할머니는 보이지 않았다. 베티와 찰리는 깔끔하고 작은 탁자들이 놓인 미로 같은 통로를 지나 방과 방 사이를 터벅터벅 다니며 살폈다. 찰리는 손님들이 주문한 아이스크림이며 케이크에서 눈을 떼지 못하고 아쉬운 듯 공기를 킁킁거렸다. 결국 베티는 지난번에 왔을 때 상냥하게 대해줬던 계산대 뒤 두 볼이 빨간 여자에게 물었다.

"버니 위더신즈 할머니? 아니, 할머니는 일자리 못 구하셨어."

여자 표정이 금세 싸늘해졌다. 어쩐지 화나 보이는 눈빛이었다.

"아, 그렇군요……. 그럼 혹시 어디 있는지 아세요?"

베티 배 속이 기분 나쁘게 꼬였다. 도대체 할머니가 무슨 짓을 했길래 저런 표정을 짓지?

여자 눈이 가느다래졌다.

"마지막으로 봤을 땐 주점 쪽으로 가고 계셨어. 그것도 두 시간 전이지만."

두 시간?

찰리를 데리고 밖으로 나오는 베티는 속이 더 안 좋아졌다.

"공짜 아이스크림은 물 건너갔나 봐."

찰리가 배를 쓰다듬으며 울적하게 말했다.

"지금 아이스크림이 문제가 아니야."

베티가 부러진 빗자루로 서둘러 발걸음을 옮기며 투덜거렸다. 두 뺨이 열기로 화끈 달아올랐다. 주점 문을 열고 안으로 들어가자마자 담배 연기와 맥주 냄새로 찌든 공기가 베티를 덮쳤다. 베티는 깊이 숨을 들이마시며 두 눈을 감았다. 잠깐, 아주 잠깐이었지만 밀렵꾼의 주머니로 돌아간 기분이 들었다. 눈에서 찔끔 눈물이 났다. 오늘만 두 번째였다. 베티가 거칠게 눈물을 닦아냈다. 지금은 향수를 느끼거나 감상에 빠질 때가 아니었다.

"휘이! 애들은 못 들어오는 곳이다. 꺼져!"

어두운 구석에서 퉁명스러운 목소리가 들려왔다.

퉁퉁한 대머리 남자가 베티와 찰리를 향해 뒤뚱뒤뚱 다가왔다. 중간에 몇 조각이 사라진 채 차례대로 쓰러지는 도미노 같은 이를 갈며 아이들을 향해 으르렁거리는 남자 윗입술이 땀으로 번들거렸다. 남자가 손톱에 때가 새카맣게 낀 손가락으로 표지판을 콱콱 찔렀다.

부모 없이 오는 애들은 바싹 구워서 파이로 만들 테다.

베티는 꼿꼿하게 선 자리에서 꿈쩍도 하지 않았다. 속에서 열불이 났다. 마녀가 마법을 부리고 다니는 곳이니만큼 아이들을 구워서 먹어버리는 일이 그다지 불가능해 보이지 않았다. 물론 웃자고 표지판에 저런 말을 써놨겠지만 지금 베티는 농담할 기분이 아니었다.

첫째, 이래 봬도 술집에서 자랐는데 술집에서 나가라는 소리를 들었더니 모욕당한 느낌이었다. 물론 저 대머리 남자가 그 같은 사실을 알리라 기대하지는 않았다. 둘째, 대머리 남자 어깨너머로 보이는 할머니를 이제 막 발견했다.

"잠깐만요. 우리 할머니가 저기 있거든요? 오늘 파이 구우시기는 글렀네요?"

차갑게 말하며 앞으로 쌩하니 지나가는 베티 모습에 남자 입이 땅에 닿도록 떡 벌어졌다. 찰리가 의기양양한 표정으로 베티 뒤를 따랐다.

"언니 진짜 제대로 한 방 먹여줬다. 못생긴 심술탱이. 도대체 뭐 믿고 저렇게 굴지?"

찰리가 제법 큰 소리로 속삭였다.

"여기 주인이겠지. 브루투스 크래브."

베티는 펜들웍에 온 첫날 토드가 말해준 이름을 기억해 냈다.

"아침으로 꿀벌을 먹은 것처럼 생겼어."

"점심엔 말벌 먹고."

찰리 말에 베티가 맞장구쳤다. 두 아이는 천장에 매달아 놓은 두 동강 난 빗자루 아래를 지났다. 빗자루를 보니 베티는 웹 노파가 마법의 빗자루로 자기를 쓸어버리려던 일이 기억나서 기분이 나빴다.

할머니는 어두운 구석에 놓인 끈적끈적한 탁자에 앉아 있었다. 처음에 베티는 할머니 앞에 줄지어 놓은 빈 위스키 잔과 손에 든 반쯤 남은 잔이 할머니의 유일한 술친구인 줄 알았다. 하지만 곧 나무 칸막이 뒤, 할머니 옆에 앉아 있는 수염 덥수룩한 남자가 눈에 들어왔다. 남자는 눈앞 맥주잔을 뚫어지게 들여다보면서 간혹 할머니가 하는 말에 고개를 끄덕이고 있었다.

"할머니! 여기서 뭐 하세요?"

베티가 날카롭게 말했다. 털북숭이 남자가 자리에서 펄쩍 뛰더니 컹 하고 콧바람을 불었다. 남자는 베티 생각처럼 맥주를 들여다보거나 할머니 말을 듣던 게 아니었다. 술에 취해 졸고 있었다. 남자 머리가 다시 끄덕끄덕 움직이더니 할머니 어깨에 툭 떨어졌다.

"술 마시잖냐. 칭구도 사귀고."

할머니가 혀 꼬부라진 소리로 말하면서 베티를 향해 술잔을 들어 올렸다.

219

"술이요? 목이 엄청나게 말랐나 봐요?"

베티가 빈 술잔을 가리키며 열을 냈다.

"난리 좀 고만 피여. 글고 할미 여 있따고 니 아빤테 말하지 마."

할머니가 술에 취한 채 옆자리를 탁탁 쳤다.

"굳이 말할 필요가 있겠어요? 아빠 할머니가 술에 절었다는 걸 한눈에 알아볼 거예요."

베티는 앉으라는 할머니 말을 따르지 않고 성질만 부렸다. 할머니 정신이 맑아야 얘기를 할 텐데 그럴 가능성은 이미 희박해 보였다.

"넌 뭔 애가 돌려 말할 쭐을 몰라. 한 번을 그러는 버비 엄써."

웅얼거리는 할머니는 그래도 창피해하는 것 같았다.

"앞으로도 안 그럴 거예요."

베티는 화도 나고 걱정스럽기도 하고 두렵기도 했다. 이제부터 베티가 하는 말을 할머니가 믿어줘야 했다. 베티는 도움이 필요했다. 하지만 어떻게 봐도 할머니는 맞붙어 싸울 만한 상태가 아니었다. 하물며 마법을 상대하기에는 어림도 없었다. 사탕 껍질도 제대로 못 벗길 듯 보였다.

"설탕봉에서 무슨 일이 있었어요?"

할머니가 맥없이 딸꾹질했다.

"일 못 구해써."

"그 얘기는 들었어요. 도대체 왜요? 할머니 이름을 말하니까 거기 여자가 별로 안 좋아하더라고요"

할머니 표정이 어두워졌다. 위스키를 집어 들고 잔 밖으로 술을 흘려가며 한입에 털어 넣었다.

"아슈크림에 잰지 뭔지가 떠러져서."

"재요?"

베티가 물었다.

"으, 할머니. 설마 아이스크림 위에서 담배 피우신 건 아니죠?"

찰리가 원망스럽게 물었다.

"걍 연기 한 번 흡 들이마셔써. 마나야 두 번."

"할머니!"

베티가 꽥 소리쳤다.

"나를 혼자 내버려 두지 말아써야지. 바빠 죽껬는 시간에 나한테 다 맡끼고 자꾸 사라지자나. 어디서 게으름이나 피고 말야!"

할머니도 할 말은 많아 보였다.

"할머니를 시험했겠죠. 할머니가 얼마나 잘 처리하는지 보려고요."

베티가 열을 내며 말했다.

"쳇, 할미는 당황해따고. 할미는 당황하면 담배 펴. 할미는 그러케 처리한다 이거야. 이젠 잔소리 좀 고마해."

"좋아요."

베티는 부글거리는 속을 가라앉혔다. 사실 술병 따는 일 말고 다른 무언가를 하는 할머니는 상상이 안 되었다. 아기자기하고 근사한 찻집에서 고객한테 상냥하게 굴며 케이크를 내가는 할머니라니, 굴뚝 청소하는 할머니만큼 어울리지 않았다.

"어쨌건 할머니한테 잔소리나 하려고 여기 온 건 아니에요. 할머니 도움이 필요해요."

할머니가 졸린 듯이 눈을 한 번 끔뻑했다.

"말 해바."

"그, 그게……. 플리스 언니요. 언니한테 문제가 생겼어요."

베티가 말을 시작했다.

할머니가 자세를 바로잡고 앉았다. 눈빛이 예리해졌다. 할머니가 어깨에 기대 잠든 늙은이를 옆으로 밀쳐 버리자 남자가 반대편으로 쓰러졌다.

"문제? 플리스 주변에서 킁킁대며 어슬렁거리는 그 놈팡이 일이냐?"

"토드 오빠가 왜 플리스 언니를 킁킁대요? 오빠가 언니 향수 냄새를 좋아해요?"

찰리가 물었다.

"나한테 물은 거면 내 대답은 '둘은 서로를 킁킁댄다'야. 그런데 할머니, 그게 아니에요. 토드 오빠랑 상관없어요."

베티가 머뭇거리며 주변을 살폈다. 베티는 이런 술집은 사방이 엿듣는 귀와 엿보는 눈이라는 걸 누구보다 잘 알았다. 하지만 한편으로는 이런 얘기를 하는 데 술집 말고는 생각나는 곳이 없었다. 확실히 오두막은 안전하지 않았다.

"그럼 얼른 말해. 플리스가 왜, 뭐!"

할머니가 안달했다.

"언니는 아무 짓도 안 했어요. 오히려 언니한테 무슨 일이 벌어지고 있죠. 아니, 우리 모두한테요."

베티가 목소리를 낮춰 말하며 치마가 접힌 곳으로 절반은 가리고 호주머니에서 밀짚 인형 세 개를 꺼냈다.

"할머니, 이것 좀 봐요. 오늘 여우장갑 오두막에서 찾아냈어요."

할머니가 몸을 살짝 흔들며 베티 무릎을 보고는 얼굴을 찌푸렸다.

"여우장갑?"

"필윙스랑 라이트윙 할머니가 사는 데요."

"무서운 할머니들이라고 부르는 게 더 어울려."

베티 말에 찰리가 어둡게 덧붙였다.

"우리랍시고 만든 인형이에요."

베티가 플리스 인형을 감은 덩굴과 베티, 찰리 인형 눈을 두른 눈가리개를 가리켰다.

"플리스한테는 마법을 걸고 우리는 그걸 못 보게 했어요."

베티는 죽은 듯이 고요한 밤에 비밀의 방에 있던 플리스를 떠올리며 침을 삼켰다. 퀭한 눈으로 생전 들어보지도 못한 노래를 중얼거리고 있었다.

마법에 걸렸어.

지금까지 베티는 그렇게 생각 안 하려고 애썼지만 그게 사실이었다.

"이게 다가 아니에요. 더 큰 문제는 이 마법이 진짜 먹히고 있다는 거예요. 할머니, 너무 늦기 전에 우리가 뭔가 해야 해요!"

18장. 나가요, 나가!

할머니가 또 딸꾹질했다.

"플리스한테 마법을 걸어? 누가 개한테 마법을 건대냐? 베티, 너 또 얼토당토않은 놀이……."

"놀이 아니에요. 할머니, 진짜예요. 펜들윅에 마녀가 살아요. 진짜 못된 마녀요."

찰리가 조심스럽게 주변을 살피며 속삭였다.

"차라리 상상 속 쥐새끼 얘기가 낫겠네."

할머니가 투덜거렸다.

"꾸며내는 얘기 아니라니까요!"

날카로운 베티 목소리에 근처 탁자에서 카드놀이 하던 남자 두엇이 호기심이 인 듯 베티와 할머니를 기웃거렸다. 베티는 간신히 화를 가라앉히고 목소리를 낮췄다.

"예전에 이 마을에서 나쁜 일들이 벌어졌어요. 그래서 이젠 마을 사람들이 다 마법을 두려워해요. 마법이라면 입에 올리기도 싫어해요. 그런데 마법이 이미 주변 곳곳에 존재한다는 걸 사람들이 몰라요."

할머니가 한쪽 흰 눈썹을 휙 올리다가 얼핏 눈을 모로 떴다.

"그래서, 무슨 일이 벌어진다는 거냐?"

베티가 더듬거렸다.

"아, 아직 다 못 알아냈어요. 그래도 무지하게 나쁜 일이라는 건 알아요!"

베티는 거미줄 방과 거미줄에 걸린 작은 물건들을 떠올리며 몸을 부르르 떨었다. 물레, 그리고 물레에서 나던 탁, 타라라라 탁 소리……. 베티가 숨을 깊이 들이마셨다. 입에서 두서없는 말이 와다다다 쏟아졌다. 주전자와 시계, 마법의 집에서 발을 찔러대던 쐐기풀…….

"더 있어요. 검은 새 오두막 이야기는 아직 시작하지도 않았어요. 검은 새 오두막에 밀실이 있어요. 사기꾼의 굴이요. 예전에 살았던 어떤 여자애, 아이비 벨이라는 아이 소지품도 발견했어요. 아이비 벨을 그린 초상화랑 일기요."

"계속해 봐."

할머니가 깊이 생각에 잠겨 말했다.

베티는 어렴풋이 희망이 보이는 기분이었다. 우리 얘기를 믿어줄 사람이 있다면 그건 바로 미신을 믿고 행운의 부적을 걸어놓는 할머니였다. 하지만 버니 위더신즈가 아무리 단호하고 무서운 존재여도 과연 위험한 마법을 부리고 교활한 진짜 마녀의 적수가 될 만할까?

"펜들윅에 마녀가 있어요. 여기에서 아주 오랫동안 살아있을 거예요. 그런데 아이비는 마녀가 아니었던 것 같아요. 오히려 겁을 내고 혼란스러워했어요. 자기한테 벌어지는 일을 이해하지도 못했고요."

베티는 목소리를 낮게 유지하며 재빨리 아이비 벨의 일기와 개구리, 구름처럼 모였던 나비 떼, 거꾸로 흐른 시내 이야기를 했다.

"할머니, 그 여자들 짓이에요. 우리, 그러니까 찰리랑 제가 직접 눈으로 똑똑히 봤어요. 필윙스랑 라이트윙, 그리고 그 집 가정부였어요. 웹이 이 인형을 만들고 있었다고요."

할머니가 오래도록 지푸라기 인형을 들여다보며 침묵했다.

이젠 됐다.

베티가 생각했다. 할머니는 얘기를 귀담아듣는 눈치였다.

"인형들이 선물이라는 생각은 안 들디?"

베티가 어리둥절해서 할머니를 쳐다봤다.

"틀림없이 찰리 주려고 만들었을 게야. 기쁘게 해주려고 말이야. 어쩜 이렇게 작은 것 하나까지 진짜처럼 만들었다니? 너희들이 좋아할 거라고 믿었겠지."

할머니 표정이 어딘가 멍해 보였다.

"그런데 니들이 뭐를 어쩌고 어째? 찰리랑 둘이 몰래 그 집에 들어가서 훔쳐보고 다녔어? 도대체 무슨 생각을 한 거냐?"

베티가 밀짚 인형을 바라보다가 할머니한테로 눈길을 돌렸다. 할머니 노쇠한 두 눈에 어린 표정이 마음에 들지 않았다. 정신이 멀쩡한 할머니보다 술에 취한 할머니를 더 많이 봐온 베티였다. 하지만 지금 할머니 눈에 어린 멍한 기운은 위스키 탓이 아니라고 베티는 확신했다. 밀실에 혼자 있던 플리스를 발견했을 때 플리스도 저런 눈빛이었다는 걸 깨닫자 베티는 온몸에 소름이 돋았다.

"무슨 생각이었냐고요? 그런 할머니는 무슨 생각이에요? 어떤 일이 벌어지는지 할머니한테는 안 보여요?"

베티가 절박하게 말했다.

"할머니, 제발. 휘이가 자꾸 개구리를 토해. 말하는 주전자가 우리를 일러바쳤어. 쐐기풀이 우리 발을 찔렀다고!"

찰리가 돼지 꼬리 머리를 초조하게 잡아당기면서 징징댔다. 신발을 벗어 보이려고 막 허리를 숙이는데 할머니가 찰리를 막았다.

"그만 좀 해라! 개구리를 토해내다니! 말하는 쐐기풀에 발을 찌르는 주전자? 니들이 아주 할미를 놀려 먹으려고 작정을 했구만. 아니면 이야기를 너무 많이 읽어서 바보처럼 스스로 겁을 먹었거나."

할머니가 혀를 찼다.

"이젠 그냥 단순한 이야기가 아니에요. 평소였다면 할머니야말로 이런 일에 제일 심하게 걱정했을 사람이잖아요. 까마귀바위섬에 살 때는 네거리도 안 지나려고 했으면서!"

베티는 할머니가 자기 말을 가볍게 넘겨버려서 상처받았다.

"그리고 너야말로 그렇게 말도 안 되는 미신 좀 믿지 말라고 나한테 잔소리를 해댔을 사람이지."

할머니가 베티 말을 되받아쳤다.

"모든 장소에는 나름대로 이야기가 있기 마련이야. 누구보다 네가 제일 잘 알잖아. 까마귀바위섬에서는 소샤가 그런 존재였지. 습지에서 살았고 감옥 탑에서 탈출한 마법사 말이야."

할머니가 손가락 하나를 좌우로 흔들었다.

"탑 감옥에서 무슨 일이 벌어졌다는 걸 의심하는 건 아니지만, 소샤가 습지 도깨비들을 소환해서 탈출을 돕게 했다고는 믿지 않아."

"그건 아니죠. 하지만 지금 중요한 건……."

베티가 이를 악물었다. 까마귀바위 탑에서 무슨 일이 벌어졌는지는 베티야말로 정확히 알았지만 할머니한테 절대 말할 수 없었다.

"그래서 배고픈 나무가 뭐를 집어삼킨다거나 둥글게 서 있는 돌들이 한때 사람이었다는 얘기도 믿지 않아. 다 이야기일 뿐 그 이상도 이하도 아니다. 아이들을 놀려 주거나 일터에서 시간이 빨리 가게 하려고 지어낸 이야기라고."

"하지만……. 할머니도 창틀에 있던 소금이나 구석구석에 놓인 동전 때문에 오두막이 어딘가 으스스하다고 했잖아요. 그런 거랑 편자도 믿으면서 왜 제 말은 안 믿어요?"

베티가 더듬더듬 말했다.

"그건 그냥 부적이지만 네 얘기는 마법이니까."

할머니가 말하면서 불편한 듯 주변을 살피더니 담뱃대에 연초를 채워 넣었다.

"그리고 그 여자들, 주민들이 마녀라고 수군거린다는 그 여자들도 그래. 아마 해서는 안 될 짓을 했겠지. 다른 사람들한테 문제를 일으키려고 말이야. 그렇게 보면 그 여자들은 당해도 싼 거야. 결국 마법과 골칫거리는 떼려야 뗄 수 없는 법이거든."

베티는 온몸을 휩쓰는 한기에 몸이 덜덜 떨렸다. 마법과 골칫거리는 떼려야 뗄 수 없는 법이다……. 이사 온 첫날 마을 가게에서 필윙스 부인이 정확히 이렇게 말했다. 토드도 똑같이 말했다. 그런데 이제는 할머니까지…….

228

너무 늦었다.

담뱃대를 만지작거리는 할머니를 보며 베티가 생각했다. 어떤 장면이 머릿속에 번쩍 떠올랐다. 저거랑 비슷하게 생긴 담뱃대가 여우장갑 오두막 거대한 거미줄에 걸려 있었다. 할머니가 잃어버린 담뱃대랑 똑같았는데…….당시에는 베티가 너무 겁에 질려서 알아보지 못했다. 그런데 지금 할머니가 중얼거리는 말을 듣고 나서 그때 봤던 작아서 잃어버리기 쉬운 물건들이 생각났더니 슬금슬금 다가온 공포에 먹힌 기분이었다. 마녀들이 마법을 건 대상이 플리스 말고도 더 있다면? 마법이 마을 다른 사람들에게도 영향을 미쳐서 의심할 줄도 모르고 그저 멍하게 있는 거라면?

너무 늦었어.

"알았어요, 할머니. 우리가 뭘 잘못 생각했나 봐요."

베티가 목구멍에 걸린 딱딱한 덩어리를 삼켰다. 당황스러워하는 찰리 표정을 못 본 체하며 뒷걸음질 치기 시작했다.

"할머니 말이 맞아요. 얘기를 너무 많이 들어서 우리도 모르게 겁이 났어요. 그럼 우린 이제 집에 갈게요. 집안일 할 게 아직 좀 남았어요."

할머니는 듣고 있지 않았다. 베티가 제대로 짚었다면 베티 말을 들어줄 사람은 마을에 없었다. 플리스처럼 모두가 마법에 깊이 빠졌을 테니까. 베티와 찰리가 기댈 데는 없었다.

할머니가 고개를 끄덕였다.

"착하구나. 헛소리는 이제 그만해. 그래도 기왕 여기 있으니 가서 할미 위스키나 한 잔 더 사다 주렴."

할머니가 지갑을 뒤져서 낯선 동전들을 긁어모으더니 빈 잔을 들어 올리며 카운터 뒤 여자한테 고개를 끄덕였다.

베티가 할머니 손가락에 걸린 술잔을 낚아채고 여자를 보며 고개를 젓기 시작했지만, 할머니 입에서 나온 다음 말에 딱 멈췄다.

"마그다, 많이 좀 따라줘."

마그다?

베티는 놀라서 여자를 뚫어지게 바라봤다. 마그다는 플리스 또래로 보였다. 아이비가 일기에 썼던 그 마그다일까? 나이는 얼추 맞아떨어지는 것 같았지만 베티에게 단서는 그것뿐이었다.

베티가 카운터로 가서 할머니 빈 술잔을 위에 올려놨다. 찰리는 옆에서 그릇에 담긴 땅콩을 한 주먹 먹고 있었다. 여자가 새로 잔을 꺼내더니 한 모금쯤 되게 위스키를 따랐다. 여자는 위스키를 더 따르려고 했지만 베티가 여자와 눈길을 마주치고 입을 빼끔거렸다.

"조금만요."

마그다가 살짝 고개를 끄떡이더니 위스키병을 내려놨다.

베티는 할머니한테서 받은 동전을 마그다에게 건넨 뒤 마그다를 유심히 살폈다. 마그다는 덥고 지치고 진저리가 난다는 표정이었다. 주인이 브루투스 크래브였으니 그럴 만도 했다. 마그다는 꽤 매력적이었다. 짙은 갈색 피부에 검은색 심한 곱슬머리였다. 베티는 아이비 벨에 대해서, 그리고 마을 잔디밭에서 보냈던 미술 시간 다음에 무슨 일이 있었는지 묻고 싶어서 애가 닳았다. 아무리 그래도 처음 보는 사람한테 대뜸 그런 질문을 던질 수는 없었다. 설령 베티가 묻는다 해도 마그다가 대답해줄 것 같지 않았다.

그런데, 질문을 한 쪽은 오히려 마그다였다.

"너희 언니는 어디 있어? 일하러 갔니?"

베티는 마그다 질문을 곰곰이 생각했다. 겉으로는 발랄하지만 어딘가 날이 선 마그다 목소리는 밑에서 뭔가 부글거리고 있음을 보여주었다.

"플리스 언니요? 아, 네. 언니는 페카헨 농장에서 일해요."

베티가 잠시 말을 끊었다.

"우리 언니 알아요?"

마그다가 어깨를 으쓱하더니 망설이는 기색으로 말했다.

"한 번 봤어. 토드랑 있더라."

베티가 눈을 가늘게 떴다.

마그다가 질투하나? 토드를 좋아하는 거야?

"토드 오빠는 우리가 여기 도착한 이후로 친절하게 대해줬어요. 마을 구경도 시켜주고요. 그리고 언니말 대로에요. 토드 오빠랑 우리 언니가 서로 끌리는 것 같기는 하거든요. 그게 뭐 잘못됐나요?"

마그다가 베티를 마주 봤다.

"토드는 예쁘장한 애들이라면 다 좋아했어. 네 언니만 좋아한 게 아니야."

"그게 무슨 소리예요?"

베티는 헷갈렸다.

"전에도 좋아한 여자애가 있었거든. 근데 그 여자애가 토드를 속였어. 사실 모두를 다 속였지. 예쁜 외모로 속내를 감추고. 나쁜……. 나쁜 마음을."

마그다가 카운터에 놓인 더러운 잔을 모으며 말했다.

"그러니까 언니 말은……."

"게다가 아이비랑 닮았어. 네 언니 말이야. 검은 머리에 큰 눈까지."

아이비.

마그다가 속삭이는 수준으로 목소리를 확 낮췄다. 눈빛에는 슬픔이 어렸다. 친구가 마을 전설 중 하나가 되어버린 일을 믿지 못하는 눈치였다.

아이비 일기에서 읽은 문장이 베티 머릿속으로 흘러 들어왔다.

마그다는 좋은 친구다. 마그다한테 거짓말하는 것이 불편하다.

두 가지 사실이 한데 맞아떨어지자 진실이 베티 주변에서 소용돌이쳤다. 아이비가 일기에 남기지 않으려고 그토록 조심했던 연인 이름이 바로 토드였다. 토드가 검은 새 오두막에 처음 왔던 날, 앞문으로 와서 문을 두드리지 않았던 이유도 설명이 되었다. 토드는 익숙한 뒷문으로 곧장 온 것이었다. 아이비를 만날 때 그렇게 했을 테니까.

"그래, 맞아. 아이비. 토드는 원래 아이비 애인이었어."

마그다가 입술을 깨물며 말했다.

베티는 부들부들 떨리는 손으로 위스키 잔을 받아다가 할머니에게 건넸다.

"찰리, 가자."

베티가 술집에서 나가려고 찰리를 불렀지만 찰리는 벽에 걸린 무언가를 보고 있었다.

"언니, 봐봐."

"우리 가야 해."

베티 말에도 찰리는 자리에서 움직이지 않았다.

"잠깐만. 이거 좀 보라니까."

찰리가 무언가를 가리켰다.

찰리 목소리가 어쩐지 예사롭지 않아서 베티는 관심이 쏠렸다. 베티가 동생 옆으로 갔다. 벽에 붙은 '얼룩이 돼지 맥주' 광고지 옆에 사진이 든 액자가 걸려 있었다. 세월에 색이 바랜 흑백 사진이었다. 사진에 적힌 설명에 따르면 부러진 빗자루가 개업하는 날 가게 앞에 사람들이 모여 찍은 사진이었다.

찰리가 꼬질꼬질한 손가락으로 액자 유리를 꾹 눌렀다. 사진 속에 옆으로 나란히 선 두 사람이 보였다. 희미한 데다 크기도 작고 옛날 옷차림이었지만 어딘가 상당히 낯이 익었다.

"이거 할머니들이야. 맞지? 필윙스랑 라이트윙 할머니!"

찰리가 속삭였다.

베티가 유리에 묻은 먼지를 닦아내고 가까이 들여다봤다. 온몸에 소름이 끼쳤다. 베티는 사진 속 인물들이 두 사람과 상당히 비슷하게 생긴 옛날 친척이겠거니 추측하고 넘어갔을지도 몰랐다. 아주 아주 닮은 사람들일뿐이라고. 하지만 여우장갑 오두막에서 알아낸 사실이 있다 보니 그렇게만 생각할 수는 없었다. 설마, 이게 진짜 그 마녀들이라고?

"그럴 리 없어."

베티는 중얼거리는 동시에 머릿속에서 처음 필윙스를 만났을 때 나이가 헷갈렸던 일이 기억났다. 나이가 많아 보였는데 다음 순간, 설명은 못 하지만, 젊게 보였다.

"정말 그렇다고?"

머릿속으로 따져 보던 베티는 근처 탁자에서 갑자기 소란이 이는 바람에 화들짝 놀랐다. 카드놀이 하던 두 남자가 주먹을 쳐들고 자리에서 벌떡 일어났다. 주변으로 한 움큼 되는 카드를 펄펄 날리면서 서로를 향해 돈이네 속

233

임수네 버럭버럭 소리를 질러대고 있었다. 두 남자가 할머니 탁자를 가로질러 대자로 뻗기 직전, 남자들이 날아오는 방향에서 베티가 찰리를 아슬아슬하게 낚아챘다. 위스키 잔이 엎어지면서 할머니가 위스키를 온통 뒤집어썼다.

"얼씨구! 니들 둘, 여기서 꺼져!"

할머니가 폭발했다. 할머니가 한 놈은 귀를 틀어쥐고 다른 놈은 멱살을 거머잡아 성큼성큼 걸어갔다. 할머니는 건달 한 쌍을 끌고 매우 놀란 브루투스 크래브 앞을 그대로 지나쳐서 두 남자를 길거리에 패대기쳤다. 할머니가 콧구멍을 벌름거리고 발을 쿵쿵 구르며 안으로 들어가 크래브 앞에 멈춰 섰다.

"당신 나한테 위스키 한 잔 빚졌수."

"그거보다 훨씬 나은 걸 드릴 수 있는데. 할머니 혹시 일자리 필요하슈?"

크래브가 감탄하는 눈빛으로 할머니를 위아래로 훑어보며 물었다.

할머니가 담뱃대에 불을 붙이더니 뻐끔뻐끔 몇 모금 피우며 화를 가라앉히고 약삭빠르게 가게 규모를 쟀다.

"언제부터 시작하면 되겠수?"

"지금이요."

크래브가 할머니한테 대답했다. 그러더니 할머니가 카운터 뒤로 가서 술병을 바삐 재배열하는 사이, 베티와 찰리를 교활한 눈빛으로 쏘아보며 말했다.

"유일한 문제는 말이야, 이젠 니들 할머니가 일을 해야 하니 너희한테는 보호자가 없는 꼴이거든. 그래서 둘 중 하나야. 파이가 되든지 아니면……."

"걱정 마세요. 나가요, 나가!"

베티는 이곳에 남을 이유가 없었다. 설명 안 되는 사진, 멍한 할머니 표정, 이제 막 알아낸 아이비와 토드 얘기가 제각각 베티 머릿속을 휘젓고 있었다.

베티와 찰리는 신선한 공기와 햇빛이 가득한 밖으로 나왔다. 부러진 빗자루가 원체 어둑했던 터라 눈이 부셨다. 오가는 사람으로 복잡한 거리에서 유쾌한 웃음소리가 울려 퍼지고 스캘리와 웨그스가 잔디밭에서 함께 공을 차며 놀고 있었다. 모든 것이 평화롭고 평범해 보였다. 하지만 실상은 그렇지 않았다.

"베티 언니, 할머니가 왜 우리 말 안 들어줬어?"

찰리가 물었다.

"할머니는 못 들은 거야. 펜들윅 사람이 다 그렇듯이 할머니도 마녀들 저주에 걸렸거든.

베티가 속삭였다. 막상 입 밖으로 소리 내어 말했더니 두려움이 밀려왔지만, 베티는 희망을 놓지 않았다. 술집에서 행패 부리던 남자들을 냅다 내동댕이치는 익숙한 할머니 모습에 위안을 받았다.

"그래도 찰리, 할머니는 아직 그 안에 있어. 여전히 우리 할머니야. 우리가 어떻게 해서든지 할머니가 걸린 마법을 깨뜨려야 해."

"근데 그 마녀들이 우리한테도 마법 걸면 어떡해?"

찰리가 눈을 동그랗게 뜨고 물었다.

"아마 벌써 시도했을 거야. 쐐기풀 수프, 분명히 그게 시작이었어. 우리 빼고 다른 사람은 다 먹었잖아!"

스쳐 지나가는 어떤 생각에 베티 머릿속이 번쩍 밝아졌다.

"에. 나만 빼고 다 먹었지. 언니도 먹었잖아."

"그래. 그런데 나중에 다 토했잖아. 원래는 나한테도 수프를 먹이려고 했는데 웹 노파가 주술 꾸러미를 내 호주머니에 넣었어. 찰리, 너라도 똑똑하게 굴어서 수프를 안 먹은 게 천만다행이야!"

찰리가 콧방귀를 뀌었다.

"그야, 쐐기풀 따위로 끓인 수프를 먹다니. 좋을 리가 없잖아. 근데 우린 전부 필윙스 할머니가 만든 잼을 먹었어!"

새삼스럽게 걱정하는 찰리 말에 베티가 고개를 끄덕였다.

"잼에는 마법을 심하게 안 걸었나 봐. 아니면 자기들을 믿게 하려고, 그냥 친절하고 다정한 동네 할머니들이라고 생각하게 하려고 소소한 걸 줬을 수도 있고. 정말 이상한 일들은 쐐기풀 스프를 먹고 난 다음부터 벌어지기 시작했어. 마녀들이 무슨 수작인지 몰라도 어쨌건 플리스가 목표야. 웹 노파가 손가락으로 가리킨 사람도 플리스고, 플리스 인형만 꽁꽁 묶어 놨어. 우리 인형을 설명해 보자면 마녀들은 단순히 다른 사람이 눈치채게 하기 싫었던 거야. 이유가 뭘까, 그게 중요해."

"아이비는 마녀가 아니었던 것 같다고 언니가 할머니한테 말했잖아."

"응."

지금 베티는 외모 말고 아이비와 플리스 사이에 공통점이 무엇인지 궁금했다. 왜 그 두 사람을 목표로 삼았을까.

"아이비한테 무슨 일이 있었는지 알아내면 같은 일이 플리스한테 벌어지지 않게 막을 수 있을 거야."

"우리가 제때 못 알아내면 어떡해?"

찰리가 작은 목소리로 걱정스럽게 말했다.

베티는 잔디밭을 가로질러 마을 가게를 바라봤다. 고풍스럽지만 평범했다. 완벽한 위장이었다.

"그때는 브루투스 크래브 아저씨 조언대로 여기에서 도망쳐야지."

찰리가 무슨 소리인지 모르겠다는 표정을 지었다.

"웹 노파가 나를 봤어. 다른 마녀들도 우리가 자기들 정체를 밝혀냈다는 걸 알았다는 의미야. 하지만 마녀들이 플리스 언니를 못 찾으면, 우리가 뛰어가서 언니를 데리고 펜들윅에서 달아나면 언니를 구할 기회가 생기겠지."

베티가 설명을 끝냈다.

베티와 찰리가 땀투성이로 숨을 몰아쉬며 시냇가에 닿았다. 물거품을 구경하거나 시원한 물에 발 한 번 담글 시간이 없었다. 찰리도 쉬자는 말조차 하지 않았다. 베티는 교회로 향했다. 펜들윅에 온 첫날 작정하고 외웠던 깨진 날개 천사상이 서 있는 묘비와 색유리 창문을 찾았다.

아이비, 미안해요.

베티가 속으로 말했다. 검은 새 오두막에 소금과 동전을 남긴 사람이 아이비라는 사실을, 자신을 지키려는 노력이었음을 이젠 베티도 확실히 알았기 때문이었다.

동전을 건드리는 게 아니었어.

베티는 벽 사이 갈라진 곳을 찾아내서 동전을 숨기느라 틈에 쑤셔 넣었던 이끼를 파냈다. 여름 열기에 바싹 마른 이끼가 베티 손가락 사이에서 바스러졌다.

"그때 그 동전 꺼내려고?"

찰리가 끝이 뾰족한 나뭇가지를 건네며 물었다.

237

베티가 양쪽 눈썹을 치켜올리며 찰리를 곁눈질했다. 자기랑 할머니가 오두막에서 찾은 은화를 비밀스럽게 처리했다고 생각했는데 호기심 많은 찰리의 눈과 귀를 완벽하게 피하지 못했다.

"어떻게 알았어? 넌 눈치 못 챈 줄 알았는데."

찰리가 은근히 얕잡아 보는 표정으로 어깨를 으쓱했다.

"물론 알고 있었지. 그냥 관심 없었을 뿐이야."

베티는 동전 하나를 꺼내는 데 성공했지만, 나머지는 오히려 구멍 안으로 더 깊이 들어가 버렸다.

"이것밖에 못 꺼내겠다."

문득 베티는 이 모든 걱정거리와 무게에 무력감을 느꼈다. 애초 이 동전은 뭐 하러 꺼내려고 했을까. 동전도 어차피 아이비를 지켜주지 못했는데. 그저 퍼즐의 한 조각일지도 모르지만 베티는 동전이 중요하다는 느낌이 들었다. 어쩌다 보니 베티가 마음을 쓰게 된 이상한 소녀, 마을에서 사라진 아이비로 이어지는 또 다른 연결선일지도 몰랐다.

"이걸로 어떻게든 해봐야 할 것 같아."

베티는 자리에서 일어나 동전에서 이끼 부스러기를 털어냈다. 물레에 꽂힌 날카로운 물렛가락처럼 은화가 베티 손 안에서 번쩍였다.

19장. 독초

베티가 어두워지는 방 안을 서성였다. 걱정이 이만저만 아니었다. 밤이 저무는 바깥 펜들윅은 하늘도 분홍색으로 물들었지만 베티는 피곤하지 않았다. 피곤했어도 무서워서 잠들지 못할 것 같았다. 오두막도, 잠이 드는 것도 안전하지 않았다. 잠이 들면 주변을 살피지도, 소리를 듣지도 못했다. 잠은 위험했다. 아이비 벨도 이 집에서의 마지막 밤들을 이 방에서 보냈을까? 두려워서 눈도 못 감고 어서 시간이 흘러 날이 밝기를 기다렸을까?

"언니, 좀 앉아. 언니 때문에 깡총이가 불안해해."

찰리가 속삭였다.

"아, 찰리. 미안."

베티는 찰리가 깡총이를 보며 안달하는 침대 옆에 멈췄다.

베티 눈길이 창문으로 향했다. 아까 찰리와 함께 창가며 입구 가장자리마다 소금을 뿌려서 선을 그어 놨다. 그리고 지금 방 안을 왔다 갔다 하는 베티는 은화를 만지느라 자꾸 손이 저절로 호주머니 속으로 향했다. 은화 자체에 무슨 대단한 능력이 깃든 것 같지는 않았지만, 아이비 동전이었다는 사실을 알고 나니 어쩐지 덜 외로웠다.

아래층 부엌에서 아빠가 저녁 설거지를 하느라 달그락달그락 그릇 부딪치는 소리가 났다. 바닥에 널린 젖은 수건을 보고 할머니가 플리스에게 퍼붓는 잔소리도 오두막 전체에 울려 퍼졌다.

베티가 얼른 정신을 차렸다. 기다리던 신호였다. 기분이 좋고 무엇보다 혼자 있는 플리스를 낚아챌 기회였다.

"여기 있어. 플리스 언니랑 얘기 좀 해야겠어."

베티가 찰리한테 말하고 아래층으로 내려와 오두막을 가로질렀다.

부엌에서는 할머니가 아빠와 얘기하며 차를 끓이고 있었다. 곁에서만 보면 모든 것이 평범해 보였지만 가족 눈에 어린 하나같이 멍한 표정은 전혀 다른 이야기를 하고 있었다. 베티는 몸을 부르르 떨며 젖은 발자국을 따라 플리스 방으로 갔다. 문이 살짝 열린 방 안에서 플리스가 젖은 머리를 빗질하며 콧노래를 흥얼거리고 있었다. 붉은색 장미 꽃잎 한 장이 어깨에 들러붙었고 짙은 장미 향이 공기에 배었다.

안으로 들어간 베티는 정원으로 향하는 뒷문이 활짝 열려 있어서 깜짝 놀랐다. 휘이는 더워서 게으름이 나는지 움직이지 않았다. 베티가 재빨리 뒷문으로 가서 식물로 무성한 어둠을 밖에 남기고 문을 닫은 뒤 빗장까지 걸었다. 누군가 밖에서 안을 엿보며 때를 기다릴지도 모른다는 생각은 하지 않으려고 노력했다.

"열어놔. 정원 향기가 안까지 풍겨서 좋단 말이야."

플리스가 짜증을 내며 뒤로 돌아섰다.

"각다귀도 날아들 텐데? 온몸이 벌레 물려서 빨갛게 부풀어 오르면 싫잖아."

베티가 그새 머리를 굴렸다.

플리스가 눈을 깜빡이더니 눈동자가 다시 탁해지면서 멍한 표정으로 돌아갔다. 플리스는 빗을 내려놓고 정원 꽃을 꺾어다 꽂아놓은 꽃병을 만지작거리기 시작했다.

베티가 용기를 끌어모으며 침을 삼켰다. 플리스가 얘기를 듣도록, 너무 늦기 전에 정신을 차리도록 설득해야 했다. 베티가 호주머니에서 밀짚 인형을 꺼내 플리스 쪽으로 내밀었다.

"이게 다 뭐야?"

플리스는 인형을 제대로 보지도 않고 거울을 향해 돌아섰다.

"우리. 우리랍시고 만든 인형이야. 마법이라고. 언니, 언니는 지금 위험해. 우리 전부 위험해."

베티가 조용히 말했다.

"마법."

플리스가 멍하게 베티 말을 따라 하더니 거울을 더 가까이에서 들여다보며 성가시다는 듯 중얼거렸다.

"설마, 여드름일 리 없어!"

"언니, 제발!"

베티가 단호하게 언니 쪽으로 인형을 더 들이댔다.

"내 말 좀 들어봐. 이 인형은 사악한 거야. 필윙스랑 라이트윙, 그리고 그 집 가정부 웹 노파가 이걸 만들었어. 언니를 노리고 있다고. 크게 나쁜 일이 벌어질 거야. 벌써 벌어지고 있어."

베티가 애원했다.

"네 말이 맞을지도 모르지. 난 한 번도 여드름 안 나 봤는데!"

플리스가 투덜거렸다.

"언니, 나 농담하는 거 아니야."

베티는 절박했다.

플리스가 한숨을 푹 쉬더니 드디어 베티를 돌아봤다.

"농담도 아닌데 왜 그런 바보 같은 소리를 하고 그래? 베티, 한번 말해봐. 너야말로 현실적이고 이성적인 사람인 줄 알았는데?"

플리스가 꽃병에서 데이지 한 송이를 뽑아 들더니 코에 대고 냄새를 맡으며 꿈꾸는 표정으로 창문 밖 저 멀리 내다봤다.

"언니, 제발 내 말 좀 들어줘!"

플리스가 데이지 꽃잎을 하나씩 차례대로 뽑으며 나지막이 말했다.

"토드는 나를 사랑해……. 사랑하지 않아. 사랑해, 사랑 안 해……."

"언니! 내가 지어낸 이야기 아니야. 마녀들 오두막에 온갖 물건이 다 있었어. 우리한테 쓰려고 마법을 부려놓은 물건을 준비해놨더라고. 우리한테, 언니한테 나쁜 짓을 하고 있어. 언니, 우리 펜들윅을 떠나야 해."

베티가 필사적으로 말했다.

"떠나? 난 절대 토드 안 떠나. 나를 사랑 안 해……."

플리스가 콧방귀를 뀌었다.

"언니가 토드에 대해서 알아야 할 일이 하나 있어. 토드는 말이야, 토드는……. 아이비가 사라지기 전에 아이비 남자친구였어."

베티가 조용히 말했다.

플리스가 손가락을 멈췄다. 꽃잎을 노려보다가 차가운 목소리로 말했다.

"그래서, 뭐? 아이비는 없어."

"언니는 지금 아이비가 살았던 집에 살아. 생긴 것도 닮았어. 어쩌면⋯⋯. 토드는 언니를 보고 아이비를 떠올렸을 거야."

베티가 머뭇머뭇 말했다.

"토드는 나를 좋아해."

"둘은 서로를 잘 알지도 못하잖아."

"알 만큼은 알아. 토드는 나를 사랑해⋯⋯."

플리스가 꽃잎을 다시 뜯기 시작했다.

"그만 좀 해! 난 지금 언니를 구해 주려고 하는⋯⋯."

베티가 분통을 터트리며 플리스 손에서 꽃을 쳐냈다.

"누가 구해 달래?"

플리스가 빽 소리치며 화를 냈다. 뭐에 홀린 사람처럼 눈빛이 번뜩였다. 멍한 표정은 도무지 플리스같지 않았다.

"네가 토드를 그런 식으로 얘기하는 이유는 딱 하나, 질투가 나서야. 베티, 질투는 역겨운 거라고 얘기해 주는 사람도 없었니?"

베티가 숨을 짧게 들이마셨다. 눈가에 맺힌 눈물을 감추려고 고개를 돌렸다.

"난 질투하지 않아."

베티가 속삭였다.

그랬다. 과거에는 언니를 질투했다. 언제나 아빠가 가장 좋아하는 공주님인 데다 사람 마음을 쉽게 얻는 언니 매력이 베티를 아프게 했다. 하지만 지금 질투 따위는 베티 마음과 멀어도 아주 멀었다. 베티가 바라는 단 한 가지는 가족을 지키는 일이건만, 아무래도 벌써 마법이 날카로운 발톱을 깊숙이 박아 넣은 것 같았다.

"그냥 언니를 돕고 싶어."

플리스가 소리 내어 웃었다. 잔인할 만큼 냉소적인 웃음, 베티는 저런 언니 웃음소리를 처음 들었다.

"구원자 베티 위더신즈 납시셨네. 하, 고맙지만 이번에는 됐어."

플리스가 경멸하듯 말했다.

베티가 뭐라고 더 말하기도 전에 문으로 성큼성큼 걸어간 플리스가 의미심장한 표정으로 문을 활짝 열더니 그대로 잡고 기다렸다. 마음이 짓뭉개진 베티는 목이 멘 채 플리스 방에서 나왔다.

'저건 언니가 아니야. 플리스 언니가 아니야. 마법이 언니를 완전히 지배하고 있어.'

베티는 계단을 도로 올라가며 혼잣말했다.

"플리스 언니가 안 들어줬지?"

찰리가 졸린 목소리로 작게 물었다.

베티는 차마 말도 안 나와서 고개를 저으며 침대 위 동생 옆으로 깊숙이 몸을 묻었다. 그대로 동생과 침대에 나란히 누워 말없이 눈을 깜빡이며 눈물을 삼켰다. 찰리 숨소리가 조금씩 무거워지더니 결국 깊이 잠들었다.

베티가 침대 위에서 일어나 매트리스 아래 숨겨둔 아이비 종이 뭉치를 꺼내어 한 장씩 훑어봤다. 여기 어딘가 베티가 미처 못 본, 플리스를 설득해서 귀 기울여 듣게 할 무언가가 분명히 있을 것이었다. 하지만 마음 깊숙한 곳에서는 희망이 없다는 걸 알았다. 펜들윅에서 떠나기는커녕 무엇으로도 언니가 귀를 기울이게 하지 못할 터였다. 이제 베티에게 남은 마지막 희망은 아이비에게 무슨 일이 일어났는지 알아내는 것이었다. 베티가 퍼즐의 핵심일지도 모르는 무언가를 비밀의 방에서 놓쳤을지도 몰랐다.

밀의 방……. 베티는 비밀의 방 이야기를 꺼냈을 때 완전히 멍한 표정으로 반응 하나 보이지 않던 할머니를 떠올렸다. 그건 절대 버니 할머니가 아니었다. 베티가 아는 할머니는 단박에 벽돌을 쌓아서 밀실 입구를 막아버리라고 시키고도 남았다. 그런데 할머니는 뭐라 말하기는커녕 밀실을 보고 싶어 하지도 않았다. 새삼스럽게 드는 생각에 베티는 두려워서 온몸에 전율이 일었다. 마법이 도대체 얼마나 깊이 할머니를 잠식한 거야? 시간이 갈수록 마법의 힘이 더 강력해질까?

베티는 초에 불을 붙여 들고 옷장으로 가다가 힐끔 찰리를 돌아봤다. 찰리는 여전히 자고 있지만 깡총이가 꼬물거리는지 머리카락이 들썩였다. 베티가 조용히 옷장 문을 열고 비밀의 나무판을 옆으로 살살 밀었다. 이번에는 나무판이 밀리면서 약하게 소리가 났다. 베티가 어두운 공간으로 발을 들였다. 촛불 불빛이 깜빡이며 벽을 가로질러 으스스한 그림자를 드리웠다. 베티 그림자가 괴물처럼 보였다. 베티는 작은 탁자 위에 촛불을 올려놓고 거미줄에 손이 닿지 않도록 조심하면서 먼지투성이 의자 가장자리에 살짝 걸터앉았다.

베티는 아이비가 그린 그림을 여전히 손에 쥔 채 혹시 놓쳤을지도 모르는 숨은 공간을 찾아 밀실 구석구석을 살폈다. 들뜬 마룻바닥이나 또 다른 종잇장, 하다못해 벽 위에 낙서하듯 적어놓은 글 같은 것을 찾았지만 아무것도 없었다. 베티는 손에 든 종이로 눈길을 내리고 희미한 불빛 속에서 살펴봤다. 검은 새 오두막을 정면에서 그린 그림이 나왔다. 지난번 이 그림을 볼 때 무언가를 놓치는 듯 이상한 느낌이 들었던 일이 기억났다. 지금은 왜 그런 느낌을 받았는지 알고 있다. 토드가 앞문으로 오지 않고 뒷문으로 왔기 때문이었다. 그런데 왜 또 이상한 느낌이 들지? 지금은 뭘 놓쳤기에?

베티는 눈을 가늘게 뜨고 종이에 적힌 글을 읽으며 한 장씩 넘겼다. 지난번에는 적어놓은 글에 그다지 신경을 쓰지 않았다. 글자가 거의 바랜 데다 단순히 식물 이름을 적어놨다고 생각했다. 그중 몇 개는 베티도 아는 이름이었다. 작디작은 하얀색 꽃이 수십 송이 핀 그림에는 다음과 같이 적어 놨다.

야생 당근(*Queen's lace). '간질이는 손가락', '장난꾸러기 주름
장식', '별 꽃'이라고도 불린다. 나쁜 마법이나 마녀를 막는다. 코피
를 흘리거나 배가 아플 수도 있다.

같은 종이에 더 많은 흰색 꽃 그림이 있었다. 처음에는 다 같은 꽃인 줄 알았는데 그림에 적어놓은 내용이 달랐다.

악마의 주사위. '유령의 등불'이나 '무덤 파는 사람'이라고 알려졌
다. 치명적인 독. 만지기만 해도 아플 수 있다. 복통과 정신 이상을
일으키고 사망에 이르게 한다.

베티 눈길이 그림과 그림 사이를 빠르게 오갔다. 심장이 쿵쿵 뛰기 시작했다. 베티가 호주머니에서 찾은 약초 다발에 하얀색 작은 꽃송이들이 핀 꽃가지가 있었다. 베티를 토하게 했던 주술 꾸러미 일부였다. 이제 베티는 속이 메슥거리려고 했다. 그림 속 두 가지 꽃은 생김새가 아주 비슷했다. 두 종류 모두 복통을 일으키지만 그중 하나는 사람을 죽일 수도 있었다. 웹 노파가 원래는 악마의 주사위 꽃을 쓰려고 했는데 실수로 야생 당근 꽃을 꾸러미에

넣었을까? 단순히 베티를 아프게 하려는 것이 목적이 아니라 베티를……. 죽이려고 했을까?

베티는 손을 덜덜 떨며 나머지 그림을 넘겼다. 이제는 촛불이 흔들릴 만큼 숨이 가쁘게 나왔다. 아이비는 단순히 재미 삼아 그림을 그리지 않았다. 아이비는 자기 자신과 집을 보호하려고 했다.

향나무, 쑥, 겨우살이.

사악한 마법을 막을 수 있는 식물이 더 나왔다. 베티는 그림 하나하나를 눈여겨봤다. 종이 뭉치에서 빠진 한 장이 뒤집힌 채 바닥에 떨어졌다. 전에는 못 본 그림이 드러났다. 안 그래도 제멋대로 뛰던 심장이 박자마저 빼 먹었다. 이번 그림은 식물이 아니었다. 얼핏 보면 지루해진 십 대 소녀가 대충 그린 일상 용품처럼 보였지만, 아이비에 따르면 다들 악을 물리치는 물건이었다. 핀이나 가시, 깨진 유리 조각처럼 뾰족한 물건으로 가득 채운 유리병, 입구를 가로지른 빗자루, 차곡차곡 쌓아 놓은 은화…….

진짜 은으로 만든 동전은 사악한 마법이 깃든 곳에서 검게 변한다.

아이비는 이렇게 기록했다.

베티가 호주머니에 손을 넣어 은화를 만졌다.

"그러니까 이건 지키기 위한 것이 아니구나. 경고등 같은 거네."

베티가 중얼거렸다. 베티는 과거를 돌아볼 방법이 그림 뭉치에 있기를 바라며 종이를 품에 꼭 안았다. 하지만 벽에 걸린 초상화의 주인공이자 겁에 질린 소녀의 기록과 그림뿐, 아무것도 없었다.

"언니한테 무슨 일이 있었어요?"

베티가 촛불을 들면서 중얼거렸다. 베티는 자리에서 일어나 초상화로 가까이 갔다.

"아이비 벨, 그 마녀들이 언니한테 무슨 짓을 했죠? 언니는 어디로 갔어요?"

아이비가 초상화 속에서 베티를 마주 봤다.

베티에게 하고 싶은 비밀 얘기가 있는 듯 입술이 살짝 벌어져 있었다. 베티는 처음으로 눈에 띈 무언가에 온몸이 얼어붙고 말았다. 눈물 한 방울이 아이비 뺨을 타고 흘러내리고 있었다. 전에도 눈물이 있었나? 없었다고 베티는 확신했다. 분명히 불빛 때문에 잘못 봤을 거야. 아니면 지붕에서 물이 샜나?

베티는 촛불을 더 높이 올리고 다른 쪽 손을 들어서 초상화를 만졌다. 촉촉한 물기가 느껴지기를 기대했다. 하지만 표면은 바짝 말라 있었다. 눈물방울은 화폭에 그려진 그림이었다. 베티 목덜미 솜털이 일제히 곤두섰다. 아무리 그림이 작았어도 베티가 이런 세부 사항을 못 봤을 리 없었다. 베티는 지난번에 이 그림을 매우 꼼꼼하게 들여다봤다. 그래서 일말의 의심 없이 확신했다. 이 눈물방울은 없었다. 그림이 변했다.

베티는 뭐에 홀린 듯이 촛불을 내려놓고 초상화를 벽에서 떼어냈다. 액자는 무거웠고 손에 닿는 느낌도 차가웠다. 거미줄이 낡은 레이스처럼 액자에서 길게 늘어졌다. 베티 손가락에 종이가 스쳤다. 액자 뒷면에 뭔가 붙어 있었다. 봉투였다.

베티가 액자에서 봉투를 떼어내 보니 안에 종이 한 장이 들었다. 봉투에서 꺼낸 종이에는 다급하게 써 내려간 듯한 글씨로 간단하게 몇 줄 적혀 있었다.

누구든지 이 편지를 발견한 사람에게.

만약 당신이 이 편지를 읽고 있다면 나에게 아직 희망이 있을지도 모르겠습니다…….

░░░░░░ 와 ░░░░░░ 을 무찌를 수도 있습니다.

정말 여러 번 시도했지만, 그 사람들 이름은 어떻게 해도 써지지 않는다는 걸 깨달았습니다. 이름을 쓰려고 할 때마다 글자를 알아보지 못하게 종이가 타버렸어요. 이것이 그 사람들이 부리는 마법의 힘입니다.

내가 어떻게 될지 나도 모르겠습니다. 어쨌건 그나마 엘리자 버드, 로사 리플스와 똑같은 운명을 간신히 피했다는 것은 압니다.

일단은요. 나는 마녀가 아닙니다. 그 사람들이 내가 마녀처럼 보이게 했지만 나는 아니에요. 그 사람들이 마녀예요. 그래도 이번만큼은 그 사람들도 실패했습니다. 이 초상화는 그 증거일 뿐 아니라 내 생명과 연……. 아니, 생명의 흔적과 연결된 것입니다.

그래서 부탁, 아니 간청합니다. 부디 이 그림을 없애지 말아요. 무슨 수를 써서라도 꼭 지켜주세요.

이젠 가야 해요. 그 사람들이 나를 찾고 있어요.

아이비.

베티는 편지를 읽고 또 읽었다. 머릿속에서 아이비의 글이 소용돌이쳤다.

그 사람들이 나를 찾고 있어요.

베티는 손가락으로 종이가 탄 흔적을 만져봤다. 아이비가 쓰려고 했던 이름은 두 개였다. 세 개가 아니었다. 필윙스와 라이트윙이라 봐도 무리가 없었다. 웹도 마녀라는 사실을 아이비가 밝혀내지 못했을지도 몰랐다. 하지만 아이비가 글에 남겼듯이 간신히 운명에서 도망쳤다면, 아이비는 어디에 있지? 결국 필윙스와 라이트윙, 웹이 아이비를 잡고야 말았을까?

엉겁결에 베티 손가락이 액자 뒤편 클립에 닿았다. 베티는 다른 무언가를 액자 안에 숨겨놓지 않았을까 생각하며 클립을 뺐다. 다른 건 없었지만 액자가 깔끔하게 분리되면서 캔버스가 떨어져 나왔다. 베티가 캔버스는 잡았지만 액자 틀을 떨어뜨려서 나무 조각들이 덜그럭 소리를 내며 마룻바닥에 부딪혔다. 방 안에서 찰리가 부스럭거리는 소리가 들렸다.

"베티 언니?"

찰리가 졸린 목소리로 베티를 찾았다.

베티는 아이비의 그림 뭉치와 초상화를 돌돌 말아 손에 움켜쥐고 옷장 밖으로 나갔다.

"괜찮아. 언니 여기 있어. 더 자."

베티가 동생한테 속삭였다.

"아침 먹을 시간이야?"

"아니."

베티는 찰리가 꼬물거리며 돌아눕자 방 안을 살폈다. 그림을 어디에 숨기면 좋을까? 매트리스 아래? 너무 뻔해. 다른 그림 뒤에? 어딘가에 숨겨야 하는데 할머니한테 밀실 얘기를 한 만큼 저곳은 이제 안전하지 않았다. 아무리 할머니가 관심을 보이지 않았어도 위험을 무릅쓸 수 없었다. 언제라도 할머니가 위스키를 너무 많이 마시고 부러진 빗자루에서 엉뚱한 사람한테 아무 말이나 늘어놓을지 몰랐다. 벌써 그랬을지도 모르고.

베티 눈길이 지도 꾸러미에서 멈췄다. 아빠가 준 펜들윅 지도가 담긴 가느다란 통이 지도 사이에 있었다. 저거면 당장은 괜찮을 것 같았다. 베티는 통 뚜껑을 열고 안으로 그림을 밀어 넣었다. 펜들윅 외부 어딘가에 지도 통을 숨길 곳이 있을 것이었다.

베티가 통 뚜껑을 막 닫은 순간, 조용한 집 아래층에서 무슨 소리가 나며 위층까지 올라왔다. 찰리도 잠이 확 깼는지 침대에 일어나 앉았다.

"저게 무슨……."

베티가 고개를 끄덕였다.

"문소리야."

말이 나오다가 목구멍에 걸렸다. 집 안 어딘가에서 이제 막 문 하나가 닫혔다.

20장. 핀과 바늘

"누가 집에 들어왔나 봐."

겁에 질린 베티가 바람 새는 목소리로 말했다. 아이비 편지가 머릿속에서 메아리쳤다.

그 사람들이 나를 찾고 있어요.

드디어 마녀들이 베티를 찾아 온 것일까? 마녀들은 베티가 자기들 정체를 알았으며 집에 들어와서 밀짚 인형을 훔쳤다는 걸 알았다. 그 어느 때보다 위험이 가까워진 지금, 베티와 찰리는 도움이란 도움은 다 필요했다.

"가서 아빠 깨워. 빨리!"

찰리가 번개처럼 침대에서 빠져나오더니 소리 하나 내지 않고 방을 가로질러 계단참까지 갔다. 베티도 재빨리 찰리 뒤를 따라 계단 꼭대기까지 와서 기다렸다. 베티는 적막이 흐르는 집에서 두 귀를 곤두세웠다. 뭐가 삐걱거렸는데. 발소리였나? 잘못 들었나? 베티는 아래층에 있는 플리스와 할머니 생각에 속이 울렁거렸다. 아직 자고 있나? 찍소리도 못 내는 상황인가? 그런 생각에 자극받은 베티가 아래층으로 내려갔다.

베티는 아이비 초상화를 넣은 지도 통을 아직 손에 움켜쥐고 있다는 사실을 뒤늦게야 깨달았지만 내려놓을 엄두가 나지 않았다. 통이 딱딱해서 필요할 때 휘두르면 제법 강력한 타격을 줄 수 있었다. 하지만 베티도 알다시피 뭔가 다른 무기가 필요했다. 베티는 지도 통을 어깨를 가로질러 걸쳐 메고 맨 먼저 눈에 들어온 물건을 잡았다. 앞문 위 새로운 자리에 걸린 할머니 편자였다. 손에 쥔 편자는 묵직하고 단단했다.

누군가 뒤에 나타나는 바람에 베티는 하마터면 울음을 터트릴 뻔했다.

"찰리! 아빠는?"

"아빠가 안 일어나. 아빠가 눈을 커다랗게 뜨고 있는데 내 말이 안 들리는 표정이……."

새하얗게 질린 찰리 얼굴이 일그러졌다.

"마법에 걸린 거야."

베티가 중얼거렸다. 소용없으리라 예상했어야 했다. 게다가 찰리는 아직 말을 다 끝낸 것이 아니었다.

"베티 언니, 플리스 언니를 봤어. 아빠 방에 있는데 창밖에 플리스 언니가 있었어."

베티는 피가 식는 기분이었다.

"밖에?"

베티가 편자를 내렸다. 집 안에 있던 사람이 나가면서 문이 닫혔으리라고는 미처 생각 못 했다. 플리스 언니는 도대체 무슨 일로 한밤중에 밖으로 나갔지?

"플리스 언니는 언덕을 내려가고 있었어. 할머니 깨우자."

찰리 이가 딱딱 맞부딪쳤다.

할머니를 깨울 수 있으면 다행이겠다.

베티 두려움이 커졌다.

베티와 찰리는 할머니가 접이식 침대에서 자는 부엌으로 몰래 들어갔다. 베티가 편자를 들어 올리고 주위를 경계하는 사이 찰리가 할머니를 흔들어 깨웠지만 소용없었다.

"할머니, 눈 떠! 할머니, 인나!"

찰리가 속삭였다.

할머니가 눈을 번쩍 떴다. 아까처럼 눈빛이 탁하고 멍했다. 단지 지금이 그 어느 때보다 공허한 눈빛이라는 게 더 나쁠 뿐이었다.

사랑하는 할머니가 이런 꼴이 되다니. 베티는 경악했다.

"소용없어. 할머니도 아빠처럼 마법에 걸렸어. 플리스 언니를 따라가야 해."

베티가 말은 그렇게 했지만, 플리스를 오두막으로 데려오는 일이 안전하지 않다는 것을 알았다. 다양한 식물과 식물별로 기대되는 마법적 효과를 적은 기록이나 부적 그 어느 것도 아이비를 보호해 주지 못했다. 베티는 당황해서 현기증이 일었다. 머릿속은 가족을 떠나 어두운 길을 따라 소리 없이 걸어가고 있을 맏언니 생각뿐이었다.

먼저 정신을 차린 사람은 찰리였다. 찰리가 한 데 섞인 옷 뭉치를 베티 두 팔에 떠안기더니 잔뜩 쌓인 빨래 더미에서 잡아 뺀 옷을 낑낑대며 입고 있었다.

베티가 얼빠진 표정으로 찰리를 바라봤다.

"잠옷을 입고 플리스 언니를 따라갈 수는 없잖아? 내가 마법 인형을 챙길게. 언니는 플리스 언니 물건 아무거나 좀 챙겨."

찰리가 소매에 팔을 쑤셔 넣으면서 야무지게 말했다.

"인형?"

"플리스 언니가 안 보이면 마녀들도 못 잡겠지."

이제 베티는 과연 인형이 쓸모나 있을까 의심스러웠지만 조금이라도 유리할지 몰랐다. 베티가 찰리한테서 자극받고 즉시 움직이기 시작했다. 잠옷을 벗어 던지고 옷을 갈아입은 뒤 냅다 플리스 방으로 달려갔다. 침대보가 뒤집힌 채 텅 빈 방 안 풍경에 베티는 뺨을 한 대 얻어맞은 기분이었다. 베티가 침대보를 손으로 쓸어봤다. 아직 희미하게 온기도 남았고 장미 향도 풍겼다. 베티는 플리스 빗에서 검은색 짧은 머리카락을 한 가닥 뽑아서 조심스럽게 손수건으로 감쌌다. 그리고 부엌으로 돌아와 장화를 신었다. 마침 인형으로 무장한 찰리가 부엌에 들어왔다.

단추를 엉망으로 채운 데다 머리가 사방으로 뻗친 막내 찰리는 몹시 어리고 조그매 보였다. 베티는 다시 한번 강하게 의구심이 들었다. 이미 한 번 찰리를 위험 속으로 끌고 들어간 적이 있었다. 그런 짓을 정말 또 할 작정인가? 하지만 찰리의 자그마한 얼굴에 어린 결연한 표정을 보고 베티는 찰리한테도 베티만큼 맏언니를 구할 권리가 있음을 깨달았다.

"가자."

베티가 말했다.

두 아이는 앞문으로 빠져나와 달빛이 흐르는 밤 속으로 미끄러져 들어갔다. 입구에 묵직하게 늘어진 채 바람 한 점 없는 밤공기로 달콤한 향기를 풍기는 장미 덩굴은 오두막에 남은 플리스 일부 같았다.

아이비, 담쟁이덩굴 같아.

베티는 이런 생각이 들자 몸이 떨렸다. 벨벳처럼 부드러운 어둠에 눈이 익숙해졌다.

"서둘러야 해."

베티가 마트료시카 인형을 잡으며 말했다. 베티 머리카락은 이미 두 번째 인형 안에 안전하게 넣어두었다. 베티는 플리스 머리카락을 세 번째 인형 안에 든 찰리 머리카락 옆에 나란히 놓았다가 이내 생각을 바꾸고 도로 꺼내서 손수건으로 감싸 호주머니에 넣었다. 플리스가 어디로 가는지, 누구랑 같이 있는지 확실히 알기 전에는 플리스를 사라지게 하지 않는 편이 안전했다. 마녀들이 다른 마법이 작동한다고 의심하면 플리스가 더 위험해질지 몰랐다. 베티는 인형을 일자로 맞추며 근처 창문에 비친 두 사람을 확인했다. 두 사람 모습이 사라졌다.

베티가 발걸음을 빨리했다.

"찰리, 언니한테 바짝 붙어. 언니가 뛰라고 하면 바로 뛰어야 해!"

찰리가 대답은 없이 진지하게 고개를 끄덕였다. 흙길을 딛는 두 아이 발소리가 요란했다. 당황하고 놀란 여우와 오소리, 고슴도치 같은 야행성 동물들이 두 아이 앞에서 길을 가로질렀다.

"플리스 언니 어딨지? 이렇게 멀리까지 안 왔을 텐데?"

찰리가 숨도 안 쉬고 물었다.

시냇가에 다다른 베티 앞에 또 다른 증거가 드러났다.

"저거 봐. 물이 언덕 위를 향해서 거꾸로 흐르고 있어."

베티가 헉 소리를 내며 물을 가리켰다.

아이비 일기대로야.

베티는 찰리 손을 꼭 쥐고 여우장갑 오두막을 힐끔거렸다. 처음에는 안에 아무도 없는 듯 보였다. 주변 다른 오두막과 다름없이 잠에 빠진 작은 오두막이었다. 돌연 찰리가 잡은 손에 힘을 확 줘서 베티가 움찔했다.

"굴뚝."

찰리가 숨을 내쉬었다.

베티는 고개를 들었다가 어찌나 놀랐는지 하마터면 자기 발에 걸려서 넘어질 뻔했다. 굴뚝에서 짙은 초록색 연기가 뭉게뭉게 피어오르고 있었다. 베티는 마녀가 가마솥 안에 개구리 다리를 넣고 끓이는 수프를 떠올렸다. 저기에서 뭘 끓이지? 플리스한테 흑마술을 걸려고 오두막 안으로 유인해 들였나? 벌써 늦은 거야?

바로 그때 찰리가 탄식했다.

"저깄다!"

이제 막 한 형체가 다리 맞은편에 보였다가 대장간 모퉁이로 사라졌다. 검은색 짧은 머리가 얼핏 베티 눈에 띄었다. 플리스가 틀림없었다. 베티는 등에 부딪히는 물건을 느끼며 찰리를 끌고 다리를 건넜다.

"그건 왜 가져 왔어?"

찰리가 지도 통을 눈치채고 물었다.

"안에 아이비 초상화가 들었어. 초상화를 안전하게 지켜야 해."

이제 와 무슨 희망이 있을까. 아이비는 그 여자들 손에 들어갔어. 마녀들이 아이비를 잡아갔는데 이젠 플리스도 거의 손에 넣었어.

베티가 속으로 생각했다.

257

하지만 곧 머릿속에서 생각을 밀어냈다. 아직 끝나지 않았고 베티도 포기하지 않을 작정이었다. 아이비는 대신 싸워줄 자매가 없었지만 플리스는 있었다. 게다가 싸움이라면 베티가 전문가였다.

베티와 찰리가 장의사를 지나고 대장간을 지나 거리가 넓어지는 마을 가게에 닿았다. 그 무렵 베티는 플리스가 어디로 가는지 대략 감을 잡고 달빛이 비치는 펜들윅 잔디밭을 가로질러 연못을 바라봤다. 마녀는 고사하고 사람 그림자 하나 없었다. 베티는 서둘러 마법의 인형을 열고 플리스 머리카락을 세 번째 인형 안 찰리 머리카락 옆에 넣었다. 이제 위더신즈 세 자매가 모두 투명해졌다.

플리스는 잔디밭을 절반쯤 지나고 있었다. 꿈속을 거니는 무용수처럼 서두르지 않고 우아하게 미끄러지듯 걸었다. 거울처럼 잔잔한 연못 수면에는 잔물결 하나 없었다. 플리스가 물가에 바짝 다가섰다. 잠시 베티는 플리스가 넘어져서 물속에 빠질까 봐 겁이 났다. 베티 목구멍에 비명이 걸린 순간, 플리스가 뒤로 돌아서서 연못가를 거꾸로 돌기 시작했다.

"아이비랑 똑같아. 예전에 벌어졌던 일이 다 그대로 일어나고 있어."

베티가 웅얼거렸다. 비명을 참았더니 흐느낌이 터져 나오려고 했다.

"베티 언니, 플리스 언니 깨워야 해. 언니 왜 저래?"

목이 멘 찰리는 목소리가 개미만 했다.

"나도 몰라. 마법은 또 어떻게 풀어야 하지?"

베티는 절박했다.

바로 그때, 귀를 찢는 예리한 소리가 마을에 깔린 침묵을 가르고 울려 퍼졌다. 베티가 고개를 홱 돌렸다. 정각을 알리는 교회 종소리였다. 자정, 마녀들의 시간이었다. 베티가 다시 몸을 돌리는 순간, 부러진 빗자루 위층 창문으로 보이는 움직임이 베티 시선을 사로잡았다. 얼굴을 알아보기에는 너무 멀었지만, 잔디밭을 몰래 내려다보는 사람은 분명히 브루투스 크래브였다. 베티는 바짝 긴장했다. 어쩜 그렇게 절묘하게도 플리스 언니가 연못 주위를 걷는 순간에 맞춰서 밖을 내다보고 있었을까.

브루투스는 플리스가 안 보여. 우리 누구도 안 보여.

베티는 자신을 안심시켰다.

만약에 봤다면…….

만약 브루투스가 봤다면 대번에 플리스가 마녀로 몰렸을 것이었다. 다시 베티 머릿속으로 흘러들어 온 아이비 말이 무거운 망토처럼 베티를 덮었다.

나는 마녀가 아닙니다. 그 사람들이 나를 마녀처럼 보이게 했지만 나는 아니에요.

베티와 찰리는 연못이 어렴풋이 보일 만큼 가까이 다가갔다. 두 아이는 원형 선돌 맞은편에 멈춰 서서 플리스가 앞으로 지나가기를 기다렸다.

"이젠 어떡해? 플리스 언니가 앞으로 지나가면 붙잡아?"

찰리가 속삭였다.

기괴하게 구는 으스스한 맏언니 모습에 눈이 접시만큼 커졌다.

"아니, 아직은 아니야. 아마 아이비처럼 연못을 세 바퀴 돌 거야."

"그럼 뭐? 그때 언니를 붙잡아?"

찰리가 눈은 플리스에게 못 박은 채 목소리를 낮춰 물었다.

베티는 대답하지 않았다. 마법에 걸린 플리스가 밀실 안에서 어슬렁거렸을 때 아무리 말해도 소용없었던 일을 기억했다. 그날 저녁에도 언니가 얼마나 큰 위험에 빠졌는지 경고해 주려고 그토록 애를 썼지만 다 헛수고였다. 자기가 도움이 필요하다는 사실도 모르고 도움받기조차 원하지 않는 사람은 어떻게 도와야 한단 말인가!

"플리스 언니, 펄리시티 위더신즈. 내 말 들어."

베티가 부드럽게 언니를 불렀다. 자기가 뭘 하는지 깨닫기도 전에 말 먼저 할 만큼 절박했다.

플리스가 베티 소리를 들었는지 어쨌는지 얼굴에는 드러나지 않았다. 여전히 가면 같은 표정에 눈빛이 멍했다.

하지만 누군가는 들었다.

누군가 어둠 속에서 움직이며 배고픈 나무 몸통에서 멀어졌다. 검은색 후드 밖으로 치렁치렁 늘어진 백발, 고요히 귓속으로 흘러들어 오는 목소리에 베티는 발이 땅에 박힌 기분이었다.

"쟤는 네 소리 못 들어."

베티가 여자를 한눈에 알아보고 공포에 휩싸여 손으로 입을 틀어막았다.

웹 노파가 후드를 벗고 얼굴을 드러냈다. 축 처진 입술로 섬뜩한 미소를 지으며 으스스한 눈빛으로 연못 너머를 살피면서 베티 목소리가 들려온 곳을 바삐 찾고 있었다. 웹이 나무에서 멀어지며 천천히 고개를 저었다.

"너희들은 따라 나오지 말았어야 해."

"난 맨날 언니를 따라다닐 거야. 내 언니니까."

베티 목소리가 사정없이 흔들렸다. 베티가 플리스를 향해 내달렸다. 겁이 났더니 용감해졌고 그만큼 서툴러졌다. 플리스 손을 잡으려 했지만, 나지막이 무언가를 중얼거리며 마법에 걸린 길을 계속 걷는 플리스 손이 자꾸 미끄러져 나갔다.

"가라, 마녀는 가……. 펜들웍에서 떠나……."

웹 노파가 움직임을 멈췄다.

"네가 한 줌 되는 마법을 부리는지 몰라도 저 아이는 이미 강력한 마법에 빠졌어."

"베티 언니……. 플리스 언니 뒤에 좀 봐. 나무가 움직여!"

찰리가 속삭였다.

처음에 베티는 찰리가 착각 한 줄 알았다. 하지만 웹 노파 머리통 바로 뒤에서 시커먼 형체가 입을 벌리고 하품하며 기지개를 켰다. 나무 몸통에 있는 구멍이 입처럼 벌어지고 있었다. 베티는, 말도 안 되지만, 심장이 멎을 만큼 끔찍한 생각이 들었다. 나무가 정말 무언가를 먹는다면, 진짜 마녀를 맛있어 할지 궁금해졌다. 베티가 자기 귀에도 안 들릴 만큼 작은 목소리로 말했다.

"찰리, 꼼짝 말고 여기 있어. 플리스 언니한테서 눈 떼지 마."

찰리가 고개를 끄덕이자 베티는 나무 아래 있는 마녀를 지켜보며 풀밭을 몰래 가로질렀다. 웹 노파는 찰리나 베티가 실수로 위치를 드러내기를 기다리며 쉼 없이 이쪽저쪽으로 눈알을 굴렸다. 웹 뒤에서는 나무에 박힌 옹이가 계속 늘어나고 있었다. 선돌 옆을 지나던 베티 발에 조약돌이 하나 걸렸다. 베티가 허리를 숙여 조약돌을 집었다.

"너는 아직 달아날 시간 있어. 지금 돌아서도 늦지 않아."

웹 노파가 말을 이었다. 얼굴이 비틀어지자 이가 번쩍였다.

베티가 더 다가섰다. 쿵쿵 고동치는 심장 소리에 당장에라도 웹이 베티 위치를 알아낼 것 같았다. 웹 주의를 잠깐만 흐트러뜨리면 되었다.

베티가 손에 든 돌멩이를 집어 던졌다. 돌멩이는 마녀 옆으로 휭 날아가서 뒤쪽 풀밭에 툭 떨어졌다. 꼭 발소리처럼 들렸다. 웹이 고개를 돌리는 순간, 베티가 몸을 날렸다. 베티는 두 팔을 앞으로 쭉 뻗고 있는 힘껏 마녀를 밀어붙여서 아가리를 쫙 벌리고 있는 배고픈 나무 옹이로 쑤셔 넣었다. 베티 머릿속에서 온갖 동화들이 날뛰었다. 물레, 그리고 마녀를 오븐 속으로 밀어넣은 아이들. 바로 그때 베티는 어떤 속삭임이 들렸지만 지금은 어디에서 난 소리인지 따질 겨를이 없었다. 베티 신경은 눈앞에 있는 늙은 마녀에게 온통 쏠려 있었다.

노파가 뒤로 고꾸라졌다. 베티 두 손에 잡힌 노파 몸뚱이는 말라비틀어져 뼈밖에 안 남았다.

"뭐 하는 짓이야!"

웹이 악을 쓰는 사이 나무 몸통에 뚫린 시커먼 구멍 속으로 두 팔이 밀려서 들어갔다.

"균형 맞추는 중이야. 당신이 사라지면 처리해야 할 마녀가 둘밖에 안 남으니까!"

베티가 웹 귀에 대고 바람 새는 소리로 말했다.

하지만 시커먼 나무 구멍이 노파 주변으로 좀체 좁혀들지 않았다. 바라던 대로 상황이 돌아가지 않자 베티가 당황했다. 웹 노파가 비틀거리며 균형을 잃고 바닥에 쿵 쓰러지더니 그대로 쭉 미끄러졌다.

"내가 아니……. 난 아니……."

웹이 쌕쌕거리면서 손으로 목을 감쌌다. 입술이 다시 이를 덮으며 양옆으로 쭉 찢어졌다. 베티는 이상한 기분이 들었다. 알고 보니 늙은 여자는 웃는 것이 아니었다. 고통받는 짐승처럼 이를 드러내고 있었다. 노파가 콜록콜록 기침하자 손가락 사이에서 뭔가 은색 파편 같은 것들이 떨어졌다. 베티는 놀라서 뒷걸음쳤다. 저게 뭐지? 거미줄 뭉치인가? 은색 파편 하나가 움푹 파인 흙바닥에 빠졌다.

파편은 은빛으로 반짝이는 핀이었다.

"나는……. 마녀가 아니야!"

늙은 여자가 캑캑거리면서 핀 하나와 바늘로 보이는 물체 두 개를 뱉어냈다.

"나는 그것들이랑 한패가 아니라고!"

"아니긴 뭐가 아니야. 맞잖아. 불쌍한 할머니인 척 굴어도 나는 못 속여. 그날 우리 집 밖에서 우리 언니한테 저주를 걸고 잡아가려고 했잖아. 아이비를 잡아간 것처럼!"

고개를 젓는 웬 노파 표정에는 절박하고 간절한 그 무엇이 있었다. 진심 가득한 눈빛에 베티는 의구심이 들 뻔했지만 마녀 말 따위에 귀 기울일 여유가 없었다. 속임수였다. 속임수일 수밖에 없었다.

"넌 몰라."

노파가 몸을 일으키며 중얼거렸다.

"내가 아이비 벨이야!"

263

21장. 마녀와 함께

"당신이 아이비 벨이라고? 그럴 리 없어! 거짓말이야. 아이비가 사라진 지 이 년밖에 안 흘렀어. 그리고 아이비가 사라졌을 때 나이가……."

베티는 정신이 아득해지는 기분이었다.

"열여섯이었지. 그래. 난 그 나이였어."

베티 대신 말을 끝낸 노파는 나무 옆에 선 채 가까이 오려고 하지 않았다.

"하지만 할머니는……. 할머니는 너무 늙었어!"

찰리가 외치는 소리에 베티가 화들짝 놀랐다. 웹 노파와 노파 입에서 나오는 말도 안 되는 황당한 얘기에 온통 정신이 팔려서 베티는 동생이 다가오는지도 몰랐다.

웹이 두 손을 들여다보며 자기 몸을 가리켰다.

"그래. 마녀들이 나한테 이런 짓을 해놨어."

베티는 웹의 말이 휩쓸고 지나가는 동안 그저 돌처럼 뻣뻣하게 있었다. 그어느 것도 말이 안 되었다. 그런데 늙은 여인 얼굴에 어린 표정이 하도 절박해서 어느새 베티는 그 말이 사실이 아닐까 생각하고 있었다. 하지만 베티는 웹을 믿지 않았다.

264

“어째서? 마녀들이 왜 당신을 늙게 했는데? 자기들 편으로 끌어들이려고?”

베티가 물었다.

“넌 몰라.”

“그래, 난 몰라. 그래도 당신이 나한테 독을 먹이려고 했던 건 알아. 내 호주머니에 넣어둔 주술 꾸러미를 찾아냈거든! 당신은 나를 죽이려고 했어. 그런데 약초를 헷갈려서 넣는 바람에 난 아픈 걸로 끝났어. 죽을 만큼 아팠지만.”

차갑게 내뱉는 베티 말에 늙은 여자가 천천히 고개를 끄덕이며 눈을 껌뻑였다.

“그래, 내가 주술 꾸러미를 넣었어. 그러기 싫었지만 어쩔 수 없었어. 내가 생각해낸 유일한 방법이었…….”

여자가 또 말을 멈추더니 몸에 경련이 일도록 심하게 기침하며 급히 목으로 손을 가져갔다. 여자가 입 안에서 뭔가 시커멓고 뾰족한 것을 끄집어내서 바닥에 던져버렸다. 베티와 찰리는 바닥에 떨어진 물건을 보고 공포에 질려서 말문을 잃었다. 가시로 뒤덮인 짤막한 줄기 같은 것이었다.

“베티 언니, 저 할머니 왜 저래?”

찰리가 속삭였다.

“늘 똑같은 일이 벌어져. 내가 마녀들 비밀을 얘기하려고만 하면.”

웹이 웅얼거렸다.

“그 말은 핀이며 이런 가시덩굴이 다…….”

질문이 베티 입술에서 맴돌았다. 그날 저녁 여우장갑 오두막 부엌에서 웹

265

을 마주쳤을 때, 말하려고 애쓰던 웹이 기억났다. 진짜 이 여자가 지금 사실을 말하고 있나?

"그래. 마녀들은 이런 식으로 내가 입을 못 열게 해."

웹이 주름진 입술을 단호하게 다물었다.

"하지만 더는 아니야."

웹이 베티를 똑바로 쳐다봤다.

"난 약초를 헷갈리지 않았어. 너한테 독을 먹이려고도 하지 않았고. 너를 토하게 해야 했어. 너를 구해야 했는데 그 방법밖에 생각 안 났어."

"나를 구해야 했다고?"

"마녀들 마법에 걸리지 않게."

"쐐기풀 수프, 내 생각이 맞았구나. 내가 토를 해서 플리스 언니가 이상해지는 걸 알아챌 수⋯⋯."

베티가 천천히 말했다.

"나도! 나도 쐐기풀 수프 안 먹었잖아."

찰리가 콕 집어 말했다.

늙은 여자가 찰리를 보며 희미하게 웃었다.

"그랬지. 넌 네 직감을 믿었어. 그래서 일단 너는 안전하겠다고 생각했어. 하지만 나머지 가족들이 다 수프를 먹고 말았지."

"맞아. 나도 수프를 먹었어. 그래서 할머니랑 아빠, 언니랑 다 같이 마법에 걸릴 뻔했어."

베티가 조용히 말했다.

"그런데 난 내 '직감'을 믿었어. 쐐기풀을 먹다니, 말도 안 되는 생각이거든."

찰리는 자기가 몹시 대견한 눈치였다.

"찰리는 괜찮으리라는 걸 알았어. 수프에는 손도 안 대려고 하는 걸 문틈으로 들었거든. 하지만 그걸로는 부족했어. 무슨 일이 일어나는지 알아챌 사람이 한 명은 더 있어야 했으니까."

웹이 베티를 돌아보며 설명했다.

"그런데 왜 우리 둘만 도와줬지?"

베티가 물었다. 멍한 눈빛으로 베티 걱정을 듣는 둥 마는 둥 넘겨버리던 할머니를 떠올리자 목구멍으로 뜨거운 덩어리가 올라왔다. 할머니랑 아빠가 마법에 걸리지만 않았어도 누군가는 어떻게 해야 할지 생각해낼 수 있었다.

"마녀들이 눈치챌까 봐. 너희 둘만 마법에서 벗어나면 마녀들은 자기들이 성공했다고 여겼을 거야. 어차피 너희들은 아이들이라서 누구 하나 너희 말에 귀 기울이지도 않고, 너희들은 어째야 할지 아예 모를 거라고 확신했을 테니까."

"흥, 위더신즈 자매들을 몰라도 한참 모른 거지."

베티가 사납게 말했다.

위더신즈 자매는 비밀의 방을 찾아낼 만큼 호기심이 많고 마녀의 집에 숨어들 만큼 용감했으며 증거를 훔쳐 나올 만큼 대범했다. 마지막 부분에서 베티는 그날 여우장갑 오두막에서 찾아낸 물건에 생각이 미쳤다.

"어쨌건 당신은 밀짚 인형에 대해서 아직 설명 안 했어. 찰리 이까지 사용해서 만들었잖아!"

"너희를 지키려고 만들었어. 찰리와 네가 마녀들 주문에 걸려들지 않고 플

267

리스도 다치지 않게 보호막을 친 거야. 마녀들보다 내가 먼저 찰리 이를 발견했으니 망정이지. 난 수프랑 같이 하수구로 흘려버린 척했어. 마녀들은 찰리 이를 거미줄 방에 걸고 싶어 했거든."

웹 얼굴에 어두운 표정이 드리웠다.

베티가 눈을 가늘게 떴다. 지금 듣는 말이 아직 다 믿기지 않았다.

"하지만 밀짚 인형이나 주술 꾸러미는 마법이잖아. 당신이 마녀가 아니고 진짜 아이비라면 어떻게 그런 일을 할 수 있지?"

"마녀들과 붙어살다 보면 이것저것 주워듣기 마련이거든. 빗자루로 부리는 마법 같은 거. 다른 마법을 부리는 방법도 몇 개 알아냈어. 마녀들은 내가 지켜보는지 몰랐겠지만. 자연 또한 강력한 힘을 발휘하기도 하고."

웹이 설명하면서 저 멀리 숲을 바라봤다.

"난 틈만 나면 식물을 그리려고 숲속으로 숨어 들어갔어. 그럴 때마다 식물에 대해서 많이 배웠고. 네가 집에 들어왔던 날 밀짚 인형이 사라졌더라. 네가 가져갔겠거니 짐작했어."

웹이 슬프게 미소 지었다.

"맞아."

속삭이는 베티는 두 뺨이 화끈거렸다. 밀짚 인형으로 좋은 마법을 부리리라고는 생각도 못 했다.

"난 그냥……. 그쪽이 오두막에 들어온 다음부터는 당신이 우리를 다치게 할 거라고만 생각했어. 그날 오두막에는 왜 있었지?"

"네가 밀실을 찾아낸 걸 알았거든."

"어떻게? 우리를 염탐했어?"

문이 닫히듯 베티 심장에서 쾅 소리가 났다.

"염탐하지 않았어. 난 오두막, 마녀들 오두막 부엌에 있었는데 난데없이 목소리가 들리는 거야. 부엌에서 나는 목소리가 아니었어. 가까이에서가 아니라 기억 속이나 꿈에서 들리는 듯 어딘가 멀리서 들리는 느낌이었어. 눈을 감았더니 네가 보였어. 그 방에 있는 네가. 주변을 살피면서 내 물건을 뒤지고 있더라고. 그러다가 순간 네가…… 내 눈을 똑바로 쳐다봤어. 초상화를 본 거지."

웹 말이 베티 머릿속에서 회오리쳤다. 이 여자는 비밀의 방과 아이비 초상화를 알았다. 위더신즈 자매들이 발견했을 때 그 방은 한눈에 봐도 아주 오랜 세월 누구도 찾은 흔적이 없었다. 베티는 근심 가득한 눈으로 찰리를, 마법에 걸린 길만 보이는 듯 여전히 연못을 돌고 있는 플리스를 힐끔거렸다. 정말 그럴 수도 있을까? 희박하더라도 웹 말이 사실일 가능성이 있을까?

베티가 침을 삼키고 입을 열었다.

"당신이 그 여자애라면…… 진짜 아이비면, 그 방에서 우리가 뭘 더 찾았는지 얘기해 봐."

"일기장. 이틀 치 일기. 그것밖에 안 남았어. 하루치 더 있었는데 젬 삼촌이 발견하고 없애 버렸거든. 아마 날 보호하려고 그랬겠지. 아니면 삼촌 자신을 보호하고 싶었던가. 별 소용은 없었지만."

웹이 먼 곳을 응시하며 조용히 말했다. 어깨를 으쓱하는 모양새가 기이하리만큼 소녀처럼 보였다.

베티는 부들부들 떨리는 손을 멈추려고 주먹을 움켜쥐었다.

"또?"

"쪽지."

눈물이 가득 고인 웹 눈동자가 달빛 속에서 반짝 빛났다.

"그림 뒤에 붙여놨어. 누구라도 초상화를 발견하면 부디 초상화를 없애지 말라고 애원하는 내용이야. 왜냐하면……. 그게, 아무래도 내 일부가 초상화에 갇힌 것 같거든."

웹이 다급한 눈빛으로 베티를 쳐다봤다.

"그림은 안전한 데 있니? 어딘가 마녀들 손이 닿지 않을 곳?"

베티는 목소리가 안 나올 것 같아서 고개만 끄덕였다. 초상화는 베티한테 있었다. 지금 어깨에 메고 있는 지도 통에 둘둘 말아서 넣어 놨다. 그렇게 넣어놔도 괜찮을지 어떨지 베티는 알 길이 없었다. 지금으로서는 그 어디도 안전하지 않은 것 같았다.

이제 베티는 눈앞에 있는 이 여자가 하는 말이 어쩌면 사실일지도 모르겠다고 믿기 시작했다.

"아이비? 그쪽이 아이비 벨이에요?"

베티가 웅얼웅얼 물었다.

"으, 응. 으악!"

늙은 여자 입에서 핀과 바늘이 더 많이 우수수 쏟아져 나왔다.

"진짜 당신이 아이비면 왜 이 바깥에 우리 언니랑 같이 있어요? 왜 우리 언니를 이 연못으로, 저 나무로 데리고 왔어요?"

베티가 물었다.

"내가 데려오지 않았어. 어쩌면 이게 네 언니를 도울 마지막 기회일지도 몰라서 따라왔어."

아이비가 속절없는 표정으로 플리스를 가리켰다.

마지막 기회라는 말에 베티는 겁이 나서 몸을 떨었다.

"그게 무슨 뜻이에요?"

아이비가 베티 뒤 부러진 빗자루 방향으로 고갯짓했다. 베티는 아이비에게서 눈을 떼고 싶지 않았지만 어쩔 수 없이 재빨리 뒤를 돌아봤다. 그것만으로도 충분했다. 윤곽선뿐이었지만 이번에도 의심의 여지 없이 위층 창밖으로 아래를 내려다보고 있는 뻔뻔하고 완강한 술집 주인이 보였다.

"로사 리플스가 사라졌을 때 브루투스 크래브는 꼬마에 불과했어. 육십이 년 전이었으니까. 그런데도 부르투스는 그때 아빠가 운영하던 여관 창문에서 내려다봤던 리플스를 아직까지 기억해. 리플스가 한밤중에 연못가를 돌고 있었거든. 그때부터 브루투스는 이 마을에 나타날 다음 마녀를 감시하는 일을 맡아왔어. 이 년 전에는 한밤중에 리플스와 똑같이 행동하던 나를 봤지. 여름날 미술 시간에 모두가 보는 앞에서 연못 주위를 돈 다음에."

아이비가 희미하게 웃으며 나직이 말했다.

"그리고 이젠 플리스를 봤네요."

베티 두려움이 깊어졌다.

아이비가 고개를 끄덕였다.

"브루투스는 플리스가 눈앞에서 사라지는 장면을 봤어. 나도 봤듯이. 그래서, 마녀사냥이 시작될 거야."

인형, 베티가 플리스를 사라지게 하면서 오히려 언니 운명을 정해버렸다.

베티는 플리스가 연못 주변을 돌 만큼 돌았는지 걷기를 멈춘 것을 알아챘다. 플리스는 무표정한 얼굴에 고개를 한쪽으로 기울인 채 배고픈 나무 옆

271

에서 움직이지 않고 서 있었다. 베티가 자주 봐온 애교 부리는 모습이 아니라 소리를 듣는 새 같았다. 짧게 정적이 흐른 순간 베티한테도 무슨 소리가 들렸다. 아까도 들었던 속삭임이었다. 아이비를 배고픈 나무로 밀어붙였을 때……

나무 몸통에 박힌 옹이는 여전히 하품하는 형상이었지만 더 넓어지지는 않았다.

"저 소리는?"

아이비가 고개를 끄덕였다.

"그래, 맞아. 나무가 속삭이는 거야."

베티가 나무에 다가갔다. 소리가 희미해서 귀를 곤두세웠다. 중간중간 끊기고 모호했지만, 비밀을 전하려는 듯 다급한 느낌이었다.

"도와줘요……. 못 나가……. 그 사람들이 나를 여기 가뒀……. 그들이 이번 일……. 내 이름은 엘리자 버드예요. 갇혔……. 마녀가 아니에요. 난 마녀가 아니야!"

"까마귀 맙소사. 그 얘기가 진짜였군요. 배고픈 나무는 정말 엘리자 버드 뼈에서 자랐네요! 그런데 왜?"

베티가 숨을 내쉬며 나무옹이 안에 박힌 신발, 신문, 걸레 따위를 쳐다봤다.

"저건 나무가 먹어서 옹이 안에 있는 게 아니야. 마을 사람들이 배고픈 나무 가까이로 못 가게 하고 엘리자가 속삭이는 소리도 못 듣게 하려고 마녀들이 저렇게 해 놨어. 지나치게 미신적이고 겁도 많은 이곳 사람들은 그걸 진짜 믿고 하라는 대로 했지. 알아차렸어야 했는데. 나도 다른 사람처럼 여기를 피하고 가까이 오지 않았어. 표지판에 그렇게 적혀 있었으니까. 그게 나 자신을 지키는 길이라고 믿었어. 마녀들의 또 다른 속임수일 뿐이었는데."

아이비가 설명하면서 슬프게 미소 지었다.

"베티 언니!"

찰리가 다소 크게 속삭이며 손가락으로 잔디밭 너머를 가리켰다. 부러진 빗자루에 불을 밝힌 창문이 더 많아졌다. 술집 옆 건물에도 불을 밝힌 창문이 보였다. 베티가 공포에 사로잡히는 사이 마을 사람들도 동요하기 시작했다. 누군가 여관 밖으로 나왔는지 여관 입구 밖에서 희미한 불빛이 노랗게 깜빡이고 있었다. 베티 눈앞에서 깜빡이는 등불 옆으로 등불 하나가 더 나타났다.

마을 사람들이 더는 견디지 못했다지.
엘리자 집 문 앞에 모여들었다네.

"사람들이 오고 있어."

베티가 겁에 질려 중얼거렸다. 베티도 알다시피 위더신즈 자매들이 투명해도 안전을 보장받지는 못했다. 하물며 플리스가 저렇게 예측 불가능하게 움직이는 데야.

"언니 데리고 여기에서 벗어나야 해요!"

"안전한 곳이 있어. 지금 같은 상황에서 그나마."

늙은 모습의 아이비가 마을 잔디밭 경계선을 고갯짓했다. 나무가 울창해서 어두운 곳이었다.

"똑딱똑딱 숲. 마을 사람들은 저곳에 들어갈 생각은 아예 안 하니까. 필윙스와 라이트윙도 저 안으로는 따라오지 않을 거야. 저곳을 통과하게 내가 안내할 수 있어. 다만, 정확히 내가 말하는 대로 하겠다고 약속해야 해."

"언니가 저 꼴인데 어디로 데려갈 수나 있겠어요? 우리 언니 좀 봐요! 언니만 문제가 아니죠. 진짜 당신을 믿어도 괜찮다는 걸 내가 도대체 어떻게 아냐고요!"

베티는 목소리를 낮춰야 한다는 것도 잊고 외쳤다.

"저걸 직접 상대하고 싶은 게 아니면 너한테는 달리 선택의 여지가 없어."

늙은 여자가 턱을 앞으로 쭉 내밀어 일렁이는 등불을 가리켰다.

"잠깐만요. 나한테도 생각이 있어요."

베티가 말했다. 새로운 문제가 생기니까 다른 문제에 대한 해결책이 생각났다. 위더신즈 자매는 안 보여도 늙은 모습의 아이비는 보였다. 웹은 여전히 군중에게 쫓길 터였다. 웹을 사라지게 하려면 위더신즈 가족한테 있는 마법의 비밀을 드러내야 했다. 감수해야 할 위험 부담이 막대했지만 베티는 눈앞에 있는 사람이 진짜 아이비인지 밝혀낼 방법을 이제야 깨달았다. 위아래로 까딱거리며 다가오는 등불 무리에 베티가 마음을 굳혔다.

베티는 호주머니에서 마트료시카 인형을 꺼낸 뒤 손을 더 깊이 넣어서 아까 교회 벽에서 파낸 은화를 찾았다.

"그게 뭐야?"

달빛 속에서 은화가 반짝이자 늙은 여자가 물었다.

베티가 나지막이 말했다.

"이걸 알아봐야 하는데요. 당신 주장대로 당신이 그 사람이면 이 동전은

274

그쪽 거니까요. 사라지기 전에 검은 새 오두막 한쪽 구석에 이걸 놔뒀잖아
요."

늙은 여자 얼굴에 어린 표정은 읽기 어려웠다.

"당신 물건을 이 인형 안에 넣으면 그쪽이 사라져요. 즉, 그쪽이 진짜 아이
비가 아니면 당신 모습이 이대로 계속 눈에 보이겠죠."

그리고 난 우리한테 있는 유일한 마법을 마녀한테 다 드러낸 꼴이 되고요.

베티가 생각하면서 자매들 머리카락과 깡총이 수염이 든 세 번째 인형 안
에 은화를 넣었다. 간신히 여유가 있었다. 베티가 손가락 하나를 까딱거렸
다.

"물 가까이로 와요. 물에 비친 그림자를 봐야겠어요."

웹 노파가 가까이 다가왔다.

베티는 마트료시카 인형을 차례대로 포갠 뒤 맨 바깥쪽 인형 위아래 조각
을 돌려서 일자로 맞췄다. 베티가 연못 수면을 들여다보고 숨을 멈췄다.

22장. 똑딱똑딱 숲

"나는 진실을 말한다고 했잖아."

나직하게 말하는 늙은 여자 목소리에 슬픔이 깃들었다.

연못 위로 어둡게 비치던 일행 그림자가 사라지고 없었다. 베티는 고개를 돌려서 여자 얼굴을 들여다봤다. 아이비 얼굴이었다. 이 년 전에 사라졌다는 아이비라는 소녀의 흔적이 이제는 얼핏 보이는 것 같기도 했다. 볼록한 광대뼈와 이마, 그리고 꿰뚫어 보는 듯한 두 눈동자. 아이비는 어쩌다가 이 꼴이 되었을까.

"처음부터 끝까지 다 얘기해 줄게. 하지만 여기서는 아니야. 당장 떠나야 해."

베티 마음속에 차곡차곡 쌓이는 질문을 감지라도 한 듯 아이비가 말했다.

일렁이는 등불 빛이 점점 다가왔다. 베티 눈에 등불 예닐곱 개가 보였다. 등불이 깜빡이며 사람들 얼굴을 비췄다. 몇몇은 화가 났고 몇몇은 두려운 기색이었다. 베티는 설탕봉에서 만났던 두 뺨이 붉은 여자와 크래브만 알아봤다. 너무 어두워서 다른 사람 얼굴은 보이지 않았다. 핼러윈 호박등처럼 으스스했다. 마법의 인형으로 모습을 감췄는데도 베티는 안전하다는 느낌을 받지 못했다. 여우장갑 오두막에서도 눈에 안 보이는 것이 베티와 찰리를 지켜주지 못했다. 여기에서도 안전을 보장해 주지는 않을 터였다. 그저 시간을 벌어줄 뿐이었다.

"플리스 언니."

베티는 언니가 꼼짝도 하지 않고 그대로 서 있다는 것을 깨달았다. 베티가 이름을 부르며 한 손을 플리스 팔에 올렸다. 플리스는 그저 가볍게 좌우로 몸을 흔들 뿐, 반응이 없었다.

주민들이 가까워져서 베티는 언니 팔을 잡고 흔들었다.

"가자. 움직여야 해. 부탁이야."

플리스는 뻣뻣하게 선 채 배고픈 나무만 뚫어지게 바라보았다.

"이래서야 가망이 없어요. 어떻게 해야 언니가 듣죠?"

베티는 절박했다.

칙. 무언가 긁는 듯 바람 새는 소리가 났다. 아이비가 어둠 속에서 성냥을 그어 앞으로 들어 올렸다. 부드럽게 일렁이는 성냥불 빛이 비치자 아이비가 더 부드럽고 어리게 보였다.

절대 평범한 성냥이 아니었다. 베티도 알아봤다. 노랗던 불꽃 색깔이 짙어지더니 성냥불답지 않게 새빨간 색이 되어 맹렬하게 활활 타올랐다.

아이비가 재빨리 무언가를 조용히 읊기 시작했다.

"작은 성냥개비야, 환히 타올라라.

밤에도 낮에도 마법을 부려라.

이 마법 불꽃을 들여다보세요.

277

내가 이름을 부르면 성냥불을 따라가요.”

아이비가 성냥불을 훅 불어 끄자 연기 한 줄기가 비비 꼬이며 플리스를 휘감았다.

“펄리시티 위더신즈.”

아이비가 플리스 이름을 불렀다.

몸을 흔들거리던 플리스가 단박에 움직임을 멈췄다. 구름이 드리운 듯 눈동자는 여전히 탁해도 아이비한테 눈을 고정했다.

베티는 마음이 놓이면서도 왠지 오싹해서 몸을 부르르 떨었다.

“그 성냥은 뭐예요? 펜들윅이랑 라이트윙이 부리는 또 다른 마법인가요?”

아이비가 고개를 끄덕였다.

“내가 보고 익혔어. 마녀들이 절대 잃어버리지 않을 것들은 그냥 훔쳤고.”

아이비가 다 타버린 성냥을 풀밭에 버렸다.

“나 따라와. 서둘러.”

네 아이는 배고픈 나무 아래를 지났다. 헐벗은 가지들이 베티 머리카락을 스치고 희미한 속삭임이 베티 귀에 닿았지만 다가오는 마을 사람들 소리에 묻혔다. 이젠 사람들 소리가 베티한테 들렸다. 발소리가 빨라졌다. 마을 사람들 속삭임이 밤의 정적을 가르고 들려왔다.

아, 그렇지.

베티가 우울하게 생각했다.

한밤중에 연못가를 따라 원을 그리며 도는 사람도 수상할 판에 눈 깜짝할 사이에 사라졌으니 의심을 피하기란 불가능했다. 그런데 지금 시대 펜들윅 마녀들한테는 정확히 무슨 일이 벌어질까. 마을 사람들이 무턱대고 '마녀'를 사냥할 수는 없을 텐데……. 그럴 수 있나? 여자를 물에 던져놓고 물에 뜨는지 가라앉는지 본다고 얘기하며 낄낄 웃던 필윙스가 기억났다. 당연히 지금 여기에서 그런 일이 일어날 리 없었다.

아이비는 펜들윅 잔디밭을 가로질러 자매들이 아직 가보지 않은 먼 곳으로 향했다. 왼쪽에는 오두막 몇 채가 드문드문 있었다. 일행 앞은 저 멀리까지 쭉 뻗은 광활한 숲, 달빛 아래 시커멓게 나무로 우거진 똑딱똑딱 숲이었다.

"설마 우리를 저, 저기로 데려가는 건 아니죠? 맞아요?"

찰리는 겁에 질려서 눈이 왕방울만 했다.

"저리로 가야 해. 지금은 저기가 가장 안전하거든."

아이비는 발걸음을 재촉했지만, 베티는 아이비가 갈수록 숨이 달린다는 것을 감지했다.

그렇겠구나.

베티가 깨달았다. 나이 든 아이비 몸이 위더신즈 자매들보다 훨씬 쉽게 지쳤다.

"저기는 마법에 걸렸잖아요! 저 숲 근처에도 가면 안 된다면서요."

베티는 펜들윅에 온 첫날 필윙스가 말해준 이야기를 떠올리며 숨을 멈췄다.

"맞아. 그래서 저기가 도망치기 가장 좋은 곳이야. 누구도, 숲이 마법을 부린다고 믿지도 않는 필윙스와 라이트윙조차 우리를 쫓아오지 않을 테니까. 너희를 펜들윅 밖으로 탈출시키는 일이 가장 중요해. 그것도 되도록 빨리."

베티는 어깨 너머로 고개를 돌려 마을 사람들과 언니를 차례대로 봤다. 사람들은 배고픈 나무에서 조금 떨어진 곳에 멈춰 있었다. 마녀사냥에 이성을 잃은 마을 사람들과 마법에 걸린 언니, 한밤중에 아이비를 따라 마법에 걸린 숲 한복판으로 들어가는 방법 말고는 선택의 폭이 넓지 않아 보였다. 두 마녀조차 들어갈 엄두를 내지 않는다고 하니 숲이 더 위협적으로 느껴져서 베티는 썩 내키지 않았다.

얼마 안 가 일행은 숲 가장자리에 다다랐고 주민은 뒤에 남았다. 베티는 마을 사람들과 거리도 벌어지고 마녀라고 수군대는 소리도 더는 들리지 않아서 기뻤다.

말끔하게 다듬어진 펜들윅 잔디밭이 끝나고 어둠이 드리운 곳곳에 솔방울이며 뾰족한 솔잎이 떨어진 숲이 나왔다. 숲 안이 더 시원했다. 시원하다고 느끼기는 여름 열기로 이글거리는 펜들윅에 발을 들인 이후 처음이었다. 나무 사이로 들어서자 팔에 오소소 소름이 돋았다. 찰리가 어느새 베티 손을 잡았고 플리스는 멍하게 탁한 눈빛으로 미끄럼을 타듯 옆에서 따라왔다.

가뭄 탓에 바짝 마른 것들이 듣기 거북한 소리를 내며 발밑에서 으스러졌다. 날카로운 무언가가 베티 스타킹에 걸리며 피부를 할퀴었다.

"아이비 언니, 이건 불가능해요. 앞이 거의 안 보여요. 나무가 이렇게 우거졌는데 길을 어떻게 찾아요? 저 너머에 뭐가 있죠?"

베티가 반발했다. 이런 어둠 속에서는 어차피 소용없다는 것을 알면서도 펜들윅 지도를 꺼내고 싶은 마음이 굴뚝같았다.

"네거리가 나와. 시냇물 흐르는 소리가 들리는지 귀를 기울여봐. 그 소리를 따라서 조금만 안으로 더 들어가면 길이야."

아이비는 얼마 떨어지지 않은 앞에서 다리를 절뚝이며 걸었다. 베티는 아이비에게서 눈길을 떼지 않았다. 나무 사이로 그림자 같은 형상이 움직였다.

일행은 나무뿌리와 부러진 가지에 발이 걸리면서도 계속 나아갔다. 빠르게 흐르는 물소리가 베티 귀에 닿았다. 베티는 물소리가 나는 쪽으로 가다가 아이비와 부딪혔다. 아무 기미도 없었는데 아이비가 어두운 그루터기에서 무릎을 꿇고 있었다.

"뭐 해요?"

베티가 바람 새는 소리로 물었다. 문득 함정인가 두려워서 찰리를 뒤로 숨겼다.

다시 성냥 긋는 소리가 났다. 이번에는 빨간 불꽃이나 주문 외우는 소리가 없었다. 대신 아이비가 이제 막 불붙인 기름 등잔을 들고 자리에서 일어났다. 베티가 내려다보니 그루터기 한쪽 옆에 쑥 들어간 공간이 있었다. 등잔을 숨겼던 곳이었다.

"그냥 등에 불붙였을 뿐이야. 넌 아직 날 못 믿는구나. 그렇지?"

아이비가 등불을 들어 올리고 베티를 봤다.

베티는 시선을 내렸을 뿐 아무 말도 하지 않았다. 자신이 아이비라고 주장한 여자 말이 사실로 증명되었지만 위더신즈 자매가 아이비와 있어도 안전하다고 완전히 믿기에는 아직 부족했다.

"다 말해준다고 했잖아요."

"그럴 거야. 하지만 네가 먼저 알아야 할 게 있어."

아이비는 찾는 게 있는 듯 주변을 두리번거렸다.

일행이 다시 걷기 시작했다. 베티는 걸으면서도 호주머니에 든 마트료시카 인형에서 손을 떼지 않았다. 조금이라도 위험한 기미가 보이면 인형을 열고 아이비 은화를 던져버릴 참이었다. 그러면…….

"길이 나왔어. 이젠 저 길만 따라가면 돼. 단지…….”

아이비가 근처 흙길을 가리키며 말하다가 움찔하며 허리를 굽히고 발목을 문질렀다.

"왜 그래요?"

베티가 이젠 조금 미안해져서 물었다.

"아무것도 아니야."

아이비가 몸을 바로 세우고 등불을 올리자 그림자들이 길게 늘어졌다. 길 저 앞에서 호박색 눈동자를 반짝이던 여우 한 마리가 재빨리 덤불 속으로 숨어들었다.

"숲속으로 더 깊이 들어가기 전에 이곳에서 알아야 할 세 가지가 있어. 세 가지 규칙이야. 이 숲을 똑딱똑딱 숲이라고 부르는 데는 다 그럴 만한 이유가 있어서야. 숲이 시간으로 기이한 장난을 치거든."

아이비가 사람을 꿰뚫어 보는 강렬한 눈빛으로 베티 눈을 마주 봤다.

세 가지 규칙. 그 말을 듣는 순간 베티 머릿속에서 아이비 그림 뭉치가 번쩍 떠올랐다. 어딘가에 그렇게 써놓은 것을 봤다. 하지만 정확히 어떤 규칙들이었는지 기억 나지 않았다.

"첫째, 숲속에 있는 동안 잠들면 안 돼."

아이비 말에 찰리와 베티가 서로를 곁눈질했다. 지금은 잠든다는 생각조차 못 할 것 같았다.

"자면 어떻게 되는데요?"

찰리가 물었다.

"시간을 잊어버려. 필윙스와 라이트윙이 너희들이 사라졌다는 걸 알고 나서 그런 일이 일어나면 절대 좋지 않아. 둘째, 째깍거리는 소리가 들릴 때는 무슨 일이 있어도 말하면 안 돼. 눈에 띄는 시계를 건드려서도 안 돼. 일단 째깍거리는 소리가 그치고 나면 그땐 다시 말해도 안전해. 하지만 그전에는 절대 안 돼. 시간의 흐름이 늦어지거든."

"세 번째 규칙은요?"

베티가 물었다. 베티도 까마귀바위섬의 도깨비불이며 습지 안개, 유령에 해적선 같은 전설에는 익숙했다. 하지만 펜들윅의 수수께끼는 훨씬 다른 세상 이야기 같았다. 배고픈 나무에 마녀들, 그런데 이제는 시간으로 장난치는 숲이라니. 펜들윅 사람들이 아무리 부정해도 마을 자체가 마법에 깊이 뿌리내리고 있었다.

"셋째, 이게 가장 중요한 규칙이야. 절대 지금 몇 시냐고 묻지 마. 거의 다 왔냐고 물어서도 안 돼. 과거, 현재, 미래가 꼬일 수도 있으니까."

아이비가 찰리를 콕 집어 유심히 눈을 맞췄다.

"그런데 얼마나……."

베티는 입을 열었다가 아슬아슬하게 멈췄다.

바보탱이!

베티가 혼잣말했다.

방금 아이비한테 숲길을 통과하려면 얼마나 남았느냐고 물을 뻔했다.

아이비가 알아들은 눈빛으로 베티를 봤다.

"아무도 거기에 답 못 해. 걸릴 만큼 걸리겠지. 사람에 따라 걸리는 시간도

다 달라. 숲이 화나지 않게 하는 것이 우리가 할 수 있는 최선이야."

베티는 몸을 떨면서 주변을 살폈다. 마을 사람들이 왜 숲 근처에도 오지 않는지, 왜 마녀들조차 이곳의 기이한 마법을 믿지 않는지 이제야 이해가 갔다.

아이들은 길을 따라 계속 걸었다. 아이비가 앞장섰다. 초점 없이 꿈꾸는 표정으로 아이비 손에 들린 등불에서 눈을 떼지 않는 플리스가 그다음이었다. 맏언니한테 눈길을 단단히 못 박은 베티와 찰리가 그 뒤를 따랐다.

"세 가지 규칙이래. 근데 왜 세 개야? 뭐든 다 세 개더라."

찰리가 우울하게 투덜거렸다.

베티는 할머니가 자매들에게 자주 해 주던 얘기를 떠올렸다.

"나쁜 운은 항상 세 개씩 다닌대. 할머니가 그렇게 말했어."

숲속으로 조금밖에 안 들어왔는데 벌써 시계가 눈에 띄었다. 작은 정사각형이고 표면에 금이 간 녹슨 황동 시계였다. 끝이 다섯 개로 갈라져서 꼭 손가락처럼 보이는 낮게 늘어진 나뭇가지에 시계를 채워 놨다. 나무처럼 생긴 팔이 시계를 찬 형상이어서 어쩐지 오싹했다. 찰리는 대번에 손가락으로 귀를 틀어막았지만 베티는 그저 고개만 저었다. 시계를 보느라 걸음이 느려져서 겁이 났다.

"시계가 안 가요."

베티는 시계 주인이 누구인지, 숲에서 빠져나가는 데 성공했는지 궁금해하며 말했다. 규칙을 잘 따랐을까?

"사람들이 남기고 간 시계야. 시간의 흐름을 잊어버린 다른 여행자들한테 단서를 주려고. 그래봤자 소용없는데."

아이비가 일행을 재촉하며 말했다.

베티는 지금까지 얼마나 걸었는지 궁금했지만 물어볼 엄두가 나지 않았다. 비비 꼬이며 나무 사이로 더 들어가는 길을 보는데 느낌이 어딘가 특이했다. 길을 보고 있자니 더 피곤하고 시간도 늘어나고 뭐든 오래 걸리는 기분이었다. 생각이 자꾸 시간으로 돌아가서인지 베티는 궁금증을 참을 수 없었다. 도대체 무슨 일이 있었기에 아이비 시간이 저토록 빨리 흘러버렸을까.

"아이비 언니, 필윙스랑 라이트윙이 숲속으로 따라오지 않는다고 어떻게 그렇게까지 확신해요? 언니한테 무슨 일이 있었는지, 마녀들이 무슨 짓을 했는지 우리한테 얘기해 줄 거예요?"

베티가 머뭇거리며 물었다.

아이비가 속도를 늦추더니 또 허리를 굽히고 발목을 문질렀다. 쑤시고 아픈 몸을 문지르던 할머니랑 너무 비슷해서 베티는 눈이 매워졌다. 베티는 눈을 깜빡여서 눈물을 없애고 매서운 눈매에 입이 거친 할머니를 생각했다. 할머니는 그 모습을 되찾을 수 있을까?

"그래. 이젠 마녀들이 무슨 짓을 했고 왜 내가 다른 사람한테 같은 일이 벌어지게 놔둘 수 없는지 얘기할게. 그래도 우린 계속 움직여야 해. 네가 먼저 말해 봐. 필윙스랑 라이트윙이 몇 살이라고 생각해?"

아이비가 심호흡했지만 목소리는 갈라지고 숨소리는 흔들렸다. 눈빛도 어두워졌다.

그 질문에 베티는, 설명할 길은 없지만, 온몸에 벌레가 기어 다니는 기분이 들었다. 그냥 뭐랄까……. 그런 질문을 하는 게 잘못이라는 느낌이었다. 베티는 펜들윅에 도착한 첫날, 자매들과 함께 마을 가게에 들렀던 일을 떠올렸다.

"뭐라 말하기 어려워요. 처음에는……. 나이가 많은 줄 알았어요. 우리 할머니만큼? 어쩌면 할머니보다도 더 늙어 보일 만큼? 그런데 가까이에서 필윙스를 보고는 내가 잘못 봤을지도 모르겠다는 생각이 들더라고요. 그런데……. 부러진 빗자루에 갔다가, 뭔가 도저히 말이 안 되는 사진을 봤어요."

이제 베티는 머릿속에서 여러 단서를 이리저리 맞춰보고 있었다. 가능한 답은 딱 하나, 섬뜩한 결론이었다.

아이비가 고개를 끄덕이며 나직이 말했다.

"부러진 빗자루 앞에 같이 있는 두 사람이 나온 사진."

"아주……. 오래전에 찍은 사진이더라고요. 정말 예전 사진. 그런데 두 사람은 그때도 지금이랑 똑같아 보이는 거예요."

베티가 속삭였다.

"정말 오래된 사진이지."

아이비가 베티 말을 따라 했다.

"실제로 오래전 사진이거든. 부러진 빗자루가 개업한 날 찍었으니까."

베티는 부러진 빗자루가 얼마나 오래된 가게냐고 물을 필요 없었다. 거의 펜들윅에 도착하자마자 현수막을 본 터였다. 이틀만 지나면 부러진 빗자루가 개업한 지 딱 백 년이 된다고 적혀 있었다.

백 년이 지나는 동안 두 마녀는 조금도 나이 들지 않았다.

"이젠 나한테 무슨 일이 있었는지 얘기해 줄게. 마녀들이 내 미래를 훔친 날 밤 얘기를."

아이비가 조용히 말했다.

23장. 아이비 벨의 일기

6월 22일, 일요일

　내 앞에 적힌 단어들을 계속 멍하게 보는 중이다. 단어들은 내 글씨로 쓰였다. 종이 한구석에 잉크 얼룩이 졌다. 내 엄지에도 잉크가 말라붙었다.

　다음 차례는 아이비 벨이었다지.
　말하기 괴로운 이야기야.
　아이비를 나쁜 아이로 바꾼 건 사랑이었어.
　대장간 소년을 몰래 엿보던 순간에 말이지.

　똑딱똑딱 숲속에서 몇 시간이나 찾아다녔다지.
　능력을 선사해 줄 식물을 찾아서 따고 다녔대.
　온몸을 떨며 중얼거렸다지.
　"내가 가질 수 없으면 누구도 가지지 못해."

가라, 마녀는 가!

사악한 방법은 잊어라.

나가, 마녀. 나가버려!

마법으로 득 볼 일은 절대 없어.

나한테 무슨 일이 벌어지고 있지? 난 글을 읽고 읽고 또 읽었다. 하지만 난 이런 글을 쓴 기억이 없다. 이런 문장을 들어본 적도 생각해 본 적도 없었다. 그런데 내가 들어보지도 못한 노래가 보란 듯이 눈앞에 있다. 엘리자 버드와 로사 리플스에 관한 노래랑 똑같다. 난 그림 뭉치 사이에서 이 노래가 적힌 종이를 찾았다. 글자 하나하나가 칼날 같았지만, 도무지 읽는 것을 멈출 수 없다.

그래서 덩굴옻나무처럼 독기 품은 아이비가 저주를 걸었다지.

어김없이 효과가 대단했대.

소년을 차지했다네! 달콤한 승리의 맛이여!

속임수를 쓸 수 있는데 뭐 하러 사랑을 구걸한담?

나비 떼로 망토를 지어 입었다네.

놀라서 눈이 휘둥그레진 친구들 앞에서.

비를 소환하고 개구리 마법을 부렸다네.

키우던 고양이가 개구리를 토해냈다네.

가라. 마녀는 가!

너의 악행은 끝나야 한다.

나가, 마녀. 나가버려!

시간은 네 편이 아니야.

손이 너무 떨려서 글씨를 쓸 수 없다. 멈춰야 한다. 젬 삼촌은 아래층에 있다. 부엌 의자에 앉은 채 잠이 들었다. 삼촌 코 고는 소리가 들린다. 불쌍한 티블스가 밥을 달라고 내 무릎에 머리를 부딪히며 야옹야옹 울고 있다. 하지만 난 일어나지 못할 것 같다. 제대로 생각도 못 하겠다. 모든 것을 이해하기 위해 내가 시도할 수 있는 유일한 방법은 이렇게 노래를 써 내려가는 것뿐이다. 이 노래와 끔찍한 결말에서 도저히 눈을 뗄 수 없다.

주민들은 봐줄 만큼 봐줬어.

덩굴옻나무처럼 독기 품은 아이비가 저지르는 으스스한 짓을.

덫을 놓고 가만히 기다렸다지.

연인을 미끼로 삼았다네.

태곳적 땔감으로 불을 피웠어.

마녀를 잡아 제대로 구워버려야지!

그런데 아이비도 환히 타오르는 불꽃을 보았다지.

그래서 아이비는 그날 밤에 사라졌다네.

가라. 마녀는 가!

우린 과거를 잊지 않아.

나가, 마녀. 나가버려!

드디어 우리 마을이 안전해졌구나.

가능성은 두 가지다.

그러니까, 정말 사실일까? 내가 마녀야? 내 가슴속 모든 것이 아니라고 외친다. 그래, 맞다. 난 똑딱똑딱 숲에 사로잡혔다. 그림 그리겠다는 이유로 금지된 곳에 그렇게 몰래 숨어들어서는 안 되었을지도 모른다. 하지만 난 절대 마법을 부리지 않았다. 누구를 다치게 한 적도, 저주를 건 적도 절대 없다. 지금까지 벌어진 일을 설명할 수 있는 건 아무리 생각해도 마법뿐이다. 나비 떼에 시냇물, 그리고 개구리. 그리고 토드. 이제 내가 그 사람 이름을 쓴다고 뭐 그리 대수이겠는가. 안 그런가? 내가 알지도 못하고 의도하지도 않았는데 토드한테 마법을 걸었을까? 나를 향한 토드 마음이 다 내가 건 마법 때문일까? 난 기억도 안 나는데? 이 생각이 이 모든 끔찍한 일 중에서도 가장 최악이다. 우리 사랑은 진짜인 줄 알았으니까.

두 번째 가능성은 이 모든 일을 일으키는 사람이 따로 있다는 것이다. 이 경우가 사실이라 해도 어떻게든지 마법은 연관되었다. 그렇다면 마법을 부리는 마녀가 진짜 있어서 비난을 피하려고 모든 것이 내 탓으로 보이게 주문이라도 걸었다는 뜻인가? 나한테는 이것이 제일 그럴듯한 설명이다. 만약 이것이 나한테 벌어지고 있는 일이라면 난 불을 들고 불에 맞서 싸울 테다. 아니, 마법에는 마법이라고 해야 하나? 하지만 어떻게 해야 하지?

불. 어마어마한 공포로 나를 덮치는 글자다. 마녀를 잡아서 제대로 구워버리기. 사람들은 이걸 원하나? 마법을 부린 죄로 나를 말뚝에 묶어서 태우고 싶나? 그런 일은 절대로 일어나지 않는데……. 더는 벌어져서도 안 된다. 그런데 한편으로는 나 역시 며칠 전까지만 해도 나비 떼가 그런 글자를 허공에 쓴다거나 시냇물이 거꾸로 흐르리라고는 생각도 못 했다. 내 유일한 희망은 주민들이 성공했다는 얘기가 노래에 안 나왔다는 사실이다. 노래에서는 내가 불꽃을 본 그날 밤에 사라졌다고 한다. 이게 단서일까? 경고? 내가 정말 이 노래를 썼다면 이건 예언일까?

연못에서 그 일이 있은 뒤로 내 그림을 뒤져봤다. 초여름에 봤던 공작나비를 그린 그림이었다. 그 그림을 다시 보고 싶은 충동이 일었다. 뭔가 중요한 말을 써놓지는 않았을까 확인하고 싶은 마음이었다. 그걸 오늘 오후에 찾았다. 나비에 대해서 특별히 써놓은 말은 없었지만 같은 종이에 세이지(*약초의 일종) 이파리도 몇 장 그려 놨다. 그때쯤에 젬 삼촌한테서 세이지에 관한 흥미로운 말을 들었었다. 어떤 사람들은 세이지가 영생과 관련 있다고 믿기도 한다는 얘기였다. 그런 발상이 마음에 들었는지 내가 삼촌 말을 그림 밑에 적어놨다.

자연에 대해 사람들이 믿는 기이한 믿음이라면서 삼촌이 수년에 걸쳐 토막토막 들려준 이야기를 적은 다른 그림들도 있었다. 사실 꽤 많았다. 장미는 사랑과 우정을 상징한다, 수염처럼 생긴 식물을 입구 위에 잔뜩 걸어놓으면 부가 들어온다. 난 아이비 즉, 담쟁이덩굴 뜻이 제일 좋다. 담쟁이덩굴은 보호와 불멸을 상징한다. 기타 등등. 오늘 난 이 어딘가에 도움 될 만한 내용이 있기를 기대하며 그림을 다 뒤졌다.

그리고 지난 수년간 마을 사람들이 얘기하고 행했던 사소하지만 이상한 일들을 다 기억하려고 노력하고 있다. 마녀와 연관된다든지 마녀를 쫓는 방법 같은 것 말이다. 한번은 브루투스 크래브 아저씨가 자기 아버지는 부러진 빗자루 구석구석에 은화를 둔다고 삼촌한테 얘기하는 말을 들었다. 진짜 은으로 만든 동전은 마녀가 가까이 있었던 곳에서 검게 변한다고 한다. 하지만 동전이 자꾸 없어지는 바람에 아저씨는 결국 은화를 놓다가 말았다. 프래니 부트는 회향(*향이 강한 채소)이 악이 못 들어오게 막는다면서 설탕봉 문 위에 다발로 엮어서 걸어 두었다. 마그다 할아버지도 같은 이유로 집 안 문과 창문 앞에 늘 소금으로 선을 그어 놓는다. 마그다 말로는 그래서 할머니가 환장하신다고 한다.

난 검은 새 오두막과 나 자신을 보호하기 위해서 이 세 가지를 다 할 작정이다. 그래도 소용없을 것 같지만 시간이라도 벌어줄지 모른다.

지금은 늦은 오후다. 우리 집 정원에는 회향이 없지만 페카헨 농장 옆 벌판에서 조금 찾았다. 사실 어디 가면 찾을 수 있는지 정확히 알고 있다. 바로 똑딱똑딱 숲. 하지만 밤이 드리운 장막이 없는 한, 이제 그곳을 찾는 모험은 하지 않는다. 집으로 돌아와 보니 무시무시한 일이 기다리고 있었다.

오두막 창문이 죄다 깨진 달걀로 뒤덮였다. 냄새를 맡아 보니 썩은 달걀이었다. 열기에 끈적끈적한 덩어리가 말라붙었고 악취가 심해졌다. 삼촌이 보기 전에 없애려고 뜨거운 비눗물로 박박 닦았지만 말라붙은 달걀을 다 지우기란 불가능했다. 담요에 발라놓은 풀 같았다.

난 불꽃을 볼 때까지 기다릴 생각이 없다. 난 떠날 것이다. 오늘 밤. 작게 짐가방을 챙겨 놨다. 옷 몇 벌이랑 음식, 물, 그리고 돈 조금. 어쩌면 이것이 노래에 나왔던 '사라진다'라는 의미일지도 모른다. 지금 떠나지 않으면 나한테 뭔가 일이 벌어질 테고 그러면 펜들윅의 다른 비밀도 함께 묻혀 버릴 것이다.

하지만 검은 새 오두막에도 비밀이 있기는 마찬가지다. 내가 어렸을 때 젬 삼촌이 비밀의 방에 관한 이야기를 들려줬다. 삼촌은 사기꾼의 굴이라고 부르기도 했다. 수년 전에 만들어진 은신처였다. 다음번에는 누가 마녀로 몰리는 가련한 신세가 될까 사람들이 두려워하던 시대였다. 다른 집에도 있을지 모른다. 내가 어찌 알겠는가. 난 내 일기장을 거기에 두려고 한다. 젬 삼촌이든 누구든 내 일기장을 발견할 사람 읽으라고 내 시각에서 쓴 이야기다. 언젠가, 마법으로 모든 것이 모호하지 않은 시절이 오면 사람들이 나를 믿어주기를 바란다.

나는 다른 것도 하나 남기고 간다. 어디까지나 토드가 나를 기억해 주기를 바라는 마음에서 토드한테 남기는 것이다. 일단 주민들이 공개적으로 나를 마녀로 몰아가면 토드는 나를 잊고 싶어 하겠지만 혹시 토드가 나를 기억하고 싶어 할지도 모르니까. 내가 남길 것은 한동안 작업한 내 자화상이다. 그 자화상은 지금껏 내가 그린 그림 중에서 단연코 가장 잘 그린 작품이다. 나만의 작은 마법으로 전언을 그려 넣었다. 사랑을 뜻하는 장미, 그리고 내가 영원히 토드의 연인임을 보여주는 세이지, 그리고 당연히 담쟁이덩굴까지. 수년이 지난 어느 날, 토드는 나이도 들고 아이가 생겨서도 한때 알고 사랑했던 한 소녀를 여전히 생각할지도 모른다.

갈 시간이다. 난 준비가 끝났다.

24장. 원형 선돌

"세 번째 일기는 못 찾았어요. 찾아봤지만 방에는 노래 적힌 종이랑 그림들 말고는 없었어요."

아이비가 침묵에 잠기자 베티가 나직이 말했다. 베티는 아이비 이야기에 뭔가 더 있을 거라고 확신했던 일이며 일기를 읽으면서 느꼈던 소녀와의 특이한 유대감이 기억났다. 그 소녀와 지금 마법에 걸린 숲을 통과하고 있자니 열에 들떠 기이한 꿈을 꾸는 기분이었다.

"아, 언니가 토드를 위해 그렸다는 자화상도 있었어요."

아이비 눈이 뿌예졌다. 아이비가 희미하게 고개를 끄덕이며 저 멀리 길 앞을 바라보았다. 베티 눈에는 아이비가 과거를 들여다보는 느낌이었다.

"난 일기장 나머지 부분도 밀실에 남겨놓을 계획이었어. 젬 삼촌이 먼저 발견했지."

아이비가 입을 열었지만 목소리가 하도 작아서 속삭임이나 다름없었다.

*

"이게 다 뭐냐?"

아이비가 눈을 깜빡였다. 혼란스러웠다. 아이비는 자기 방 침대 옆에 서 있

294

었다. 창문 밖을 보니 어스름 날이 저물었다.

공포가 목구멍으로 스멀스멀 올라왔다.

내가 왜 아직도 여기 있지? 벌써 몇 시간 전에 떠났어야 했는데!

아이비가 생각했다.

아이비 침대 맞은편에 선 젬 삼촌 얼굴이 씰룩씰룩 일그러졌다. 손에는 구겨진 종이를 들고 있었다. 종이에 적힌 것을 읽어 내려가는 삼촌 눈이 커다래졌다.

"다음 차례는 아이비 벨이었다지. 말하기 괴로운 이야기야⋯⋯."

"삼촌이 생각하는 그런 거 아니에요."

아이비가 갈라지는 목소리로 말하다가 화들짝 놀라서 주변을 힐끔거렸다. 또 넋을 놓았다. 기억을 잃는 건지 뭔지 아이비가 반복해서 겪는 일이었다. 다행히 이번에는 아이비 자신도 언제 써 내려갔는지 기억 못 하는 새로운 그림이나 이상한 노랫말은 보이지 않았다. 토드에게 작별 인사하러 가서 주려고 말아놓았던 캔버스에 그린 자화상뿐이었다.

젬 삼촌이 혀를 끌끌 찼다.

"아이비, 이런 걸 쓰면 안 돼. 사람들이 네가 무슨 나쁜 짓을 꾸민다고 생각할 거야."

삼촌이 장난꾸러기 꼬마를 나무라듯 손가락 하나를 들어서 좌우로 흔들었다. 삼촌 눈에 어린 표정이 낯설었다.

"어차피 사람들은 벌써, 앗! 삼촌, 안 돼요. 멈춰요!"

삼촌이 손에 든 종이가 손톱만 해지도록 갈기갈기 찢기 시작했다. 노랫말이 적힌 종이는 물론이고 아이비 일기 세 번째 부분까지 남김없이 찢어발겼다. 아이비가 공포에 사로잡혀 삼촌을 지켜봤다.

"도대체 어쩌자고 이런 걸 써놓았니? 우리 펜들윅 사람들은 마법 얘기를 절대 입에 올리지 않는다는 거 알면서. 아이비, 결국 마법과 골칫거리는 떼려야 뗄 수 없는 법이야."

삼촌은 어딘가 노래하는 듯한 목소리였다. 차라리 고함을 쳤으면 이보다는 덜 무서울 것 같았다.

아이비가 굳어 버렸다. 머뭇거리는 목소리가 개미만 했다.

"삼촌, 설마 제가 무슨 나쁜 짓 했다고 생각하는……. 아, 아니죠?"

나이 든 남자는 대답하지 않았다. 그저 작은 벽난로에 갈가리 찢긴 종이를 신중하게 쌓더니 성냥에 불을 붙여서 벽난로 안으로 던져 넣었다.

"자, 됐다. 그냥 불쏘시개였어. 그뿐이었어. 걱정할 건 없어."

삼촌이 밝게 말했다. 아이비는 자기가 쓴 글이 불에 타서 재가 되는 광경을 지켜봤다. 삼촌 눈에 어린 표정은 아이비가 한 번도 못 본 것이었다. 세상과 단절된 듯 멍한 표정. 평소 온화하고 유쾌한 삼촌답지 않았다.

"내가 바로잡을 거야."

아이비가 나직이 말했다. 방법은 몰랐다. 펜들윅을 벗어나면 자신과 삼촌을 위한 도움의 손길을 찾을지도 몰랐다. 아이비가 자리에서 일어나 벽난로 옆에서 여전히 무릎을 꿇고 있는 나이 든 남자 위로 천천히 몸을 숙였다. 치밀어 오르는 감정을 애써 억누르고 삼촌 머리 위에 가볍게 입을 맞췄다. 아이비가 정말 사랑하는 삼촌이었다. 아이비가 어렸을 때부터 줄곧 보살펴준 삼촌이었다. 하지만 지금 앞에 있는 사람한테서는 그 사람이 더는 느껴지지 않았다.

삼촌은 반응이 없었다. 아이비는 작은 짐 꾸러미와 자화상을 챙겨서 뒷걸음으로 물러났다. 자화상을 단단히 말아 쥐고 아래층으로 향했다. 아이비 뒤로 정적이 깔렸다. 삼촌은 움직이지 않았다.

티블스가 문 앞에서 졸고 있었다. 아이비가 손을 내려서 늙은 얼룩무늬 고양이 귀 뒤를 긁어줬다.

"이제 개구리는 그만. 우리 삼촌 잘 부탁해. 응?"

아이비가 속삭였다. 눈물이 고여 시야가 뿌옜다. 아이비는 신발을 신고 집 밖으로 나가 소리 없이 문을 닫았다. 얼핏 위층에서 끼익거리는 소리가 났다. 고개를 든 아이비 눈에 위층 창가에 서 있는 삼촌 얼굴이 들어왔다. 아이비는 한동안 삼촌 눈길을 가만히 응시했다. 고르지 못한 유리판 때문에 삼촌 얼굴이 뒤틀려 보였다.

아이비가 문 앞에서 손에 든 캔버스 두루마리를 힐끔 내려다보며 망설였다. 최근 마녀 소문이 돌기 시작한 이후로 토드가 아이비한테서 멀어졌다. 어쩌면 토드는 이러나저러나 아이비와 관계를 끝내려고 했을지도 몰랐다. 모든 것이 괜찮은 척할 수 있을 테니 토드를 안 보고 떠나는 편이 오히려 쉬울 수도 있었다. 하지만 그렇게 못 한다는 걸 아이비는 알았다. 아이비는 토드를 사랑했다. 마지막으로 봐야 했다.

미처 자신을 막아보기도 전에 아이비가 빵과 치즈 언덕을 오르기 시작했다. 잔디밭에 아직 빛이 옅게 남았다. 기분 좋은 저녁이었다. 이내 교회가 눈에 들어왔다. 다리 위에서 낚싯대를 갖고 노는 스캘리와 웨그스가 보였다. 누가 승자인지 말싸움을 벌이고 있었다. 두 아이가 아이비를 발견하고 뛰어와 동시에 말하기 시작했다.

"아이비 누나! 우리랑 같이 놀자. 스캘리가 자꾸 속임수를 써."

웨그스가 아이비 손을 잡아끌며 말했다.

"내가 언제!"

스캘리가 웨그스 정강이를 노리고 발길질을 날렸다.

"지금은 같이 못 놀아. 그런데 너희 혹시 토드 형 못 봤니? 아직 농장에 있어?"

아이비는 밝게 말하려고 했지만 긴장해서 목소리가 가느다랗게 나왔다.

웨그스는 다시 한번 스캘리가 날린 발길질을 피하면서 어깨를 으쓱했다.

"아까는 농장에 있었어. 불 피우는 걸 돕고 있었어. 아주아주 큰불."

불?

아이비는 얼른 머릿속에서 그 말을 지웠다. 당연히 걱정할 필요 없겠지? 농장에서는 허구한 날 불을 피우니까. 잔뜩 쌓인 가축 배설물을 태우기도 하고 여름 열기에 그냥 초원에 불이 붙기도 했다. 아무 의미도 없어…….

아이비가 움직임을 멈추고 놀란 동물처럼 공기 냄새를 킁킁 맡았다. 정말 냄새가 났다. 매캐한 연기 냄새가 코를 찔렀다. 틀림없었다.

저 멀리 페카헨 농장 쪽에서 구불구불 피어오르는 연기가 보였다. 아이비는 연기로 시커메지는 하늘을 지켜봤다. 냄새는 사라졌지만 연기는 남았다. 심장이 쿵쿵 뛰며 경고를 보냈다. 아직 불꽃은 보이지 않았다. 머릿속에서 노랫말이 들렸다.

덫을 놓고 가만히 기다렸다지.

연인을 미끼로 삼았다네.

안 돼. 아이비는 토드한테 가면 안 되었다. 아무리 토드가 보고 싶어도 그건 미친 짓이었다. 아이비가 추억을 떠올리며 눈물을 삼켰다. 추억으로 만족해야 했다. 아이비는 마을 잔디밭을 바라봤다. 근처 열린 창문에서 저녁 준비하는 소리가 흘러나왔다. 잔디밭에 흩어져서 공을 차고 노는 아이들이 몇몇 보였다. 스캘리와 웨그스가 격투 흉내를 내며 앞으로 달려 나갔다. 프래니 부트가 개를 산책시키러 나왔다. 주변 모든 것이 매우 평화로웠다. 평화로워야 했다. 하지만 나선을 그리며 피어오르던 연기는 아이비 머릿속에서 지워질 줄 몰랐다.

아이비가 원형 선돌을 가로질러 잔잔한 연못과 배고픈 나무를 바라봤다. 그 뒤로 어렴풋이 보이는 똑딱똑딱 숲 모습에 심장 박동이 빨라졌다. 아이비는 원래 오늘 저녁에 길을 따라 펜들윅에서 떠나려고 했다. 하지만 연기를 보고 생각을 바꾸었다. 숲을 통과하면 될 것 같았다. 숲속으로 따라올 사람은 거의 없을 터였다. 아이비는 지금까지 벌써 몇 년이나 남몰래 숲을 드나들었다. 규칙만 제대로 지키면……. 안전할 것이었다.

근처에서 문이 벌컥 열리는 바람에 아이비가 펄쩍 뛰었다. 필윙스 부인이 마을 가게 입구에 서서 눈을 깜빡이고 있었다.

"안녕, 아가씨?"

필윙스 부인이 말뚝 울타리 같은 이를 드러내며 웃었다. 필윙스 부인이 늘 보여주는 상냥한 미소였다. 목소리는 따뜻하고 친근했다. 누가 이토록 다정하게 말을 걸어준 적이 하도 오래되었더니 아이비 눈에 금세 눈물이 고였다. 아이비는 눈물을 삼키고 가게로 한발 다가섰다. 문에 걸린 안내판대로라면 가게가 문을 닫은 지 이미 한 시간은 더 지났을 것이었다. 가게 안은 어둑했지만 계산대 위에 산더미처럼 쌓인 가격표와 반쯤 풀다 만 상자들이 보였다.

아이비가 코를 문지르며 안으로 들어섰다. 잔디밭에서 남자아이들이 와와 외치는 소리가 어렴풋이 들렸다. 격투 놀이가 격해졌는지 누군가 울음을 터 트렸다.

"아가씨 어디가 안 좋아 보이네. 무슨 문제라도 있어요?"

필윙스 부인이 물었다.

아이비는 밀려드는 온기를 느끼면서도 그와 동시에 한 가지 생각이 번쩍 떠올랐다. 필윙스 부인은 한결같이 다정했고 언제라도 미소와 잼 단지를 건 넬 듯 보이는 사람이었다. 어쩌면 이 친절한 노부인이 한 번 더 도와줄지 몰 랐다.

"저, 저기……. 이거 다음에 토드가 가게에 오면 저 대신 전해 주시겠어 요?"

아이비가 자화상을 움켜쥔 채 더듬더듬 말했다.

"그럼, 전해 주고 말고요."

필윙스 부인이 환히 웃으며 아이비 손에서 자연스럽게 그림을 빼갔다. 부 인은 아이비에게 묻지도 않고 그림을 펼쳤다.

"자, 이젠 됐다. 근데 진짜 대단한걸? 정말 살아 있는 것 같아. 아주 멋진 기념품이 되겠어. 이걸로 충분해."

아이비는 뭐라 해야 할지 몰라서 그저 부인을 바라만 봤다. 부인이 지금 무슨 말을 하는 거지?

"저, 저기……. 부디 꼭 토드한테 전해 주세요."

아이비가 돌아서서 가게 창문을 하나씩 훑어보며 문으로 향했다.

"아가씨, 어딜 가는데? 얼굴이 정말 안 좋아 보여. 우리가 도울 수 있을지도 몰라. 사람들이 수군대는 게 사실이 아니라는 걸 우린 알아."

필윙스 부인이 목소리를 낮춰 말하면서 아이비를 붙잡고 늘어지며 팔을 토닥였다.

"우리요?"

아이비는 지나치게 노골적으로 나오는 부인 태도에 놀라며 물었다.

"그래. 우린 아가씨가 마녀가 아니라는 사실을 알지. 이제 이곳은 아가씨한테 안전하지 않으니 우리가 도와줄게요."

라이트윙 부인이 선반 뒤에서 나타나 상냥하게 미소 지으며 말했다.

아이비가 코를 훌쩍이며 고개를 끄덕였다. 다소 독특한 구석이 있는 노부인들이지만 마침내 내 편이 생겼다고 생각하니 얼마나 좋은지 몰랐다.

"두 분 친절 정말 감사합니다. 그래도 전 떠나요. 저 때문에 두 분이 곤란해지시면 제가 싫을 것 같기도 하고요."

아이비가 웅얼거렸다

필윙스가 가볍게 웃었다. 얼핏 콧방귀를 뀌는 것처럼 들렸다.

"아가씨, 우리 걱정은 하지 마. 우린 그 누구보다 펜들윅에서 오랜 시간을 살았지. 우리랑 같이 가요. 아가씨가 안전하게 가겠다고 확신이 들 때까지 바래다줄 테니까."

라이트윙 부인이 가까이 왔다. 올린 머리에서 백발 한 가닥이 빠져나와 목 근처에 거미줄처럼 걸렸다. 아이비 귀에 어떤 소리가 들렸다. 탁, 타라라라 탁. 익숙한 소리였다. 아이비가 그대로 굳어버렸다. 양털과 실타래가 놓인 선반 꼭대기에서 무언가가 움직였다. 조그마한 발판이 저절로 위아래로 오르내리며 장식용으로 보이는 아주 작은 물레를 휙휙 돌리고 있었다.

탁, 타라라라 탁…….

저 소리, 바로 그 소리였다. 가게에 올 때마다 자주 들었을 소리였다. 물레 돌아가는 소리에 아이비가 공황에 빠졌다. 뭐지?

"얘야, 서둘러야지. 꾸물거릴 시간 없어."

라이트윙 부인이 아이비 곁으로 훅 다가와서 한 팔로 아이비 어깨를 감쌌다. 깜짝 놀랄 만큼 강한 부인 팔 힘에 아이비는 불현듯 감사한 마음이 들었다. 아이비는 순순히 라이트윙을 따라 가게에서 나가 마을 잔디밭을 가로질러 숲으로 향했다. 바깥이 이상하리만큼 텅 비었다. 이 시간에 누구 하나 보이지도 않고 정적이 깔렸는데 소리 한 점 들리지 않았다. 갑자기 마을 전체가 버려진 느낌이었다.

"어디로 가는데요?"

아이비가 뒤로 돌아 다리 쪽을 힐끔거리며 웅얼웅얼 물었다. 두 노부인은 숲속을 통과하려던 아이비 계획을 우연히 추측했을까?

"네가 이곳에 계속 남을 길이 있을지도 모르거든. 시도해 볼 만한 방법이 하나 있지. 모든 것을 제대로 돌려놓을 방법."

라이트윙이 말했다.

아이비가 라이트윙을 바라봤다. 희망이 깜빡였다.

"모든 것을 제대로 돌려놓을 방법이라고요?"

두 노부인이 눈빛을 교환했지만 왜 그랬는지 아이비가 알 리 없었다.

"그런 말이 있잖니. 누구든지 저 돌 개수를 올바로 세면 저주에 걸렸던 주민들이 다시 사람으로 돌아간다고."

필윙스 부인이 우물쭈물 말했다.

"저도 알아요. 그 얘기는 다들 알지만 누가 세도 두 번 다 같은 숫자가 나온 적은 없어요."

아이비 목소리에서 초조함이 묻어났다. 아이비는 도망쳐야 했다. 노부인들이야 좋은 뜻이겠지만 옛날 옛적 미신 때문에 꾸물거릴 시간이 없었다.

"그 옛말에는 덜 알려진 대목이 있지. 두 번 센 숫자가 같으면 사람들만 저주에서 풀려나는 게 아니라 펜들윅 전체가 풀려난다는 거야. 엘리자 버드가 걸어놓은 사악한 마법에서 마을을 구할 수 있어. 그러면 네가 당하는 일이 두 번 다시 그 누구에게도 일어나지 않겠지."

라이트윙 부인이 덧붙였다.

아이비가 원형 선돌을 응시했다. 그러니까, 나한테 나쁘게 작용하는 마법이 있다는 거지. 그걸 풀 방법이 있다니, 사실일까? 젬 삼촌과 살던 예전 삶으로 돌아가 토드와 미래를 함께할 수 있을까?

"소용없으면 어쩌죠?"

아이비가 조용히 물었다.

"밑져야 본전 아닐까?"

라이트윙 부인이 어르듯이 말했다. 한쪽 팔로는 여전히 아이비 어깨를 두르고 있었다. 뼈만 남은 앙상한 손가락이 아이비 어깨를 더 세게 파고들었다. 아이비가 어깨 위 손가락을 내려다보았더니 노부인이 딱딱하게 웃으며 손가락을 풀었다.

"단지, 사람들 말처럼 원형 선돌을 제대로 보려면 원 한복판으로 들어가야 하겠지만."

"그건……. 그건 금지 사항이에요. 아예 돌 가까이 가지도 말아야……."

아이비가 말했다.

"돌이 제대로 보이지도 않는데 어떻게 숫자를 올바르게 세겠니? 자, 자. 우리가 도와줄게."

필윙스가 덧붙였다.

"이거 잡아. 원 바깥과 연결되는 걸 갖고 있으면 넌 안전해. 뭐라도 잘못되면 우리가 밖으로 꺼내줄게요."

라이트윙이 말하며 숄 아래에서 가느다란 끈을 둘둘 만 둥근 뭉치를 꺼냈다.

"뭐라도 잘못되면……."

아이비가 라이트윙 말을 따라 하며 겁에 질린 눈길로 돌을 살폈다. 아이비는 원형 선돌 전설을 들으면서 자랐다. 삼촌은 둥글게 선 돌 안으로 절대 발을 들여서는 안 된다고 수없이 경고했다. 하지만 지금 아이비한테 무슨 선택권이 있겠는가. 아이비가 끈을 받아들었다. 손에 닿는 느낌이 매끈하고 차가웠다. 아이비는 커다란 돌 두 개 사이를 지나 원 안으로 쭈뼛쭈뼛 발걸음을 옮겼다. 아무 일도 일어나지 않았다. 다소 용기가 붙은 아이비가 가운데로 향했다. 아이비를 굽어보는 돌들이 태곳적 비밀을 품은 거인처럼 보였다.

"이쪽으로 세어 봐."

필윙스가 발을 번갈아 깡충깡충 뛰며 아이비를 불렀다. 아이비는 저렇게 활력이 넘치는 필윙스를 처음 봤다. 필윙스가 아이비 왼쪽으로 이동하면서 돌을 하나씩 차례대로 탁탁 치기 시작했다. 바로 그때, 아이비 눈에 무언가 들어왔다. 캔버스 두루마리가 풀밭에 감춰져 있었다.

"저, 그럼……. 아까 가게에 두고 나왔다고 생각했는데. 왜 여기까지 가지고 왔어요?"

아이비는 혼란스러웠다.

"이런! 바보같이 내가 실수했네. 말을 너무 많이 하면 꼭 이런다니까. 걱정 말렴. 저 그림은 우리가 잘 보관할게."

아이비는 안심하고 돌아서서 필윙스를 따라가며 돌을 세기 시작했다. 아이비 눈꼬리에 필윙스 앞에서 행진하듯 걷고 있는 라이트윙이 들어왔다.

"……. 셋, 넷, 다섯……."

배고픈 나무 옆에서 움직이는 무언가에 아이비 시선이 쏠렸다. 아이비는 어디까지 셌는지 잊어버려서 돌 세기를 멈췄다. 저기, 다시 움직였다. 눈물 범벅이 된 얼굴이 나무 몸통 뒤에서 슬며시 나타났다.

"웨그스."

아이비가 탄식했다. 쟤가 왜 저기 있지? 보나 마나 스캘리와 싸우고 뒤처졌을 터였다. 웨그스가 경계심 가득한 어두운 눈빛으로 아이비와 두 노부인을 번갈아 살폈다.

"내가 어, 어디 있었는지 잊었어요. 다시 시작해야 해요."

아이비가 갈라지는 목소리로 말했다. 이제 아이비는 원을 한 바퀴 다 돌았는데 그제야 라이트윙 부인이 건넸던 끈이 허리를 단단히 휘감고 있다는 걸 깨달았다. 끈을 풀어야 하나 싶었지만, 끈이 허리에 알맞게 감긴 데다 땅 위로 늘어져 있는 탓에 자칫 발이 걸려 넘어질 수도 있었다. 라이트윙과 필윙스가 원형 선돌 밖에 나란히 섰다. 두 사람은 움직이지 않고 미소만 짓고 있었다.

"숫자를 다시 세야 한다고 말씀드렸는데요."

아이비가 외쳤다.

"저런, 안 그래도 괜찮아."

라이트윙이 하도 부드럽게 말해서 아이비는 자기가 라이트윙 부인 말을 제대로 들었는지 의심스러웠다.

아이비는 인상을 쓰다가 느닷없이 날카로운 통증이 엄지를 꿰뚫는 바람에 비명을 터트렸다. 핀에 찔린 느낌이었다. 아래를 내려다보니 손에 들린 끈이 더는 매끈매끈하지 않았다. 짧고 가느다란 솜털이 헤아릴 수 없이 마구 돋아나고 있었다. 익숙한 초록색 뾰족한 잎도 따라 나왔다. 쐐기풀이었다.

"어, 이게 무슨……?"

아이비는 끈을 따라 끊임없이 돋아나는 잎사귀에 말문이 막혔다. 이제 손에 든 건 단순한 끈이 아니었다. 한 줄기 따갑고 거대한 쐐기풀이었다.

아이비는 공포에 사로잡혀 쐐기풀을 바라봤다. 손가락에 물집이 잡혔다. 나비 떼와 시냇물처럼 일어나서는 안 될 일이 벌어지고 있었다. 아이비는 두 노부인을 바라봤다. 이건 내가 벌인 일이 아니라고 이해시킬 말을 떠올리느라 바쁜데……. 저 사람들은 두려워하지 않는 눈치였다. 아니, 놀라지도 않은 것 같았다. 저들은……. 기뻐하는 기색이었다.

그 즉시 아이비가 알아챘다. 혼이 나갈 것 같았다.

"나를 속였구나."

아이비가 중얼거렸다.

또 다른 가시가 엄지를 푹 찌르는 바람에 아이비가 손에서 쐐기풀 줄기를 떨어뜨렸다. 땅에 떨어진 줄기가 촉수처럼 저절로 아이비 발목을 친친 휘감더니 매듭까지 단단히 지었다. 발목이 끊어질 듯 아팠다. 아이비는 땅에 주저앉아 쐐기풀 줄기에서 풀려나려고 매듭을 잡아 뜯기 시작했다.

"저항하지 않으면 더 쉬울 거야. 진짜야. 일 분도 안 걸려."

필윙스가 유쾌하게 말했다.

"아니지. 평생 간다고 해야지."

라이트윙이 잔인하게 킬킬 웃으며 필윙스를 거들었다.

필윙스가 혀를 찼다.

"이런, 정말 못돼 빠졌다니까. 불쌍한 애를 그렇게 놀려서야 쓰나."

"참을 수가 있어야지. 너무 흥분돼서. 도대체 이게 얼마 만이지?"

라이트윙이 말했다.

"그게 무슨 말이에요? 뭐가 얼마 만인데요!"

아이비는 몸부림치며 발길질을 날렸지만 그럴수록 쐐기풀 줄기가 발목을 더욱 단단히 휘감았다.

아이비 다리가 묵직하게 아프더니 통증이 온몸에 퍼졌다. 갑자기 주체못할 심한 피로감이 아이비를 덮쳤고 시야마저 흐릿해졌다. 울고 있는 것 같은데 눈물이 느껴지지 않았다. 아이비는 뺨을 닦으려고 손을 들었다가 신음했다. 눈앞에서 손에 주름이 잡히고 있었다. 옷 안에서 쪼그라지며 줄어드는 몸이 느껴졌다. 급속도로 하얗게 세어 버리는 검은 머리카락이 보였다.

"옳지, 옳지. 거의 다 끝나가."

필윙스 부인이 가까이로 몸을 숙이며 숨을 몰아쉬었다.

"안 돼!"

한 목소리가 외쳤다.

웨그스가 풀밭 위로 펄쩍펄쩍 뛰며 원형 선돌을 향해 돌진해 오고 있었다. 충격으로 얼굴이 잔뜩 일그러졌다. 아이비가 쐐기풀에 맞서 용을 썼지만 제 자리에서 꿈쩍도 할 수 없었다.

"오지 마!"

아이비가 소리쳤다.

고개를 돌린 두 마녀는 난데없이 나타난 작은 남자아이가 두 팔을 날려 쐐기풀 줄기를 잡고 뜯어내는 광경에 질겁했다. 그와 동시에 아이비는 온몸을 관통하는 억센 기운을 느꼈고 보이지 않는 힘이 웨그스를 뒤로 내동댕이쳤다. 배고픈 나무를 들이받은 웨그스는 정신을 잃고 나무줄기에 기댄 채 그대로 미끄러졌다.

아이비는 숨도 제대로 못 쉬고 울부짖으며 선돌 사이로 빠져나와 나무등치 아래에 쓰러져 있는 작은 형체를 향해 기어갔다. 아직 발목에 감긴 쐐기풀이 뒤로 질질 끌려왔다.

"쟤가 뭐 하는 거지? 쟤 왜 안 죽어?"

필윙스가 꽥꽥거렸다.

죽어?

필윙스 말이 아이비를 비웃듯이 머릿속에서 메아리쳤다.

진짜 죽을 것 같아.

아이비는 나약해진 몸을 질질 끌고 웨그스한테 다가갔다.

"얘한테 무슨 짓을 한 거야! 나한테는 무슨 짓을 했지?"

"나도 몰라."

라이트윙이 바람 새는 소리를 내며 말하더니 두 손을 들여다보면서 신중

308

하게 한 발 내디뎠다. 라이트윙은 아이비한테 대답하는 게 아니었다. 언니한테 말하고 있었다.

"차이가 안 느껴져. 여전히 아파. 통증이 그대로 남았……. 저 멍청이 같은 꼬마 놈!"

라이트윙이 웨그스와 아이비를 돌아봤다. 얼음장 같은 눈빛이었지만 눈에서 불꽃이 튀었다.

"저놈이 다 망쳤어! 저 머저리 같은 꼬마 놈이 우리한테서 몇 년이나 가져갔어!"

"그럼……. 이번에 안 먹혔다는 거야?"

필윙스 목소리가 걷잡을 수 없이 떨렸다.

"당연히 안 먹혔지! 안 느껴져? 언니 아직도 쭈글쭈글한 늙은이야. 나도 그렇고!"

라이트윙이 분통을 터트리며 앙상한 손가락으로 필윙스 가슴을 콕콕 찔렀다.

"나, 나를 죽이려고 했어? 그래서 당신들이 더 오래 살려고?"

아이비가 숨을 멈췄다.

"정확히 말하면 죽이는 게 아니야. 네 일부는 계속 살아 있을 테니까."

필윙스가 대답하며 배고픈 나무를 가리켰다.

"엘리자도 살아 있잖아. 보시다시피! 단지 모습이 좀 달라졌을 뿐이지. 연못 안 로사도 마찬가지야."

그러더니 풀밭 속 그림을 가리켰다.

"그리고 너, 우리 작은 기념품."

기념품.

아이비가 자화상을 쳐다봤다. 기념품이라는 단어에서 딸깍 소리가 나는 것 같았다. 앞뒤가 들어맞았다. 단지 지난번과 똑같지 않을 뿐이었다. 두말할 필요 없이 그림은 아이비를 똑 닮았다. 하지만 이건……. 이건 열여섯 살짜리 여자아이 솜씨가 아니었다. 닮았지만 묘했다. 살아 숨 쉬는 무언가를 보는 느낌에 왠지 아이비는 더 두려워졌다.

아이비가 미친 듯이 주변을 두리번거리며 외쳤지만 목소리가 약해빠졌다.

"도와주세요! 누구 없나요? 제발 우리 좀 도와주세요!"

"여긴 아무도 없어. 우리가 확실히 해두었지."

라이트윙이 날카롭게 말했다.

"다들 농장에 있겠지. 아닌가? 나를 태워 죽이기를 기다리면서!"

아이비가 흐느꼈다.

"이런, 아가. 아니야. 사실 불같은 건 없어. 네가 그렇게 생각하도록 우리가 마법을 좀 썼지. 우리 노래로."

필윙스는 마치 새로운 잼 조리법 대화라도 나누는 듯 활짝 웃었다.

마법? 마법이었는데 내가 그대로 넘어갔구나.

아이비가 웨그스 얼굴을 만졌다. 호흡이 가빴다. 두 눈에는 두려움이 가득했다.

"내가 말할게, 내가 다 말할……. 내가 말……. 앗!"

더듬거리는 웨그스 입에서 반짝이는 은색 핀이 툭 튀어나왔다. 아이비는 공포에 사로잡혀 핀을 내려다봤다. 웨그스가 입을 조개처럼 단단히 다물었다.

"안 되지. 꼬맹아, 넌 한 마디도 안 할 거다."

라이트윙이 미소 지으며 손가락을 맞부딪쳐 딱 소리를 내자 웨그스가 어쩐지 기괴한 모습으로 일어섰다. 두 눈이 가느다래지며 초점이 사라졌다. 한 마디 말도 없이 연못으로 다가가는 웨그스 모습에 아이비는 두 노파가 웨그스를 익사시키려는 줄 알고 순간 겁에 질렸다. 하지만 웨그스는 어딘가 홀린 모습으로 연못가를 따라 걸었다.

"죽이는 편이 낫지 않을까?"

필윙스가 제안했다.

라이트윙이 무슨 맛 아이스크림을 먹을까 고르는 표정으로 고개를 갸웃했다.

"그럴 필요 없어."

"저 애는?"

두 마녀가 아이비에게로 관심을 돌렸다.

"아무한테도 말 안 할게요. 맹세해요. 그냥 이대로 떠날게요. 다시는 눈에 띄지 않을……. 악!"

아이비가 뒷걸음질 치며 재빨리 말을 쏟아냈지만, 필윙스가 풀 위로 늘어진 쐐기풀 줄기를 밟고 올라섰다. 쐐기풀이 다시 아이비 발목을 찔러대며 파고들었다.

"아니지, 그게 아니야, 아가. 넌 우리랑 가야지."

필윙스가 쐐기풀 줄기를 집어 들더니 손목에 단단히 둘러 감았다.

25장. 히커리 디커리 독

아이비가 말을 멈추고 근처 나무에 기댔다. 예전 일을 이야기하느라 기력이 달리는 것 같았다. 숨이 턱에 닿았고 어딘가 홀린 눈빛이었다.

"좀 쉬는 게 좋겠어요. 잠깐이라도 쉬어야 기운을 차리죠."

베티가 제안했다. 방금 들은 이야기가 베티 마음속에서 정신없이 소용돌이쳤다. 그 모든 공포라니. 가련하고 불쌍한 아이비.

"나도 다리 아파."

찰리가 덧붙였다.

아이비가 입술을 잘근잘근 씹으며 걱정스러운 눈으로 길을 힐끔거렸다.

"계속 이동해야 하는데."

베티가 아이비 팔을 살짝 만졌다. 부들부들 떨고 있었다.

"필윙스랑 라이트윙이 우리를 쫓아온다고 생각해요?"

아이비가 짧게 숨을 들이쉬었다.

"지금이 아니라도 곧 그럴 거야."

아이비 말이 악취처럼 허공에 남았다.

"빗자루 타고 날아올까?"

찰리가 베티에게 바짝 붙어 나지막이 물었다. 평소 베티였다면 찰리 발상에 웃음을 터트렸겠지만 여우장갑 오두막에서 베티를 쓸어내리던 빗자루가 생생하게 기억났다. 아무렴, 이 마녀들한테는 확실히 빗자루가 있고말고.

"그러지는 않을 거야. 들킬 위험이 있으니까. 워낙 영리한 마녀들이어서 그런 짓은 안 해."

아이비는 다시 출발할 생각인 듯 나무 옆에서 몸을 바로 세웠다. 베티는 아이비 눈에서 피곤한 기색을 보았다.

"앉아요. 몇 분 쉬어간다고 큰일 나지는 않아요."

베티가 고집스럽게 말했다.

아이비가 망설이며 고개를 끄덕였다. 일행은 낙엽을 한쪽으로 쓸고 나무 밑에 자리를 잡고 앉았다.

"언니? 이리 와서 우리 옆에 앉을래?"

베티가 머뭇거리며 플리스를 불렀다. 지금 베티는 그 어느 때보다 언니를 최대한 가까이에 두고 싶었다.

플리스가 일행 옆으로 와서 우뚝 멈춰 서더니 좌우로 가볍게 몸을 흔들었다. 여전히 꿈속에 있는 듯 눈을 반쯤 감은 채 달팽이나 다른 벌레가 있는지 살피지도 않고 순순히 자리에 앉았다. 절대 플리스답지 않았다. 베티는 몸을 한 번 부르르 떨고 고개를 돌려 지금까지 걸어온 고요한 숲을 가만히 봤다. 아이비는 마녀들이 숲속으로 절대 따라오지 않는다고 믿었지만, 아이비 이야기가 드리운 공포에 휩싸인 베티한테는 시커먼 나무 한 그루 한 그루가 유령이었다. 거대한 채찍 같은 쐐기풀 생각이 베티 머릿속을 점령했다. 똑같은 일이 플리스에게 일어나고 있다는 두려움에 배 속이 뒤틀렸다. 베티는 길을 떠나고 싶었지만 아이비는 여전히 지쳐 보였다.

"마녀들이 플리스 언니를 끝까지 못 찾으면 아예 까먹을지도 몰라."

찰리가 모기만 한 목소리로 말했다.

아이비가 비통하게 고개를 저었다.

"내 생각은 달라. 마녀들은 정말 신중하게 희생자를 고르거든. 그런 마녀들이 플리스를 선택했으니 그렇게 호락호락 포기하지는 않을 거야."

"그래도 지금은 숲속에 들어왔으니까 안전하잖아요. 아니에요?"

베티가 물었다.

"마녀들한테서는 안전해. 숲 자체가 안전하지 않아."

"왜요? 이 숲은 왜 이런 이상한 마법을 부리는데요?"

"내가 얘기한 시간에 관한 규칙 있잖아? 이 숲이 이렇게 된 건 필윙스와 라이트윙 때문이야. 배고픈 나무에서 돋은 뿌리가 땅속 깊은 곳까지 내려갔는데 이 숲이 아주 가깝거든. 나무들이 어떤 식으로든 이야기를 나누었다는 게 내 생각이야."

아이비가 말했다.

"개들처럼요? 개들이 서로 킁킁 냄……."

찰리가 하품을 억지로 참으며 물었다. 눈꺼풀이 내려오고 있었다.

베티가 쿡 찌르자 찰리가 입을 다물었다.

아이비가 말을 이었다.

"배고픈 나무를 만들어낸 흑마술에 대가가 따랐어. 숲이 이 꼴이 된 건 흑마술 때문이야. 시간이 엉망진창으로 꼬여 버렸어. 필윙스와 라이트윙은 시간이 자기들을 따라잡을까 봐 두려워해. 두 사람이 수십 년이나 시간을 속여

314

온 이유도, 이 숲에 발을 들이는 위험을 감수하지 않는다는 이유도 바로 그거야. 까딱 실수했다가는 지금까지 이루어 놓은 것을 순식간에 다 잃을지도 모르거든."

머리 위 어딘가에서 나는 솨, 솨, 스산한 나뭇잎 소리는 조용히 맞장구치는 속삭임 같았다.

"그런데 언니 자화상은 어쩌다가 그 밀실에 있게 됐죠?"

베티가 물었다.

등불 빛에 비친 아이비 눈동자가 반짝였다. 아이비가 고개를 끄덕였다.

"초상화는 몇 달이나 여우장갑 오두막 거미줄에 걸려 있었어. 마녀들 다른 기념품과 함께."

아이비 눈빛이 어두워졌다.

"마녀들은 나를 포로로 삼았어. 집 안에 내 자화상이 있는 걸 좋아했지. 자기들이 나한테 한 짓을 끊임없이 떠올리게 하면서 나를 조롱했어. 게다가 가끔 두 마녀가 웨그스 이름을 들먹이며 내가 살아남은 이유에 대해 수군거리는 얘기를 들어보니 마녀들한테는 내 일부가 살아 있어야 하는데 그게 초상화였던 거야. 그래서 난 마녀들이 마법이 먹히지 않았던 이유와 웨그스한테 실수로 뺏긴 세월을 되찾을 방법을 언젠가는 알아내리라 기대하면서 나를 데리고 있다고 생각했어. 그런데 너희 가족이 이사를 온 거야. 그때 난 알았지. 필윙스와 라이트윙이 나를 그다지 오래 필요로 하지 않겠다고. 두 마녀 눈길이 플리스한테 꽂혔으니까. 난 곧장 초상화를 훔쳐서 밀실 안에 숨겼어. 그렇게라도 해두면 마녀들이 나한테 무슨 짓을 해도……."

"그래도 초상화는 계속 남아 있을 테니까요."

베티가 조용히 말했다.

"필윙스와 라이트윙이 새로운 가족 운운하면서 맏딸이 제격이네, 다음 목표물이네 등등 떠들기 시작했지. 플리스를 본 순간 바로 알아봤어. 저 아이구나. 난 플리스한테 경고해 주려고 했어. 무슨 말이라도 하고 싶었어. 하지만 못 했지. 너희들 눈에 비친 건 그저 주문을 웅얼거리는 미친 노파였고."

"거울은 뭐예요? 거울에 비친 모습이 쭈글쭈글 주름투성이여서 못 참고 깨버렸어요?"

찰리가 물었다.

이제 찰리는 베티 어깨에 기대어 몸을 거의 누이다시피 쓰러져 있었다.

"찰리."

베티가 찰리를 나무랐다. 중요한 질문이었지만 동생이 그렇게까지 노골적으로 묻지 않았으면 좋았을 것이었다.

고개를 젓는 아이비 눈가 주름이 더 짙어졌다.

"그냥 실수였어. 우리 집에 살 때 바로 그 고리에 거울을 걸어두었거든. 옛날 집에 있었더니……. 얼핏 거울을 보면서 예전 모습이 비치기를 기대했나 봐. 그런데 옛날 모습이 아니라……. 이, 이 모습이……. 그래서 나도 모르게 거울을 벽에서 쳐서 떨어뜨린 것 같아."

아이비가 속삭였다.

"이해가 안 가는 게 또 있어요. 마녀들이 언니를 포로로 삼았다면서 어떻게 마녀들 모르게 초상화를 검은 새 오두막에 숨겼어요? 오늘 밤에는 어떻게 도망쳐 나왔고요?"

아이비가 등불에 비친 주름진 손을 내려다봤다. 손이 와들와들 떨리고 있었다.

"아, 마녀들 감시야 말도 못 하게 심했지."

아이비가 비통하게 말했다.

"특히 처음에는. 내가 집에서 못 나가게 오두막 전체에 마법을 걸어놨어. 두어 번 도망치려고 시도했지만 어림도 없었어. 그랬더니 다음에는 아예 나한테 주문을 걸더라. 너무 멀리 못 가게. 그때 깨달았지. 일단 모든 것을 포기한 척 마녀들 말에 순순히 따라야겠구나."

아이비 눈이 분노와 억울함으로 번쩍였다.

"부엌일부터 돕기 시작했어. 그렇게 몇 달 흘렀더니 마녀들이 조금씩 자유롭게 놔두더라고. 이상하게 걷긴 해도, 빵집까지도 가고 밖에 나가 빨래도 널고. 마녀들은 만에 하나라도 누구한테 자기들이 한 짓을 말하거나 내가 진짜 누구인지 드러내려고 시도했다가는 크게 후회할 거라고 늘 경고했어."

베티는 아이비 입에서 튀어나오던 핀과 바늘을 떠올리고 부르르 떨었다.

"초상화가 사라지자마자 마녀들은 내 짓이라는 걸 알아차렸어. 하지만 증거가 없었지. 마녀들은 나를 삼 일이나 거미줄 방에 가뒀어."

아이비 눈빛이 어디에 홀린 듯 멍해졌다.

"언니는 줄곧 사람들 코앞에 있었군요. 아이비 벨은 마을을 떠나지 않았던 거예요."

베티가 중얼거렸다.

"떠나지 않았지. 그저 웹 노파가 되었을 뿐. 그건 마녀들이 지어준 이름이었어."

아이비가 얼굴을 구겼다.

"마녀들이 장난이랍시고 붙였어. '웹'은 젬 삼촌 성(姓)이거든. 아무도 연관성을 깨닫지 못했어. 사람들이 신경을 안 썼을지도 모르고. 그 정도도 알아치리지 못 할 만큼 모두가 마법에 걸려 정신이 흐릿해졌을 수도 있고."

아이비가 잠깐 멈췄다.

"두 마녀가 플리스를 점찍은 이후 다른 사람들도 달라지는 걸 눈치챘니? 무슨 일이 벌어지는지 다른 사람들이 모르게 하려고 마녀들이 부리는 마법이야."

"맞아요."

베티가 속삭였다. 베티는 제대로 알아차렸다.

마법과 골칫거리는 떼려야 뗄 수 없는 법……

"불쌍한 웨그스도 마찬가지겠네요. 그 모든 일에 휘말렸군요. 그런 일이 웨그스한테 일어났던 거예요. 그래서 그날 뒤로 성장도 멈췄고요"

말을 덧붙이는 베티는 목이 메는 기분이었다.

아이비가 고개를 끄덕였다.

"웨그스가 중간에 쐐기풀 끈을 끊지 않았으면, 마법이 완성되기 전에 멈추지 않았으면 웨그스는 아마 훨씬 더 어려졌을 거야. 원래 죽었어야 할 내가 죽지 않은 이유는 그것밖에 없다는 게 내 생각이야. 마녀들이 내게서 뺏어간 시간은 웨그스 같은 어린이를 위한 게 아니었어. 사람들 질문이 많아질수록 웨그스가 원래 모습으로 남아 있을 수가 없었지. 웨그스는 절대 자라지 않는 소년으로 펜들윅의 기묘한 현상 중 하나가 될 거야."

베티 두 팔 솜털이 바짝 곤두섰다. 아이비 이야기를 들을수록 플리스에게 일어날지도 모르는 일이 몹시 두려워졌다. 다른 것도 있었다. 이제 초상화의

318

의미(아이비 일부가 살아 있는 초상화라니)를 알고 났더니 초상화가 얼마나 중요한지 새삼 인식한 것이었다. 밀실 벽에서 초상화를 떼어 낸 일이 끔찍한 실수였을까? 이거나 저거나, 아이비에게 알려야 했다.

"아이비 언니⋯⋯. 저기, 언니한테 말할 일이 하나 있는데요⋯⋯."

입을 열었던 베티는 어디선가 태평하게 코 고는 소리가 나는 바람에 말을 멈췄다. 어깨에 기대고 있던 찰리가 완전히 늘어졌다는 걸 알아챘지만 너무 늦었다. 까마귀 맙소사! 어쩜 이렇게까지 정신을 놓고 있었지?

"이런, 안 돼! 찰리, 일어나!"

베티가 찰리 어깨를 잡고 처음에는 살살, 나중에는 마구 흔들었다.

아이비가 등불을 들어 올렸다. 놀라고 당황해서 눈이 휘둥그레졌다.

"난 얘가 잠든 줄도 몰랐어!"

"나도 마찬가지예요."

베티가 찰리 뺨을 가볍게 치면서 무력하게 대답했다. 숲속으로 들어올 때 아이비가 했던 세 가지 경고를 떠올렸다. 잠들지 말 것, 똑딱거리는 시계 소리가 들리면 말하지 말 것, 지금이 몇 시냐고 절대 묻지 말 것. 이제 규칙 하나를 어겼다.

"괜찮을 거예요. 그냥 잠깐 졸았나 봐요. 어쩌면⋯⋯."

찰리가 눈을 번쩍 떴다가 졸린 듯 다시 감는 모습에 베티가 중얼거렸다.

"쟤 코까지 골았어. 하지만⋯⋯. 그래, 어쩌면⋯⋯."

아이비가 걱정스럽게 말하면서 몸을 숙여 찰리 치맛단을 들췄다.

"아, 이런. 이건 좋지 않아!"

베티가 헉 소리를 냈다. 뭔지 모를 덩굴 한 줄기가 잎이 무성한 덫처럼 찰리 발목을 휘감고 있었다. 심지어 베티가 지켜보는 중에도 줄기가 무섭게 빠른 속도로 자라면서 찰리 다리를 타고 올라갔다. 더 많은 덩굴줄기들이 절대 자연스럽지 않은 속도로 뱀처럼 땅바닥을 구불구불 기어서 찰리의 다른 쪽 다리를 노리고 경쟁하듯 돌진해 왔다.

베티는 자기도 줄기에 휘감길까 봐 무서웠지만 줄기들을 손으로 쳐냈다. 덩굴줄기들은 찰리만 원하는 것 같았다. 떼어버리기 무섭게 다시 기어 왔다. 베티는 찰리를 다급히 깨우며 찰리 다리에 붙은 덩굴을 떼어내기 시작했다.

"찰리, 일어나! 움직여야 해. 얼른!"

찰리가 부스스 머리가 헝클어진 채 하품하며 끙 소리를 내더니 이내 눈을 번쩍 뜨고 몸부림치기 시작했다.

"베티 언니, 이게 뭐야?"

찰리가 흐느꼈다.

"네가 잠들었어!"

아이비도 손을 뻗어 잎이 무성한 줄기를 떼어내는 데 힘을 보탰지만, 찰리를 풀어내기엔 역부족이었다.

"소용없어."

아이비가 헉헉거리며 말했다.

"어떻게라도 멈출 방법이 있을 거예요. 플리스 언니, 도와줘!"

베티는 절박했다.

하지만 플리스는 꿈꾸는 눈빛으로 머리 위 장막처럼 드리운 가지들만 올려다보고 있었다.

"한 가지 방법이 있긴 한데 먹힐지는 나도 잘 몰라. 젬 삼촌이 꾸며낸 말일 수도 있거든. 제대로 기억하는지도 확실하지 않……."

아이비가 말했다.

"뭐든지 말만 해요! 빨리요!"

베티가 재촉했다.

"뭔가를 거꾸로 외워야 해."

"뭔가를 거꾸로 외운다고요?"

베티가 당황해서 아이비 말을 그대로 따라 했다.

"책이나 뭐 그런, 그런 거요?"

"아니, 적힌 걸 외우면 안 돼. 기억해서 외워야 해. 노래, 기도문, 동요 뭐 그런 거……."

아이비가 급히 말했다.

"그게 어떻게 가능해요!"

베티가 외쳤다. 안에서 두려움이 치솟았다. 끊임없이 줄기를 떼어냈지만 줄기는 베티가 잡아떼는 속도보다 두 배는 빠르게 다시 자랐다. 아까부터 손도 아팠다.

"이게 나를 먹고 있어!"

찰리가 토실토실한 손가락으로 줄기를 잡아당기며 울부짖었다. 찰리 옷깃에서 나온 깡총이가 놀라서 찍찍 울어댔다.

"깡총아! 너라도 살아. 베티 언니, 쟤 좀 잡……."

베티가 깡총이를 잡아서 플리스를 향해 던졌다. 쥐가 플리스 치마 속으로 파고들어 몸을 숨긴 채 파르르 떨며 코끝만 밖으로 내밀고 쫑긋거리며 찍찍 울어 젖히는데도 플리스는 움찔하지도 않았다. 베티는 다시 찰리를 향해 몸

321

을 돌리고 미친 듯이 머리를 굴렸다.

"빨리, 찰리, 노래. 아무거나 떠올려 봐!"

베티는 몸이 달았다.

두려움에 사로잡힌 베티는 머릿속이 하얘진 지 이미 오래였다. 하물며 기도문 같은 게 생각날 리 없었다. 가족들과 교회에 갔을 때도 예배에 그다지 신경 쓰지 않았다. 베티가 아는 노래 대부분은 밀렵꾼의 주머니에서 주워들은 것이어서 험하고 무례한 단어가 섞인 데다 외설스러웠다. 하지만 지금은 뭐라도 기꺼이 부를 판이었다.

"플리스 언니! 할머니가 부르던 노래 그거 뭐지? 목사 부인이랑 뱃사람 나오는 노래? 언니! 좀 도와줘!"

"가라, 마녀는 가. 펜들웍에서 떠나……."

플리스가 나직하게 읊조리기 시작했다.

베티는 플리스를 잡아 흔들어대고 싶은 충동을 가라앉혔다. 소용없을 터였다. 플리스한테서 도움받기는 글렀다. 플리스 덕분에 베티 머릿속이 '가라, 마녀는 가.'로 가득 차기만 했다. 희망이 절벽이었다. 베티는 그 노래를 거꾸로는 고사하고 원래대로도 못 외웠다. 덩굴은 일분일초가 다르게 찰리를 집어삼키고 있었다.

"히커리 디커리 독, 베티 언니, 히커리 디커리 불러!"

대뜸 찰리가 외쳤다.

베티는 단박에 찰리 말을 알아들었다. 언젠가 한 번 베티가 전래동요를 멋대로 바꿔서 우습게 불렀는데 그러자마자 찰리 애창곡이 되었다. 베티랑 플리스에게 거듭거듭 불러달라고 하도 졸라대서 나중에는 할머니가 화를 내기도 했다. 어찌나 여러 번 반복해서 불렀는지 이제는 거꾸로도 부르겠다고 베티가 자주 말했다. 그런데 그건 농담이었다. 그냥 한 번 툭 던져본 말이었다. 진심이 아니었다.

하지만 베티에게 무슨 선택지가 있겠는가. 베티가 속으로 노래를 떠올리는 동시에 가슴속 희망에서 불꽃이 튀었다. 베티가 심장으로 아는 노래였고 무엇보다 아주 짧아서 좋았다.

> 히커리 디커리 독.
> 까치가 시계를 삼켰네.
> 트림을 하니까 종소리가 울리네.
> 시간을 알려주네.
> 히커리 디커리 독.
> 똑! 딱!

베티는 눈을 질끈 감고 단어들을 그림처럼 머릿속에 띄웠다.

"딱, 똑 독, 디커리, 히커리……. 알려주네, 시간을……. 아, 까마귀가 못 살겠다. 벌써 뒤죽박죽 섞였어!"

베티는 초집중해서 다시 불렀다. 그래도 이번에는 더 많이 성공했지만, 까치라고 해야 하는데 그만 까마귀라고 해버렸다. 아이비가 용을 쓰며 떼어내는데도 이젠 찰리 허리 아래가 녹색으로 완전히 뒤덮였다.

"내가 해볼게!"

찰리가 아우성쳤다. 하지만 베티가 보기에 찰리는 심하게 당황했다. 당연히 첫 번째 구절도 다 부르지 못했다.

"서둘러! 덩굴이 두꺼워져!"

아이비가 안달했다.

베티가 눈을 감았다. 어린 동생한테 벌어지는 무시무시한 광경을 눈에서 막아버렸다. 베티는 기를 써서 종이 위에 쓰인 노랫말을 상상해냈다. 그리고 한 마디씩 천천히, 차례대로 다시 읽어 내려갔다.

"……. 삼켰네, 시계를, 까치가. 독, 디커리, 히커리!"

노래가 끝났다. 베티가 눈을 번쩍 떴다.

베티가 해냈다! 그것도 시간에 딱 맞춰서. 눈을 뜨니 덩굴이 찰리 어깨를 휘휘 휘감으며 이제 막 목을 타고 올라가려는 살벌한 광경이 보였다. 덩굴 올라가는 속도가 조금도 느려지지 않는 느낌에 잠시 심장이 멎는 것 같았지만, 일순 덩굴이 딱 멈추더니 슬금슬금 거꾸로 내려오기 시작했다. 하나, 둘 줄기가 느슨해지며 찰리한테서 미끄러지듯 떨어져 나가 땅속으로 사라졌다.

찰리가 용수철처럼 펄쩍 튀어 일어나 몸을 던지다시피 베티 무릎으로 파고들며 언니를 꽉 끌어안았다. 흙내와 풀내가 뒤섞여 풍기는 찰리 작은 몸이 부들부들 떨고 있었다.

"까마귀 맙소사, 정말 아슬아슬했어."

베티가 찰리 머리에 얼굴을 묻고 속삭였다.

"진짜 위험했어. 빨리 여기서 나가자."

아이비가 조용히 말했다.

아이들이 자리에서 일어나 몸을 털고 또다시 길을 나섰다. 이번에도 아이비가 앞에 섰지만 베티 눈에는 아이비가 여전히 지쳐 보였다. 아이비는 오직 두려움 때문에 앞으로 나아가고 있었다. 단지 지금은 숲 자체를 두려워했다. 아이비 혼자 숲에 들어왔을 땐 어찌어찌 규칙을 지켰겠지만, 찰리 실수 탓에 이젠 숲이 실제로 얼마나 위험한 곳인지 직접 본 터였다. 한동안 누구 하나 입을 열지 않았다. 이제 막 일어난 일로 충격을 심하게 받았다. 베티가 찰리 손을 꽉 잡았지만 걱정할 필요 없었다. 졸음기가 말끔히 걷힌 어린 동생 눈이 이제는 경계의 빛을 띠고 단단히 주의를 기울이고 있었다. 꿈을 꾸듯 조용하기만 한 플리스가 뒤를 따랐다.

한 시간쯤 지났을까, 아이비가 입을 열었다.

"저 앞이 숲 끝이야. 거의 다 왔어."

"으아, 다행이다. 이 숲이 과연 끝나기는 할까 생각하기 시작했어요."

베티가 그제야 처음으로 동생 손을 놓으면서 중얼거렸다.

"이것보다는 빨리 나왔어야 해. 규칙을 어기는 덕분에 여정이 길어졌어."

그 어느 때보다 지친 모습으로 말하던 아이비가 돌연 조용해졌다. 경계하는 눈빛이었다.

"왜……"

베티가 물으려고 했지만 아이비가 얼른 손가락 하나를 입술에 갖다 댔다.

저 소리, 분명히 똑딱거리는 소리였다. 어디 눈에 안 보이는 곳에 시계 수백 개를 감춰둔 것 같았다. 요란한 소리가 일행을 에워쌌다. 시계들이 사방에서 일제히 울어대는 느낌이었다.

아이비가 모두에게 조용히 하라는 신호를 보내더니 곧 계속 오라고 손짓했다. 소리는 차츰 잦아들었지만 베티는 오싹한 느낌을 좀처럼 떨쳐내지 못했다. 아이비는 어떻게 이런 곳에서 혼자 그림을 그리며 시간을 보냈을까?

마을 사람들이 그런 아이비를 두고 수군거린 것도 당연했다. 베티는 이 숲에서 나가 네거리로 나가기만 하면 앞으로 영원히 감사하며 지낼 것이었다.

숲 경계선까지 열 발짝쯤 남았는데 플리스가 나무뿌리에 걸려서 땅에 넘어졌다.

"언니, 괜찮아?"

베티가 한걸음에 플리스에게 달려갔다. 여전히 멍한 언니 눈빛을 예상했다. 그런데 플리스의 부드러운 갈색 눈동자가 깨끗하게 걷히고 있었다. 잠에서 깨어나는 것 같았다.

"나……. 우리 지금 어디야?"

플리스가 얼굴을 찡그리며 발목을 문질렀다. 그러더니 혼란스러운 표정으로 주변을 두리번거리다가 아이비를 처음으로 봤다.

"저 여자가 여기서 뭐 하는 거야 그리고 우리는 이 늦은 밤에 왜 밖에 나왔고? 지금이 몇……."

"언니, 안 돼!"

베티가 플리스를 막으려고 했지만, 너무 늦었다.

"몇 시야?"

플리스가 문장을 맺었다.

뎅! 커다란 종소리가 숲을 뒤흔들었다. 정각을 알리는 거대한 괘종시계 소리 같았다. 일행이 또 다른 규칙을 어겼다.

"뛰어! 빨리!"

아이비가 목메는 소리로 외쳤다.

26장. 네거리

베티가 플리스를 일으켜 세워서 숲 경계선으로 끌고 갔다. 찰리는 벌써 저 앞에서 아이비와 함께 나무 사이를 비집고 나가고 있었다.

"베티 언니, 플리스 언니! 빨리 와!"

찰리가 악을 쓰는데도 무성한 수풀에 가로막혀 목소리가 희미하게 들렸다.

베티는 플리스를 앞으로 밀면서 낮게 늘어진 나뭇가지 아래로 몸을 숙였다. 머리통이 나뭇가지에 긁히는 예리한 통증이 느껴지더니 따뜻한 피가 느리게 배어 나왔다. 베티 눈앞에서 나뭇잎들이 커튼처럼 닫혔다. 그제야 베티는 단순히 가지 높이를 잘못 잰 게 아니라는 사실을 깨달았다. 나뭇가지는 물론이고 저 앞에 선 나무들이 움직였다. 아니, 숲이 통째로 바뀌고 있었다. 베티와 플리스를 안에 가둔 채 바깥부터 닫히고 있었다.

"가!"

베티가 외치면서 방금 찰리와 아이비가 빠져나간 틈으로 플리스를 밀어 넣었다. 피부를 할퀴는 나뭇가지에 헉하고 놀라는 플리스 소리가 들렸다. 나뭇가지는 베티도 할퀴고 들었다. 베티와 플리스를 안에 가두려고 덤벼드는

327

뾰족한 나뭇가지에 머리카락이며 옷이 걸렸다. 면사포처럼 드리운 나뭇잎 너머 신선한 공기가 얼굴에 닿았다. 탈출구가 코앞이었다. 그런데 이제는 발 밑 땅이 움직이고 뿌리들이 새로 얽히고설키며 매듭을 지었다. 베티가 마지막으로 플리스를 있는 힘껏 밀었다. 무언가 부욱 찢어지는 소리가 나면서 플리스가 밖으로 나갔다. 우거진 잡목 너머에서 숨을 몰아쉬는 플리스 소리가 멍멍하게 들렸다.

베티 홀로 숲에 남았다. 출구는 닫혔고 주위는 그 어느 때보다 칠흑 같았다.

"베티 언니, 이쪽이야!"

왼쪽 어딘가에서 찰리 목소리가 어렴풋이 들렸다.

베티는 소리 나는 곳을 향해 무작정 움직였다. 두 팔을 쭉 뻗고 나뭇가지를 앞으로 밀어냈다. 뭐가 발을 감으려고 해서 걷어차 버렸다. 머리카락만한 틈 사이로 마지막 달빛 한 조각이 얼핏 보였다. 베티는 두 손 두 발을 땅에 대고 기다시피 달빛을 향해 몸을 날렸다. 새 둥지 같은 찰리 머리카락과 서로 뒤엉킨 다리가 눈에 들어왔다. 손가락처럼 베티를 파고든 나뭇가지들이 베티를 뒤로 잡아당기고 허리며 다리를 조여들었다. 공포가 베티를 집어삼켰다. 베티는 찰리가 어떤 꼴이 날 뻔했는지 봤다. 지금이 훨씬 나빴다. 똑딱똑딱 숲이 베티를 집어삼킬 판인데 지금 이 안에는 베티를 도와줄 사람이 아무도 없었다.

"당겨!"

찰리가 베티 팔을 붙잡고 늘어지며 포효했다. 아이비와 플리스까지 더 많은 손이 안으로 들어왔다. 베티는 눈을 들어 자매들 얼굴을 봤다. 이를 악문 찰리는 결연한 표정이었고 플리스 눈에는 두려움과 뜨거운 사랑이 깃들었다. 펜들윅에 도착한 이후 못 본 눈빛이었다. 베티는 저런 눈빛을 영원히 못 볼까 봐 두려웠다.

양팔을 잡아당기는 손 세 쌍 힘에 베티 근육이 아파서 비명을 질러댔다. 숲이 강력하게 베티를 뒤로 잡아끌었다. 베티는 마법의 줄다리기에서 어느 쪽이 이길지 몰라 공포에 사로잡혀 울부짖었다.

"놓치지 마!"

베티가 애원하며 두 발을 땅속에 박아 넣고 몸을 앞으로 힘껏 보냈다. 베티를 휘감은 덩굴이 허리를 끊어버릴 기세로 단단히 죄여 들면서 산소를 쥐어짰다. 베티는 입술을 깨물고 다시 흙을 뒤로 밀어냈다. 찰리와 플리스, 아이비가 온 힘을 쏟아부어 베티를 잡아당기자 뒤에서 우두둑 소리가 연이어 나더니 줄기 몇 가닥이 끊어지며 베티가 풀려났다. 베티가 앞으로 훅 튕겨 나가 퍽 소리를 내며 풀밭에 떨어졌다. 숲은 뒤에 남았고 청명한 달빛이 하늘에서 빛났다.

"베티 언니! 언니 괜찮아?"

찰리가 냅다 달려와서 옆에 무릎을 꿇고 앉아 숨을 몰아쉬었다.

베티는 몸을 떨며 일어나 앉았다. 허리를 휘감았던 덩굴 느낌이 아직도 생생했다. 두 팔은 아프고 머리는 지끈거렸다. 베티가 손가락으로 두피를 더듬어 여린 곳을 지그시 눌렀다. 손가락에 피가 묻어 나왔다.

"내가 봐줄게."

아이비가 조심스럽게 베티 머리를 살폈다.

"상처가 깊지는 않아. 그냥 긁혔어."

베티는 침을 삼키고 두 다리로 일어서서 옷에 묻은 흙을 털었다. 흙냄새가 물씬 풍겼다. 베티가 두려운 눈길로 숲을 뒤돌아봤다. 나뭇가지들이 분노한 듯 부르르 와르르 떨고 있었다.

"나왔다. 아슬아슬했어."

베티가 속삭였다.

아이비가 고개를 저었다.

"숲에서 나오긴 했지만 완전히 탈출하지는 않았어."

베티는 배 속이 울렁거렸다.

"그게 무슨 소리예요? 우린 이제 자유잖아요."

"규칙을 어겼잖아. 숲은 어떻게든지 우리가 대가를 치르게 할 거야."

아이비가 조용히 대답했다.

"참, 시간 흐름이 꼬일 거라고 했죠. 그게 무슨 뜻이었어요?"

베티는 아이비 경고가 기억났다.

"숲이 우리 세월에서 몇 년을 뺏어가거나 거꾸로 몇 년을 붙일 수 있어."

"근데 왜 굳이 똑딱똑딱 숲을 통과했어요? 안 좋은 생각이었잖아요!"

아이비 말에 찰리가 따지고 들었다.

"내가 말했잖아. 잠깐이라도 필웡스와 라이트윙을 따돌리려고 그랬어. 두 마녀가 숲 안으로는 절대 발도 들이지 않으리라는 것이 숲이 가진 가장 큰 강점이었으니까. 네거리에 빨리 도착할수록 좋기도 하고."

"우리 할머니는 네거리라면 아주 질색해요. 네거리에서 자주 죄수를 교수형에 처했고 시체도 주변에 묻었다 하더라고요. 그렇게 해야 설령 원혼들이 복수하겠다며 돌아와도 각기 다른 길이 교차하는 네거리에서 혼란에 빠진다고요."

베티가 말했다.

"산 사람한테도 똑같이 작용하기만 한다면야. 아니, 적어도 죽었어야 마땅한 이들한테라도."

아이비 입술 선이 우울한 표정을 그렸다.

베티는 전율이 일었다. 두 마녀가 그토록 오랜 세월 죽음을 속여 왔다고 생각하니 소름이 돋았다.

"가자. 네거리로 데려다줄게. 일단 네거리에 닿으면 펜들윅에서 도망칠 수 있을 거야."

아이비가 말했다.

베티가 아이비를 따라가려는데 찰리가 옷소매를 잡아당기며 플리스를 가리켰다. 플리스가 꼼짝도 안 하고 그 자리에 서서 아이비를 노려보고 있었다.

"저 여자가 지금 여기에서 뭘 하는지 말하기 전에는 안 가. 검은 새 오두막에서 손가락으로 나를 가리킨 사람이 저 여자야! 우리가 왜 이 한밤중에 저 여자랑 헤매고 있지?"

혼란스러워하는 플리스 목소리에 의심이 가득했다.

베티는 아이비와 플리스를 번갈아 힐끔거렸다. 정말 플리스한테서 마법의 안개가 잠깐이나마 걷힌 것 같았다. 이젠 일행이 펜들윅에서 멀리 떨어졌더니 마녀가 걸어놓은 마법이 깨졌나?

"플리스 언니, 우리가 생각을 잘못했어. 저 여자는 언니를 해치려던 게 아니야. 도와주려던 거였어. 언니가 위험에 처했다고 경고해 주려고 했대."

베티가 부드럽게 말했다.

플리스 얼굴에 어두운 그림자가 스쳤다.

"무슨 위험?"

"나처럼 되는 위험. 난 아이비 벨이야. 난……."

자기 몸을 가리키는 아이비는 목이 메었다.

"난 열여덟 살이야. 마녀들이 이렇게 만들었어."

플리스가 팔짱을 낀 채 아이비를 위아래로 천천히 훑어봤다.

"누가 뭘 어떻게 했다고?"

"마녀, 마녀들이라고."

찰리가 답했다.

"맙소사, 또 그 타령이야? 너희들 지금 이 늙고 정신 나간 여자를 믿는다고 나한테 말하려던 거야? 마녀들이 노린다고 생각해서 이 한밤중에 나를 끌고 나왔어?"

플리스가 눈알을 굴렸다.

"마법이 언니를 밖으로 끌어냈어. 언니가 이 한밤중에 마을 연못가를 따라 원을 그리며 돌았던 이유도 마법 때문이었고."

냉담하게 나오는 언니 기세에 베티가 품었던 희망이 시들어갔다. 결국 언니를 휘어잡은 마녀들 지배력은 약해지지 않았고 플리스는 자기가 어떤 위험에 처했는지 여전히 보지 못했다.

"난 그런 기억 없어."

플리스가 얼굴을 구기며 말했다.

"그럴 줄 알았어. 이젠 좀 가자!"

찰리가 말했다.

"가기는 어딜 가! 도대체 어디로 간다는 거야? 할머니가 이걸 알고는 계시니?"

플리스가 꿈쩍도 하지 않고 물었다.

베티가 속절없는 눈빛으로 아이비를 곁눈질했다.

"언니, 이럴 시간 없어. 언니가 마녀들한테서 멀리 떨어지도록 우린 펜들윅에서 벗어나야 해. 마녀들이 찾아올 수 없게 어딘가 안전한 곳을 찾아야 한다고."

"알았다! 클라리사 아줌마 집. 아빠 사촌이잖아? 클라리사 아줌마가 만날 우리한테 아줌마네 와서 같이 살자고 했어!"

찰리가 불쑥 나섰다.

베티가 찰리 말을 곰곰이 생각하더니 고개를 저었다.

"좋은 생각이지만 클라리사 아줌마는 너무 멀리 살아. 어디라도 빨리 가서 숨어야 해. 그래야 마녀들이 플리스 언니한테 걸어놓은 마법을 깰 방법도 생각하지."

"그런 방법 절대 찾지 못할 거야. 나도 못 찾았으니까. 마녀들이 걸어놓은 마법을 깨려고 나 역시 온갖 수를 다 써 봤어. 식물, 약초, 옛날 미신들. 일부 도움이 되기도 했지만, 그 무엇도 나한테 벌어진 일을 아예 무효로 돌리지는 못했어."

아이비가 나직이 말했다.

"그러니까 언니 말은……. 우리가 펜들윅으로 못 돌아온다는 뜻이에요?"

아이비한테 묻는 베티 목소리가 떨리기 시작했다.

"필윙스와 라이트윙이 있는 한 절대 안전하지 않을 테니까. 두 마녀가 부리는 마법을, 두 마녀를 끝낼 방법을 찾지 못하면."

아이비 얼굴에 비통한 표정이 스쳤다. 아이비가 간절한 눈빛으로 베티를 봤다.

"너희가 나름대로 마법을 부릴 줄 안다는 사실을 깨달았을 때 난……. 마녀들을 무찌를 어떤 방법 같은 게 너희한테 있기를 기대했어. 그런데 이젠 마녀를 무찌를 사람은 아예 없을지도 모른다는 생각이 들기 시작했어. 마녀들은 너무 오래 살았고 막강해. 그래도 너희 셋은 아직 도망칠 기회가 있어. 영원히 이곳으로 돌아오지는 못하겠지만. 난 기회를 잃었어! 너희는 기회를 놓치지 마."

암울한 기운이 베티를 묵직하게 내리눌렀다. 다시는 펜들윅으로 돌아오지 못한다고?

"할머니는요? 아빠는? 가족을 여기 두고 떠나서 평생 숨어 살 수는 없어요!"

베티가 중얼거렸다. 하지만 아이비 침묵이 계속 이어지자 베티는 아이비가 제시하는 방법이 정확히 그것임을 깨달았다.

"그래도 할머니랑 아빠가 나중에 우리 찾으러 오겠지? 아빠랑 할머니가 우리 잊어버리고 그냥 계속 펜들윅에 살지는 않겠지?"

찰리가 어리둥절하게 물었다.

베티는 대답하지 않았다. 자기도 이해가 안 가는데 무슨 말을 하겠는가. 뿌예진 채 깜빡거리지 않던 아빠와 할머니 눈을 베티와 찰리 둘 다 봤다. 자매는 할머니와 아빠를 잠에서 깨우기는커녕 눈을 떴을 때조차 두 사람 말에 귀 기울이게 하지 못했다. 할머니와 아빠가 마법에 걸려서 자매들을 찾아 나서지도 않고 기억조차 못 하게 될 일이 무서울 만큼 가능해 보였다. 베티는 계획도 희망도 없이 길을 잃은 기분이었다.

"여기까지 온 걸 헛수고가 되게 하지 마. 우린 숲을 통과했어. 마녀들이 너희를 따라잡을 기회를 주지 말라고."

아이비가 조용히 말하면서 단호하게 앞으로 한 발 내디뎠다. 그러나 곧 움찔하며 허리를 숙였다. 베티는 아이비가 발목을 문지를 줄 알았는데 이번에는 치맛단을 조금 들어 올렸다.

베티가 숨을 멈췄다. 가느다란 은색 끈이 올가미처럼 아이비 발목에 감겨 있었다. 은색 끈이 닿은 살갗에 빨간 열꽃이 화를 내며 확 번져 나간 모습이 달빛 속에서도 보였다.

"쐐기풀에 쏘인 거야. 쐐기풀 끈에 마법을 걸어놓았거든. 마녀들한테서 멀어질수록 더 단단히 조여. 아무래도 여기부터 더는 못 데려다줄 것 같아. 어차피 너희들이 어디로 가는지 내가 모르는……. 그래야 마녀들도 나한테 자백을 강요하지 못할 테니까."

아이비가 나직이 말했다. 패배한 기색이 얼굴에 짙게 드리웠다.

은색 끈이 어쩐지 의기양양한 빛으로 번쩍이는 것 같았다.

"아이비 언니, 언니는 우리랑 같이 안 가요?"

찰리가 물었다.

"아까 말한 게 그런 뜻이었군요. 언니가 떠나지 못하도록 주문을 걸어놨다고 말했잖아요."

베티가 공포에 사로잡혀 말했다.

"여기까지가 마녀들한테서 가장 멀리 와 본 거야. 그런데 이제는 끈이 너무 꽉 조여. 난 돌아가야 할 것 같아."

아이비가 말했다.

"하지만……. 그래도……. 어쩌면 마법을 깰 방법이 있을지도 몰라요."

베티가 절박하게 말했다.

진짜 너무해!

할머니랑 아빠, 아이비가 마녀들 손아귀에서 고통당하며 살도록 펜들윅에 남기고 떠날 수는 없었다. 게다가 마녀들이 또 다른 희생자를 찾으면 어쩌는가.

"우리가 마녀들 마법을 죄다 깰지도 몰라요. 우리가 할 수 있는 게 뭐라도 있을 거라고요. 마녀들한테 돌아가면 안 돼요! 마녀들이 이대로 빠져나가게 놔둬서도 안 되고요."

베티는 실마리가 떠오르기를 기대하고 기원하며 하늘에 뜬 별을 올려다봤다. 소용없었다. 깊어가는 좌절감이 까마귀 떼처럼 베티를 쪼아댔다.

까마귀…….

베티는 문득 어떤 생각이 떠올라서 긴장했다.

"까마귀……."

베티가 나직이 중얼거렸다. 몸이 덜덜 떨리기 시작했다. 이번에는 두려워서가 아니었다. 들떠서였다.

"베티 언니, 언니 무슨 좋은 생각 났구나. 그렇지?"

찰리가 반신반의하며 물었다.

"응, 그런 것 같아. 찰리, 언니가 해답을 찾았어. 확실해! 어떻게 하면 마녀들 마법을 깨뜨릴지 알아냈어."

베티가 동생 얼굴을 두 손으로 감싸며 말했다.

"무슨 생각이라도 떠오른 거야?"

아이비가 믿기지 않는다는 듯 물었다.

"무슨 생각이 아니라 어떤 곳이요."

베티 목소리가 높아졌다.

베티 귀에 짧게 들이마시는 찰리 숨소리가 들렸다. 두 자매가 눈을 마주치고 이해했다는 눈빛을 교환했다.

"마법이 안 먹히는 곳."

찰리 입이 헤벌쭉 벌어졌다.

"너, 너희들이 들어본 곳이야? 그런 곳이 진짜 있는지 어떻게 알아?"

아이비가 물었다.

"있고말고요. 우리 셋이 다 바로 그 옆에서 컸거든요."

찰리가 손을 뻗어 뚱하다 못해 떨떠름한 표정을 짓고 있는 플리스한테서 깡총이를 받아 들며 말했다. 찰리는 깡총이를 옷깃에 넣고 코를 쓰다듬어 주었다.

"까마귀바위 탑."

베티가 말을 맺었다. 입 밖으로 소리 내어 말하니까 모두를 위한 답이라는 확신이 강하게 들었다.

"아이비 언니, 언니도 우리랑 같이 가야 해요. 마녀들이 언니한테 걸어놓은 저주가 깨질 거예요. 틀림없어요!"

아이비가 막막한 눈빛으로 네거리를 바라봤다.

"그렇게 멀리까지 내가 갈 수 있을지 모르겠어. 갈 수 있다 해도 초상화가 없어. 아직 검은 새 오두막에 있는데. 내 일부는 계속 갇힌 채 펜들윅에 남을 거야."

"그럴 일 없어요. 언니 초상화는 이제 검은 새 오두막에 없거든요. 언니가 남긴 쪽지를 보고 혹시 몰라서 안전하게 여기 담아 왔어요. 우리가 가져가면 돼요."

베티가 어깨에서 지도 통을 벗어 내리며 말했다.

아이비 입술이 부들부들 떨렸다.

"넌 이게 진짜 먹힐 거라고 생각해?"

"생각이 아니라 알아요. 그냥 그곳에 가면 돼요."

27장. 물레

베티는 밤새 걸은 느낌이었지만 달빛 아래 저 멀리로 네거리가 나타나기까지 이제 겨우 한 시간 남짓 걸었다는 걸 알았다. 똑딱똑딱 숲을 떠난 뒤로는 베티는 계속 신경이 곤두서 있었다. 두렵기도 했지만, 완전히 들떴다. 이젠 베티에게 아니, 모두에게 희망이 생겼다. 찰리는 새로운 힘이 솟아난 듯 눈빛이 결연해졌다. 아이비마저 조금은 수월하게 움직이는 것 같았다. 그래도 여전히 지독한 통증을 일으키는 쐐기풀 끈이 발목을 감고 있는 만큼, 아이비가 앞으로 실제 얼마나 더 갈 수 있을지는 확실하지 않았다. 어둠 속으로 사라지는 가느다란 은색 뱀처럼 풀밭에 묻힌 쐐기풀이 아이비 뒤를 따라왔다.

유일하게 뒤에 처진 사람은 플리스였다. 베티는 숲에서 멀어질수록 안 좋아지는 언니 표정을 눈치채고 걱정스러워서 계속 뒤를 돌아봤다. 한두 번은 플리스가 아예 걸음을 멈추고 펜들윅 방향을 돌아보며 익숙한 그 멍한 표정으로 뭔가 중얼중얼 혼잣말을 하기도 했다. 이제 베티는 그 표정이 끔찍할 만큼 두려웠다.

아이들이 도착한 네거리는 적막하고 황량했다. 나무좀이 우글거리고 술

취한 허수아비처럼 한쪽으로 기우뚱 기울어진 이정표뿐이었다. 이정표대로라면 일행은 펜들윅에서 삼 킬로미터 넘게 걸었고 항구까지 채 이 킬로미터도 남지 않은 곳에 있었다. 누군가 유치하게도 이정표 위 펜들윅 표지판 옆에 마녀 모자를 그려 놓았다.

"항구, 저기로 가야 해요. 우리 아빠 배를 탈 거예요. 일단 배를 몰기 시작하면 두어 시간 안에 갈 수 있어요."

베티가 이정표를 가리켰다.

"너 배를 몰 줄 알아?"

아이비가 미심쩍게 물었다.

"우린 아무거나 다 몰 수 있어요. 배도 몰고 욕조도 몰고……."

찰리가 뻐기듯이 말하다가 문득 이마에 주름이 잡히도록 인상을 쓰며 물었다.

"근데 베티 언니, 배를 어떻게 몰아? 열쇠 갖고 왔어?"

"아니. 그런데 아빠가 여분 열쇠를 어디에 두는지 알아."

베티가 답했다.

일행은 행진하듯 이정표 앞을 지나 항구로 향하는 길을 따라 이정표를 뒤로하고 발걸음을 옮겼다. 왼쪽은 초원과 구불구불한 길들이었다. 오른쪽 저 멀리에 마을이나 도시가 있는지 작은 불빛들이 깜빡깜빡 빛났다.

운이 좀 따라줘서 우리가 저쪽으로 갔다고 마녀들이 생각했으면 좋겠다.

베티가 생각했다. 베티는 항구에 빨리 가 닿고 싶은 마음에 보폭을 넓혔다. 하지만 차가운 플리스 목소리에 덜컥 걸음을 멈췄다.

"내가 배 타는 걸 얼마나 싫어하는지 알 텐데?"

베티가 휙 돌아보니 플리스가 두 손을 엉덩이 양옆에 갖다 대고 짜증이 잔뜩 난 얼굴로 서 있었다.

"알아. 배를 타기만 하면 뱃멀미를 해대는데 잊을 리가 있겠어?"

베티는 애써 화를 억눌렀다. 이게 얼마나 급한지 언니는 모르나?

"너나 가. 저 여자가 누군지 모르겠지만 쟤나 데리고 가. 베티 위더신스표 모험이라면 난 아주 지긋지긋하니까. 이번에 나는 **빼** 줘."

플리스가 아이비를 잡아먹을 듯 노려보며 말했다.

"언니도 가야 해. 그래야 마녀들이 언니한테 걸어놓은 마법을 깨지. 모르겠어? 마법을 많이 깰수록 우리가 유리해져. 그러면 마녀들이 약해질지도……. 그럴지도 몰라."

베티가 완강하게 나갔다.

"흥, 어쨌건 난 싫어. 마녀니, 저주니 하는 네 그 유치한 이야기도 믿지 않아. 아주 신물이 나. 피곤하고 무릎 아파. 그런데 저렇게 낡아빠지고 비린내 지독한 배에 타라고? 어림도 없어!"

플리스가 우악스럽게 나왔다.

"지금 비린내 풍기는 배는 문제도 아니야. 그러니까 앓는 소리 좀 그만……."

베티가 으르렁거리며 플리스를 향해 한 걸음 다가가다가 어딘가 이상한 낌새를 느끼고 멈췄다.

"언니, 머리가 왜 그래? 머리에 뭐가 걸렸는데, 거미줄인가?"

"거미줄?"

플리스가 당황한 눈빛으로 검은색 앞머리에 손을 올렸다.

베티가 헉 소리를 냈다. 언니 머리카락에는 아무것도 없었다. 단지……. 이마 근처 머리카락 몇 가닥이 완전히 새하얗게 변했다.

"안 돼!"

베티 외치는 소리가 텅 빈 주변에서 메아리쳤다. 베티가 눈빛을 번득이며 아이비를 돌아봤다.

"어떻게 마녀들이 지금 저런 걸 할 수 있죠? 아이비 언니처럼 플리스 언니도 원형 선돌 한복판에 있어야 가능한 줄 알았는데?"

"이건 마녀들 짓이 아니야."

아이비가 입술을 깨물고 플리스에게 다가갔다. 눈을 가늘게 뜨고 무언가를 골똘히 생각했다.

"베티 네 말대로 마녀는 플리스가 곁에 없는 한 마법을 부리지 못해. 이건 뭔가 다른 거야. 똑딱똑딱 숲이겠지. 내가 말했잖아. 규칙을 어기고 무사히 벗어날 순 없어. 아무리 우리가 숲에서 빠져나왔어도 말이지."

베티는 공포에 사로잡혀 언니를 봤다. 시간 흐름이 꼬인다는 아이비 말이 이거였구나. 그러니까 이건 마녀 짓이 아니었다. 이건 플리스가 자초한 일이었다. 아직 모두가 숲에 있을 때 지금 몇 시냐고 물었다. 베티는 두려움 한 덩이를 목구멍으로 삼켰다.

"머리가 세고 무릎이 아프기 시작했어……."

베티가 중얼거렸다. 이보다 더 나빠질 수 있을까?

"이것도 깰 수 있어. 까마귀바위 탑에만 가면 이 마법도 깨질 거야."

베티가 말했다. 불현듯 베티는 감당할 수 있는 것보다 훨씬 강력한 마법을 상대해 온 느낌이 들었다. 결국 펜들윅 사람들이 옳았을지도 몰랐다. 마법이

342

정말 문제를 일으켰다.

플리스는 베티가 말한 흰 머리카락을 보려고 눈을 한껏 위로 치켜떴지만, 머리카락이 너무 짧았다.

"흰 머리카락이라고? 난 겨우 열일곱 살인데?"

플리스가 꽥 비명을 질렀다.

"이젠 너도 내가 어떤 기분인지 차차 이해할 거야. 흰 머리카락이 끔찍해? 나라고 상상해 봐. 이 늙은 몸뚱이에 두 해나 갇혀 보라고."

아이비가 나직이 말했다.

플리스 얼굴에 드리운 두려운 기색이 짙어졌다. 하지만 아이비는 아직 끝나지 않았다. 아이비가 플리스 손을 놀랄 만큼 억센 힘으로 움켜쥐었다.

"마녀들이 너를 손에 넣었을 때 벌어질 일에 비하면 이건 그냥 맛보기야. 그럼 내가 운이 좋은 쪽이 되는 거지. 마녀들한테 생명을 좀 빼앗기긴 했지만 적어도 죽지는 않았으니까. 그러니까 너한테 뭐가 좋을지 생각이 있다면 네 동생 말 듣고 배에 타!"

아이비가 플리스 손을 놓더니 더는 아무 말 없이 길을 따라 걷기 시작했다.

베티와 찰리도 아이비를 따라가기 시작했다. 뒤를 돌아보지 않아도 이제는 맏언니가 바로 뒤에 있다는 것을 알았다. 베티는 암울한 중에도 슬쩍 혼자 웃었다. 그나마 이럴 때는 언니의 허영기가 유용했다. 마법에 걸렸다 해도 눈 하나 깜짝 안 하던 언니가 급속도로 늙을지도 모른다는 말에 단단히 겁을 먹었다.

무슨 소리가 들렸다. 베티가 입가에 머금었던 미소가 그대로 얼어버렸다.

탁, 타라라라 탁. 대번에 아이비 일기가 떠오르는 독특한 소리였다. 아이비가 그토록 두려워하던 소리였다.

"아이비 언니, 저 소리 들려요?"

베티가 소곤소곤 물었다.

고개를 끄덕이는 아이비가 겁을 먹었는지 목소리가 가느다래졌다.

"마녀들이 물레질을 시작했어. 우리가 어디 있는지 알아내려는 거야. 서둘러야 해."

지금은 얘기할 시간이 없었다. 일행은 숨도 안 쉬고 기운을 아껴서 어스름한 길을 따라 최대한 빨리 움직였다. 칠흑 같은 하늘에 걸린 달이 창백한 등불처럼 일행 앞에 놓인 길을 비췄지만, 베티는 하늘에서 달이 돌아가는 듯한 이상한 기분에 달을 힐끔힐끔 올려다봤다.

"진짜 싫어. 베티 언니, 저 소리 소름 끼쳐. 우리 따라오는 것 같아. 마녀들이 우리 뒤에 있는 기분이야. 깡총이도 진짜 싫어해."

찰리가 겁에 질린 눈빛으로 어깨 너머를 힐끔거리며 웅얼거리더니 옷깃으로 손을 올려 쥐 머리통을 손가락으로 쓰다듬었다.

"언니도 알아. 그래도 잊지 마. 우리는 마녀들한테 안 보여. 지금 마녀들은 우리가 어디 있는지, 어디로 가는지도 몰라. 까마귀바위섬에 도착하자마자 모든 것을 바로잡기 시작할 거야. 다 끝장낼 거라고."

베티도 나지막한 소리로 답했다. 찰리는 뻣뻣하게 고개를 끄덕였지만 다소 마음을 놓는 눈치였다. 베티가 저 멀리 눈길을 돌렸다. 걱정이 마음을 좀먹는 기분이었다. 자기가 말하는 만큼 확신이 들기를 바랐다. 어차피 까마귀바위 탑이 유일한 희망이었다. 일단 안으로 들어가기만 하면 플리스와 아이비한테 걸어놓은 마법은 틀림없이 깨질 것이었다. 베티가 탑의 신비한 능력을 직접 경험했다. 거기까지 갈 생각을 하니 겁이 났다. 필윙스와 라이트윙이 녹색 연기를 피워 올리고 쇳소리 내는 뻐꾸기시계와 거미줄을 동원해서 우리를 따라잡기 전까지 얼마나 오래 버틸 수 있을까. 베티가 언니를 곁눈질했다. 언니는 머리카락을 만지작대고 있었다. 언니의 예쁘장한 얼굴이 불신감으로 잔뜩 일그러졌다. 여전히 언니 눈빛에 남은 언니답지 않은 그 무엇, 베티는 그것이 마음에 들지 않았다. 빨리 배를 타고 떠날수록 좋을 터였다.

일행은 수평선 위로 창백한 새벽 첫 햇살이 비칠 무렵 항구에 도착했다. 항구는 벌써 깨어나고 있었다. 낚싯배에서는 여느 날처럼 출항 나갈 준비가 한창이었고 배고픈 고양이들이 혹시라도 떨어질 생선 한 점을 기대하며 주변을 어슬렁거렸다. 줄기차게 일행을 따라오던 탁, 타라라라 탁 소리가 부드럽게 찰싹이는 물결 소리에 다소 작아졌다.

"우리 배 저기다."

찰리가 여행 가방호를 가리키며 작게 말했다. 바닷물처럼 선명한 초록색 배가 일행 앞 방파제 옆에서 까딱이고 있었다. 익숙한 배를 보니 베티는 미약하게나마 희망의 기운을 느꼈다. 고작 일주일 전에 도착한 똑같은 항구였지만 기분은 달라도 너무 달랐다. 그때는 기대감에 가슴이 터질 것 같았건만, 지금은 실낱같은 가능성에 매달린 기분이었다.

일행은 지쳤어도 기꺼이 배를 향해 터덜터덜 걸어갔다. 이제 아이비는 다리를 심하게 절었고 창백한 얼굴은 일그러졌다. 베티는 쐐기풀 끈이 발목을 얼마나 죄는지 걱정스러웠지만 무서워서 묻지도 못했다. 베티가 나무 벤치 아래 달린 작은 비밀 뚜껑 문을 열고 비상 열쇠를 꺼내서 키잡이칸 문을 열었다. 모두가 작은 배에 올라타 비좁은 선실에 들어가 자리에 앉자 플리스조차 기분이 나아진 것 같았다. 그래도 배가 물결에 출렁이자 나지막이 신음했다.

"우리 모습을 다시 드러내야겠어. 낚시꾼들은 굉장히 미신을 잘 믿으니까. 아무도 안 탄 배가 항구에서 떠나는 광경을 누가 보기라도 하면 한 시간도 안 돼서 펜들윅에 유령선 얘기가 퍼질 거야. 그런 식으로 우리 정체를 들킬 수는 없지."

베티가 지도 통을 내려놓으며 말했다. 소중한 아이비 초상화를 건드리지 않게 조심하면서 지도를 꺼내어 타룬 뒤에 펼쳐 놨다.

아무도 반대하지 않았다. 베티는 썩 내키지 않았지만, 마트료시카 인형을 꺼내어 무늬가 어긋나도록 비틀었다. 그러고는 연료통에 연료를 채운 뒤 타룬을 잡고 어선 사이사이로 작은 배를 능숙하게 몰고 방파제를 지나 드넓은 바다로 나갔다. 타룬이 손끝에 닿자 베티는 안정감을 느꼈다. 이건 베티가 아는 것, 베티가 할 수 있는 일이었다. 바다가 예측할 수 있는 곳은 아니지만, 마녀를 상대하기보다는 승산이 높다고 베티는 확신했다.

베티는 지도를 들여다보면서 본토를 지나 슬픔의 섬으로 가는 항로를 손가락으로 따라 내려갔다. 바로 저기, 일행의 목적지가 있었다. 불길한 기운을 풍기는 까마귀바위 탑이 감옥을 내려다보는 곳, 참회의 섬이었다. 위더신즈 가족이 새롭게 출발하기 위해 섬을 떠날 때만 해도 저곳으로 돌아가리라고는, 그것도 이렇게 빨리, 상상도 못 했다.

여행 가방호에 속도가 붙었다. 베티는 밝아오는 수평선에서 눈을 떼지 않았다. 이제 곧 일출이었다. 몇 분 지나지도 않았는데 얼굴이 하얗게 질린 플리스가 선실 밖으로 나가 배 밖으로 속을 게워내기 시작했다.

그러고 얼마 지나지 않아서 베티는 무언가 잘못됐다는 걸 느꼈다.

첫 번째 징조는 뜬금없이 선실 안에 나타난 한 줄기 민들레 홀씨들이었다. 오싹하게도 민들레 홀씨들은 완벽하게 원을 그리며 베티 눈앞에서 둥둥 떠다녔다. 아무도 못 느끼는 산들바람을 만난 듯 홀씨들은 전혀 자연스럽지 않은 방식으로 맴을 돌고 돌았다.

"저거 보여?"

베티가 속삭였다.

찰리는 베티 말이 잘 이해가 안 가서 인상을 썼다. 하지만 아이비는 완전히 겁에 질렸다. 홀씨가 사방으로 흩어지며 키잡이칸 바닥에 내려앉았다. 타륜이 베티 손 안에서 말을 안 듣기 시작했다. 내가 착각했나? 왜 타륜이 제멋대로 돌지? 베티 질문에 답이라도 하듯, 어떤 조짐도 없었는데 보이지 않는 힘이 베티 손을 비틀어서 타륜에서 떼어냈다. 타륜이 미친 듯이 핑핑 돌았다. 저런 속도로 돌기란 애초 불가능했다. 어찌나 빠른지 바큇살이 사라지며 뭉개져 보였다. 작은 배가 제자리에서 팽이처럼 돌기 시작했다. 배를 멈추라고 갑판에서 악을 쓰는 플리스 소리가 어렴풋이 들렸다. 하지만 이건 베티가 어쩌는 것이 아니었다. 타륜에 고정된 베티 눈도 타륜을 따라 팽글팽글 돌아갔다. 드디어 속도가 줄어들기 시작하자 베티 눈도 제자리에 가서 박혔다. 그렇다고 배에 달린 타륜이 보이는 것은 아니었다. 오히려 선실 안 베티 주변이 어두워지면서 사방에 치렁치렁 늘어진 거미줄이 눈에 들어왔다. 거미줄은 낡은 물레를 감싸고 있었다.

탁, 타라라라 탁…….

"안 돼! 우리 좀 가만 놔둬!"

베티가 손으로 귀를 덮으며 외쳤다.

베티가 물레로 몸을 날렸다. 회전하는 물레를 막으려다가 손가락 관절이 멍들었다. 은색 빛이 번쩍했다. 뭔가 뾰족한 물체였다. 베티는 사정없이 엄지를 찌르는 날카로운 고통에 울부짖었다. 즉시 물레가 회전을 멈췄다. 덜덜 떨리는 피투성이 손으로 타륜을 움켜쥔 베티를 남기고 거미줄이 사라졌다. 엄지를 들여다보니 깊게 할퀸 상처가 났다. 아까 봤던 은빛으로 번쩍였던 물건이 남긴 상처가 틀림없었다. 그 즉시 베티는 그게 무엇인지 알아차렸다. 물렛가락이었다. 베티가 엄지를 쭉쭉 빨고는 드레스에 대고 꾹꾹 눌러서 피를 없앴다.

키잡이칸 문이 벌컥 열렸다.

"방금 뭐였어? 까마귀 맙소사, 베티! 타륜을 어떻게 다뤄야 하는지 잊어버렸어?"

플리스가 놀라서 눈을 커다랗게 뜨고 물었다.

베티가 고개만 젓다가 간신히 입을 열었다.

"아니, 내가 안 그랬어. 그, 그건……."

베티 눈길이 지도로 향했다. 지도에서 뭐가 움직였다. 얼핏 팔락이는 움직임에 베티 시선이 쏠렸다. 지도 위 펜들윅이 있는 지점에 갈색 나비가 앉아 있었다. 공포에 휩싸인 베티 눈앞에서 나비가 보란 듯이 아까 베티가 손가락으로 훑어 내려갔던 지도 위 항로를 따라 기어가기 시작했다. 참회의 섬에 다다른 나비가 움직임을 멈추고 날개를 활짝 펴서 양쪽 날개 끝에 있는 선명한 눈동자 무늬를 드러냈다.

옆에 있던 아이비가 제자리에서 일어나 베티가 보고 있는 장면을 목격했다. 베티와 나란히 공작나비를 지켜보던 아이비 입술에서 흐느낌 같은 소리가 새어 나왔다. 나비 날개에 박힌 한쪽 눈알이 찡긋하더니 나비가 희미해지면서 지도 속으로 스며들었다. 까마귀바위 탑 옆에 작은 흑백 나비 기호가 나타났다.

"마녀들이 알아. 마녀들이 알아버렸어! 우리가 어디로 가는지 마녀들이 안다고. 우리를 찾아낼 거야."

아이비가 벤치에 주저앉더니 몸을 앞뒤로 흔들며 같은 말을 되뇌었다.

28장. 까마귀바위섬으로의 귀환

부들부들 떨리는 베티 손이 멈추기까지 시간이 한참 걸렸다. 베티는 관절이 아플 만큼 타룬을 힘껏 움켜잡아서 손 떠는 모습을 감췄다. 엄지에 난 상처에서 흐르던 피도 결국에는 멈췄다. 그래도 베티는 눈앞 풍경에서 지도 위나비 그림으로 시선을 수시로 옮겼다. 베티는 천둥 번개를 각오했다. 집채만한 파도가 여행 가방호를 덮치고 해저에서 잠자던 난파선들이 솟아오르기를 기다렸다. 라이트윙과 필윙스가 수많은 장애물을 동원해서 까마귀바위섬으로 향하는 여정을 위태롭게 하리라 예상했다. 하지만 아무 일도 없었다. 이른 아침 햇살에 비쳐 눈부시게 반짝이는 바다는 거울처럼 잔잔하기만 했다.

"마녀들이 왜 우리를 안 막지?"

웅얼거리는 베티 소리는 누구한테 말한다기보다 혼잣말이었다. 목소리가 바짝 말라서 갈라졌다.

"그럴 필요가 없는 거야."

베티가 돌아보니 아이비가 벤치 위 찰리 옆에서 몸을 잔뜩 웅크리고 있었다. 찰리는 잠에 깊이 빠졌는지 아이비 어깨에 몸을 기댄 채 입을 짝 벌리고 있었다. 플리스는 맞은편 벤치에서 무릎 사이에 들통을 끼고 앉았다. 이젠 해가 다 떴더니 언니의 짧은 검은색 머리에 생긴 한 줄기 흰색 머리털이 더 잘 보였다. 흰머리가 더 많아졌는지 나머지 검은 머리와 대조돼서 차이가 뚜렷하게 드러났다.

"마녀들이 우릴 갖고 놀고 있어."

아이비 눈이 번들거렸다.

"그런데 왜 우리가 도망치게 그냥 놔뒀죠?"

베티가 두려운 듯 물으며 눈으로 수면 위를 다시 살폈다. 배를 에워싸고 둥글게 헤엄치는 물고기 떼나 수면 위로 물레가 솟아올라 작은 배를 침몰시킬 낌새는 없는지 확인했다.

"그냥 놔두지 않아. 믿어도 좋아. 마녀들이 우리를 놀리는 거야. 그게 마녀들 하는 짓이니까. 마녀들한테는 이게 다 놀이거든. 고양이가 쥐를 쫓는 거랑 같아."

아이비가 말했다.

빠르게 반짝임을 잃어가는 차가운 바닷물처럼 아이비 말이 베티 주변에 내려앉았다. 구름이 짙게 껴서 하늘이 어두워졌다. 설령 눈가리개를 둘렀다 해도 유리창으로 슬금슬금 스며드는 눅눅한 공기에 베티는 여기가 어딘지 정확히 알았을 터였다. 평생 증오하면서 탈출하기만을 간절히 바랐고 두 번 다시 눈길조차 주고 싶지 않았던 곳, 슬픔의 섬들이 저 앞에서 베티를 굽어 보고 있었다. 모든 것을 습지 안개로 뒤덮겠다고 위협하듯 주변 먹구름이 더 짙어지며 낮게 내려왔다.

유배당한 이들이 사는 곳인 고통의 섬이 제일 먼저였다. 여행 가방호는 동굴이 즐비한 절벽과 자갈투성이 바닷가를 따라 고통의 섬을 지났다. 바로 옆

351

은 비탄의 섬이었다. 까마귀바위섬에서 죽은 자들은 전부 비탄의 섬에 묻었다. 베티 엄마도 예외는 아니었다. 베티는 심장이 뜯기는 느낌이었다. 절대 아물지 않을 상처였다. 베티는 기를 쓰고 비탄의 섬에서 눈길을 돌려 시야에 들어온 마지막 섬에 초점을 맞췄다.

감옥이 있는 참회의 섬이 보였다. 거대한 건물이 섬 전체에 그림자를 드리웠다. 따개비가 험악한 회색 벽을 점령했고 쇠창살이 박힌 좁은 창문 안에는 위험한 죄수들이 갇혔다. 참회의 섬을 보기만 해도 베티는 늘 불길한 예감에 휩싸였다. 저 안에 갇힌 죄수 일부가 얼마나 위험한지는 베티가 누구보다 잘 알았다. 가족 전체가 저 그림자 속에서 평생을 살았으니까.

베티는 바위가 많은 해안을 피해서 작은 배를 몰아 방문객들이 내리는 나루터로 향했다. 그곳에서부터 갈수록 짙어지는 습지 안개를 뚫고 위로 올라가면 감옥에서 가장 오래된 구역인 까마귀바위 탑이 나왔다. 탑 벽에서는 그 어떤 생명체도 자라지 못했다. 전설에 따르면 비탄의 섬에 있는 돌무덤에서 훔쳐 온 돌로 탑을 쌓아서라고 했다. 마녀라고 의심받는 죄수들만 탑에 가뒀다. 탑이 마법의 힘을 앗아갔기 때문이었다. 지금은 탑이 비었다.

베티가 탑을 보고 이렇게 반갑기는 처음이었다. 펜들윅으로 떠나던 날 기분이 어땠는지, 다시는 두 눈으로 저 탑 볼 일이 없기를 얼마나 바랐는지 아직도 기억이 생생했다. 그때는 이곳이 가족을 구할 유일한 장소가 되리라고 짐작도 못 했다.

베티는 타륜을 돌려서 부두에 배를 댔다. 방문객이 도착하기에 이른 시간이었다. 앞으로 두어 시간은 나룻배도 운행하지 않을 터였다. 텅 빈 나루터는 평소보다 더 음울하고 황량해 보였다. 그렇다고 아예 버려진 곳은 아니었다. 한 명 있는 감시병이 감옥 문 경계를 뒤로한 채 담배를 피우겠다고 밖으로 몰래 빠져나갔다. 그런데 부두로 들어오는 여행 가방호가 감시병 시선을 끌었다. 베티는 거대한 나무 문에 살짝 벌어진 틈을 번개같이 알아챘다. 저기를 통해서 안으로 들어가야 해!

감시병이 담배를 던져버리고 자갈밭을 성큼성큼 걸어 일행에게 다가오기 시작했다. 감시병 발목을 감싸고 깃털처럼 부유하는 습지 안개 모습에 베티는 속이 울렁였다. 감옥이 있는 섬에 정박 허가가 난 배는 나룻배뿐이었다. 베티는 재빨리 방법을 생각해야 했다.

베티가 여행 가방호를 대자 찰리가 몸을 뒤척이며 잠기운이 덜 가신 눈을 떴다. 찰리는 똑바로 앉아서 위에서 내려다보는 탑을 가만히 올려다봤다.

"왔다. 돌아왔어."

찰리가 웅얼거렸다.

"으……. 아직도 배 안 멈췄어?"

플리스가 들통에서 고개를 들며 앓는 소리를 냈다.

"신경 쓰지 말고 사라질 준비나 해."

베티는 아이비 초상화가 든 지도 통을 챙겨 들고 마트료시카 인형이 호주머니에 잘 있는지 확인했다.

베티 일행이 차례대로 배에서 내리자 자갈 깔린 해안에서 자그락자그락 소리가 났다. 베티는 한층 빠르게 밀려드는 짙은 안개가 반가웠다. 까마귀바위섬 안개가 얼마나 사람 정신을 빼놓는지 베티가 누구보다 잘 알았다.

감시병이 실눈을 뜨고 일행을 노려보면서 허공에다 한쪽 손으로 가위표를 그리며 외쳤다.

353

"글도 못 읽냐? 정박 금지잖아! 여기는 나룻배밖에 못 대. 도로 배에 타서 당장 떠나!"

"지금이야."

베티가 바깥쪽 인형을 일자로 맞추면서 속삭였다.

효과는 빨랐다. 감시병이 꽥 비명을 지르더니 감옥 벽 쪽으로 비틀비틀 뒷걸음질 쳤다.

"사람 살려! 유령선이 나타났다!"

감시병이 감옥 문을 향해 고래고래 소리를 질렀다.

"유령선이다! 사람 살려……."

"저기야. 아직 열려 있을 때 저 틈으로 들어가야 해. 빨리!"

안개가 감시병을 삼켜버리자 베티가 숨도 안 쉬고 말했다.

일행이 거대한 나무 문으로 돌진해서 좁은 틈을 비집고 나가 돌이 깔린 아치형 복도로 들어섰다. 안은 눅눅하고 악취가 진동했다. 다른 쥐의 존재를 감지라도 한 듯 찍 하고 우는 깡총이 소리가 베티 귀에 들렸다. 일행은 복도를 따라 걸으며 한 문을 지났다. 문 위에 '방문객'이라고 적힌 녹슨 표지판을 걸어 놨다. 안으로 더 들어가자 복도 끝에서 널찍한 돌투성이 마당이 나왔다. 감옥에서 가장 높은 건물이라서 다른 건물이 다 내려다보이는데도 까마귀바위 탑은 감옥 벽 안, 바로 이곳에 서 있었다. 베티는 탑에 있는 감방 안에 딱 한 번 들어가 봤다. 아찔한 높이에서 내려다보던 풍경과 불가능했던 낙하를 지금도 기억했다.

베티가 이미 알다시피 한 간수가 탑 문밖에서 보초를 서고 있었다. 간수를 통과해서 안으로 들어가는 일은 문제도 아니었다. 간수 대다수가 상당히 미신적인 터였다. 살짝 유령 분위기만 꾸며내도 간수들한테 먹혔다. 게다가 저 간수는 어리고 경험도 없어 보였다. 까마귀바위 탑에 죄수가 갇힌 지도 옛날이라는 걸 생각하면 놀랄 일도 아니었다.

베티는 찰리도 옆에서 빨리 따라오도록 잡아끌며 간수를 향해 달려갔다. 뒤를 돌아보니 다리를 저는 아이비는 속도를 따라잡느라 힘겨워하는 것 같았다. 여전히 마법의 영향으로 눈빛이 탁한 플리스도 움직임이 둔하기는 마찬가지였다. 일행은 창살 달린 창문과 문을 지났다. 삶은 양배추와 땀내에 하수구 냄새가 섞인 익숙한 감옥 악취가 뿜어져 나왔다. 이내 일행이 탑으로 들어가는 입구 계단에 다다랐다.

일행이 다가오는 소리에 간수가 고개를 홱 들었다.

"누, 누구냐!"

간수가 사방을 둘러보며 더듬더듬 외쳤다.

"습지 영혼이다. 열쇠 내놔!"

베티가 최대한 위협적으로 들리도록 쉰 목소리로 으르렁댔다.

간수가 휘청휘청 뒤로 물러나며 허리띠에 찬 열쇠 뭉치를 잡아 뜯다시피 떼어서 목소리가 난 방향으로 던졌다.

"사, 사, 사…, 살려주세요!"

간수가 보호를 기원하는 까마귀 상징을 만들며 징징댔다.

베티가 열쇠들이 달린 고리를 집어 들었다. 차라랑차라랑 울리는 열쇠 소리가 유령을 옥죈 쇠사슬이 부딪치는 소리 같아서 오싹했다. 간수가 뒤돌아서 꽁무니를 뺐다. 베티는 열쇠 꾸러미를 들고 그중 하나를 탑 문 열쇠 구멍에 쑤셔 넣어 봤지만, 꿈쩍도 하지 않았다.

355

"제발!"

베티가 절망하며 울부짖었다. 거의 다 왔는데! 베티가 열쇠를 잡아 빼고 다른 열쇠를 골랐다. 이젠 열쇠도 두 개밖에 안 남았다.

"베티 언니! 얼른!"

찰리가 안달했다.

똑똑똑.

무서울 만큼 가까이에서 크게 나는 소리였다. 베티는 탑 문 너머에서 나는 소리인 줄 알고 무심결에 한 걸음 뒤로 물러섰다. 소리가 다시 났다. 그제야 베티는 소리가 탑 안이 아니라 마당을 둘러싼 벽, 저 뒤쪽에 달린 작은 나무 문에서 들려온다는 사실을 깨달았다. 지금 그 문이 끼익, 조금씩 열리고 있었다.

뭔가 어울리지 않는 것, 문 앞에 놓인 실로 뜬 발닦개가 베티 눈에 띄었지만, 너무 늦었다.

이런 곳에 저런 게 왜 있지?

얼핏 궁금해지는 순간 문에서 또 다른 소리가 나는 통에 베티는 생각을 하다가 말았다. 잔인하게 킬킬 웃는 소리, 베티는 공포에서 떨어져 나온 파편이 심장에 박힌 기분이었다.

문틈이 더 벌어지자 굵직한 손가락 같은 안개가 스멀스멀 기어 나왔다. 이미 베티는 문 반대편에 무엇, 또는 누가 있을지 알았다. 난데없이 다른 소리가 울려 퍼졌다. 탁, 타라라라 탁.

필윙스가 벽처럼 두껍게 깔린 습지 안개에서 스르르 나타나더니 발닦개를 밟고 이쪽으로 넘어와 코에 걸린 도수 높은 돋보기 위치를 맞췄다. 라이트윙

356

도 뒤따라 나오더니 보란 듯이 과장해서 발닦개에 발을 문질러 닦으며 입이 귀에 걸리도록 환히 웃었다. 마법으로 짠 발닦개가 흐느적흐느적 풀어지면서 시든 쐐기풀만 남았다.

"마녀들이야."

겁에 질린 찰리가 베티 소매를 꽉 움켜쥐며 웅얼거렸다.

"마녀들한테는 우리 안 보여."

베티가 찰리한테 조용히 말해줬다. 열쇠를 잡고 씨름하는 손이 부들부들 떨렸다. 손 안에서 열쇠가 자그락거렸다. 지금은 달갑지 않은 소리였다.

"아가, 너희 찾는 데 모습을 볼 필요는 없어."

필윙스가 부드러운 목소리로 말하며 올빼미 같은 눈을 깜빡였다. 어떻게 저런 여자를 상냥하다고 생각했는지 베티는 이해가 안 갔다. 그런데 저 마녀는 내가 속삭이는 소리를 어떻게 들었지?

"쯧쯧, 아이비. 도망쳐 봤자 아무 소용 없다는 걸 지금쯤은 알아야 하지 않나? 정말 저런 애송이들이랑 우리한테서 벗어날 수 있다고 생각한 건가? 그런 일이 벌어지기엔 우리가 너무 강력하다는 걸 너는 알 텐데?"

언니보다 날카로운 라이트윙 목소리가 허공을 갈랐다.

재바르게 꾸물거리는 거미들처럼 두 마녀가 일행을 노리고 다가왔다.

극심한 공포를 느낀 아이비가 탑 문을 뚫고 들어갈 기세로 몸을 밀어붙이자 입술에서 신음이 새어 나왔다. 베티가 다른 열쇠를 열쇠 구멍에 쑤셔 넣었다. 이젠 열쇠도 하나밖에 안 남았지만 시간도 얼마 안 남았다.

제발, 제발…….

베티가 소리 없이 기도했다.

철커덕, 자물쇠가 뒤로 밀리면서 돌아갔다. 베티가 헉 소리를 내며 탑 문 녹슨 빗장을 들어 올리고 문을 밀어서 열었다.

"가요! 플리스 언니, 언니도 가!"

베티가 아이비에게 소리쳤다. 침묵을 지키는 일 따윈 잊었다. 베티는 아이비를 문으로 밀어 넣었다. 승리다.

우리가 이긴다⋯⋯.

그런데, 아이비가 안으로 못 들어갔다. 몸이 뒤로 확 당겨지는 바람에 손으로 문틀을 잡았지만, 아래에서 발이 쭉 미끄러졌다. 둔탁한 소리를 내며 돌계단에 부딪힌 아이비가 울부짖으며 그대로 밑으로 굴러서 라이트윙 발치에 멎었다. 주변 모든 것이 섬뜩할 만큼 조용해졌다. 안개가 간수들 소리를 덮은 것 같았⋯⋯. 아니, 마녀들이 간수들을 침묵에 잠기게 했지도 몰랐다.

"이런."

라이트윙이 환히 웃으며 말했다. 짙어지는 안개 속에서도 라이트윙 손에서 무언가가 어렴풋이 빛났다. 희미하게 보이는 끈 한 가닥이 라이트윙 손가락에 감겨 있었다. 라이트윙 손가락에서 뻗어나간 끈은 자갈 위를 가로질러 아이비에게 이어졌다. 아이비가 넘어지는 통에 치마가 올라갔다. 쐐기풀 끈 반대쪽 끝이 묶여 있는 발목은 끔찍하게도 이제 온통 보라색으로 멍들었다. 베티는 펜들윅에서 멀어지는 한 걸음, 한 걸음이 아이비에게 엄청난 고통이었음을 깨달았다. 아이비는 불평 한마디 없이 그 모든 고통을 참아냈다. 도대체 무엇 때문에? 여기까지 그 먼 길을 왔는데 결국 낚싯줄에 걸린 물고기 꼴이 되었다.

"안 돼!"

베티는 자기 입에서 무슨 말이 튀어 나가는지도 몰랐다. 두 볼은 뜨겁고 배 속에는 불덩이가 든 것 같았다.

저들이 감히!

"당신들은 아이비 못 데려가. 우리 언니도. 내가 용납 안 해!"

베티가 외쳤다.

"나도 가만있지 않을 테다!"

찰리가 용감하게 외치며 베티한테서 떨어졌다. 찰리는 마녀들한테 보일 리 없는데도 라이트윙을 향해 주먹을 흔들어대며 플리스 옆에 가서 섰다. 반면 플리스는 뻣뻣해진 채 다시 어딘가에 홀린 듯 멍한 눈으로 두 마녀를 뚫어지게 보고 있었다.

필윙스가 조롱기 가득한 웃음소리를 냈다.

"아가, 눈에 안 보인다고 안전한 건 아니야. 가지 말아야 할 곳에 숨어들 때 쓸모 있을지는 몰라도 그래봤자 너희가 가진 건 한 줌밖에 안 되는 별 볼 일 없는 마술이니까. 지금 너희가 상대하는 건 진짜 마법이란다."

"아무렴. 제법 용맹한 척 일장 연설을 늘어놨지만, 베티 위더신즈, 실제로는 얼마나 용감하지? 내가 보기에 넌 말이야, 우리를 제대로 대면하지도 못할 만큼 겁내고 두려워하는 것 같거든."

라이트윙이 깔보듯 말했다.

베티가 두 주먹을 움켜쥐었다. 베티는 라이트윙이 낚시질한다는 걸 알고 있었다. 모습을 드러내도록 도발하는 것이었다. 잠시나마 베티는 분통이 터진 나머지 하마터면 라이트윙 수작에 넘어갈 뻔했다. 어쨌거나 두 마녀는 아이비를 손에 넣었다. 눈에 보이지 않는 것이 아이비를 도와주지 않았다. 그래도 일말의 상식은 남았다. 투명해지는 것이 위더신즈한테 있는 유일한 무기일지언정 그마저 포기하는 일은 미친 짓일 터였다. 마녀들이 거미줄처럼 쳐놓은 흑마술에 비해 위더신즈 가족의 마법이 작을지 몰라도, 이건 위더신즈 자매들만의 것이자 선한 마법이었다.

라이트윙이 손에 감긴 쐐기풀 끈을 따라 아이비 쪽으로 다가가서 옆에 무릎을 꿇고 앉았다.

"여기 있었구나. 불쌍한 아이비."

라이트윙은 사탕 가게에서 길 잃은 아이에게 얘기하듯 말했다.

"너 때문에 우리가 얼마나 고생했는지 알아?"

라이트윙이 독살스럽게 쐐기풀 끈을 확 잡아당기자 아이비가 고통에 겨워 울부짖었다.

"너랑 네 새 친구들을 어째야 좋을까. 어쨌건 이젠 이 말도 안 되는 짓거리를 집어치울 때다. 그래도 이번에는 제법이었다는 말은 해줘야지. 이렇게 감쪽같이 우리 계획을 망칠 짓을 하고 다녔으니."

라이트윙이 필윙스한테 의견을 묻듯 힐끔거렸다.

"얘를 마녀로 만들어야겠어. 어떻게 생각해?"

아이비가 용기를 내서 옆으로 굴렀다. 하지만 라이트윙이 놀라우리만치 정확한 방향으로 손을 확 뻗어서 아이비 머리채를 잡아챘다.

"마녀로 만든다니, 무슨 말이에요?"

아이비가 기어들어 가는 목소리로 물었다.

"너도 우리처럼 되는 거야. 우리가 방법을 알려줄게. 너도 영원히 살 수 있다고."

라이트윙이 달래듯이 말하며 얼추 베티와 자매들이 있는 방향으로 한 손을 뻗었다.

"저기 여자애들이 셋이니까⋯⋯. 한 명씩 나누면 돼. 쟤들은 막무가내로 도망친 애들이니까 아무도 신경 쓰지 않겠지."

라이트윙이 탐욕스럽게 입술을 핥았다.

"생기가 가득해."

"어림없는 소리! 난 절대 당신들처럼 되지 않아!"

아이비가 외쳤다.

"아쉽네."

필윙스가 혀를 찼다. 애초 필윙스는 아이비가 절대 그럴 리 없다고 예상한 것이 분명했다.

"아, 뭐, 그럼 너도 없애야지. 습지에서 영원히 허우적거리는 건 마음에 들려나?"

필윙스가 섬뜩하게 웃었다.

"베티, 뭘 해야 할지 넌 알아. 초상화!"

아이비가 베티와 눈을 마주치며 속삭였다. 무언가를 필사적으로 호소하는 눈빛이었다. 처음에는 베티도 영문을 몰랐다.

라이트윙 목이 휙 돌아갔다. 눈빛을 번뜩이며 으르르거렸다.

"초상화? 무슨 초상화?"

"하, 하지만⋯⋯."

베티는 말이 안 나왔다. 원래 계획은 아이비를 탑으로 데리고 들어가는 것이었다. 마법에 걸린 그림만 들고 안으로 들어가면 무슨 일이 벌어질까. 아

361

이비한테 걸었던 마법이 깨질까? 아니면 아예 아이비가 끝장날까? 다른 문제도 있었다. 인형을 가진 베티가 탑 안으로 발을 들이는 즉시 위더신즈 자매의 마법도 끝이라는 사실이었다. 찰리와 플리스는 물론 아이비까지 다 드러날 터였다. 아니면…….

베티가 찰리를 향해 신호를 보내자 찰리가 소리 없이 게걸음으로 가까이 왔다. 베티는 호주머니에서 마트료시카 인형을 꺼내 동생 손에 건네주며 손가락으로 입술을 꾹 눌렀다. 찰리는 이해했다는 뜻으로 고개를 격하게 끄덕였다. 인형을 탑 밖에 남겨두면 베티 모습은 드러날지언정 나머지 사람들은 그대로 투명하게 남을 터였다.

아이비 뺨 위로 눈물 한 방울이 흘러내렸다.

"부탁이야. 그냥 지금 해."

아이비는 모든 것을 내려놨어. 이렇게든 저렇게든 그저 모든 것이 끝나기만을 바라고 있어. 마녀들 포로로 사는 신세를 일 초도 더 견디기 어렵나 봐.

베티가 깨달았다.

"초상화를 없애!"

아이비가 외쳤다.

베티가 어깨에서 지도 통을 내려서 손에 단단히 그러쥐었다. 그러고는 문을 지나 까마귀바위 탑 안으로 들어섰다.

29장. 먼지

베티가 탑에 들어서자 모습이 드러났다. 두 마녀는 눈으로 베티를 보기도 전에 의기양양하게 미소 지었다.

"무슨 초상화?"

라이트윙이 차갑게 반복했다.

"뭔지 당신도 알 텐데."

베티가 나직이 말하며 불빛이 어둑한 탑 안에서 뒤로 한 발 더 물러섰다. 차가운 돌벽이 등에 닿았다. 눅눅하고 이끼 냄새가 났다. 탑 맨 꼭대기 방으로 이어지는 계단이 왼쪽에 있었다. 베티는 두 마녀를 신중하게 살피며 마녀들이 움직이기를 기다렸다. 여차하면 계단을 뛰어올라 탑 꼭대기로 갈 작정이었다. 하지만 마녀 중 누구 하나 꿈쩍하지 않았다. 바로 그 순간, 베티는 아주 중요한 사실을 깨달았다. 둘 중 아무라도 탑에 들어오기만 하면, 마녀들 마법 자체가 사라질 것이었다.

바로 그거야. 마녀들을 안으로 들어오게만 하면 진짜 이 모든 것이 한 방에 끝나겠구나! 마녀들은 아이비랑 플리스 언니뿐 아니라 앞으로 그 누구에게도 이런 짓을 못 저지를 거야.

베티가 생각했다.

베티 머릿속에서 불꽃이 팡팡 터졌다. 언니랑 아이비를 탑으로 데리고 오는 일에만 집중한 나머지 탑에 어떤 능력이 있는지 미처 생각하지 못했다. 무슨 수를 써서라도 마녀들이 안으로 들어오게 유인해야 했다. 베티는 별안간 지도와 공작나비가 떠올라서 화들짝 놀랐다. 속이 다 울렁거렸다. 필윙스와 라이트윙이 베티 작전을 어디까지 알아냈을까. 탑이 자기들한테 얼마나 위험한지 알까?

"이 초상화지 뭐겠어. 당신들은 이걸 작은 기념품이라고 부르던데. 아이비 일부와 당신들의 그 끔찍한 계획이 계속 살아남게 해 주는."

베티가 말하면서 지도 통 안에 손을 넣어 캔버스를 꺼냈다. 베티 손 안에서 캔버스가 펼쳐지며 두 뺨이 장미처럼 발그레하고 영원히 열여섯 살로 남을 아이비가 나타났다.

"당신들이 마법을 건 그림이잖아. 엘리자 버드와 로사 리플스를 손에 넣었을 때 배고픈 나무와 펜들윅 잔디밭에 있는 연못에 마법을 걸었듯이 말이야."

필윙스가 숨을 몰아쉬며 베티를 향해 한 발 내디뎠다. 그와 동시에 베티 발 앞 돌바닥으로 무언가가 뚝뚝 떨어졌다. 그림을 가지고 탑으로 들어온 게 무모한 모험은 아니었을까 생각이 들자 심장이 쿵쾅쿵쾅 뛰었다. 이건 아이비 목숨이 끝이라는 의미인가? 순간 베티는 캔버스에서 물감이 껍질처럼 벗겨져서 초상화가 아예 사라질까 봐 두려웠다. 하지만 아래를 내려다보니 그림 속 여자아이 눈에서 눈물이 쏟아져 내리고 있었다. 이번에는 진짜 눈물이었다. 캔버스 가장자리가 따뜻했다. 베티가 손으로 잡은 곳은 더 따뜻했다.

베티 눈앞에서 캔버스 가장자리가 시커멓게 변하며 돌돌 말렸다. 뜨거운 벽난로 안으로 던져진 종이가 불꽃으로 타오르기 직전 같았다.

"당장 그거 내놔!"

필윙스가 목이 찢어지게 소리치며 비틀비틀 다가왔다.

베티가 더는 버티지 못하고 캔버스를 탑 돌바닥에 떨어뜨렸다. 캔버스가 구겨지고 뒤틀리며 지독하게 매캐한 냄새를 풍겼다. 그림 속 얼굴이 더는 알아보지 못할 지경이 되었다.

"안 돼! 도대체 무슨 짓을 한 거야!"

다시 귀를 긁는 소리로 비명을 질러대는 필윙스가 경악하며 두 손으로 얼굴을 덮었다.

베티 눈앞에서 필윙스의 말뚝 같은 이가 입 안에서 시커메지면서 썩더니 하나가 빠져서 딱 소리를 내며 자갈 위에 떨어졌다. 베티는 욕지기가 치밀어 올랐다. 필윙스 눈길이 다급히 라이트윙을 향했다. 늙은 여자 백발이 거미줄처럼 가느다래지고 바짝 마른 머리통뼈가 다 드러나도록 뭉텅뭉텅 빠지기 시작했다. 베티 눈꼬리에 겁에 질린 채 뒷걸음치는 찰리가 들어왔다. 찰리는 마당을 둘러싼 담벼락에 몸이 딱 붙을 때까지 뒤로 걸었다.

"역시 효과가 있어! 플리스 언니, 빨리! 탑으로 들어와!"

베티가 외쳤다.

플리스가 덫에 걸린 여우처럼 베티를 쳐다봤다. 그러더니 몸을 한 번 털어내고 머뭇머뭇 베티 쪽으로 걷기 시작했다. 하지만 필윙스가 더 빨랐다. 올빼미 같은 두 눈을 커다랗게 뜨고 쭈글쭈글 늙어가는 두 발에 의지해서 죽을 힘을 다해 문으로 다가왔다.

필윙스는 들어오고 말 거야.

베티가 혀를 내둘렀다. 마녀를 완전히 멈추기에 파괴된 그림만으로는 부족했을지 몰라도 그것이 시작이었다. 마녀들이 필사적으로 굴도록 만들었다. 구석으로 몰린 나머지 필윙스가 이성을 잃고 이제 막 끔찍한 실수를 저지를 참이었다. 하지만 실수는 거기까지였다. 필윙스가 문까지 딱 한 걸음 남겨두었을 때 라이트윙이 아이비를 잡아끌다시피 일으켜 세우며 자리에서 일어났다.

"탑 안으로 들어가지 마!"

라이트윙이 악을 썼다.

필윙스가 얼어붙었다. 베티 피도 차갑게 식었다. 거의 다 됐는데. 진짜 다 됐는데.

필윙스가 정신을 차리려는 듯 몸을 가볍게 떨었다. 거슬리는 소리를 내며 킬킬 웃었다.

"이거야 원, 아가, 너 나를 거의 잡을 뻔했네?"

역시 거슬리는 목소리로 말했다.

문득 베티 머릿속에 펜들윅 노래 가사가 번쩍 떠올랐다.

아, 세상에! 이렇게 끔찍할 수가…….

"당신들이 엘리자 버드, 로사 리플스, 그리고 아이비에 관한 모든 얘기를 지어냈구나? 마을에서 사라져도 누구 하나 신경 쓰지 않도록 허영심 많고 사악한 아이들로 만들어 버렸어. 아무도 찾아 나서지 않게. 소녀들이 사라졌을 때 모두가 기뻐하도록 골칫거리로 보이게 꾸며내고 거짓말했어!"

"그런데 이젠 그 짓을 우리 언니한테 하고 있구나!"

찰리가 마당을 가로질러 반대편에서 꽥 소리쳤다. 분통이 터져서 더는 침묵할 수 없었다.

라이트윙이 교활하게 눈을 빛내며 찰리 쪽을 얼핏 돌아봤다가 곧바로 베티한테 다시 집중했다.

"엘리자는 아무것도 아니었어. 하찮은 존재에 괴짜, 누구 하나 신경 쓰지 않았지. 그런 애 하나쯤 사라진다고 뭐가 대수야?"

라이트윙이 내뱉다시피 말했다.

"엘리자는 사람이었어. 그리고 엘리자가 어떤 사람이었든 살 가치가 있는지 없는지 당신들이 결정할 문제가 아니야!"

베티는 소름이 끼쳐서 쏘아붙였다.

필윙스가 어깨를 으쓱했다.

"아무도 엘리자를 그리워하지 않았어. 간단해도 너무 간단했지. 가장 우스웠던 게 뭔 줄 알아? 일단 사람들이 겁을 먹으면 조종하기가 정말 쉬워진다는 거야. 무슨 일이 어떻게 돌아가는지 알고 싶어 하는 사람은 아무도 없거든. 하물며 더없이 상냥한 두 늙은이는 절대 의심하지 않아. 나이가 드니까 이런 일은 누워서 케이크 먹기더라고. 눈에 띄지 않는 투명 인간이 되니까. 그런 우리가 젊음과 미모를 좀 나눠 가지면 왜 안 되는데?"

필윙스가 입술을 일그러뜨리며 비통하게 말했다.

"그러던 차에 너희가 나타났지. 성가신 가족 같으니라고. 왜 다른 사람들처럼 자기 할 일이나 하면서 지낼 수는 없었느냐고!"

라이트윙이 눈빛을 번뜩이며 끼어들었다.

"자매가 있는 아이는 별로 안 좋다고 했잖아."

필윙스가 꼬집어 말했다.

"자매라는 게 어떤지는 우리가 잘 알잖아? 자매들은 똘똘 뭉친다고."

필윙스가 속삭임 수준으로 목소리를 낮췄다.

"늘 죽이 맞지는 않아도."

라이트윙이 화난 듯 콧구멍을 벌름거리더니 급기야 버럭 성을 냈다.

"새 가족이냐 새 마을이냐, 둘 중 하나였어. 그런데 아이비 때부터 틀어지는 바람에 우린 이사 갈 상태가 아니었다고."

"웨그스를 말하는 거지? 안 그래? 웨그스가 당신들 계획을 망쳤잖아. 당신들이 원했던 세월을 가져갔으니까."

베티가 말했다.

라이트윙 눈이 가느다래졌다.

"넌 너무 똑똑해. 도무지 좋아할 수가 없어. 아무래도 우리가 자매를 잘못 선택한 것 같아."

"내가 했던 말이 그거잖아! 쟤가 문제가 될 거다 내가 말했어! 아니야?"

필윙스가 꽥 소리치며 손을 입으로 올려서 헐거워진 또 다른 이를 잡고 흔들었다.

"그런데 왜 나를 선택하지 않았지?"

베티가 물었다.

"너무 어리니까. 아무리 우리 마법이 강력해도 어린애가 없어지면 사람들이 눈치채거든. 너무 많은 의혹을 일으켜. 하지만 십 대, 그것도 사랑에 빠진 어린 아가씨라면 뭐, 사람들은 우리가 원하는 대로 아무거나 선뜻 믿지. 머릿속에 든 것 없이 경솔하게 구는 로사 리플스 같은 아이를 좋아하는 사람은 없거든."

라이트윙이 분하다는 듯 말했다.

"출입이 금지된 숲속에 함부로 들어가는 여자애도."

필윙스가 교활한 표정으로 아이비를 보며 맞장구쳤다.

"그리고 네 언니도. 너도 좀 솔직해져 봐. 마음속을 깊이 들여다보면 구역질이 나올 만큼 예쁘장한 그 얼굴을 매일 안 봐도 되면 꽤 좋을걸?"

라이트윙이 필윙스 말을 맺으며 베티를 보고 간사하게 웃었다.

"사람들 눈길이 늘 먼저 향하는 얼굴. 너도 알잖아, 넌 언제까지나 언니 그림자 속에 있으리라는 사실. 안 그래? 차라리 언니가 없어지는 편이 낫지 않겠어?"

베티는 폭풍 같은 분노가 일었다. 시뻘겋게 달아올라 머릿속에서 타닥타닥 소리가 들릴 지경이었다. 언니의 미모와 매력이 부러워서 질투하고 원망했던 그 모든 생각이 베티 양심을 찔러댔다. 하지만 베티의 분노는 플리스를 향하지 않았다. 분노의 화살은 마녀들을 겨눴다. 이 또한 마녀들이 부리는 농간임을, 주도권을 잡으려는 또 다른 시도임을 알았기 때문이었다.

"천만에! 그렇지 않아. 없어져야 할 사람은 당신들 둘밖에 없어!"

베티가 악을 썼다.

필윙스가 킬킬 웃었다. 녹슨 바퀴가 돌아가듯 섬뜩하게 삐걱거리는 소리가 났다. 베티는 대번에 분노가 차갑게 식으면서 한없이 작은 어린아이가 되어 두려워졌다. 이렇게 거대한 악을 어떻게 이길 수 있다고 생각했지?

"아가, 우리는 참 오래고 오랜 세월을 살아왔단다. 미안하지만 아마 앞으로도 계속 그럴 거야."

필윙스가 색색 숨을 몰아쉬며 말했다.

아무도 찰리가 오는 것을 보지 못했다. 찰리가 두 팔을 앞으로 쭉 펴고 마당을 가로질러 돌진해 오고 있었다. 앞으로 무슨 일이 벌어질지 뒤늦게 알아챈 라이트윙이 다급하게 사방으로 시선을 돌렸지만 작은 여자애 발걸음 소리는 축축하게 회오리치는 안개에 먹혀서 잘 들리지 않았다.

"피해! 문에서 비켜!"

라이트윙이 악악거렸다.

때는 늦었다. 전속력으로 달려온 찰리가 필윙스를 힘껏 떠밀어서 문 너머 까마귀바위 탑 안으로 날려버렸다. 베티는 늙은 마녀가 휘청거리며 가까이 오기 전에 아슬아슬하게 몸을 피해 계단으로 달아났다. 마녀가 섬뜩한 이를 드러내며 으르렁댔다. 필윙스가 돌벽에 부딪히자 뭐가 바스러지는 듯 퍼석! 희한한 소리가 나며 눈도 못 뜰 만큼 환한 빛이 번쩍여서 베티는 눈을 꽉 감았다. 곧이어 찰리가 벽에 부딪히는 소리가 쿵 나더니 이내 팔짱을 끼고 드는 동생 팔이 느껴졌다. 베티가 다시 눈을 떠보니 허공에 회색 먼지가 자욱했다. 먼지는 바닥에 쌓여 있는 누더기와 뼛조각 더미 위에 내려앉았다. 필윙스가 남긴 전부였다.

모두가 충격에 휩싸인 채 믿기지 않는 눈길로 먼지가 내려앉은 더미를 가만히 보는 순간, 찰나였지만 완벽한 정적과 침묵이 흘렀다.

"까마귀 맙소사!"

찰리가 탄식했다.

"아, 아니야. 아니지, 내 언니……. 너, 네가 내 언니를 죽였어!"

라이트윙이 조금씩 몸을 흔들며 중얼거렸다.

눈 한 번 못 깜빡일 짧은 시간이었지만 베티는 연민이 일 뻔했다. 고통받는 짐승처럼 섬뜩한 신음이 라이트윙 입술 사이로 새어 나왔다. 그 와중에도 아이비는 혼란에 빠진 순간을 최대한 이용했다. 팔꿈치를 휘둘러 라이트윙 가슴 한복판을 강타했다. 마녀는 움켜잡고 있던 아이비 팔을 잠깐 놓쳤을 뿐이지만, 아이비는 그 잠깐이 필요한 것 전부였다. 탑 문을 향해 달려든 아이비가 몸을 날려 문턱을 넘었다.

필윙스 때처럼 효과는 즉각적이었다. 단지 이번에는 결과가 정반대였다. 아이비한테 덧씌워진 세월이 마법처럼 날아갔다. 피부가 팽팽하게 어려지고 치렁치렁 길었던 회색 머리털에 색이 오르면서 풍성해졌다. 굽었던 등이 곧게 펴지고 팔다리가 길쭉길쭉 늘어났다.

"내, 내가⋯⋯. 다시 내가 됐어."

아이비가 두 손을 보며 혼잣말했다. 발치에 늘어졌던 쐐기풀 끈이 문 너머 뒤로 휘리릭 끌려가며 낡은 노끈처럼 너덜너덜해졌다. 아이비가 무릎을 꿇고 앉아 시든 쐐기풀 더미를 모으며 다리에 남은 매듭을 풀었다.

"받아. 난 이제 당신 포로가 아니야."

아이비가 의기양양하게 쐐기풀을 라이트윙한테 던졌다.

쐐기풀 더미가 발치에 떨어졌는데도 마녀는 움직이지 않았다. 한마디 말도 없이 그저 아래를 가만히 내려다봤다. 이내 어깨가 부들부들 떨리기 시작했다. 처음에 베티는 마녀가 흐느끼는 줄 알았다. 하지만 문을 향해 마녀가 고개를 돌리자마자 분명해졌다. 마녀가 몸을 떨었던 이유는 눈물이 흘러서가 아니라 분해서였다.

"너. 네가 모든 것을 망쳤어!"

라이트윙이 뼈밖에 안 남은 손가락으로 베티를 가리키며 이를 갈았다. 마녀가 손가락을 부딪쳐 딱 소리를 내자 소용돌이치는 습지 안개를 꿰뚫고 어떤 소리가 울려 퍼졌다. 탁, 타라라라 탁. 물레 돌아가는 소리였다. 쐐기풀 줄기가 저절로 허공으로 둥실 떠오르더니 다시 한번 깔끔한 밧줄이 되었다. 라이트윙이 밧줄을 낚아채서 한쪽 끝을 양손으로 단단히 감아쥐었다.

"대가를 치르게 해 주마!"

탑으로 비틀비틀 다가오는 라이트윙 눈이 광기와 죽음의 기운으로 번뜩였다. 베티는 두려움에 치가 떨렸지만, 아이비, 찰리가 베티와 몸을 맞대고 단단히 붙잡아 힘을 주었다.

"겁쟁이들. 너희들 다! 그 안에 숨기나 하고. 나를 마주하지 못할 만큼 두려운 거냐? 겁이 나서 싸우지도 못하는구나! 이 밖으로 나와! 진짜 마법이 뭔지 보여주마."

라이트윙이 악을 썼다.

"진짜 겁쟁이는 너야. 두려워하는 것도 너고."

드디어 목소리를 되찾은 베티가 답했다.

"너희 따윈 두렵지 않아! 어리석은 꼬맹이들. 너흰 아무것도 아니야!"

라이트윙이 새된 소리를 질렀다.

"우리를 두려워한다는 말이 아니야. 넌 죽음을 두려워해. 이 모든 게 다 그래서 벌어진 일 아닌가? 넌 죽음을 겁낸다고!"

베티가 말을 맺었다.

라이트윙 얼굴이 꽉 조이는 가면을 쓴 듯 뒤틀어졌다.

"더는 아니야."

라이트윙이 색색거리며 말했다. 눈을 깜빡이며 필윙스 유해를 보더니 주름진 손을 내려다봤다.

"나한테 남은 게 뭐겠어? 다 네 덕분이다. 내가 죽어야 한다면 너만큼은 반드시 데리고 가주지!"

라이트윙이 무시무시한 표정으로 베티를 보며 활짝 웃었다.

라이트윙이 끔찍한 비명을 내지르며 탑을 향해 날아들었다. 양손으로 쐐기풀 밧줄을 철사처럼 팽팽히 잡아당기며 두 팔을 앞으로 뻗어 베티 목을 노렸다. 두근, 심장이 한 번 뛰는 사이 베티는 손톱을 세운 손을 느꼈다. 하지만 잠시뿐이었다. 한때 라이트윙이 얼마나 막강한 마법을 휘둘렀는지 몰라도 까마귀바위 탑의 무게에 가차 없이 으스러졌다.

충격을 받은 라이트윙이 입을 쩍 벌렸지만, 소리 하나 내지 못한 채 언니처럼 순식간에 먼지로 바스러지며 무로 돌아갔다. 자갈이 깔린 바닥에 낡아빠진 넝마와 뼛조각 더미만이 남았다. 펜들윅을 지배하던 마녀들의 시대가 마침내 끝났다.

"플리스 언니……."

언니를 부르는 베티는 목이 메었다. 맏언니는 꼼짝도 하지 않고 그저 바라보고만 있었지만, 눈에 어렸던 차갑고 멍한 기운이 가셨다. 머리에서 바닷물을 털어내듯 플리스가 가볍게 몸을 떨었다. 그러더니 마치 꿈인 양 동생들을 향해 발걸음을 옮겨서 까마귀바위 탑 안으로 들어왔다. 하얘졌던 머리카락이 즉시 까매졌다. 베티는 언니 눈이 가장 경이로웠다. 눈동자가 다정하고 따뜻한 빛으로 반짝였다. 모든 것이 그저 다……. 플리스였다.

"미안해. 언니가 정말 미안해."

플리스가 속삭였다.

베티가 웃음을 터트리며 언니가 으스러지도록 힘껏 끌어안았다.

"언니가 뭐가 미안해. 언니가 돌아와서 난 정말정말 기뻐."

베티가 언니의 짧고 까만 머리카락에 대고 웅얼거렸다.

"저기, 베티 언니? 문제가 생겼어."

찰리가 베티를 쿡쿡 찌르며 문 너머 마당을 가리켰다. 간수들이 곤봉을 치켜들고 모여들고 있었다.

베티는 다가오는 간수들 모습에 긴장했다. 하지만 이제 막 겪었던 일에 비하면 이 정도는 문제도 아니었다.

"우리가 해결 못 할 일은 없어."

베티가 말하면서 자매들과 팔짱을 끼고 따뜻한 눈빛으로 아이비를 바라봤다.

"자, 펄리시티 위더신즈. 이제 언니 차례야. 언니의 그 속눈썹 깜빡이는 기술로 언니만의 마법을 부릴 시간이라고."

베티가 속삭였다.

플리스가 어깨를 쫙 펴고 깊이 숨을 들이마시더니 간수를 향해 성큼성큼 걸어갔다. 넘치는 매력으로 단박에 마음을 사로잡는 언니 목소리가 탑 안으로 흘러들어 왔다.

"정말 너무너무 죄송해요. 그런데 아무래도 우리가 길을 잃은 것 같지 뭐예요. 느닷없이 습지에서 안개가 뭉게뭉게 피어오르는 바람에 배를 댈 수밖에 없었어요. 혹시…… 우리를 좀 도와주실 수 있나요?"

베티가 남몰래 빙긋 웃었다. 확실히 언니였다. 언니가 돌아왔다.

닫는 글

베티가 봤던 그 어느 날보다 부러진 빗자루가 사람들로 북적였고 이번만큼은 브루투스 크레브마저 얼굴에 미소를 띠었다. 개업 100주년을 축하하는 잔치가 한창이었다. 술집에서 흘러나온 축하의 기운이 구불거리는 펜들윅 거리를 따라 이어졌다.

카운터 근처 구석에 놓인 탁자가 위더신즈 가족 자리였다. 예전부터 알았건 새로 사귀었건 친숙한 얼굴들과 아늑하게 다닥다닥 붙어 있었다. 아빠와 찰리는 탁자 한쪽 면에서 버스터 허버드와 헤니 허버드 남매 사이에 끼어 앉았다. 남매는 거대하다 할 만큼 커다란 봉투에 사탕을 가득 담아 가져왔다. 찰리는 웨그스, 스캘리와 함께 열심히 사탕을 나눠 먹고 있었다. 맞은편에서는 스핏과 핑거티가 베티, 플리스와 나란히 앉아 최근 까마귀바위섬에서 벌어졌던 온갖 일 얘기를 쏟아내고 있었다. 할머니는 카운터 뒤에서 내키는 대로 술을 내가고 있었다. 저마다 술을 달라고 성화하는 사람들한테 기다리라고 버럭버럭 외치는 할머니 목소리가 술집 구석구석으로 퍼졌다. 베티는 술을 내갈 때마다 할머니가 직접 맛을 보는 건 아닌지 의심스러웠다.

위더신즈 자매가 까마귀바위섬에서 돌아온 지 삼 일밖에 안 지났지만 펜들윅이 벌써 다른 곳처럼 느껴졌다. 마을 가게와 우체국이 어떤 설명도 없이 갑자기 문을 닫았을 뿐 아니라 별스러웠던 그곳 주인들이 수수께끼처럼 사라지는 등 차이점이 뚜렷했다. 여우장갑 오두막에도 같은 일이 벌어졌다. 우유병 몇 개가 문 앞에 놓인 채 상해버렸고 거미들이 어떤 방해도 받지 않고 창문에서 거미줄을 쳤다. 마을 사람들은 라이트윙과 필윙스가 흔적도 없이 갑자기 사라졌다며 펜들윅의 불가사의한 실종 사건을 두고 몇 주 동안이나 쑥덕거릴 것이었다. 하지만 확연한 차이점은 따로 있었다. 어쩌면 이사온 지 얼마 안 된 사람만 알아차릴지도 모르는 변화였다. 불가사의한 사건이 언제 어떻게 대화 주제로 나와도 사람들이 기꺼이 마법을 얘기한다는 점이었다. 예전에는 없던 현상이었다.

"요정이 데려갔을지도 몰라. 배고픈 나무한테 먹혔나?"

여우장갑 오두막 앞을 지나는 아이들이 속삭였다.

뜨거운 여름 열기는 여전했지만, 마을 사람들이 마법에 걸린 일 따위는 절대 없었던 듯 어쩐지 펜들윅이 가볍고 또렷해진 느낌이었다. 무엇보다 가장 기이하면서도 기쁜 변화는 웨그스가 갑자기 키가 자란 데다 잠시도 쉬지 않고 떠들어댄다는 사실이었다. 아이비가 다시 나타났는데도 언제 아이비가 사라지기나 했느냐는 듯 지극히 평범하게 흘러가는 점도 신기했다.

하긴, 어떻게 보면 아이비가 마을을 떠난 적은 없지.

베티가 혼자 생각했다.

베티는 아이비를 힐끔거리다가 아이비와 눈길이 마주쳤다. 아이비 옆에서 토드가 아이비에게 몸을 기울이고 귓가에 무언가를 속삭이고 있었다. 행복과 젊음으로 눈이 반짝이는 아이비가 빛을 발했다. 아이비가 베티에게 감사한 마음을 담아 따뜻하게 미소 짓고는 탁자 자리가 비자 이내 토드와 함께 무리 속으로 더 들어갔다.

베티가 옆에서 움찔하는 언니를 감지하고 언니에게 눈길을 돌렸다.

"기운 내."

베티가 팔꿈치로 플리스를 슬쩍 밀며 속삭였다.

"노력은 하고 있어."

토드와 아이비가 시야에서 벗어나자 플리스가 눈길을 돌리며 중얼거렸다. 플리스는 애써 미소 지었지만 온화한 갈색 눈동자에 슬픔이 어렸다. 플리스가 한숨을 푹 내쉬며 블랙베리 주스를 한 모금 더 마시고 손부채를 부쳤다.

"이 안이 너무 덥다. 나가서 바람 좀 쐴까?"

베티가 고개를 끄덕였다. 두 자매는 자리에서 일어나 사람들로 북적이는 술집 안을 이리저리 돌아서 길거리로 나왔다. 바깥 공기는 신선했지만, 여전히 여름답게 후끈하고 무더웠다. 저물어 가는 햇살에 펜들윅 잔디밭이 분홍색, 금색으로 빛났다. 저 멀리 보이는 연못 수면이 반딧불처럼 반짝였다.

"어라, 언니 둘만 몰래 어디 가?"

난데없이 두 사람 뒤에서 찰리가 나타났다. 양 볼이 사탕으로 빵빵했다.

"아무 데도 몰래 안 가."

베티가 사탕을 기대하며 손을 내밀었다.

찰리가 어느새 거의 다 빈 사탕 봉투에서 납작 찌부러진 마시멜로를 마지못해 꺼냈다. 베티는 마시멜로를 입에 털어 넣고 바삭한 바깥부터 만족스럽게 깨물었다. 까마귀바위섬 맛이었다. 까마귀바위섬, 이제는 제법 좋은 곳으로 베티 기억에 남았다. 자매들을 구해준 곳이니까.

"할머니가 까마귀바위섬 사람들을 다 초대해서 정말 좋다. 그렇지? 다 같이 여기에서 영원히 살았으면 좋겠어."

찰리 말에 베티가 미소 지었다.

"나도 그랬으면 좋겠어. 근데 사람들은 또 놀러 올 거야. 참된 친구는 아무리 멀리 떨어져 있어도 절대 우리를 떠나지 않아."

세 자매는 풀밭을 가로질러 저 멀리 똑딱똑딱 숲을 내다봤다.

"앞으로는 저 숲이 착하게 굴까? 이제는 마녀들이 사라졌으니까."

플리스가 조용히 말했다.

"그야 모르지. 언제 한 번 숲으로 가서 알아볼까?"

베티가 짓궂은 표정으로 환히 웃었다.

플리스가 기겁하며 윤기 흐르는 검은색 머리카락을 쓰다듬었다.

"고맙지만 난 빼줘."

"플리스 언니, 아직 슬퍼? 토드 오빠랑 아이비 언니 때문에?"

찰리가 맏언니를 위해 사탕 봉투 안을 뒤적여서 끈적끈적해진 새 부리 모양 토피 사탕을 찾아냈다.

"아니."

대답이 너무 빨랐다. 플리스가 코를 훌쩍이더니 사탕을 입에 넣었다.

"그야 뭐, 조금. 하지만 지나갈 거야. 결국에는. 언니한테는 기분을 좋게 해 주는 너희들이 있으니까. 안 그래? 무슨 일이 벌어져도 언니한테는 언제나 나를 지켜주는 동생들이 있으니까."

플리스가 희미하게 웃었다.

"귀찮은 동생들이기는 해도."

찰리가 맞장구쳤다.

"우린 운이 좋았어. 불쌍한 엘리자, 로사⋯⋯. 두 사람은 운이 없었지. 돌 봐주는 사람이 아무도 없었어."

플리스가 배고픈 나무를 쳐다보며 나직이 말했다. 플리스 눈에 어렸던 슬 픈 기색이 다소 옅어지고 뭔가 강철같이 굳센 기운이 들어찼다.

"우리가 아이비를 도왔듯이 그 친구들도 도울 수 있으면 좋았을 텐데."

"별거 아니어도 우리가 할 수 있는 일이 있을지 몰라."

베티가 근처 금이 간 담장 주변 야생화밭을 가리켰다.

세 자매는 말없이 꽃을 한 무더기 따서 풀밭을 가로질러 걷기 시작했다. 따 모은 꽃을 작은 꽃다발 두 개로 나누면서 걸었다. 연못에 다다르자 플리 스가 손에 들었던 꽃다발을 연못에 빠뜨렸다. 세 자매는 거울처럼 잔잔한 수 면 위를 가로질러 연못 가운데에 둥둥 떠 있는 꽃다발을 지켜봤다.

찰리가 인상을 썼다.

"이젠 물이 깨끗해. 옛날엔 초록색이었는데."

"결국 무언가가 걷혔을지도 몰라."

베티가 답했다.

"로사, 편히 쉬어요."

플리스가 다정하게 말했다.

자매들이 나무로 돌아서서 장막처럼 넓게 드리운 나뭇가지 아래로 들어갔 다. 베티가 손을 뻗어 나무 몸통에 조심스럽게 갖다 댔다. 손에 닿는 나무는 거칠었지만 따뜻했다. 옹이로 울퉁불퉁한 겉면에서 여전히 무언가 손에 잡 혔지만 움직이지는 않았다. 아가리처럼 쩍 벌어진 구멍들도 더는 넓어지거나 중얼거리지 않았다.

"떠났구나. 엘리자가 떠났어."

베티는 무심코 중얼거린 말이지만 그 말이 사실임을 알았다. 나무가 다르게 느껴졌다. 음울하고 비참한 기운이 사라졌다.

찰리가 두 번째 꽃다발을 들고 와 나무 아래에 조심스럽게 놓았다. 베티가 무언가를 눈치챈 것도 그 순간이었다. 몹시 작아서 못 보고 지나칠 뻔했다.

"저기 봐."

베티가 속삭였다.

자매들 머리 바로 위, 얇디얇은 나뭇가지에 연두색 잎눈이 새로 맺혀 있었다. 나무가 다시 자라기 시작했다. 익숙한 목소리가 술집에서부터 풀밭을 가로질러 들려왔다. 사람들이 밖에 모이고 있었다.

"어이! 너희들 빼고 사진 찍는다!"

스핏이 자매들을 향해 손을 흔들며 외쳤다.

세 자매는 서로서로 팔짱을 끼고 부러진 빗자루를 향해 냅다 달리기 시작했다. 원형 선돌을 지나는 순간, 저무는 햇살이 선돌 주변으로 짙은 그림자를 드리웠다. 그림자가 길게 늘어나며 기다랗고 시커먼 손가락처럼 잔디밭을 가로질렀다. 그림자를 얼핏 본 베티는 산산이 조각난 물레 바큇살을 떠올렸다.

하지만 그것도 잠시뿐이었다. 베티가 눈을 몇 번 깜빡이자 환상이 사라졌다. 저건 그냥 이끼로 뒤덮인 돌이었다. 태곳적부터 있었고 무너져 가는 돌 그 이상도 이하도 아니었다.

그리고 자매들이 있는 곳은 집이었다.

빗자루에 얽힌 여섯 가지 오싹한 미신

- 이사하면서 집에서 쓰던 빗자루를 새집으로 가져가지 마세요. 불운도 따라갑니다.

- 어두워진 다음에 절대 비질하지 마세요. 친구는 쓸어내고 적은 불러들입니다.

- 악마가 못 들어오게 하려면 입구에 빗자루를 가로질러 놓으세요.

- 빗자루를 보관할 때는 비가 달린 쪽을 위로해서 세워 놓으세요. 보호와 행운을 위해서입니다.

- 침실 문 뒤에 빗자루를 걸어두면 나쁜 꿈을 쓸어버릴 수 있어요.

- 현관문을 향해서 비질하지 마세요. 행운도 같이 쓸어버리니까요!

간략히 살펴보는
부러진 빗자루의 역사
- 브루투스 크레브

그림 같은 마을 잔디밭이 내려다보이는 부러진 빗자루는 펜들윅에 있는 유일하면서도 가장 근사한 여관이자 술집으로, 정통 캐스크 에일(*나무로 만든 맥주 통에서 숙성시킨 맥주)과 집에서 만든 음식, 수준 높은 소문거리를 제공한다.

크래브 가문에서 삼 대에 걸쳐 수년간 운영해 온 이 술집은, 수퇘지 한 마리가 도망친 사건 이후 '냄새나는 새끼 돼지'라는 이름으로 맨 처음 가게를 열었다. 조심성 없는 요리사가 일으킨 화재로 막대한 피해를 입고 가게 대부분을 새로 지어야 했다.

이와 때를 같이 해서 해마다 펜들윅에서 열던 행사가 폐지되었다. 마을에 마녀가 들어오지 못하도록 빗자루를 부러뜨려 불에 태우는 전통에 뿌리를 둔 행사였다. 자연스럽게 여관 이름도 다시 지었다. 연기를 두고 제기되는 무수한 불평에 더불어 빗자루가 부족해지는 현상이 이어진 끝에, 결국 주민 전체가 빗자루 단 하나를 부러뜨려 마법에 맞선 주민들을 대표하는 상징으로 가게 이름을 짓기로 했다. 여기에서 언급한 부러진 빗자루는 가게 안에 전시되어 있다.

주민 일부는 똑딱똑딱 숲 근처에서 구해온 목재를 사용해서 술집을 지었다고 주장하지만, 이는 증명되지 않았을뿐더러 술 취한 손님들이 시간이 어떻게 흐르는지 몰랐다고 둘러대는 핑곗거리에 불과하다고 널리 믿어진다.

설탕봉의 장미와 석류 맛 아이스크림
(플리스 위더신즈가 가장 좋아하는 맛)

재료 : 더블 크림(*유지방이 많아서 걸쭉한 크림) 250ml

더블 크림(*유지방이 많아서 걸쭉한 크림) 250ml

석류 주스 90ml

가루 설탕 90g

장미수 1티스푼

(선택) 적색 식용 색소 한두 방울

방법 :

1. 커다란 그릇에 석류 주스를 부은 뒤 가루 설탕을 넣고 완전히 녹을 때까지 젓는다.

2. 장미수와 더블크림을 더해서 몽글몽글하게 덩어리질 때까지 재빨리 휘젓는다.

3. 숟가락으로 떠서 밀폐용기에 담은 뒤 최소 여섯 시간에서 하룻밤 동안 얼린다.

내가기 : 원하면 석류 씨와 말린 식용 장미 꽃잎을 뿌리거나 신선한 산딸기를 올린다. 플리스용 크기로 4개, 또는 찰리용 크기로 2개 만든다.

참고 : 개인 취향과 맛의 강도에 따라 장미수 용량을 더하거나 줄인다. 다른 장미수보다 맛이 강한 장미수도 있다.

옮긴이 김래경

김래경은 경희대학교에서 영어교육을 전공했습니다. 옮긴 책으로는 ≪포그≫ ≪닭다리가 달린 집≫ ≪붉은 저택의 비밀≫ ≪상어 이빨 소녀≫ ≪북극곰의 기적≫ ≪소년, 새, 그리고 관 짜는 노인≫ ≪핀치 오브 매직≫시리즈 등이 있습니다. 현재 좋은 책을 찾아 기획하고 번역하는 전문 번역가로 활동하고 있습니다.

핀치 오브 매직 3
펜들윅의 마녀들

2022년 10월 19일 1판 1쇄 발행

글쓴이 | 미셸 해리슨
옮긴이 | 김래경

발행인 | 지준섭
책임편집 | 구미진

출판등록 | 2018년 10월 25일 제25100-2018-000071호.
주소 | 서울시 노원구 마들로5길 25, 102동 105호
전화 | 010-5342-4466 팩스 | 02-933-4456

ISBN 979-11-90618-33-5 44840
ISBN 979-11-90618-26-7 세트

잘못된 책은 구입하신 곳에서 바꾸어 드립니다. 책값은 뒤표지에 있습니다.